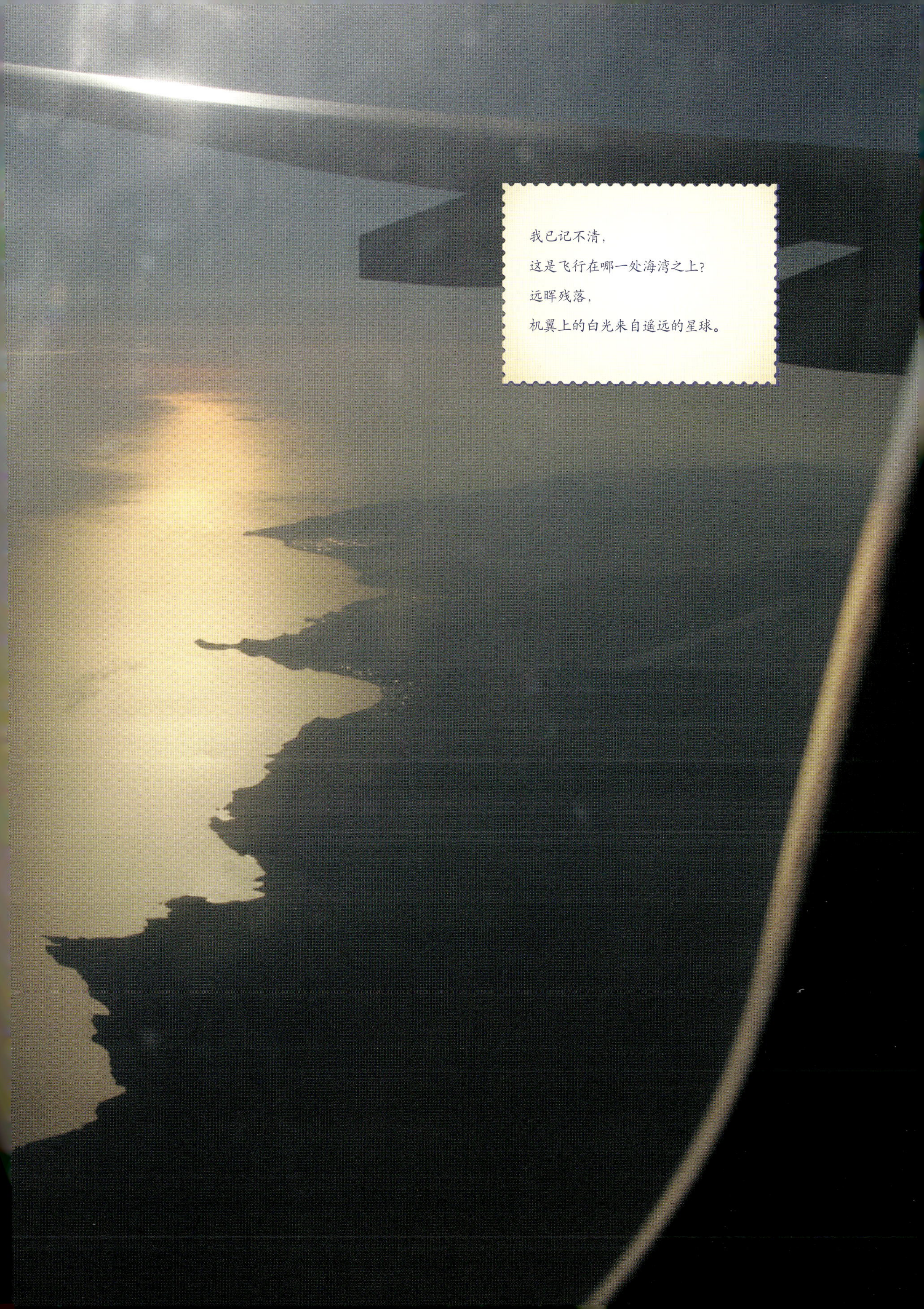

我已记不清，
这是飞行在哪一处海湾之上？
远晖残落，
机翼上的白光来自遥远的星球。

飞越勃朗峰

清晨。我与一架"松鼠"型（AS350 Écureuil）直升机为伴，飞向勃朗峰。

刚开始我看到直升机的影子，它投射在翠谷之间。接着，明显感到飞机开始爬升，很快就瞥见雪峰。那些雪峰像一面面洁白的墙壁，横亘在飞机的舷窗前，驾驶员头戴飞行帽的侧脸在雪原的映衬下成为剪影。

气温下降很快。尽管我穿着冲锋衣裤，但很快就感到两腿已被吹得透凉。

终于飞到勃朗峰（Mont Blanc）的上空。勃朗峰接近于一个标准的三角形，白雪覆盖。眺望着海拔4807米的欧洲最高峰，心旷神怡。

驾驶员帕斯卡通过话筒问我，是不是需要多转一圈？我点点头。我端着相机刚把镜头伸出狭小的侧窗口，就"哗"地像被一只手用力推了一下，强风把相机吹得险些撞在舷窗框上，幸亏我及时用力控制住。

此刻，驾驶员也做出了紧张的反应。风速很大，他紧握操纵杆的手在微微颤抖。我的耳机里不断传来驾驶员与地面领航员之间的通话，语气急促。

我从左侧的小窗望出去，强劲的朔风在勃朗峰上吹起雪暴。直升机盘旋了两圈之后只好撤离。

此时，从飞机上可以俯瞰到山脊上几位登山者奋力攀登的小小身影，在明与暗的分界线上，一掠而过。雪暴的威力是巨大的。目测那几个登山者离顶峰只差几十米，但迈出的每一步都是艰难的……

——程 萌

Soul Journey
beyond the Clouds

云上四季

程萌 / 著

Photographs and Essays by Cheng Meng

沈阳出版发行集团
沈阳出版社

程　萌

作家　摄影家　文化学者

多年来，程萌成功地横跨人文地理和国际时尚两大领域，具有广泛的影响。作为地理探险家和高端出境游的先行者，他常年深入地中海、非洲、北极和南极等地区，持续关注全球的环境现状。

同时，他曾是最早拍摄伦敦时装周（London Fashion Week）和巴黎时装周（Prêt-à-Porter）等时尚盛会的中国摄影师之一，现场拍摄下那个时尚鼎盛时代的魅影，记录下Karl Lagerfeld和John Galliano等设计大师的精彩瞬间。

程萌获得过国内外多项重大奖项，其中包括两度荣获中国新闻奖，其摄影作品被多家国际影像博物馆永久收藏。在全国各大城市做过数十场大型时尚和旅行文化的巡回讲座。出版有《西欧时装之旅》《华丽巅峰》《心灵居所》《橱窗里的彼岸》《水恋欧洲》《时尚候鸟》《水岸九歌》《琴岛低语》《极地天穹》《非洲苍穹下》等一系列专著。

Cheng Meng:

He is a distinguished and award-winning photographer and writer.

He specializes in documenting wild lifestyles, landscapes and cultures abroad, he has photographed on all seven continents, and has shot a variety of assignments in the Antarctic, the Arctic and beyond, and his work spans nature and fashion, culture and the environment, expresses an unwavering passion, respect and awe for the natural world, communicating his enthusiasm for the natural world through his writings, lectures and workshops, to showcase the beauty of the natural wonders in a creative way.

He was the special invited fashion writer and photographer of London Fashion Week and Prêt-à-Porter. His writings are poetic, smooth yet thought provoking, brimming with humanitarian sentiment; his photographic works have won *China News Awards* twice and *Prix de La Fédération Internationale de L'Art Photographique (FIAP)* .

He is the author of photographic story series: *Visit to Child World—A New Survey of Chinese Children* (1999), a collection of nine years labor, and winning immediate acclaim after publication. In 2001, he published fashion series *Beautiful New Century: Fashion Tour through Western Europe*. He published the *Natural Photography Guide* series and *Digital Fashion Photographing* in 2003, *Perfect Journey from Iceland to Greece and Window Shopping* in 2005, *Vacations on European Waterways* and *Flying for Fashion* in 2006. He published *Nine Odes to the Waterways* in January 2021, and published *The Whispers of the European Islands* in September 2021, *Antarctic and Arctic: The Auroras of Our Planet* in May 2022 and *On Africa Time* in October 2022.

The author also writes column articles for not a few fashion and natural geography magazines. He has been interviewed and reported by media at home and abroad.

E-mail: 792957768@qq.com

Contents | 目录

Chapter III The Disappeared Horse-drawn Mail Coach Road
消失的马车邮路

Chapter IV The Cities within the Folds of Time
时光折叠之城

Chapter V The Legacy Gems of the World
世界的遗珍

Appendix Reading beyond the Clouds
附录　云上的阅读

Postscript Time and Waves: The Poetic Terminals
后记　岁月和海浪：诗意的抵达

Prelude

The Vestiges of Journeys and
Floating Memory

引子
旅痕浮踪

勃朗峰下
France

法国霞慕尼（Chamonix）。云岚升腾。

霞慕尼是 1924 年第一届冬奥会的举办地。我曾去过的冬奥会举办城市包括瑞士圣莫里茨（1928 年第二届冬奥会和 1948 年第五届冬奥会）、挪威奥斯陆（1952 年第六届冬奥会）、法国格勒诺布尔（1968 年第十届冬奥会）和意大利都灵（2006 年第二十届冬奥会）等。在群星与密林之间，雪落雪止。

玩笑

Milan

1999

米兰。周日清晨。街头空旷，一位老人在等有轨电车。在他身后，一家商店正在装修。男女模特热烈的笑容与老人木讷的表情，形成有趣的对比，好像正在恣意开着玩笑。

谢幕时分
Paris

2001

卢浮宫，巴黎时装周主会场。CHANEL 表演现场的谢幕时刻，那些模特彼此呼应又略有间离。这是名利场上的生动一瞬。

炮阵

London

伦敦时装周。Paul Smith 时装展演在公园里一个临时搭建的大棚内举行。数百名摄影师组成了蔚为壮观的人墙，他们手中的『长枪短炮』对准了 T 台。

这仅仅是大约三分之一的摄影师的身影。

目击时尚。目击世界。

时间之舰

Paris

黄昏时分，凯旋门地面上的金色铜徽像一艘时间之舰。怀念的鲜花在外，阳光锤炼着尊荣和责任。

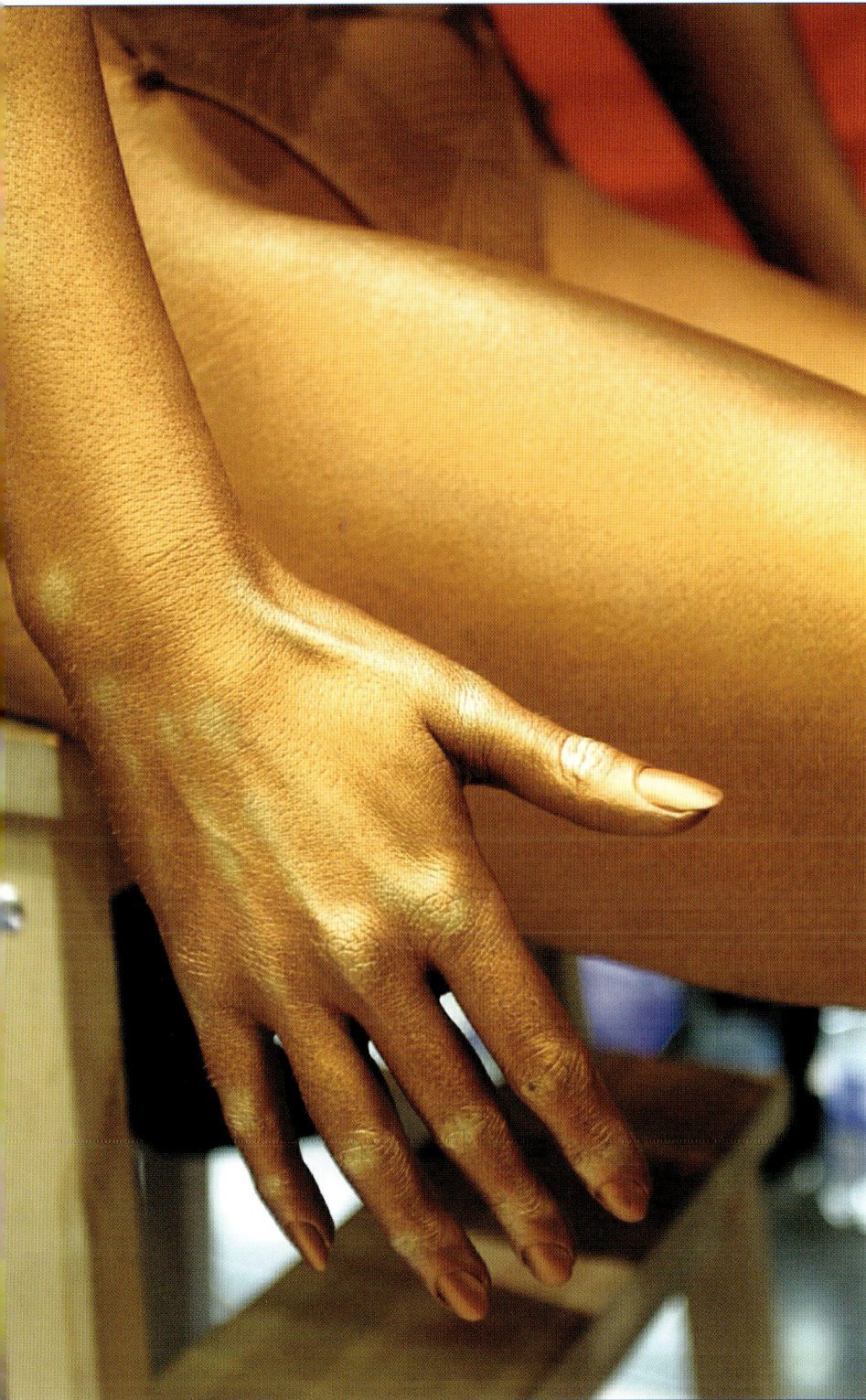

金色之手

Brussels

2003

布鲁塞尔。国际人体彩绘大赛（International Body Painting Contest）。金粉美人的纤手和腿部极富美感。

"通过涂上色彩而紧绷的皮肤，或肉体象征性疼痛这样一种仪式所获得的效果，能够增强人的精神与社会性的力量。"意大利一位心理学家在分析彩绘与纹身时说，"生活在今天这个需要战胜痛苦和死亡的社会中，这种经历显得尤为重要。"

不可忘记的世界

Lisbon

2003

里斯本。世界粮食计划署（WFP）震撼人心的公益广告。上面的广告语是『Alimentação para a vida』（生命之粮），提示我们注视世界另外一些人的生活。

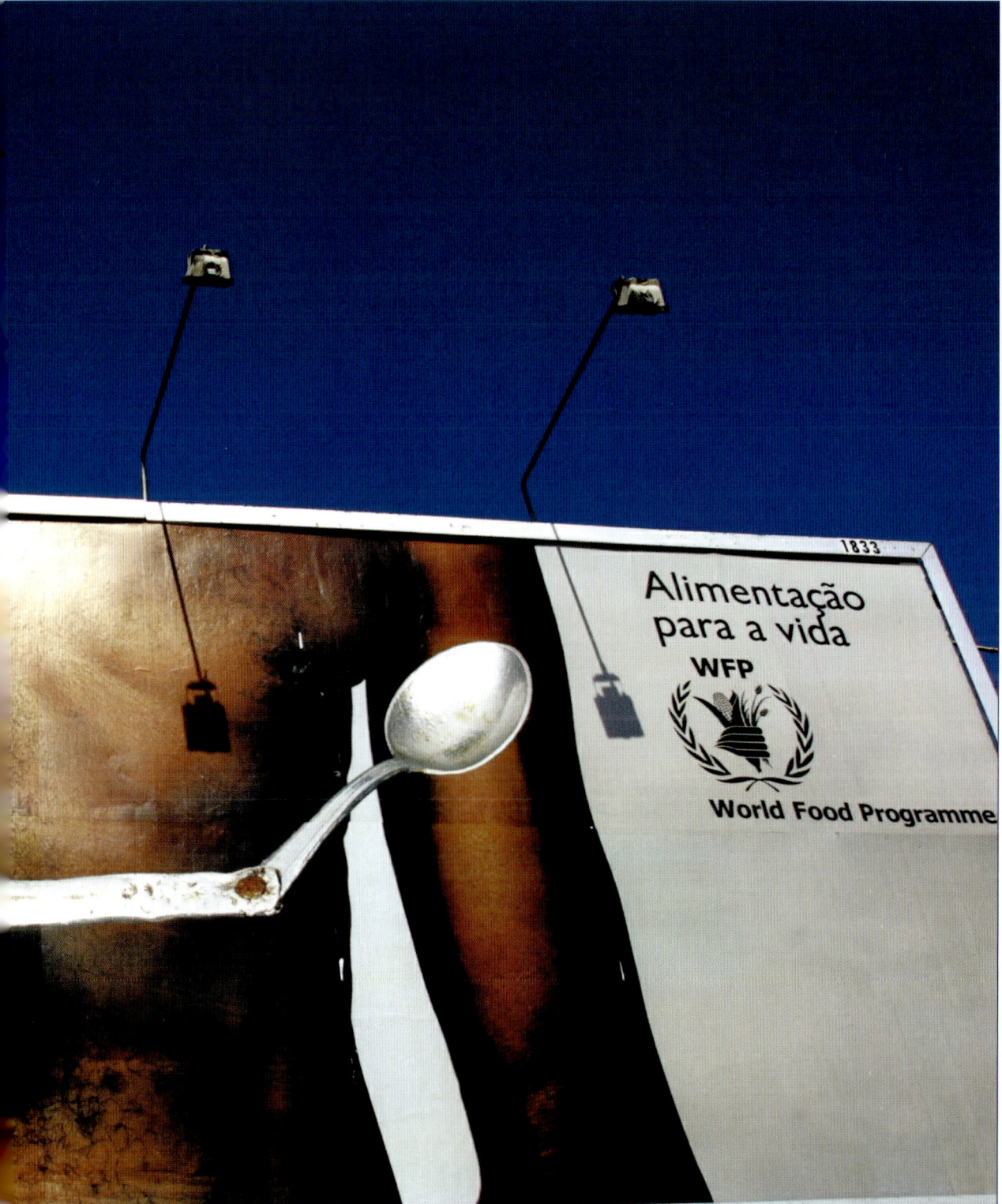

Chapter I

The Ambers of Time

岁月的琥珀

穿越百年风云，回到"美好年代"（La Belle Époque）中去。比亚里兹这座贵族之城依然优雅闲适；巴黎郊外的瓦兹河畔欧韦小镇，凡·高最后的栖息地仍然让人震撼。

而在蒙马特高地，毕加索成名前的创作之地还留有依稀痕迹。

最后前往瑞士格施塔德，那里一家奢华酒店开业于"美好年代"的最后时段，犹如一段华彩乐章被妥帖地留存下来。

那些远山、湖泊和古典小镇，依然青葱如梦。

我在寻找宁静、喜悦、和谐与灵光，以及深远的意境。

Biarritz

The Spring Tides

比亚里兹春潮

比亚里兹，在哪里？

比亚里兹位于法国西南部的边境，与西班牙接壤。在150多年前，也就是"美好年代"兴起的前夕，由于拿破仑三世和皇后欧仁妮每年来此度假而逐步发展成一个上流社会的休闲胜地，它也被称为"大西洋的蒙特卡罗"。

在"美好年代"时，这里市政规模大增，还专门建了一个大集市。

清晨：曲折的海岸线，每一块礁石都有名字

晚上 7 点，我乘坐 TGV 列车从波尔多出发，前往比亚里兹（Biarritz）。这是我"从北德到西法"私人旅行计划中的最后一站。我花了三个多星期的时间，走遍了欧洲的西海岸。从波罗的海到比斯开湾，长达数千公里的海岸线，宛如一条绵长的文

化辐射带。

　　宽阔的一等车厢，光线柔和。我如果从巴黎蒙帕纳斯火车站（Gare Montparnasse）或奥斯特里茨火车站（Gare Austerlitz）出发，则需四个半到五个小时到达目的地，这是贯穿整个法国西部的旅程。

　　晚上9点多抵达比亚里兹。车站的人不多，出租车站台只有四五个人在等车。

在我前面那个人上车时，司机回过头确认还有几个人在等车，通过对讲机联系他们再派车过来。这座小城出租车的管理井然有序，让我深有体会。

长久以来，比亚里兹贴着欧洲贵族生活的标签。在瑞士蒙特勒，一家奢华酒店大堂的玻璃柜里，陈列着几件富有年代感的物品，其中一只古董皮箱子上，一张标签让我有一种亲切感："Biarritz"——比亚里兹，旅途中不仅让我对其有着深刻的体悟，更重要的是，这个胜地将古朴、激情和风雅巧妙地结合起来，富含着让人欢愉的成分。

在巴黎阿斯尼尔（Asnières），路易威登路 18 号（18 Rue Louis Vuitton），LV 博物馆里，我也曾看到过一款贴满旅行标签的旅行箱，上面也有一枚"Biarritz"的标签。从那个古典时代起，法国西南边境的这座小城就成为贵族的梦想之地。那里必须专程前往。

直到今天也是一样。而我所追寻着的正是那些独特的风情、格调和本色，它们

构成我的私人地理记忆。我所渴望的也在于此，借用一下我入住的比亚里兹酒店里，房间送餐的牌子上那句话——"Feed my soul"（喂饱我的灵魂）。

第二天清晨。一觉醒来，从酒店出门没走几步，一条优美的海岸线就飘动在眼前。我沿着海边便道漫步，略有寒意。我的前面是一位40多岁的瘦高男人，颇有贵族气质，他上身穿着一件轻薄面料的防寒服，脚蹬一双灰色绒面皮鞋，手里牵着一条腊肠犬。

在比亚里兹的地图上，我很早就发现海岸沿线的不少礁石都有名字，我数了一下，其中有15块是有名字的。而我现在就在找寻这些有名字的礁石。沿着海滨小道向北漫步，不远处一座白色的小型城堡矗立在海边，这是贝尔扎别墅（Villa Belza），据说为一名富豪所拥有，曾被作为餐厅。

从小城堡旁走过，前面依然是曲折的海岸线，先是一片平坦的沙滩，这里叫旧港（Le Port Vieux）。走过海洋博物馆（Musée de la Mer）。沿着一座由巴黎埃菲尔铁塔的设计师古斯塔夫·埃菲尔（Gustave Eiffel，1832—1923）设计的人行天桥走，脚下发出砰砰的声响，然后就来到"圣女岩"（Le Rocher de la Vierge），岩石上竖立着一座白色的圣母玛利亚雕像。这是捕鲸者怀着感激之情竖立的，他们曾经奇迹般地从海难中获救，并看到神圣的光芒从这块岩石后面升起。

顺着圣母雕塑的目光，前面有一块很小的石头，它的名字叫"惊喜"（La Surprise）。我沿着海岸线继续行走，来到 Bellevue，这里是一个海钓区，有几个人一早就赶来垂钓。1999年建成的会议中心也在这里。站在这里向北方看，海面上有一块小石头叫"炮兵"（L'artillerie）。

接下来走过大海滩（Grande Plage），长约2公里，远远地就看见一座灯塔（Le Phare），整个海滨漫步也进入高潮。灯塔建于1834年，高73米，沿着248级台阶可以到达顶端。而离灯塔西边不远处的海面上，有一块敦实的大石头，叫护卫舰（La Frégate），这块石头形如船，守护在灯塔旁，这个意思也贴切。

草木有情，礁石有名，比亚里兹人的细腻和对于自然的热爱之情，由此可见一斑。如同许多年前，我知道的一位女生，她给自己的每一件衣服都起了名字，因为她相信，在她叫它们的名字时，衣服是可以听见的。那么，这些礁石是否也能听见

云上四季

呢？

关于这些礁石还有一则趣谈。曾有一个国家的城市代表团来到这里，它是比亚里兹的一个姐妹城市，其中一位代表看到这些礁石，说："你们真会设计，放一些石头在海里。"他们真的以为这里是某一个主题公园呢，是用些泡沫材料营造的短期效果。

回来的路上，又遇见清晨看到的那个男人，他站在路边柔声地打电话。此情此景让我心里动了一下。我想，那边接电话的人一定很幸福。

返回宾馆的餐厅享用早餐。在我的斜对面来了两位年轻女士，其中背对我的一位女生身材高挑，穿着一件连帽咖啡色羊羔毛皮衣。她脱下皮衣，里面只有一件后开衩的浅蓝色丝质衬衣，裸露的背部呈现一条优美的曲线，从她玉颈上的发髻一直延伸

至腰间。

　　窗外是一片初升的蔚蓝。

午后：浪峰上的惬意人生

　　从酒店走出不远，就是一片宽阔的巴斯克湾（Côte des Basques）。海岸边是陡峭的岩壁，大约有 20 米高。岩壁下是一片平坦的海滩，伸展到很远的地方。

　　这里一年四季都有从世界各地赶来的弄潮儿一试身手。在用法语说"Biarritz"这个单词时，其中"r"这个音要发足，舌头一定要在口腔里慢慢地打一个大大的滚儿，就像冲浪一样，这样，法国人才听得懂。一次我在斯里兰卡，遇到 *Elle* 法国版的一位编辑，我说起喜欢的法国的一些地方，她刚开始没听懂，我马上意识到刚才自己的"冲浪"姿态不对，就再说了一遍，她立刻笑了起来，说："C'est très aristocratique là-bas."（那里很贵族化。）

巴斯克湾是欧洲冲浪的发源地。下午 2 点的阳光有些刺眼。从高高的台阶上望过去，整个巴斯克湾海滩上——不，应该说是那片海浪上都浮满了冲浪者。星星点点，韵律闪现。

此刻的海滩还是宁静的，如镜子般平滑，反射着银色的光，有很多情侣手牵着手漫步其间。女孩子一般赤着脚，提着鞋子，在海滩上留下一幅剪影般的生动图画。

台阶上坐满了身穿泳装的人，不时有抱着冲浪板的人走过，其中也有不少是女生。

从台阶上走下，来到海滩上，才觉得视野一下子开阔了许多，没有了空洞的距离感。一个女子赤裸着上身在浪涛间漫步，跳跃，张望，那种初见大海的喜悦是发自内心的。

到了下午 4 点钟，浪更大了，海面上是白花花的一片浪头，冲浪者似乎都赶了过来，不断地尝试。从趴在水面到站立起来滑行的时间明显缩短了。从我的角度看过去，汹涌的海浪似乎叠合在一起，冲浪者滑行的速度也在加速，激情四溢。

这真是浪峰上的惬意人生。这是勇敢者的游戏，是勇敢者的天堂。

大浪一股股地涌来，我提着相机忙跳上旁边一米多高的礁石，躲过了几股巨浪，然后继续我的拍摄，这时有一股看起来更大的浪在快速地逼近，我赶紧再躲，但水漫上了礁石，轻轻地一涌，就把我的鞋子冲湿了。

晚上我在海边散步时，巨浪已冲到岩壁，淹到一大半的高度，大自然的魔力真是无法抗拒。

一开始我没有明白为什么这里会有如此汹涌的大浪，后来在书上查阅到，这与大西洋的海水运动方式和周边区域的地质结构有关。大西洋的海浪接近岸边时，水像是一个巨大的滚筒不断向下翻转的。而在地图上看，比斯开湾由法国的纵向海岸线和西班牙的横向海岸线连接起来，几乎构成了一个 90° 直角，而比亚里兹就在这个

直角的端点，大自然所有的千钧一发的力量，都汇集成滔滔不绝的海浪，任弄潮儿在浪尖驰骋，也在轻轻之间，将其淹没到谷底。

1956 年，美国电影编剧彼得·维托尔（Peter Viertel，1920—2007）与他的妻子黛博拉·蔻尔（Deborah Kerr）在拍摄电影《太阳照常升起》（*The Sun Also Rises*）时，来到比亚里兹。这是一部改编自欧内斯特·海明威（Ernest Hemingway）同名小说的电影。他们的一个朋友从加州过来拜访，用冲浪板在此冲浪，被认为是在比亚里兹的首次冲浪。3 年后，第一家冲浪俱乐部在此诞生。从 1993 年开始，比亚里兹举办每年一度的国际冲浪节，这也是欧洲冲浪圈的盛事，从而使比亚里兹成为欧洲的冲

云上四季

浪之都之一。

除了冲浪，比亚里兹还有着欧洲知名的高尔夫球俱乐部。这里的灯塔高尔夫球场（Golf du Phare）建立于 1888 年，是欧洲第二古老的高尔夫球场。在比亚里兹 20 公里的半径范围里还有 10 个高尔夫球场，其中阿康格球场（Arcangues）也是很有特色的。

高尔夫在其发源地一直是一项平民化的运动，在我认识的朋友里，真正烧钱玩儿的项目是老式飞机和帆船，其他的一般都属正常。在阿康格球场，我遇到背着球包或推着手推车的当地人，他们轻松地打上几个洞，然后在会所里也不吃东西，只端上一大杯啤酒，几个人坐在阳台上边喝边聊天。

我在灯塔高尔夫球场时，赶上大雨，几个人只好撑着伞，躲在一棵大树下，望过去，球场里一片烟雨蒙蒙，这样安静的景色让人也静了下来。那些天接触了不少当地人，还到阿康格球场旁的一幢别墅，拜会了一位隐居的贵族，感触尤深。贵族其实是一种气质，精雅而平易，早就不端着身架了。

比亚里兹的特色博物馆有几家。我对其中的海洋博物馆（Musée de la Mer）和巧克力博物馆（Planete Musée du Chocolat）印象比较深。这里的海洋博物馆像是灵巧的

云上四季

抒情诗，侧重于比斯开湾 150 多种海洋生物的陈列，在宽大的水族馆玻璃前，也许可以和鲨鱼来一场"鼻子对鼻子的相遇"（Nose-to-nose Encounter）。

这家巧克力博物馆是整个法国唯一的私人巧克力的专题博物馆，陈列着旧时的巧克力制作机器，还有一排巧克力雕塑。工作人员推荐每天都可以吃适量的巧克力，"保存巧克力的最好办法是吃到你的肚子里去"。

"私密度假"作为一种生活方式、一种内心体验而为越来越多的人所推崇。匈牙利裔心理学家席米哈里·契克森米哈赖（Mihaly Csikszentmihalyi，1934—2021）是"积极心理学"的奠基人之一，他一直致力于幸福和创造力的研究，将较佳的精神状态和情绪体验概括为"心流"（Mental Flow，也被译为"畅""福乐"或"沉醉感"），即参与具有适当的挑战性的活动，能让一个人深深沉浸其中，以至于忘记时间的流逝以及对周围环境的感知。这一理论同样适用于度假体验。

"适当的"挑战，是指活动的难度与一个人所掌握的技能相适应，太难的活动会让人感到紧张和焦虑，而太容易的活动则会让人感到重复和厌倦，都不能让人获得真正的休闲。这样，"私密度假"从根本上是一种有益于个人健康发展的内心体验，而不用什么外在标准界定的具体活动；体验"心流"的能力使人能超越"工作——休闲"的断然划分，从而不论在工作还是闲暇活动中，都更能积极地去寻求最佳的心灵体验。

我在欧洲一些的古典小镇小居过。与一般匆忙的旅行不同，我在每个地方都属于"私密度假"。有时我会想，究竟是什么理由，让我不断地追寻和停留？

比亚里兹也是让我回味的其中一个。像音乐一样，那些小城组成了关于贵族小镇的组曲。在这里追寻欧罗巴的原味和本色，典藏已久的贵族岁月，从每一个角度渗透出来，让我再次发现，空间之旅同时也是时间之旅，以这样的方式触摸欧洲大陆的边界和肌理，在阳光下清醒地向往昔回溯，是一种别样的幸福。

夜晚：Casino 里的轻歌曼舞

在比亚里兹的第一顿晚餐，我来到贝尔维尤赌场（Bellevue Casino）一楼的餐厅。高耸的柱子和宏大的空间里，一种形状特殊的红色灯具填补了空阔。

晚餐的味道不错。在比亚里兹，会发现巴斯克人最爱的一些美食，如巴塞克蛋糕（Gâteau Basque），这款蛋糕带有硬酥皮，上面点缀着黑樱桃，里面塞满杏仁奶油。

综观巴斯克美食，有不少以埃斯佩莱特辣椒（Piment d'Espelette）为特色的菜肴。这种辣椒在法国比利牛斯—大西洋（Pyrénées–Atlantiques）地区的埃斯佩莱特社区种植，用于当地的菜肴中，如巴斯克炖鸡肉（Poulet Basquaise，一般用橄榄油煎炒后，采用炒锅以文火慢炖，佐以大蒜、洋葱和辣椒等），甚至还会放入炒蛋里。红辣椒起源于中美洲和南美洲，16 世纪被巴斯克人采用。在埃斯佩莱特社区，每年的 10月会举行一届辣椒节。由于这种辣椒在巴斯克地区的美食中非常普遍，它在 2000 年被确认为 AOC（Appellation d'Origine Contrôlée，意为"受保护原产地名称"）产品。

巴斯克地区横跨法国和西班牙之间的边界，这两者都影响了该地区的烹饪技术。事实上，它的一侧是丰饶的海洋，另一侧是肥沃的土地，从海鲜、肉类、豆类

到奶酪一应俱全，还出产苹果酒和葡萄酒。

比亚里兹还注重保护周边巴斯克地区的文化特色。巴斯克人大约有 260 万，主要分布在法国和西班牙的接壤地区。在法国的巴斯克人大约有 23 万。

信步走上二楼，在楼梯上就听到歌声。循着歌声，我走到一个大厅，入口处立着幽蓝色的玻璃屏风，里面正在举行晚宴，衣香鬓影，灯光迷离，看得出里面所有人的穿着都是精心搭配的。歌声又起，在前面的舞池里，几位腰板笔挺的中年男人挽起了年轻女子的手，翩翩起舞……

我走到大厅外的天台上，一位优雅的中年女人正在打电话，建筑边缘的射灯把她的身影变为一个剪影，而她的身后，灯光点点，是夜间的海滨风情。

历史上，比亚里兹长期以来依靠海洋资源为生：从 12 世纪起，这是一个捕鲸小镇，一直持续到 18 世纪。曾有多位名人造访比亚里兹，1843 年，作家维克多·雨果

第一次来到比亚里兹，他惊讶于这里的环境，此后他在书中写道："我在世上没有见过比比亚里兹更愉快和完美的地方了。所有的海岸都充满了嗡嗡的声音，还有绵延的珊瑚礁永无止境的耳语。友好的人们和白色欢快的房子……比亚里兹是迷人的。"

11 年之后，一位名叫蒙蒂茹（Montijo）的望族女子搬到了这里。当她还是一个孩子时，她就想过要在此住上两个月，后来她嫁给了拿破仑三世（Napoleon Ⅲ），她成为皇后欧仁妮（Empress Eugénie）。

不久，拿破仑三世决定为他的妻子建造一座夏宫，名字叫欧仁妮别墅（Villa Eugénie），他们每年都来享受海边的美景，一直持续到 1868 年。后来这座别墅被出售，并改建成"皇宫酒店"（Hôtel du Palais）。

从 1858 年起，应拿破仑三世的要求，当地人可以在公共场所游泳。原先的茅草屋也被精致的建筑物所代替，从小道到海滩修起了台阶，变成一个有名的海洋洗浴城。

此后，这里吸引着英国维多利亚女王和西班牙国王阿方索十三世，还有瑞典、比利时和波兰等国的贵族也纷纷前来，当时每年这里的度假者达到数千人次。到了 19 世纪末，整个小镇的人口达到 5 万多人。

商业物流也随之跟上。1894 年，比亚里兹大集市（Biarritz Bonheur）建成，到了 1911 年又扩增了一倍的面积，至今仍运行良好，成为一个采买与信息交流之处。20 世纪初时，大部分工人用英语交谈，这也反映了在那个"美好年代"，人员的相互流动比较频繁的情况。

从 19 世纪末起，一批华丽的建筑出现在比亚里兹。当时的威尔士亲王，也就是后来的爱德华七世于 1893 年搬到皇宫酒店。后来，茜茜公主也曾到过这里。

可可·香奈儿（Coco Chanel，1883—1971）于 1915 年在亚瑟·卡佩尔（Arthur Capel）的资助下，来比亚里兹开设了一家专卖店。在这里，香奈儿还结识了一位贵族德米特里·帕夫洛维奇（Dmitri Pavlovich），他们的浪漫在此后保持了多年。

1918 年，巴勃罗·毕加索（Pablo Picasso，1881—1973）偕新婚妻子奥尔加·柯克洛娃（Olga Khokhlova）到此度蜜月，获得新的创作灵感，他将女性慵懒自在地享受海边日光浴的场景描绘下来，创作出《1918 年的泳客》（*Bathers，1918*）。

从 1918 年开始，毕加索在海滩上度过了他所有的夏天，首先是在比亚里兹，

然后是蔚蓝海岸或迪纳尔（Dinard）。这些旅程激发了他创作一系列以泳客为主题的作品。《1918年的泳客》这幅画于1918年在比亚里兹创作，是该系列的第一幅画。在此之前，多位画家将女性裸体与大海的场景描绘在一起，如桑德罗·波提切利（Sandro Botticelli，1445—1510）的《维纳斯的诞生》（*The Birth of Venus*）和保罗·塞尚（Paul Cezanne，1839—1906），而在毕加索的这幅画作中，更直观地表现出在阳光明媚的海滩上，3位穿着连体泳衣的女子的健美状态。海面上有白帆，不远处矗立着灯塔，整个作品弥漫着一种超现实主义的气氛。

皇后欧仁妮于1920年去世，享年94岁。她生前有着广泛而独特的珠宝收藏，这些珠宝具有优雅的风格和新古典主义时期的设计特色，被认为是"比亚里兹皇后风格"，这些样式曾影响着巴斯克地区的珠宝流行趋势。她佩戴的欧仁妮帽子帽檐倾斜低垂、遮住一只眼睛、帽顶饰以鸵鸟羽毛，在20世纪30年代，因为电影明星葛丽泰·嘉宝的喜爱而流行一时。另外，一种白头果鸠的鸟类和一颗编号为45的小行星，也是以欧仁妮的名字来命名的。

之后，贝尔维尤赌场也建立起来，还把歌舞表演带到了赌场。表演结束后，人

云上四季

们继续彻夜狂欢，形成了奢华的夜生活风潮。二战结束之后，比亚里兹又恢复歌舞升平的日子，不少上流社会人士纷至沓来，一些歌星和影星如加莱·库珀（Gary Cooper，1901—1961）、平·克劳斯贝（Bing Crosby，1903—1977）和弗兰克·西纳特拉（Frank Sinatra，1915—1998）也都是这里的常客。20世纪60年代，这里的舞会还是一种谨慎而不乏华丽的调子，而到了70和80年代，这样的夜生活则更多地吸引着忙碌的时髦商务男士。

离开比亚里兹的前夜，我们在海边的一家餐厅欢聚。这是一个高尔夫球训练基地，海边的一排稀疏的灯光划出一条遥远的曲线。不远处就是西班牙了。

这是巴斯克歌手的夜晚。虽然只有3名男歌手，一把手风琴和一把吉他。3个不同声部的嗓音，让整个夜晚却变得热情起来。

那是一种质朴的热情，没有过分矫饰的成分，人们也站起身来，随着歌声手舞足蹈。临别时，主人将巴斯克的深蓝色毡绒帽戴到了每位来宾的头上，并用手压出漂亮的线条，人们会从餐厅的玻璃上，瞥见自己的俏皮而英武，并相信在这样的夜晚不再寒冷。

这里丰富的体育和娱乐活动，让人不亦乐乎。每年8月的某一天，焰火会从海面上升起，极美地绽放着。

有人说，比亚里兹的清晨是贵族的，下午是运动的，晚上是疯狂的。而这里，谁也不比烟花寂寞，只有快乐且逍遥。

蒙马特被誉为巴黎的"灵魂高地"。不知道在巴黎还有什么地方比这里更具有波希米亚的气质。

From Auers-sur-Oise to Montmartre

L' Auberge Ravoux that Vincent Willem van Gogh once Lived

凡·高最后的客栈和蒙马特高地

文森特·威廉·凡·高是"美好年代"的代表画家。对于寻访凡·高足迹的人来说，瓦兹河畔欧韦是一个必到的朝圣地。

蒙马特则像一个安宁平和的郊区小镇。蜿蜒小径通向繁华的大街，这里的人们保留着独特的生活方式，无疑是巴黎最具浪漫气息的地方之一，不少"美好年代"的艺术回忆都与这里有关。

拉沃客栈的记忆

　　凡·高最后的故居——拉沃客栈（L'Auberge Ravoux），就在瓦兹河畔欧韦（Auers-sur-Oise）小镇中央的路旁。客栈外的围墙上爬满青藤，暗红色的说明牌嵌在绿墙之上。此时，一位拄着拐杖的中年男子，正在凝神阅读。

　　沿着一面爬满青藤的围墙，我走到拉沃客栈的门口。登上狭窄的楼梯，低着头

走进凡·高最后的下榻之所，一个极小的房间。空空的铁床，有一种阴郁、绝望的美，尽管有阳光透过天窗照进来，仍让人觉得寒气袭人。拉沃客栈就在这一时刻，呈现历史的本来面目。

那是在我漫长的旅途中，可以迅速回想起来的一个令心灵震颤的瞬间。

尽管已经过去了漫长的岁月，我仍然可以嗅到客栈里阴冷的气味，还有木头的霉味，房间低矮得像一个亭子间，倾斜的屋顶也只比床栏杆高出一点，旁边是一扇小窗。站在窗口，人无法直立。我就站在这里留下了一张照片，脸上有强烈的顶光，我好似穿越到了那个年代。

房间里有一件展品，上面用法语写着："我相信，总有一天我能在咖啡馆里举办我的展览。"那是 1890 年 1 月 10 日，凡·高写给他的弟弟提奥·凡·高（Théo van Gogh，1857—1891）的话。

凡·高当然不知道在他去世之后，他的作品已经成为人类文化的重要遗产。他狂热落寞的一生，在这里画上句号，从而结束了贫穷、艰辛和苦难。作为印象派画家，他是西方美术史中最著名和最有影响力的人物之一：在短短的 10 年里，他创作了大约 2100 幅作品，其中包括约 860 幅油画，这些作品至今仍熠熠生辉。

在故居楼下静静的放映间里，我和几个同样来自远方的旅人，坐在木凳子上，一起观看了一部介绍凡·高的短片，影片的拍摄富有诗意，以凡·高的画作串起他的整个世界。影片中，在他的画作旁，不时加上随感录，如："一些画面模糊地出现在我的脑海里，它们会随着时间的推移而变得清晰起来"等，以帮助人们更好地理解他的作品和生活。

看完一遍后，我觉得意犹未尽，对管理员说明了我的身份。那位气质优雅的中年女人又走进去，专门为我重新放映。小小的放映间里，只有我一个人。连续两遍的播放，关于凡·高的记忆就在那色彩浓烈的短片中扩张开来。

瓦兹河畔欧韦位于巴黎城西北约 35 公里处，在巴黎北站（Gare du Nord）坐列车，到 Auers-sur-Oise 站下。早在 19 世纪这里就是风景派画家聚居的创作地。凡·高在这里度过了他生命最后的 3 个月，留下了一批重要作品，这里是寻访凡·高足迹的一个必到的朝圣地。

我还曾拜会凡·高的其他故居。安特卫普是欧洲重要的文化中心。1885 年 11 月，凡·高前往安特卫普，租住在一家油漆经销店楼上的房间里，他手头拮据，除了花钱买绘画材料和请模特儿，每天只能以几个面包加上咖啡和烟草作为他的主食。1886 年 2 月他写信给弟弟提奥说，他从去年 5 月份以来只记得吃了 6 顿热餐，他的牙齿变得松动和疼痛。

在那里的 3 个月中，他观赏鲁本斯的绘画，致力于色彩理论的研究，还买下了日本浮世绘版画，之后将其风格元素融入他画作的背景。这些都对他此后的绘画历程有很大影响。凡·高这个时期的作品延续了纽南（Nuenen）时期的现实主义风格和深沉的笔触，画作明亮，色彩也丰富了一些。

1886 年 3 月，凡·高到了巴黎。他与弟弟一起住在蒙马特的一处公寓，在巴黎的两年期间大约创作了 200 幅画作。1888 年 2 月，他前往法国南部的阿尔勒（Arles）小镇，迎来了创作的突破期，成了他的多产时期：他完成了 200 幅油画以及超过 100 幅素描和水彩画。1888 年 10 月，高更也抵达阿尔勒，两个人在一起创作，但此后不久，两人的关系开始恶化，凡·高比较崇拜高更，视之为劲敌，而高更则比较高傲，在气势上挫败了凡·高。他们常常争吵，一次与高更争吵之后，凡·高回到自己的房间，用剃刀割掉了自己的左耳，造成大出血，他用纸张简单包扎了伤口。次日清晨，凡·高昏迷在地，被警察送往医院，恰好遇到了一位实习医生，只简单行事，没有将耳朵缝合回去。后来，在 1889 年 5 月他被送到圣雷米（Saint-Rémy）一家修道院的诊所疗养，度过了一年的时光，在这里他创作了《星夜》：深蓝色的天空中，大大小小的星星和右上角一轮黄色的新月被光环包围着，有着眩晕而神秘的美感⋯⋯

1890 年 5 月，凡·高在好友保罗·嘉舍（Paul Gachet）医生的推荐和照顾下，来到瓦兹河畔欧韦小镇住下。此后的 3 个月时间，成为他生命最华美而丰收的时期，他一共创作了 70 幅油画和一些素描。这是凡·高一生中最后的华彩乐章，燃尽了他生命最后的热量，而拉沃客栈则成为他生命和创作的终点。

在凡·高到来之前，此地早就是 19 世纪风景派画家聚居的创作地。画家查尔斯·杜比尼（Charles Daubigny）在 1857 年最早在此成立了一间画室，作为巴比松画派的重要人物，杜比尼对塞尚、莫奈、雷诺阿等画家都产生过积极的影响。

1890 年的夏天，凡·高就在小镇外的麦田里疯狂地作画。他的激情在阳光中燃烧，完成了《麦田群鸦》——他的最后一幅画。画中的麦浪金黄，有力地翻滚着，一大片乌云席卷而来，还有一群乌鸦盘踞在上空，强烈的对比和冲突，暗示着画家内心强烈的奔突。他在笔记中写道："广袤的麦田在湍流的天空之下"，代表了他的"悲伤与极度的寂寞"。

同年 7 月 27 日，凡·高就在这片麦田里，举起 7mm 口径的勒佛歇（Lefaucheux）左轮手枪，击中自己的胸部。他跌跌撞撞地勉强走回拉沃客栈，在那里他得到了两位医生的看护，但由于没有外科医生，子弹无法取出。医生们极尽可能地照顾他，然后让他独自留在房间，抽着烟斗。次日早晨，闻讯赶来的提奥冲到凡·高的身边，发现他精神还不错，但几个小时之后，剧痛从未经处理而感染的伤口蔓延开来，凡·高于 29 日清晨不幸去世，享年 37 岁。他留给弟弟最后的一句话是："悲伤会永远存在。"

2002 年，我在当地朋友的陪同下，来到这块麦田。刚刚过了收获的季节，宁静、祥和，远方一片空蒙，一位老人拄着拐杖，在这里散步。

我的身后是一片墓地。有人在举行葬礼。由于怕打扰了悲痛的家人，我没有走上前去。我知道，凡·高就长眠在这里。

从麦田里返回，经过小镇的教堂，这是一座灰色的建筑，看上去多少有点压抑，教堂旁有一个指示牌，上面贴着凡·高的作品《瓦兹河畔欧韦的教堂》——黄色的小径从教堂前伸展而去，那教堂不再灰暗无光，而是充满橙黄的色彩，天空蔚蓝，左侧是一个老妇人踽踽独行的背影。

我拍摄着这座教堂。在我按动快门的一瞬，一个老妇人无意中闯入画面，从而在照片上凝固，于是历史和现实叠合在一起。远去的画家在这里留下了最后珍贵的记忆。大地永恒，画家的作品及其不朽灵魂永存。

凡·高的世界充满激情，从他的向日葵到他的星空，都是那样热烈、迷乱，充满狂热而寂寞的情调，驻留了生命中永不再来的东西，华丽、凄美。在流逝的时光中，在 133 年后，依然令人哀伤、感叹。

小镇上到处是他作品的复制品，好几家餐厅和酒馆也都以他的名字命名，里面挂满凡·高作品的仿制品。令人触景生情。小镇郊外的麦田里，大地正裸露出最灿烂的秋色，凡·高曾在画布上描绘过这一片土地……坠入凡·高的精神世界，对更多的人来说，是完成了一次信仰之旅。

蒙马特，激情燃烧

我沿着佛亚提尔路（Rue Foyatier）的台阶拾级而上。这条长 100 米，宽 12 米的路，直通蒙马特高地。这条台阶路形成于 1867 年，1875 年以法国雕塑家丹尼斯·佛亚提尔（Denis Foyatier，1793—1863）的名字来命名。这是巴黎最为有名的小街之一，经常出现在影视片中。

陡峭的台阶是健身者喜欢攀登的地方，我经常遇到几个女孩结伴锻炼，来来回回十几遍地攀登，看来她们的体能相当不错，而在台阶上的路灯杆上，常会贴有几幅招贴，那天我看到的是一则寻猫启事——主人在急切地寻找一只母猫，上面写着

它的详细特征："有着一只粉红鼻子（Nez Rose）和一双绿色的大眼睛（Grands Yeux Verts）"，看来这还是一只有艺术气质的猫。而在半山腰的长椅上，则是读书人喜欢的清净之处。

蒙马特位于巴黎城北，行政区属于巴黎第十八区，最高处是雪白的圣心教堂。教堂外观精致，内部庄严。这里也是俯瞰巴黎的佳处，天气晴朗的时候可看见远处的圣母院和蓬皮杜艺术中心。每当黄昏落日，更觉浪漫无比。

我曾在蒙马特小居过三个星期。每天早晨都在那陡峭的佛亚提尔台阶路上跑步，在圣心教堂前的长椅上读书，到了吃饭时间，回到小小的但很干净的旅馆房间，用自带的一个在马德里购买的微型烤箱，放入里昂香肠、葡萄干和奶酪薄片，制作出香喷喷的三明治，完全融入当地那种艺术化的简朴生活中。

阳光灿烂的午后，蒙马特高地上总是挤满了人。除了来自世界各地的游人之外，有相当多的是本地人。经常可以看到盛装的巴黎人在这里参加特别的庆典或仪式，而生活在这个街区的孩子们则更加开心，三三两两的小伙伴，坐着小滑轮车从斜坡上快速地滑下，笑声荡漾。

漫步在蒙马特，会发现这里体现出一种荒芜与浪漫的情调，荡漾着的是一种自由的气息，这里不仅是巴黎的最高处，与时尚柔美的巴黎保持着眺望的距离，更主要的是由于它高高耸立，在时空上仿佛与当下保持着距离，高地上的时间仿佛滞后了一些。正是一种时空上的错位和激情幻想，使它成为巴黎最具浪漫气息的地方之一，也成为艺术青年必访之处。

蒙马特是自由者的乐园。高地的小丘广场（Place du Tertre）上，每天聚集着近百名未成名的艺术家，常有画家为游客画人像素描，还兼售艺术品，也有自弹自唱的歌手，非常热闹。

街头艺术家在各自的地盘上自由挥洒。丘顶广场真是寸土寸金，地面上有着详细的标号，这样，每位艺人都有自己的准确位置，自成阵营，估计也会少了一些摩擦。他们忙着为游客画像，10—20多欧元一张的素描，显然是不少游人乐意保留的。在围观的人群中，画者和被画者都有了一种表现欲，他们与周围的人一起，构成蒙马特街区最有代表性的风景画。

黄昏时分，玫瑰房（La Maison Rose）窗外，淡紫色的光线中，鲜花格外艳丽，一位金发中年女子低头走过，像一幅印象派图画。这里曾是一些艺术家的故居之一，印象派画家埃德加·德加（Edgar Degas，1834—1917）和他的舞女模特曾住在这里。后来这里改为餐馆。

　　一位中年人在旁边小酒馆昏黄的灯光里读报，犹如几十年前的情景。游移在现实与记忆中的，时常是这样一些细微而朴素的美。那是旅途的馈赠，让你在光线黯淡的苍茫时分，看到人生的一抹亮色。

　　在蒙马特，最让人怀念的依然是画家。这个被认为是法国现代艺术发源地的"艺术家之村"，早在19世纪初，还是风车环绕的乡村田舍，一些画家与作家被这里纯净的风光和廉价的房租及生活费用所吸引，纷纷移居到此，从而渐渐变成贫穷艺术家们的梦幻天堂。他们都在这里度过了早年的艺术生涯。

　　提起"洗衣船"（Le Bateau-Lavoir），对现代美术史有所了解的人，都不会感到陌生。它坐落于蒙马特高地西侧，在丘顶广场下的埃米尔·古道（Emile Goudeau）广场旁。

　　当时整座建筑是木质结构，又黑又脏，像是废料堆，后面却有一排两层的画室，高高低低，样子古怪，也无卫生设施。客人从街上走进来，必须先走过甲板，沿着狭窄歪曲的木质楼梯，穿过黑暗的过道才能进入房间。在暴风雨的日子里，房子会摇晃作响，它被法国诗人马克思·雅格布（Max Jacob，1876—1944）形象地称为"洗衣船"，这便是蒙马特的廉租房。

　　马克西姆·莫福拉（Maxime Maufra，1863—1918）1890年左右在此居住，是第一个来到此地的艺术家。他是法国的景观画家，擅长蚀刻。毕加索在1900—1904年间，每年有一半的时间在西班牙，一半的时间在这里，1904年后有更多的艺术家和作家搬来，包括阿梅迪奥·克莱门特·莫迪利亚尼（Amedeo Clemente Modigliani，1884—1920）。它变成了一个非正式的艺术家俱乐部，包括画家亨利·马蒂斯（Henri Matisse，1869—1954）、乔治·布拉克（Georges Braque，1882—1963）、亨利·卢梭（Henri Rousseau，1844—1910）、诗人纪尧姆·阿波利奈尔（Guillaume Apollinaire，1880—1918，他的《米拉波桥》常被人反复吟诵）等，也常造访这里。

　　毕加索当时租住的一个里外间不到20平方米，里屋仅能放下一张床，外间稍大一点儿，作为画室。房间里没有自来水，需要到楼下的水井打水，也没有电灯，毕加索用一盏煤油灯来照明。这里冬寒夏热，有时连吃饱饭都是一种奢望。

1904 年，毕加索在这里遇见了与自己同龄的绘画模特儿费尔南多·奥利维尔（Fernande Olivier）。奥利维尔是一个逃婚者。她嫁给了一个虐待她的男人，1900 年，她 19 岁的时候，没有正式离婚就离开了她的丈夫，搬到巴黎后改了名字，她的丈夫便找不到她了。1905 年，毕加索就和奥利维尔住在了一起，他们的关系持续了 7 年，毕加索和奥利维尔都是嫉妒的情人，他们的激情有时会爆发成暴力。而毕加索在这艘"船"上居住了 4 年，立体派最早代表作《亚威农少女》（Les Demoiselles d' Avignon）是在这里诞生的，毕加索从沉郁的"蓝色时期"，过渡到明朗的"粉红时期"，并最终创立了影响西方艺术史进程的立体主义画派。

1908 年，毕加索无意中从街边的小店中，以 5 法郎购得一幅被他称为"这是一幅真正法国式的心理肖像画"的画作，辨认出这是后印象派画家亨利·卢梭于 1895 年完成后并不知流落何处的作品。为了纪念这幅画的发现，以及表达对卢梭的敬意，他在那个"洗衣船"里，举办了向卢梭致敬的聚会。这次欢愉的聚会似

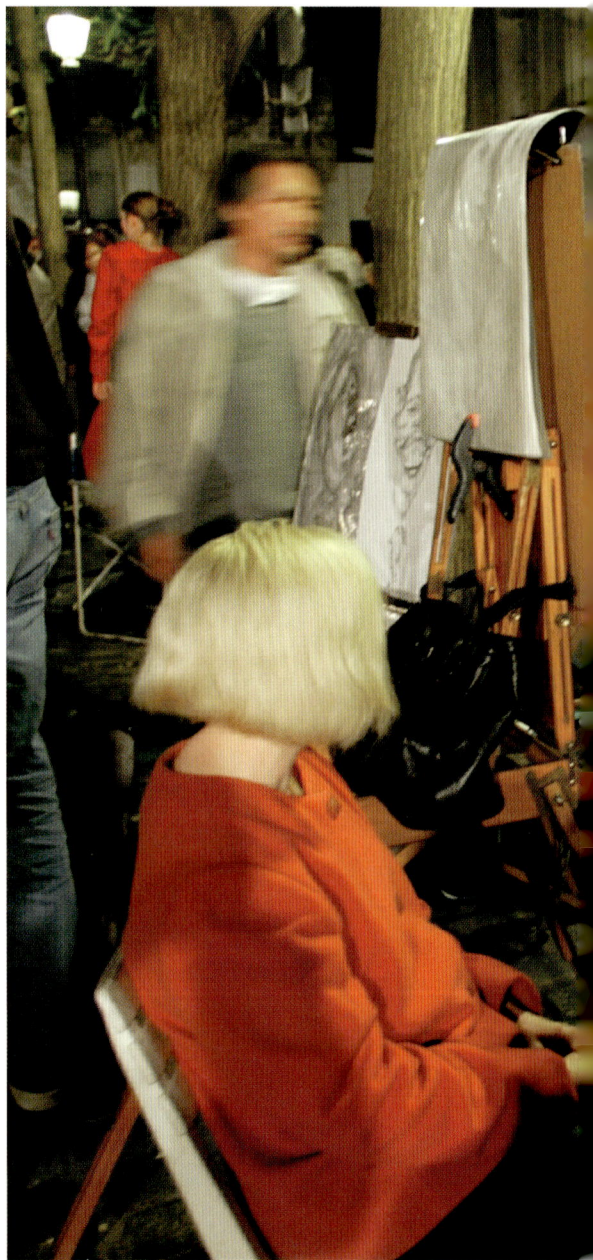

云上四季

乎也成为"洗衣船"的艺术家庆贺走出郁闷时代的一个标志。

　　正是这样的几间陋室，曾经是卧虎藏龙之地，一些世界文化名人从各国初来巴黎时，都曾留居此地或频繁进出。第一次世界大战前，"洗衣船"风云际会，一直是巴黎乃至欧美西方世界一个极为重要的文化驿站。1914 年第一次世界大战爆发后，生活在这里的艺术家陆续开始搬离，大都搬到巴黎的蒙帕纳斯附近，这也是"美好年代"结束的年份。

曾在这里居住过的阿梅迪奥·克莱门特·莫迪利亚尼，也是一个传奇。他是一位意大利犹太裔画家和雕塑家，他的画作以现代风格的肖像和裸体而著称，混合着立体主义、达达主义和超现实主义的风格，1906 年他搬进蒙马特的"洗衣船"，与毕加索和康斯坦丁·布伦库什（Constantin Brâncusi，1876—1957，罗马尼亚的雕塑家，现代主义雕塑的先驱，从 1905 到 1907 年居住在巴黎）等杰出的艺术家接触，1920年，他在 35 岁时因患结核性脑膜炎在巴黎去世。他死后取得了更大的知名度：前后有 9 部小说、两部电影、一部戏剧和一部纪录片记录了他的艺术生涯，他的艺术作品也达到了很高的价格：2010 年，他的一幅裸女画作被拍出了 6890 万美元；2015 年11 月，另一幅裸女画售出了 1.7 亿美元的天价。

1970 年的一场大火烧毁了"洗衣船"的大部分。现在"洗衣船"留给参观者的只是一个小小的漆成墨绿色的橱窗，橱窗里挂着几张照片、几张复制品和一张年历表等，热爱艺术的人们都在用想象的目光，触摸历史的余温。

蒙马特高地上的小酒馆都非常有特点，每一家都可能有很多名人曾经来过。我站在一家小酒馆的门口，听到一位青年歌手用我不熟悉的语言唱了一首歌，旋律欢快，非常耳熟。原来是 20 多年前我曾听到的《啊，朋友再见》（Bella Ciao，原意是"美人，再见"）。他唱得非常专业，唱完之后，掌声从各个角落响起。

我真是无法想象在寒冷的冬天，他们的生活会是怎样的。那次在圣心教堂前，遇到一个吹长笛的中年男人，吹奏着一首悠长的乐曲，曲调深沉忧郁，令人眼角潮润。

其实我的担心是多余的。这里的艺术家们大多都在此生活了好多年，并将继续下去。他们依靠燃烧的波希米亚激情，依靠艺术，可以生活得基本无忧，所以这本身就是一种选择。

透过面前狭长的街巷，一座洁白的教堂矗立在前面，在巴黎的微蓝空气中，似梦似幻。那就是圣心教堂（Basilique du Sacré-Cœur）。它是巴黎的一个地标性建筑。

建造这座教堂的背景，是为了鼓舞普法战争和巴黎公社时期市民低落的士气。法国在1870—1871年与普鲁士帝国的战争中惨败，在这场战争中，法方有近13.8万名战士丧生。天主教徒募集了700万法郎，由法国建筑师保罗·阿巴迪（Paul Abadie）设计，于1875年动工建造，整个过程持续了39年，这时候已是1914年，不料第一次世界大战爆发了。教堂直到战后的1919年才正式向人们开放，人们没有忘记初衷，直到现在，这里仍然每天都有人为那些在战争中死去的亡灵祈祷。

从远处看，圣心教堂是轻盈而柔软的，带着温暖的呼吸，而沿着台阶一步步走近它时，才感觉到它是高耸而神圣的，好像永远无法真正触及它，这种罗马—拜占庭式的建筑样式，在当时也是不同寻常的，因为在巴黎歌剧院建成后，新巴洛克风格的建筑风格有被过度使用的倾向，所以这次采用罗马—拜占庭式的风格显得特立独行。

圣心教堂长85米，宽35米。从教堂的三道拱门，到法国圣女贞德（Jeanne d'Arc）雕像以及路易九世（Louis IX）国王的骑马塑像，不少设计元素体现了民族主义的主题。高83米的钟楼，内有19吨重的萨瓦大钟，这是世界上较重的大钟之一，暗示着萨瓦公国在1860年被法国兼并的历史。

圣心教堂之所以如此洁白，是它采用了法国塞纳马恩省兰登古堡的石料，这种材料遇到雨水冲刷，会将石料中的石灰质分解出来，所以在教堂建成100多年后依然保持洁白如新，特别是在盛夏的碧空映衬下，那种洁白令人陶醉。

阳光透射下的圣心教堂前的台阶上，情侣们坐在上面亲昵或看书，记忆中和现实中的蒙马特，都是最后的理想主义乐园。

我曾在各个季节里，站在圣心教堂前眺望——一座灰红相间的城市，平和、随意、亲切，时尚与浪漫在外，我看到的是一片暖洋洋的辽阔和壮丽。

向西漫步，我来到蒙马特墓地（Cimetière de Montmartre），这片墓地建于1825年，作家小仲马、左拉、斯汤达、龚古尔兄弟、诗人海涅和音乐家奥芬巴赫等都长眠在这里。

这是一个令人沉思的地方。

夜晚的蒙马特是巴黎城中最热闹的地方之一。这里有 20 家以上的电影院、歌舞厅和酒吧等，有着"夜的天堂"和"不夜城"之称。入夜后的蒙马特是享乐者的乐园。餐馆、咖啡屋和小酒馆焕发出温暖的色彩，所有的面孔都洋溢着一种暖暖的光泽。

我曾多次在巴黎的几家夜总会拍摄，包括进入后台采访，"红磨坊"（Moulin Rouge）是具有代表性的娱乐场所。

随着法国进入"美好年代"，人们的审美趣味也在发生着变化，轻音乐歌剧开始盛行，波希米亚风情成为时尚。蒙马特由于处于郊区的位置，正好在繁华的巴黎边缘，保留了一种牧歌般的乡村氛围，穷困艺术家云集，也为创作一种世俗欢乐的新文化提供了环境。

1889 年 10 月，红磨坊在蒙马特高地脚下的巴黎第十八区林荫道旁应运而生，其名字来源于它屋顶上的红色风车标志。这是一家卡巴莱歌舞表演厅（Cabaret），卡巴莱是一种综合着轻音乐、艳舞和杂耍的娱乐形式，只面对成年观众，观众在台下用餐或喝酒，场下通常不跳舞。

红磨坊的老板约瑟夫·奥勒（Joseph Oller）是一位来自西班牙的实业家，早年从事博彩业。他当时显然很了解大众的口味，觉得让非常富有的人来到"贫民窟"娱乐一下，应该有戏。红磨坊的门口花园装饰着一头巨象，商人、艺术家、中产阶级包括当地的居民纷至沓来，尤其吸引了大量的优雅女性，这里被称为"女人第一宫"，成为一个社交场所和时尚区域。红磨坊每张门票的价格 112—420 欧元（分为只看演出、演出加简单晚餐和演出加 4 道式晚餐等多种类型）。其中私人包厢的座位，会为宾客准备上香槟、马卡龙甜点和闪闪发光的羽毛饰品，以与全场的华丽声光相呼应。所有的客人必须穿上比较正式的衣服，穿着短裤、拖鞋和网球鞋者会被禁止入内。

电影《红磨坊》让整个世界的人们知道了"红磨坊"这个巴黎的声色场所——以法国康康舞（Can-can）表演著称。康康舞是一种激情澎湃的通俗舞蹈，最早出现在 19 世纪早期，被认为是一种低俗放纵的舞蹈。从 19 世纪 40 年代开始盛行于巴黎的舞厅。最初是男女共舞，后来演变为纯女子表演的舞蹈，这种舞蹈最早起源于加洛普舞（Galop），并对加洛普舞进行了夸张和变形演变，主要动作特点是高踢腿、劈叉和侧手翻。

到了在 19 世纪中期，康康舞依然不被上流社会所接受。19 世纪末和 20 世纪初，这段时期的康康舞讲究舞裙摆动的多样化。舞女们穿着黑色丝袜，不停地抖动和翻摆着千层舞裙，最终会暴露镶着蕾丝花边的性感内裤。这个特点一直被保留至今，成为康康舞的代表元素。

红磨坊的出现为康康舞提供了绝佳的展示空间，也成为康康舞的精神发祥地。在这里，康康舞大受青睐并逐渐得到完善。每天晚上，康康舞女们随着音乐的节奏，上演一段又一段活力四射、性感飞扬的热舞。在她们当中，有一位舞技高超的舞女，她就是路易斯·维博（Louise Weber），经过她的不断改进，康康舞逐渐成为一种观赏性很强的专业舞蹈，她也被称为"蒙马特的女王"。

维博小时候，她妈妈在一家洗衣店工作。她经常穿上洗衣店里顾客昂贵的衣服，偷偷溜到舞厅里去跳舞。此后，她先在巴黎的小俱乐部跳舞，经常会做出一些挑逗的舞姿，如高踢腿，并用她的脚趾掀翻男人的帽子；从观众桌旁跳舞经过时，她经常习惯拿起顾客的酒杯一饮而尽，因此被戏称为"小馋猫"（La Goulue）。后来，维博加入了一支舞蹈队，他们第一次在红磨坊献演，就以强悍迷人的舞姿，碾压两位舞蹈明星，抢尽了风头。从此一票难求，维博成为康康舞和红磨坊的代名词，她也是当时巴黎收入最高的艺人。

她的表演也即刻引起一位画家亨利·德·图卢兹—劳特雷克（Henri de Toulouse-Lautrec）的注意。亨利身材奇异，他因患有遗传病，身高只有 1.42 米。当红磨坊开张时，亨利受委托去制作海报和绘制插画。尽管他从家人那里获得了定期收入，他仍提出要自给自足。当时其他艺术家都看不起这份工作，但他坚持自己的想法。红磨坊为他保留了专座以供绘画，他一直画到 1901 年 9 月去世前。亨利绘制了一系列以康康舞为主体的海报和插画，出神入化，惟妙惟肖，使康康舞得以广泛普及和传播。亨利作为后印象主义时期有名的画家之一，近年也被更多的人所关注（与他同时代的塞尚、凡·高和高更早已蜚声海外）。2005 年，克里斯蒂拍卖行拍卖了他的一幅画作，售价达到 2240 万美元。

尽管康康舞在最初被认为是"粗俗不堪"和"淫秽的"，但最终被视为 19 世法国舞蹈史上的重要部分，成为人类舞蹈文化中的一朵奇葩。

黄昏时分，我回到蒙马特高地，坐在教堂门前的台阶上，看着卖花人售卖着大把的玫瑰，忽然有点羡慕起那些生活在巴黎的人们。仅仅因为在巴黎，这里连一个灯柱都不会随便挪动地方，他们的记忆永远都可以找到物证，多么幸福！而在巴黎的高地之上或旷野之中，信仰与繁华之旗始终舞动如风。那个"美好年代"如岁月的琥珀，被历史之手轻轻地握着，凝固起来，意态迷人。

多年之前，初到巴黎，我的旅程是从探询巴黎的起源开始的。那宛然流经巴黎的塞纳河还有河中小岛——西堤岛（Île de la Cité）和圣路易岛（Île St.-Louis）幽静迷人，岛上和两岸的建筑都见证了巴黎从小渔村到现代都市的千年沧桑。

这是巴黎的岛屿，为塞纳河所围绕。我习惯于在春水与长天之间，呼吸着西堤岛与圣路易岛的古典气息，回味悠长。

西堤岛地铁站古旧清幽，泛着淡绿色的光，有一种悠远的空灵感。我踩着铁楼梯，从地铁里出来，看到两位女子站在地铁口的阴凉处悠闲地聊天，她们身后的天空碧蓝。纯净的气息瞬间扑面而来。心一下子安静下来。

那是西堤岛的初夏。

西堤岛是巴黎的地理和文化中心，也是巴黎城市的发源地。辽阔的巴黎就是在这座岛的基础上一点点扩展起来的。自公元前 2 世纪以来就有人类居住，公元前 52 年被罗马人占领，从此，西堤岛控制了河流贸易，城市繁荣起来。

巴黎圣母院是这里令人驻足的所在，其西立面十分宏伟，被雨果称赞为"一部由石头交织成的交响乐"。该圣母院于 2019 年 4 月 15 日不幸失火，至今仍在维修之中。

我忆起了激情四溢的歌曲《美丽佳人》（*Belle*），选自音乐剧《巴黎圣母院》（*Notre Dame de Paris*），其中这样赞颂埃斯梅拉达（Esmeralda）的舞姿——

> Belle, Even though her eyes seem to lead us to hell,
>
> She may be more pure, more pure than words can tell.
>
> But when she dances feelings come no man can quell,

Beneath her rainbow coloured dress there burns the well.

美人，尽管她的双眸就能将人诱入地狱，

但她也纯洁得无法用言语形容。

当她翩跹起舞时，没有男人能抑制住自己的情感，

她的彩虹色裙摆下有一泓深井在燃烧。

　　深秋时节，巴黎的黄昏。顺着楼梯我登上 50 米高的凯旋门顶层，上面的风极大，一路吹荡而来。我看到黄昏的雾霭中，从凯旋门放射而出的 12 条大街像是深深的峡谷，飘着浓重的雾气。往拉德芳斯方向眺望，沸腾的夕阳、巴黎西面层层叠叠的远山，让我见到了这座城市难得一见的景观。

　　一位穿红衣的女生在眺望着香榭丽舍大街。暖阳弥漫，远处是巴黎略微倾斜的

地平线。香榭丽舍大街处于明与暗的分界线上，那一片楼房散发着清雅而舒缓的色调，像被黄色的面纱掩去了繁华和喧嚣，只有一些轿车反射着点点滴滴的光，一下子变得寂静无声。

名城变得简单起来。

此时我活跃在全球奢华时装盛会的前沿，这里嘈杂、喧闹又艳光四射。在这个世界里，有 Dior，Chanel，LV 和巴黎时装周等关键词，许多人正向着那个世界奋力狂奔。而我，正站在那个世界的入口处。

对于巴黎的深入触摸与探访，使我对巴黎的灵魂有了深刻的感应，也使我在东方的参照系中，对巴黎的时尚有着更深刻的体悟。

掠过巴黎的浮华，我开始聆听它鲜为人知的秘密。在近观之后，留下的则是对于云裳之都的远眺，还有对于历史的沉思。

2003 年 3 月，在巴黎 Serres du Parc André Citroên 里的 LV 时装秀上，我拍摄下凯瑟琳·德纳芙（Catherine Deneuve，1943—）的优雅一瞬。她的佳作颇多，我尤其喜欢她在影片《最后一班地铁》（Le Dernier Métro）和《情证今生》（Indochine）中的表演。

当时，正值伊拉克战争爆发前夕。在时装展演结束后，一位模特留下了修长的背影。白 T 恤上面印着 "give peace a chance"（给和平一个机会）。在衣服的左下方还有一行小字 "the answer!"

历史总在等待机会。热爱和平的人们也在苦苦地等待着答案。

这帧照片中的人物由此构成了一个历史的背影，纤巧而有力。

在巴黎的晴空下，她们在眺望着时空内外。

我同时还领悟到这座城市繁华后的落寞。在帝国剧院（Théâtre de l'Empire），看约翰·加利亚诺（John Galliano）自己品牌的时装秀，剧院里那高高的台阶，就像通往浮华生活的通道。当时，那些设计大师除了受雇于大牌，担任首席设计师之外，同时还经营着自己的品牌。

拍摄结束后，我在剧院旁边的一家餐馆用餐。在我对面，一个女孩看着窗外。她的身后是整面的玻璃窗，散场后的看秀人香衣鬓影，而这个女孩的眼神却是那么

云上四季

　　的落寞，那么荒凉，繁华的荒凉。

　　我记住了这个瞬间。

　　于我而言，巴黎永远只停留在过去的某一个时间点上。巴黎就是流逝；巴黎就是记忆；巴黎就是感觉；巴黎是思绪深处最深的某种欲念。

　　巴黎在我轻声说出"Paris"这个单词时，刚刚离去。

在这里，场景与往事，影像与记忆，幻觉与气味……依次展开或弥散。

Gstaad

The Faded Dreams among the Mountains

格施塔德：山间旧梦

　　早晨，搭乘火车，开往"美好年代"。我前往格施塔德，这是全球名流喜欢的度假胜地，位于瑞士西南的伯尔尼州。

　　曾经有一种说法，这里被称为"喷气飞机目的地"（the International Jet Set），也就是说，那些名人就像"打的"一样，是打"波音的"前来的。

林区小镇上的名流往事

坐火车向东，抵达德语区的格施塔德（Gstaad）。身着制服的格施塔德皇宫酒店（Gstaad Palace）的接待人员，已在站台等候着我。与我一同坐这趟列车抵达的，还有来自美国的一对中年夫妇。

酒店的车沿着公路向一座小山丘开去。安静的小镇，掩映在苍翠的林间。在车

上，我与这对夫妇攀谈起来，这位先生是律师，他报名参加酒店举办的为期一周的网球培训班。

　　车子来到皇宫酒店，门童用法语问好。尽管这家酒店处于德语区，但酒店的通用语言是法语，酒店的格调从这个细节中可见一斑。

白色的外墙，城堡式的造型，顶层的四周有小塔楼。步入酒店大堂，看见一盏顶灯古典豪华。宽阔的大堂里，墙面上嵌着小型玻璃柜，里面放着一款别致的女包，另一个玻璃柜中放着几款手表，属于一类名表。

　　旁边的楼梯旁是一面照片墙，挂着曾在这里下榻过的名流的照片，其中有影星索菲亚·罗兰（Sophia Loren）、美国前总统吉米·卡特（Jimmy Carter）等。

　　早在 20 世纪 60 年代，《时代》杂志就将这里称为 "The Place"（胜地）。演员伊丽莎白·泰勒（Elizabeth Taylor），导演罗曼·波兰斯基（Roman Polanski），小提琴家耶胡迪·梅纽因（Yehudi Menuhin），摩纳哥兰尼埃三世亲王（Rainier Ⅲ）和格蕾丝·凯利王妃（Grace Kelly）都在此地旅行过。

　　一些政要也喜欢此地，其中包括西班牙国王胡安·卡洛斯（King Juan Carlos）和王后索菲亚（Queen Sofia）。1983 年 1 月，胡安·卡洛斯在这里滑雪时，不小心摔坏了骨盆，在床上躺了一个月。

云上四季

而哲学家吉杜·克里希那穆提（Jiddu Krishnamurti）也曾在 1961 年到访过格施塔德，他把旅行体验写入了《克里希那穆提笔记》（*Krishnamurti's Notebook*）中。

　　走进酒廊（Lounge），是古雅的设计，穹顶上绘制着瑞士 26 州的州徽。我看到一位从英国来的绅士，已 90 岁了，闲坐在沙发上。他每年都会选一些时间，来这里休养。酒廊里面连接着一间图书馆。从酒廊到餐厅的甬道两旁全部是玻璃柜，陈列着各式名品，俨然是奢侈品牌的微型展区。

　　酒店外立面上，宽大的阳台和黄色的遮阳伞独立于世。来到 La Grande Terrasse 餐厅，阳光透过顶棚，静静地照着。散布在酒店各处的油画和雕塑，都在无声无息地述说着这座于 1913 年开业的酒店的故事。那时正值"美好年代"的最后时光，仿如一段音乐的华彩乐章被妥帖地保存下来，在这幽静的山谷之间。

　　走进电梯，里面是古老的木质精美装饰，还嵌着一只小型的玻璃柜，放着几款顶级手表。来到顶层套房（Penthouse），里面采用原木结构设计，客厅挂着一盏鹿角制成的吊灯，家具采用瑞士乡村风格的颜色和图案，尤其是那些细节，会令人欣赏许久。推开玻璃门，外面环绕着开阔的天台，约有 150 平米，整个林间小镇的景色一览无余。

　　下午，我站在房间的阳台上，可以清楚地看到酒店的网球场和周围的青山，击球声清晰可闻。一些人在躺椅上晒太阳。由于四周群山环抱，附近没有其他的住宅，所以私密性相当好，这应该也是吸引名流前来的原因。

　　格施塔德是瑞士西南的伯尔尼州的一个小镇，目前属于萨能市（Saanen）的一部分，位于伯尔尼高原，是冬季滑雪和夏季户外游览的胜地，有 220 公里的雪道，最低海拔 1050 米。目前格施塔德的人口约为 3200 人。

　　中世纪，格施塔德是萨能区的一部分。圣尼古拉斯教堂建于 1402 年。以前一直以养牛业和农业为主。1898 年发生了一场大火灾；1905 年，随着蒙特勒到伯尔尼高地（Oberland Bernois）的铁路建设，出现建立旅游业的契机，1907 年，格施塔德成立了滑雪俱乐部，1923 年还成立第一所滑雪学校。在短时间内，该地区酒店的床位已超过 1000 张。1934 年，这里开设了第一架滑雪升降机，此地迅速成为度假胜地。

　　在格施塔德，每年都定期举办丰富的活动，其中包括格马球比赛、沙滩排球赛、网球锦标赛、格施塔德新年音乐节和梅纽因古典音乐节。另外，每年 12 月在皇宫酒店，邦瀚斯拍卖行（Bonhams）会举办诸如法拉利和玛莎拉蒂等的拍卖活动，吸引了大批神秘买家。

次日清晨，我从酒店驱车 10 多分钟，来到一片林间空地，然后搭乘马车，前往劳埃嫩湖（Lake Lauenen）。空气清冽，有着山区特有的凉意，随着马车的前行，两旁的风景在不断地变化。

经过半个多小时，来到一个碧绿的小湖，路上有十几位徒步者，他们是健行去湖区的。这个小湖在青山的映衬下显得幽静。

然后驱车前往"冰川 3000"（Glacier 3000）。冰川 3000 位于附近的莱迪亚布勒雷（Les Diablerets）地区，搭乘缆车先到达海拔 1546 米的皮永山口（Col du Pillon），然后换乘缆车，抵达海拔 2971 米的 Scex Rouge 山峰。

沿着小段山路，登上观景台，群峰闪耀，在远处发出召唤，透过一块金属指示牌，可以分辨出那些山峰：少女峰、雪朗峰、艾格峰……

然后，我坐上一种叫作"高山过山车"（Alpine Coaster）的陆地雪橇。以前我也曾在瑞士的其他地区体验过，这次不同的是在高海拔地区。我坐在陆地雪橇上，将把手向前推去，整个雪橇就在金属的滑道上向前冲去，为了减速，金属滑道每隔一段就有一个微微突起的部分。滑道上设计最刺激的部分是，本来轨道是向右侧倾斜的，突然会扭转向左，人在上面滑过时，会感觉到瞬间失重。整个滑道很长，滑行时间大约 10 分钟，一路上只听到风在耳边呼啸。终点处，别出心裁地设计了一根拉杆，将陆地雪橇拖回起点，人可以舒适地斜躺在上面，只看见雪原在慢慢地向后退去，寒意的风吹在脸上，四周一片寂静，雪峰的秀丽连同那种安详，也轻轻地刻在脑海深处。

从雪峰回到小镇，会漫步到繁花盛开的街道，浏览那些古老的木屋、教堂和画廊。小镇上有多家品牌专卖店，从 Hermés 到 Cartier 一应俱全。LV 店位于小镇一座独栋木屋内，我走进去，问是否有一款限量版的 Shearling 双肩背包，店员一听就热情地跟我说，店内刚到一款，但由于已有人付了订金，所以可以拿给我看看，但很抱歉不能卖给我。

　　店员很快就将包包拿来了。那年各大品牌纷纷推出高度为60厘米，宽度40厘米的超大型皮质双肩包，采用一块皮草的顶盖。LV的这款有一块白色的剪羊毛顶盖，看上去很清爽。在另一家专卖店，陈列着一件长款女式墨绿色皮衣，比较有型，在等待着适合它的主人。还有一家专卖店里，陈列着几款新季的皮衣，体现了品牌的休闲设计风格，以棕黄色调为主，皮质偏硬，与身体的贴合度不够，与我一直选择柔软皮质的偏好略有差异。

　　在一家买手店，我发现了一件意大利产的中长款羊剪绒大衣，连着皮毛高立领，其特别之处是在皮衣上喷着一种特殊的涂层，形成深灰色的做旧效果，看上去很别致。穿上身很轻软，价格也较合理，自然轻松入手。

　　逛了一圈商店，镇上还有几家手表店，品种也比较齐全。从一个小镇的规模来看，有这么多的品牌店已是相当丰富了。

　　黄昏时分，我们驱车向林区纵深处开去。行驶大约半个小时，来到瓦利格木屋（Walig Hut），这间瑞士高山小屋建于1783年，自那以来仅做稍稍翻新。这里的海拔约为1700米，可以眺望到格施塔德和萨能山地的景色。

　　穿着民族服装的厨师毛里齐奥（Maurizio）正在准备晚餐。最后的夕阳映照在山峰之上。不远处的草坡上，吃草的牛群传来铃铛的脆响。房间内壁炉之火已经燃起，带来了融融暖意。木屋的内间是卧房，床上放置着睡衣，一派温馨。而厨房里，大厨已准备好一大木盘的开胃菜——火腿、奶酪、腊肠和沙拉，等待着我来品尝。

灿若群星的"美好年代"

　　经常会有人带着艳羡的表情，谈起"美好年代"的种种美妙，但也许较少会有人对此历史时期加以研究。

　　"美好年代"是西欧近代史上的一段短暂岁月。它开始于普法战争结束后的 1871 年，结束于第一次世界大战爆发的 1914 年，但就是在这短短的 43 年里，经济繁荣、

科技创新不断，涌现了一批文学、音乐、舞蹈和视觉艺术的传世杰作。

概要地来说，那个年代涌现出众多的艺术家。在美术方面，从凡·高、保罗·高更，到亨利·马蒂斯，他们激励着一代人去寻找审美意识的"灵魂"；在文学方面，从马塞尔·普鲁斯特、托马斯·曼，到阿蒂尔·兰波，作品漫溢着淡淡的哀愁与忧郁，意蕴深长；在音乐方面，从德彪西、拉威尔，到埃里克·萨蒂，作品曲调柔美而短小；而新艺术风格运动的兴起，装饰风格则以曲线和自然图案巧妙结合，在巴黎公共艺术中使用渐进式设计，如法国建筑师赫克托·吉玛尔所设计的巴黎地铁入口的那些雕花大门，时至今日依然华美。那个"美好年代"已渗入城市文脉与历史记忆的每一处细节中。

在法国，当时正值法兰西第三共和国的时期，这个时期是工业进步的标志时期，和平乐观，这个时期的巴黎，艺术蓬勃发展，是一个与恐怖的战争时期相对应的黄金时代。

在英国，"美好年代"对应的是维多利亚时代晚期和爱德华时代。

在德国，基本上对应着威廉二世执政期（Wilhelminism，1890—1918 年间），也大致符合"美好年代"的时间范围。

法国的"美好年代"基于前后两次毁灭性的战争之间的和平与繁荣时期，"美好年代"的人们似乎都在享受着生活的快乐，暂时忘记了 20 世纪开局的艰辛。这也是一个相对稳定的时期，到了 1889 年巴黎举办世界博览会，更是步入了乐观和富足的时代，法国达到了它的鼎盛期，成为影响全球的文化中心，它的教育、科学和医疗机构在欧洲也具有领先优势。

这种时代的繁荣也生成了轻娱乐的生活方式，巴黎新兴资产阶级和成功的新贵，受到了城市贵族精英阶层的时尚传统的影响，被称为"巴黎人"（Tout-Paris），这实际上对身份的一种认可，不再被视为"法国外省人"。巴黎赌场在 1890 年开幕，卡巴莱歌舞表演厅（Cabaret）、法式酒馆和音乐厅，也在丰富着巴黎以前不足的公共娱乐资源。

红磨坊在"美好年代"中成为巴黎的一处地标，屹立至今。1869 年开业的女神游乐厅（Folies Bergère）是另一个地标性建筑。它激发了许多艺术家的灵感：莫泊桑在他的小说《漂亮朋友》（Bel Ami）中提到了它；马奈画过其酒吧；查理·卓别林则在那里表演过。

而在"美好年代",利亚讷·德·普吉（Liane de Pougy）就是这里的舞女，也是当时巴黎最漂亮的舞女，不断追逐着富有的男人。巴黎的其他舞者如"小馋猫"和珍妮·阿弗莉（Jane Avril），也通过亨利·德·图卢兹—劳特雷克标志性的海报艺术而广为人知，成为新一代的 Icon（偶像）。在这种歌舞厅中，滑稽的表演风格使得巴黎比美国和欧洲一些其他的城市显得更加轻松，渲染着搏动有力的巴黎夜生活。

离红磨坊不远，有一座煎饼磨坊（Moulin de la Galette），从 17 世纪起，风车就以其磨削功能而著称。到了 19 世纪，磨坊主人德布雷（Debray）家族推出了一种棕色的煎饼，很快就成为一种时尚食品，接着这里开设了可跳舞的法式咖啡馆（Guinguette）和餐厅。到了"美好年代"这里也成为娱乐场所，食客们端着一杯酒加上煎饼，自娱自乐。雷诺阿和凡·高等艺术家也时常过来。1876 年，雷诺阿绘制的《煎饼磨坊的舞会》（*Bal du Moulin de la Galette*）展现了这种世俗盛景。这幅画作描绘的是一个星期日下午，工人阶级盛装打扮，跳舞、喝酒、吃着煎饼。这幅帆布油画是雷诺阿早期的成熟作品，以流动性的笔触表现出丰富的形式和闪烁的光感，就像当时生活的一幅快照。该油画现藏于巴黎奥塞美术馆。

整个巴黎的都市格局也在发生着改变。1889 年，埃菲尔铁塔建成后，作为世界博览会的主入口，此后成为巴黎最醒目的地标，巴黎出现了新的天际线。

时尚方面，国宴级别的餐具被更多的上层阶级享用，富有异国情调的羽毛和毛皮也开始采用，高级订制时装在巴黎应运而生，开始每年定期展示。餐饮业方面，马克西姆（Maxim's）餐厅可以说是当时巴黎最独特的餐厅，富人们在这里炫耀不已；而在另一端，波希米亚风情在蒙马特的舞厅里散发着不同的魅力。

精致的法式佳肴开始备受欧洲美食家的推崇。"丽兹客"（Ritzy，这个词的另外意思是"时髦的""势利的"）是在这个时代发明的，指的是 1898 年巴黎丽兹酒店开业后的豪华氛围和特定客群。奥古斯特·埃科菲（Auguste Escoffier）是该酒店的合伙人和主厨，作为一位杰出的法国厨师，他将传统的法国菜改良成为现代化的高级法餐，并扩大其在国外的声誉。香槟酒的酿造技术也在不断完善之中，而带有致幻效果的苦艾酒（Absinthe），则被艺术家视为缪斯和灵感之源。

19 世纪中叶以后，铁路已将巴黎与欧洲的主要休闲小镇，比亚里兹、多维尔（Deauville）、维姿（Vichy）和蔚蓝海岸连为一体。这些车厢被严格地分为一等与二等，超级富豪也开始委托安排私人铁路专列，独享豪华与奢侈。当时的一些贵族或上流社会的绅士可以不用持有护照，在西欧的大部分国家旅行，甚至在国外居住。

媒体的趣味也在改变。1900 年，在漫画杂志 Le Frou-Frou 刊登的漫画中的女子，趋向小巧紧实的乳房，但这种瘦削的"男生身材"（Boyish Figure），实际上直到 20 世纪 20 年代才成为一种主流时尚的理想。

"美好年代"也是欧洲科技进步的年代。随着第二次工业革命兴起，无噪声车厢面世，现代意义上的汽车也诞生了，法国的标致汽车制造商属于汽车制造业的先驱，爱德华·米其林发明了可充气的轮胎，19 世纪 90 年代的自行车和轻便摩托车批量生产。电话和电报革新了通信方式，电灯开始取代煤气灯，霓虹灯也是在法国被发明。法国在飞机制造领域也处于领先位置，1907 年，法国发明家兄弟贾克·百里格（Jacques Breguet）和路易·百里格（Louis Breguet），实验飞行了首架载人直升机。同年，保罗·科尔努（Paul Cornu）试飞一架直升机。1910 年，法国成立了世界上第一支国家空军。

在这个时代，生物学家和医生破解了疾病的细菌原理，路易·巴斯德（Louis Pasteur）发明了巴氏灭菌法和狂犬病疫苗。法国波兰裔科学家居里夫人创立了放射性理论，发现了两种元素钋和镭，发明了分离放射性同位素技术，1903 年与她丈夫以及贝克勒尔分享了诺贝尔物理奖，1911 年获得了诺贝尔化学奖。

"美好年代"活跃着许多著名的艺术家，包括保罗·高更，亨利·马蒂斯和毕加索，奥古斯特·罗丹的雕塑作品也在追求着更现代的表现形式。1890 年，凡·高去世，留下了一批杰作。巴黎后印象派、象征主义、野兽派和立体主义风生水起。1900 年前后，外国的影响也逐渐强大，日本版画和非洲部落艺术展品，皆吸引着巴黎艺术家的注意力。

1875 年，巴黎歌剧院（Opéra Garnier）落成，展现出新艺术风格（Art Nouveau）建筑的巨大魅力。新艺术运动受到大多数人的认同，从 19 世纪 90 年代中期开始，

其装饰风格以曲线与自然的图案相结合，主导着欧洲的渐进式设计。在巴黎公共艺术领域中，赫克托·吉玛尔（Hector Guimard，1867—1942）设计了巴黎地铁站的入口，采用铁艺材质，已然成为巴黎的一种标识。达利曾说过，每次离开巴黎，最让他舍不得的就是这样的地铁口。

欧洲文学在这个阶段也经历着重大的转变。文学现实主义与自然主义达到新的高度。最著名的法国作家是莫泊桑和左拉。马塞尔·普鲁斯特（Marcel Proust，1871—1922）的《追忆似水年华》（*A la Recherche du Temps Perdu*）从 1909 年开始初步成型，自 1913 年起陆续出版。德国托马斯·曼（Thomas Mann，1875—1955）的《威尼斯之死》（*Der Tod in Venedig*）于 1912 年出版后，在法国也激起巨大反响。法国象征主义诗人阿蒂尔·兰波（Arthur Rimbaud，1854—1891）1886 年出版诗集，开启了超现实主义的流派；而纪尧姆·阿波利奈尔（Guillaume Apollinaire）的诗歌主题则给读者提供了现代生活的意象。这些书刊被送到伦敦、圣彼得堡和柏林等地，以飞快的速度传播着。而此后，兰波的诗歌以及他的传奇生活，影响了 20 世纪的一批作家和艺术家，其中包括狄兰·托马斯、艾伦·金斯堡、杰克·凯鲁亚克和亨利·米勒等人。

在音乐方面，这个时期的特点是沙龙音乐兴起，精美而相对短小，易被接受；华尔兹空前繁荣，歌剧也处在流行高峰，代表音乐家有约翰·施特劳斯三世（Johann Strauss Ⅲ）、艾默里克·卡尔曼（Emmerich Kálmán）、克劳迪·德彪西（Claude Debussy）、莫里斯·拉威尔（Maurice Ravel）、埃里克·萨蒂（Erik Satie）和伊戈尔·斯特拉文斯基（Igor Stravinsky）等。现代舞蹈也开始崛起，建立了现代芭蕾技巧，当时推出的《火鸟》和《春之祭》芭蕾名作，不拘一格的表演风格，有时竟会引起观众的骚乱。

这真是一个灿若群星的年代。

Chapter Ⅱ

Return to the Grand Tour

复刻壮游年代

壮游，也被称为"大旅行"，曾是一种优雅的传统。

这种穿越欧洲之旅，萌发于1660年前后，到1840年，随着蒸汽机车旅行的出现而达到鼎盛时代，主要是欧洲上层阶级尤其是英国贵族家庭的年轻人，穿越法国、瑞士后一直来到意大利南部，寻找艺术、文化和西方文明的根源，有着相对固定的标准行程。

壮游不再风行 170 多年后，当我走访这条壮游线路时，依然可以发现其在欧洲旅行版图上的独特地位。

　　这期间，无数名流雅士的风流韵事轻盈浮动，让我们再次进入历史、传说、民间生活与文化灵魂之中。

Region du Lemon

Lord Byron and Château de Chillon

莱蒙湖畔：拜伦的足迹

　　当年的壮游人士在巴黎逗留一段时间后，然后会沿着阿尔卑斯山区，进入莱蒙湖区，继续在瑞士的行程。

　　蒙特勒作为贵族的圣地，西庸城堡是必到之处，因拜伦当年大旅行途中写下的长诗而闻名四方。这里湖光山色诱人，葡萄酒产地拉沃属于世界文化遗产。

西庸城堡：拜伦长诗中的历史风物

　　瑞士蒙特勒（Montreux）。宽阔的酒店大堂中，有着绚丽的玻璃穹顶。走进房间，我透过黄色窗帘，瞥见下午的暖光照在宽大的阳台上，推开门，是碧蓝的莱蒙湖（Lac Léman）。

　　蒙特勒靠近瑞法边境，属于瑞士沃州（Vaud），是瑞士法语区的度假胜地，有
"蒙特勒里维埃拉"（Montreux Riviera）之称，因此也被称为"瑞士的蔚蓝海岸"。

　　蒙特勒人口为2.3万。通用语言为法语，气候属于温和的湖区小气候，距离日内瓦机场有一个小时的火车车程，到巴黎4个小时的高铁车程。蒙特勒被葡萄园所环绕，可以眺望到白雪皑皑的阿尔卑斯群峰。

一出蒙特勒车站，对面就是预订的Grand Hotel Suisse-Majestic。大堂洋溢着瑞士法语区特有的浪漫情调，前台对面挂着一幅抽象派油画，有一种低调的奢华。酒店始建于1870年，由建筑师欧仁·约斯特（Eugène Jost）设计。

我倒上一杯酒店赠送的香槟，凭栏远望。湖面驶来一艘渡轮，船的前面挂着法国国旗，尾部挂着瑞士国旗。莱蒙湖是瑞士与法国的共用湖泊，也是瑞士的第一大湖，长72公里，宽13公里，深310米，总面积为582平方公里，其中348平方公里属于瑞士。

放眼望去，莱蒙湖畔像浩瀚的海洋，湖水也像海洋一样涌动着潮汐，只是这种潮汐很微小，看上去碧波浩渺，水波不兴。湖面上有星星点点的帆船，烘托出湖区的幽静。每天有几班渡轮往来于湖边的各城市之间，成为连接瑞法两国的纽带。

在温暖的光线下，莱蒙湖景色迷人。码头长廊聚集着不少人，西装革履，大家举着香槟，看样子是在等着参加船上的晚宴。不远处的天际飘浮着白云，被强烈的日光照射得仿若一道白光，只有莱蒙湖，安静一如往昔。

早晨，步出酒店。莱蒙湖畔湖波轻荡。我沿着小径来到西庸城堡（Château de Chillon）。这是莱蒙湖畔一座堡垒，曾是萨瓦公爵的防御工事。

城堡的入口处是座建于18世纪的小桥，横跨在一座天然的沟壑上。进入城堡，是一个开阔的庭院，四周是城堡高高低低的回廊和屋顶。沿着台阶而下，来到酒窖，哥特式的拱门里堆放着酒桶和食物。迈过一道狭窄的边门，就到了城堡的地牢，也就是博尼瓦尔监狱。当时被囚禁在城堡地牢里的是日内瓦一家修道院的副院长弗朗索瓦·伯尼瓦德（François Bonivard）。他从1530年起因宣传宗教改革，触犯了萨瓦公爵，被关闭在城堡的地牢中，直到1536年，伯尔尼军队占领了城堡，他才获得了自由。

在城堡的地牢中，我发现一根石柱上刻着许多人的名字，其中拜伦勋爵（Lord Byron，1788—1824）的名字被一个框子框住。他的全名是乔治·戈登·拜伦（George Gordon Byron）。1816年6月22日，拜伦和他的诗人朋友雪莱（Percy Bysshe Shelley，

1792—1822）在莱蒙湖上游览，来到西庸城堡，在地牢里，他被弗朗索瓦的故事触动，诗情大发。

由于遇到了大雨，在接下来的旅程中，拜伦和雪莱就在洛桑乌希的英格兰酒店（Hotel de l'Angleterre）住了下来。拜伦在 7 月初，写下了长诗《西庸的囚徒》(*The Prisoner of Chillon*)。这首 392 行的叙事长诗，使这座西庸城堡在更大的范围内变得知名起来，成为瑞士最著名的景点之一。作家卢梭、雨果亦曾在其作品中，提及了这座奇特的建筑。

西庸城堡作为一个控制欧洲南北通道的要塞，建在湖边的一块礁石小岛上，造型奇特。原先城堡包括 100 座独立建筑，之后被连接成为一个坚固的整体。城堡最古老的部分没有明确记载，估计建于 1005—1160 年间。12 世纪起，城堡变成萨瓦公爵们的宅邸。13 世纪，被皮埃尔二世（Peter Ⅱ）公爵大规模改建。这座城堡从未被攻占过，却曾因条约被易手过。从 12 世纪至今，城堡的历史可以分为 12 世纪到 1536 年的萨瓦时期、1536 年至 1798 年的伯尔尼时期、1798 年到现在的沃州时期，数百年的沧桑历史，隐藏在这座古堡中。

我从城堡的地下部分回到地面，来到了多米尼厅（Camera Domini），这里曾是萨瓦公爵的寝宫，建于皮埃尔二世公爵时期，里面保存着 14 世纪的壁画。壁画的残余部分显示出在茂密的植被中闪现的动物。天花板装饰着百合花和十字架，房间的一侧还有一座螺旋楼梯，约建于 1336 年，以方便主人爬上城墙或者去他的私人礼拜堂。接着，走进了新星厅（Camera Nova），弧形的天花板富丽堂皇，摆放的胡桃木衣柜可追溯至 1590 年，这个房间是在 14 世纪后期为萨瓦家族设立的，它被称为"大炉子旁边的新房间"。

城堡拐角处有一间大厅，14 世纪时主要被家族的贵妇所使用。透过大厅的窗户可以清晰地眺望到莱蒙湖区和西庸葡萄园的景色。城堡附近有 12500 平方米的葡萄园，酿制的白葡萄酒是拉沃的 8 种佳酿之一。

城堡中有 40 多处可供参观，仿如一个个历史区块——巍峨的塔楼、静谧的庭院、精致的小礼拜堂，里面挂满壁画；还有摆满箱子的房间，当时的人员将私人物品都放置在里面。

沿着回廊，漫步在城堡宽厚的护墙边，我缓缓地顺着木梯，登上城堡的主塔。

主塔大约建于 11 世纪，是观测所、弹药库和战时避难所的结合体，当时的入口都是建在高处的，需要借助梯子或吊桥才能进入，目前的高度约在 25 米。站在主塔，透过瞭望孔，一艘古老的蒸汽船刚好离开码头，正行驶在灰雾蒙蒙的湖面上，从这个特别的角度，似乎也为湖区生活增加了一个特别的历史观察点。

莱蒙湖畔的作家居所和爵士乐摇篮

许多年前，莱蒙湖就吸引着来自世界各地的旅行者，其中包括喜剧影星卓别林（Charlie Chaplin）、摇滚巨星福莱笛（Freddie Mercury）和音乐家斯特拉文斯基，他们与这片生地结下了永久而特殊的联系。每年 7 月的蒙特勒爵士音乐节（The Montreux Jazz Festival）也是当地的一大盛事。

蒙特勒爵士音乐节和蒙特罗金玫瑰电视节，是蒙特勒的两大节庆。其中蒙特勒爵士音乐节不仅动感十足，更是融入周围的湖光山色中，连附近的热门旅游线路上也有不同主题的音乐活动，人们或泛舟湖上，或坐火车穿行在周围的群山中，都有机会欣赏到来自世界各地的爵士乐表演。

在小径的另一侧，一个满眼碧绿的庭院，4 棵高耸的形状奇异的大树之间掩映着一座挂着黄色窗帘的建筑，这就是 Montreux Palace 酒店。

湖畔的这家酒店，建于 1904—1906 年间，陈列在酒店各处的油画、雕塑以及褪了色的窗框，都在无声地述说着这座 20 世纪初巴洛克风格宫殿的风情故事。

步入酒店。我在瞬间忆起，作家弗拉基米尔·纳博科夫（Vladimir Nabokov，1899—1977）和妻子维拉（Véra）从 1961 年 10 月起，就常住在这家酒店 6 楼的套房内，一直到他 1977 年 6 月去世。

登上二楼，宽阔的大堂玻璃柜中放着一只古旧的皮箱子，贴有"88""33"这样的标签，第一感觉像是法国戴高乐（CDG）机场的行李转机标签。当时对于法国的贵族而言，位于法语区的蒙特勒有着如同在法国一样的气息和情调，在巴黎转机的行李上都会有这样的标签，我的箱子上还保留着一张"55"的标签牌。

一旁的玻璃柜里则陈列着古老的单筒望远镜和在海上测定船舶位置的六分仪，

背后挂着一张旧地图。这些物品，都激起人们对那个大旅行时代的遥想。

流连在安静的大厅中。窗口放着一架三角钢琴，琴盖反射着幽静的蓝天。这时，进来一组参观人员，酒店的一个服务生悄声地跟着他们，在不远不近的地方站着，冷冷地，不时地瞥向那边，像是一个生怕别人弄坏了自家东西的孩子，但别人很有礼貌且守秩序，这个服务生又不好声张。

走出酒店，我沿着湖畔小径漫步。

黄昏最美的光线下，莱蒙湖的景色静谧安详。记得上次来时，湖岸上每隔一段距离，就有一个竹子制成的艺术装置，首先看到的是一个用长短不一的竹子连成的竹编，映在碧海和雪峰的背景前，仿若一幅水墨画。而那竹编就像由毛笔在宣纸上画下的长短不一的线条，遒劲有力。

走了不远，小径传来叮叮的风铃声，一只竹制的风铃挂在树下，与湖中的山水融为一体。

而现在，湖岸阴翳蔽日。每隔一段距离就有一座雕塑作品或装置艺术。或是一尊铁艺装置，一条条鱼的造型，组成一个高约 2 米的镂空圆筒；还有用铁丝弯成的一只巨大的鸟，惟妙惟肖；或者是将 5 个面具串在一根高约 3 米的金属棍上，表现出一种超现实的艺术美感。一座人物雕塑高高地坐在 3 根不锈钢管撑起的架子上，这件作品名为《沉思的哨兵》(*Guetteur Pensif*)，而另一件作品表现的是人站在跳板的尽头，撅着臀部的紧张一瞬，标题为《潜水员的迟疑》(*Plongeuse-Hésitation*)，展现着一种幽默精神。

沿着湖岸我来到码头。

在湖边热闹的区域，一个巨大的圆形船台上，左侧有一个女子坐着休息，右侧两个男子站着喝饮料，中间一艘渡轮刚刚启航。

正对着湖边，矗立着一座雕塑，基座上放满鲜花，一位歌手拿着麦克风，右手握成拳头高举着。他就是弗莱迪·摩克瑞(Freddie Mercury)——皇后(Queen)摇滚乐队的主唱。1946 年，他出生在东非的桑给巴尔岛，后来成为摇滚乐巨星之一，唱片销量达到 150 万张。1978 年，弗莱迪·摩克瑞随着乐队移居到此，蒙特勒成了他的音乐天堂、第二故乡和最后的居住之地。他 1991 年去世，作为原创者和表演

者，他给摇滚乐留下了宝贵的传奇和精神遗产。

一个黑人女孩拿着相机，请我帮她与雕塑合张影。我们一聊，得知她来自卢旺达，在附近的一个小城读硕士，今天抽空过来游玩。我跟她说到了影片《卢旺达大饭店》，她点点头。在这个战乱不断的世界上，这样的和平之地尤为宝贵。

广场有一方喷泉，一个男孩光着上身，在水柱之间戏水。广场的尽头是一块高地。从这里可以看到有两个人坐在石头栏杆上闲聊，周围的柱子看上去，这两个人像是在竹林之间坐而论道。旁边的空地上，则是另一番热闹景象。五六个白衣人士手持长棍，在练习东方棍术，其中一位是女士。

高地上有一张关于蒙特勒爵士音乐节的海报。从 1967 年举办第一届爵士音乐节开始，蒙特勒步入爵士乐振兴之路。这个属于音乐的小城，吸引了世界优秀音乐人共聚一堂，其中包括戴安娜·克瑞儿（Diana Krall）、小哈利·康尼克（Harry Connick Junior）、保罗·威勒（Paul Weller）等，蒙特勒赋予他们灵感，他们还城市以激情和欢乐。

晚间在 Café Bellaggio 餐厅就餐。幽美的灯光下，一位戴着墨镜的女士用沙哑的嗓音对我说："Move the chair."（搬开那把椅子）。

刚才我看见她一个人坐在露天餐厅里，旁边牵着一只大约 1 米高的白色贵宾犬，问她可不可以给她拍几张照片，她发现在桌子前有一张椅子挡住了我的最佳角度，建议我把椅子挪开。

一个细心的女人。只是她的装束和神情都显得很神秘，即便在蒙特勒这样的度假胜地，依然显得很特别。我的直觉是她住在这里，且有着神秘的身世。餐厅里高朋满座，更显得那个女人的落寞。

沿着湖边小径漫步，远处的灯光洒在湖面上，与近处树间的灯光互相辉映，又一个美妙的夜晚在宁静中悄然来临。

次日上午，我前往拉沃（Lavaux），感受葡萄的果香。拉沃位于沃州的 Lavaux-Oron 地区。尽管传说中的葡萄酒种植始于罗马时代，但在这个地区，成规模栽培是从 11 世纪开始的。最早是由本笃会（Benedictine）和西多会（Cistercian）的修士开始的。拉沃区域沿着莱蒙湖北麓，绵延 30 多公里，8.3 平方公里的葡萄园梯田朝向南方。适宜的温度是成功栽种葡萄的首要条件，加上朝向湖面，会反射湖面上的热量，同时北侧的石墙也巧妙地调节着微气候，从而使得葡萄能更好地生长。这里栽培的葡萄品种主要是莎斯拉（Chasselas），一种果实比较细小的葡萄种类。

按照沃州的法律，拉沃的葡萄园被严格地保护起来。2007 年，被列入《世界文化遗产名录》。

葡萄园上方，一个小瀑布旁有座隐秘的建筑物 Lavaux Vinorama，这是一个酒类图书馆（Wine Library），兼具葡萄酒陈列和供人品尝的功能。推门而入，里面陈列着大约 300 种本地产的葡萄酒，空间里飘着一股香味。架子上放满各种葡萄酒，其中有好些 2008 年和 2009 年份的葡萄酒，500 毫升的价格在 20—30 瑞郎。我选了一款 2009 年的 Plant Robert，有着相当浓的果味，单宁适中，仿如一位正装的美人，散发一种清新甜怡的美感。

黄昏时分前往车站，我乘坐一列黄色齿轨列车去往"Rochers-des-Naye"山丘。这个地名的含义是"纳野的岩石"，最高峰海拔 2042 米。

我坐在司机的后面，可以清晰地看到他的操作。从车窗向外望去，列车行驶在浓荫的山间，齿轨的构造清晰可见，两条钢轨与一般的钢轨无异，但钢轨的中间有一条带齿的钢轨，这样与列车上的齿轮列车咬合后，就可以在如此险峻的山间迅速地爬行了。

穿过一片林带，齿轨列车进入更高海拔的开阔地带，速度很快。路轨旁的草地上，一群奶牛正在斜坡上吃草，它们的脖子上都戴着精致的颈圈，颈圈下坠着一只牛铃，在山地的微风中叮当作响。

齿轨列车穿过一个山洞，即将到达山顶。俯瞰莱蒙湖，云蒸霞蔚，山脚下的蒙特勒清晰可见，从山上看过去，西庸城堡是如此袖珍可爱，就像一个小模型。

行驶一个小时后，抵达海拔 1968 米的山顶车站，这是一片开阔的休闲区。一些人喝着饮料，看着风景；还有一片白色的帐篷，在蓝天的衬托下格外耀眼。走进帐篷细看，里面有 4 张床，可以轻松地租上一晚或更长的时间。

我沿着山间小路徒步，走到山顶，有一扇小门，进去是一座小花园，花草在背后一座大山的映衬下，显得娇小可人。在这座山上，有几只可爱的土拨鼠，运气好的话，可以跟它们近距离地相遇。

时近傍晚，我来到山顶的 Plein Roc 餐厅，里面已是人声鼎沸。这家餐厅只供应一种主食，就是"奶酪板烧"（Raclette），即瑞士的代表性佳肴"奶酪加土豆"。厨师在烤炉上放着多块儿半圆形的奶酪，看其中一块儿即将变为流体时便装到盘子里，放上蒜头、酸黄瓜和土豆，再撒上些胡椒。一尝，相当香醇，将奶酪的醇厚和配菜的爽口微妙地结合起来了。

这里主食的供应是不限量的，当我吃完第四盘时，已觉得很撑了。与厨师聊天，他问我以前在瑞士是不是吃过芝士火锅（Fondue），我点点头。他问我芝士火锅和奶酪板烧哪个更好吃？

"Both were delicious." 我回答道。

他不甘心，又问我，如果只选一样呢？我笑着说"Raclette"。因为这个更加香醇。

此时，黄昏醇厚的阳光照射在餐厅里，每个人的脸上都显得喜气洋洋，窗外，莱蒙湖和整个蒙特勒暖意雍容。

晚间 9 点 30 分，齿轨列车返回蒙特勒，轻快地向山下行驶，司机不时地关闭整个车厢的灯光，以便让我们看到山下那一片阑珊灯火。

回到酒店房间，来到宽敞的天台上，皎洁的月光挥洒在湖面上。此刻，独享清凉。

壮游曾如此风行

始于 360 多年前的壮游，有其特定的背景。首先是 1660 年，英国内战之后，国王查理二世回到伦敦，恢复了君主政体，贵族的生活重归平静；其次是源于意大利文艺复兴运动的召唤，使得欧洲主要是英国富裕家庭的年轻人心生神往，开始穿越欧洲中部直达欧洲南部的大旅程，但一般都止于那不勒斯到阿玛尔菲海岸一带，没有去意大利更南部的区域或马耳他，也极少会去希腊，因为当时的希腊仍处于奥斯曼帝国的统治之下。

经典的线路是：从英国越过英吉利海峡，穿过荷兰和比利时，到达巴黎，开始在欧洲大陆的旅行，他们通常由一个导师外加一群仆人伴随，停留一段时间。因为法语作为17—18世纪欧洲精英的主导语言，是身份的象征。旅游者在巴黎会特地聘请一位讲法语的向导，学习法语、交谊舞、击剑和马术，并与巴黎上流社会接触，学习时尚礼仪和行为规范。这些技能的培养，有助于培养他们的领导力，为将来有机会进入政府或外交部门工作而进行知识储备。

接着，进入阿尔卑斯山区，其时，会雇用一个教练。然后到达莱蒙湖区，在日内瓦、蒙特勒和洛桑逗留，其原因是日内瓦作为宗教改革的摇篮，对当时年轻人信仰的形成影响深远。在19世纪的瑞士段旅程中，还会加上登山课程。而后，旅行

者会克服困难，翻越阿尔卑斯山 2400 多米高的大圣伯纳德山口（Great St. Bernard Pass），进入意大利北部，其中包括拆除马车和卸下行李等环节。预算充足的团队会全部由仆人来完成这些琐碎的工作。

到达意大利境内后，一般都会去都灵，那时很少人去米兰；接着会途经克雷莫纳（这里以制作小提琴而闻名），去比萨、维琴察、帕多瓦和威尼斯，在威尼斯假面舞会中形成壮游的一个高潮。因为在英国人心目中，水城威尼斯始终散发着一种"颓废的意大利魅力"，这是浓缩着文化往昔的盛大之旅。

继续南下，经过博洛尼亚，在佛罗伦萨待上几个月，乌菲兹美术馆荟萃了文艺复兴时期的绘画和雕塑精品，他们会参加相关的论坛，再深入锡耶纳和乌尔比诺。之后终于来到"永恒之城"罗马，停留时间也会较长，访古探幽，游览罗马周边的乡村也是一项重要内容；最后前往那不勒斯（在这里学习歌剧）、庞贝古城和阿玛尔菲的各个小镇，由此结束全程。

当时这种大旅程预算通常都比较充足，整个连续旅行时间从数月到一两年不等。这些年轻人会委托画家将他们漫游时的状态画成油画，逐步完善他们的语言技能（如法语），直接接触欧洲古代文化遗产和文艺复兴时期的佳作，并与欧洲大陆的上流社会交往互动，体验贵族阶层的时尚礼仪。

旅行结束时，他们都会带回成箱的收获，里面装满了书籍、艺术作品、科学仪器，也包括一些小文物，从鼻烟盒到镇纸一应俱全，然后摆放在客厅和花园里，有的甚至会为此建起画廊，洋溢着年轻人小功告成的得意气氛，其中画家给他们绘制的带有欧洲大陆标志性景点的油画，则成为展示的标配。

壮游也完善了英式礼仪文化。一般人都对英式礼仪尤其是英式管家赞赏有加，殊不知，上流社会的礼仪规范起源于意大利的乌尔比诺，后来普及到整个欧洲的贵族阶层。而英伦的礼仪，正是经过近 200 年壮游的传播之后才日臻完善的。这反映出欧洲文化礼仪上的互相融合与兼容并蓄。

这种大旅行从本质上来说，既不是学者的探索之旅，也不是宗教的朝圣之旅，它更接近于帮助年轻人成熟的文化启蒙之旅。作为一个教育仪式，它使得人们在欧洲旅行的同时，完成了一个英国绅士的教育过程。因为在 17 中叶到 18 世纪中叶，英国的统治阶级主要着眼于文化霸权，其次才是在经济或军事力量的显现。

从 1758 年开始，欧洲一些国家陆续铺设短距离的铁轨。1836 年，伦敦的第一条铁路开通。1939 年，意大利的第一条铁路开通，从那不勒斯到波蒂奇（Portici）。1841 年 7 月，英国的托马斯·库克旅行公司开辟了第一条短途铁路观光铁路的服务，首批带领 500 人往返坐火车，参加一个戒酒集会（单程距离为 17.7 公里，即 11 英里），票价是 1 先令。到了 1851 年，该公司共组织了 15 万人参观伦敦世博会。

蒸汽机车的运用，也使得大旅行变得更便宜、安全和便捷。1877 年，乘火车从巴黎到日内瓦，一等座位的往返票价为当时的 5 英镑 17 先令 9 便士。

德国的几处地方也被纳入线路之中。19 世纪后半叶，随着大型轨道交通的慢慢普及，加上轮船业的技术改善，跨国界的旅行难度已大为降低，壮游渐渐不再时兴，逐渐被早期的大众旅行所替代。在意大利，由于铁路旅行的便捷，连那些中产阶级也可以负担得起频繁的旅行。

尽管如此，慢慢消隐的壮游，从它的贵族身份到丰富浪漫的行程，对于处于全球化时代的旅行业来说，从目的地的选择和文化形态的分类等方面，依然具有启示意义。

壮游一般会花多少费用？依据一家英国金融机构提供的数据：英国索尔兹伯里六世伯爵詹姆斯·西塞尔（James Cecil，the 6th Earl of Salisbury，1713—1780），在当时的壮游中一共花销了 3300 英镑，相当于现今的 47.82 万英镑。而同时代人的壮游费用多为 5000 英镑。

也有一些节俭的旅行者。苏格兰诗人和评论家托比亚斯·斯摩莱特（Tobias Smollett）在法国游览一年半的时间，只花费了 150 英镑（约合现今的 19820 英镑）。

在当时意大利段的旅行中，俭朴是完全可行的。植物学家詹姆斯·爱德华·史密斯（James Edward Smith）从罗马到那不勒斯这段 141 英里的旅行中，支付了 3 个金币（Guineas）——约合今天 361 英镑的费用，这被认为是非常合理的。因为当时马车需要在坑坑洼洼的泥土路上慢慢行进，住宿方面的费用也比较合理。1778 年，一位叫雷蒂·耐特（Lady Knight）的人士租下了罗马宫殿旁的一处住所，一年只花了 36 英镑（约合现今 4138 英镑），这费用在当时的英国只够住两个月的公寓，且房间也远没有那么宽敞。

　　在法国旅游也有节俭之道。作家和农业创新技术者莫里斯·伯克贝克（Morris Birkbeck）1814 年在法国待了 86 天，平均每天只花费 16—17 先令，即每天的开销约合今天的 53.6 英镑。

　　当然，奢俭由人。相形之下，德国贵族费迪南·冯·费斯滕伯格（Ferdinand von Fürstenberg）1680 年前往巴黎的旅行中，每月开销为 900 荷兰银币（Rrijksdaalders），约相当于今天的 32850 英镑。

经过 350 多年的旅行演变，可以清晰地看到当时的一些热门地，比如欧洲礼仪的发源地乌尔比诺，如今它却是冷门之地。

　　小众旅行和大众旅行在审美、趣味和休闲方式上存在着差异，这种差异也导致后来旅游细分化市场的形成，并对当今的高端订制旅行，仍具有参考价值。

From Venice to Toscana

Somewhere in Time

从威尼斯到托斯卡纳

威尼斯曾是壮游中的一个重要站点。中世纪，这里就是一个富裕的海上共和国。18 世纪，威尼斯成为最典雅的欧洲城市，大大影响了绘画、建筑与文学。19 世纪，它成为富裕阶层的时尚中心。

托斯卡纳夜与昼。从佛罗伦萨到蒙娜丽莎的酒庄，再到锡耶纳，形成了一条漫长的时间轴线。

威尼斯，面向潟湖的 100 扇窗户

从夜的深处，触摸威尼斯。

晚上 7 点多钟，我抵达 Venezia Santa Lucia 车站。走到水上巴士（Vaporetto）的站台，一股潮湿的海水气味，瞬间让人感觉到威尼斯这座水城的韵味。

水上巴士在水中滑行，有不太喧闹的水声，多少次来，都会有一种不太真实的感觉。

　　船只抵达圣马可广场（Piazza San Marco）旁的站台。斜穿过斯基亚沃尼堤岸大街（Riva degli Schiavoni），一座 Hôtel Londra Palace 就矗立在眼前。前台的接待人员热情地办理了接待手续，并引领我登上电梯，来到 5 楼的豪华客房（Deluxe room）。墙面上悬挂着表现昔日威尼斯的线描画，房间内摆设着正宗的古典家具，配备一张 Kingsize 大床。浴室的四壁以大理石装饰，提供 Ortigia 的洗浴用品，整个房间散发着一种优雅之感。

　　这家酒店一共有 100 扇窗户。拉开厚重的窗帘，打开窗户，窗外是夜色中的圣马可运河（Canale di San Marco）和圣乔治·马焦雷岛（Isola di San Giorgio Maggiore），威尼斯就以这样的景色跳入我的眼帘。稍事休息，我来到酒店大堂。地面采用水磨石（Terrazzo），传统上，威尼斯地板大多使用大理石与石灰石结合材料，18世纪，随着专业工匠从弗里利（Friuli）来到此地，带来了这种新型地板材料，在当时非常抢手。

靠近大门的玻璃墙面上有五线谱的图案，我即刻回忆起来，这家已有160多年历史的酒店，曾接待过多位艺术家，其中就包括音乐家柴可夫斯基（Tchaikovsky），作家邓南遮（D'Annunzio）、博尔赫斯（Borges）和诗人约瑟夫·布罗茨基（Joseph Brodsky，47岁时成为最年轻的诺贝尔文学奖得主），使得这座有着53个房间的历史酒店，在气氛营造上先声夺人，带给宾客们瑰丽的想象。

离开酒店，没走几步就到了叹息桥。另外一侧的码头上停泊着几十艘贡多拉。我使用三脚架长时间曝光，只有不远处圣乔治岛上的教堂尖顶清晰可辨，这些贡多拉和海面幻化成一片迷蒙，恰似威尼斯深深浅浅的往事。

次日清晨，我打开窗户，架起哈苏相机，等待着日出的一瞬。顷刻，朝阳跃出，云层很厚，并不耀眼，就这样迎来了威尼斯新的一日。俄顷，一艘大约七八万吨位的邮轮慢慢驶过，乘客们站在顶层甲板上眺望着浅淡阳光沐浴下的威尼斯，而我则眺望着这群归来的旅人。

天色渐亮，斯基亚沃尼堤岸大道变得人声鼎沸，一艘艘贡多拉载着游客慢慢离岸。海面上的汽船穿梭往来，又开始了威尼斯的寻常一日。上午我沿着小巷逡巡，经过一座小桥时，一艘贡多拉上乘坐着来自中亚的游客，其中一位男子拉着手风琴，唱着悠扬的民谣，颇为豪迈，桥上的人们纷纷鼓起掌来。

下午时分，我应邀从酒店5楼沿着旋梯来到屋顶露台（Roof-top），这家酒店拥有威尼斯最高的一座木质屋顶露台（Turrets），平时会在这里举办独家屋顶野餐会。

放眼望去，海面上集聚着14艘Maxi帆船：恰好赶上第6届威尼斯酒店帆船挑战赛（6th Venice Hospitality Challenge）。Maxi帆船是指长度超过18.29米（60英尺）的单体帆船，也是目前帆船比赛中的主流船型。这14艘帆船分别代表威尼斯14家奢华酒店。多年前我曾参与过Volvo Ocean Race环球帆船赛的报道工作，这次在威尼斯一个如此特别的场合再来拍摄，别有一番意味。

侍者不断地奉上香槟，餐桌上摆着各种小食，我和其他的宾客就在这样优雅的环境中观看着比赛。站在这个制高点上，前面是圣马可盆地和威尼斯潟湖，往后面张望，是威尼斯的一个个红色屋顶和钟楼，不时有飞机掠过钟楼的尖顶。我就这样无意中伫立在一个最佳位置上观察这座深邃之城：在红色的屋顶与蓝色的海面之间，不时地有风帆驶过，诗意地。

晚上 7 点 30 分，在酒店的 Restaurant Do Leoni 餐厅享用晚餐。头盘我选的是天妇罗炸大虾，配上鳄梨酱和加勒比酸橙，爽口；主菜是多宝鱼千层饼，佐以半干蔬菜、葡萄柚酸辣酱、粉红胡椒和土豆泥，这种千层饼在餐桌上不太多见。各种辅料将鱼的鲜味与果蔬的清香进行了巧妙的中和，口感独特。休息片刻，一款名为"Laguna Nord"（北方潟湖）的甜点端了上来，它由开心果冻糕、巴雷纳（Barena）蜂蜜慕斯、百里香杏桃和布索拉（Bussolà）蛋糕组成，其中的"布索拉"是布拉诺岛上一种典型的蛋糕。这款富有当地特色的甜点，色泽艳丽，甜酸宜人。

雨季时节，好些人喜欢在细雨中的威尼斯漫步。灰紫色的天空，丝丝细雨落在水里，潮湿的海水把房屋的基层浸染上一层暗绿的苔藓。这是一座太值得怀想的城市。

相传，威尼斯这个名字来源于亚得里亚海的韦内蒂人（Veneti），他们在公元前10 世纪首次从波河流域搬到此地。公元 5 世纪，为了躲避日耳曼人和匈奴人的轮番进攻，一些难民从罗马到威尼斯海岸，从本土移居到亚得里亚海的潟湖小岛上，靠渔业勉强为生，被称为"潟湖居民"（Lagoon Dwellers）。

公元 697 年，这里成立了威尼斯共和国（Serenissima Repubblica di Venezia），雄踞亚得里亚海的战略要地，使得它的海军力量几乎无懈可击。共和国的首脑由选举产生，被称为总督（Doge），该共和国一共有 120 位总督。1204 年，威尼斯进行第四次东征，占领了君士坦丁堡，建立拉丁帝国，也将珍宝掠夺回来，其中包括从君士坦丁堡竞技场掠夺回来的镀金青铜马，放置在圣马可大教堂的入口处。威尼斯控制了爱琴海的大多数岛屿，包括塞浦路斯和克里特岛，确立了在东地中海的制海权，打开了前往黑海沿岸的通道，印度和中国的物产可以直接去购买，马可·波罗的商旅之路，也正是在这样的背景下完成的。

到了 13 世纪末，威尼斯成为全欧洲最繁荣的城市，处于权力和财富的顶峰，拥有 36000 名水手和 3300 艘舰艇，主导着整个东地中海的贸易。在这段时间内，威尼斯的一些富裕家族争相建造宏伟的宫殿，并资助艺术家的创作。

从 15 世纪起，威尼斯进入衰退期。与奥斯曼帝国的战争持续了 30 年，威尼斯丧失了地中海东部的大部分领地，之后哥伦布发现新大陆，接着是达·伽马发现到印度的航线，这样便突破了威尼斯的海路垄断。1348 年和 1575 至 1577 年，黑死病两次袭击威尼斯，3 年鼠疫导致 50000 人丧生。1630 年，瘟疫使得威尼斯 15 万居民死亡了近三分之一。尽管这一时期威尼斯的政治影响被边缘化，但它仍是一个农产品出口大国和制造业中心。威尼斯的兵工厂今天仍在为意大利军队制造枪械。

到了 18 世纪，威尼斯已失去了大部分海上力量，政治上的重要性也被削弱，社会开始往时尚和奢靡的方向发展，贵族热衷于聚会，威尼斯成为最优雅的欧洲城市，整个城市弥漫着精致的洛可可设计之风——包括独特的威尼斯柜子、洛可可风格的长沙发，卧室通常布置着锦缎、天鹅绒或丝绸的帷幔和窗帘，床栏杆上的雕刻精美，享乐之风盛行。

到了 19 世纪，威尼斯成为富人和名人的时尚中心，他们经常停留在达涅利酒店（Danieli Hotel）或佛洛里安咖啡厅（Caffè Florian）。这家面对着圣马可广场的咖啡厅开创于 1720 年，至今仍是威尼斯社交界的见证。曾有拜伦、歌德等名人在这里驻足，被称为"威尼斯的客厅"。深夜里，咖啡厅的乐手会在此演奏古典曲目，悠扬的乐声，伴随着从咖啡厅里流泻出来的暖光，温暖着旅人的心扉。

圣马可广场的运河旁有一家雅致的鞋店，里面陈列着一排款式别致的男鞋，全部由上等牛皮手工精制而成，让酷爱皮具的人会走不动路。店主是一对穿着精致的老年夫妇，像是遗留在世的贵族后代，眼中有着冷冷的威严和距离感。

我挑上一双经典款式的皮鞋试穿，其鞋带与平常的不太一样，由一根牛皮削制而成，老妇人递过鞋拔子，然后站在一旁看着。

这家店生意太清淡了，在我停留和购买的 10 多分钟里，外面有游人走过，影子投射到房间里，但无人进来。店内寂静。为数不多的鞋陈列在橡木架子上，发出幽暗的光，无声似梦。

我坐在一间僻静的咖啡馆里，读贾科莫·吉罗拉莫·卡萨诺瓦（Giacomo Girolamo Casanova）的故事。他是威尼斯共和国的一位冒险家和作家，也被称为"情圣"。他的自传《我的一生》（*Histoire de Ma Vie*）被认为是了解 18 世纪欧洲社会生活俗和规范的重要参考书。

他于 1725 年 4 月 2 日出生在威尼斯。父亲是演员，母亲是舞蹈家。他是家里 6 个孩子中的长子。他的成长时期正值威尼斯作为欧洲娱乐之都的年代，这里是壮游线路上必经的一站。在政治和宗教的保守主义者的统治下，旅游业繁荣起来，狂欢节和赌场等都成为诱人的因素。这也是培育卡萨诺瓦的环境，使他逐渐成为那个时代的代表人物。

卡萨诺瓦从小由外婆带大，他的母亲忙着在欧洲的剧院巡演。他 8 岁时父亲就去世了。他 9 岁生日那天被送到帕多瓦（Padua）的一家寄宿学校。从小缺少亲情，对卡萨诺瓦来说是痛苦之源。卡萨诺瓦天资聪颖，12 岁进入帕多瓦大学学习，1742 年 17 岁时毕业，获得法学学位，同时他对医学有着异乎寻常的热爱。

卡萨诺瓦回到威尼斯，担任法律文员，随后被威尼斯主教任命出任神甫。他不时回到帕多瓦继续他的学业。此时，他的身高 1.91 米，一头卷发。他很快就得到了一位 76 岁的威尼斯参议员艾维瑟·加斯帕罗·马利皮耶罗（Alvise Gasparo Malipiero）的赏识，艾维瑟是马利皮耶罗宫（Palazzo Malipiero）的主人，这座宫殿靠近卡萨诺瓦在威尼斯的家。艾维瑟将卡萨诺瓦引入社交圈，传授品鉴美食和葡萄酒的知识以及出入上流社会的技巧。后来，卡萨诺瓦被艾维瑟交往的一位女演员特蕾莎·艾默（Teresa Imer）迷住了，后来艾维瑟把他俩都赶出了自己的圈子。此后，卡萨诺瓦对女人的好奇越来越强烈，他的第一次性体验是与 14 岁的纳内塔（Nanetta）和 16 岁的马顿·萨沃格南（Marton Savorgnan）两姐妹。从此，他在冒险的道路上一路狂奔。

他的祖母去世后，卡萨诺瓦进了一所神学院学习一段时间，但很快因债务他被关进监狱。出狱后，他在罗马红衣主教阿克卡诺瓦（Acquaviva）那里谋得了一份抄写员的差事。当卡萨诺瓦被一桩韵事牵连时，红衣主教辞退了卡萨诺瓦，也断送了卡萨诺瓦的教会生涯。

尔后，卡萨诺瓦通过贿赂手段成为威尼斯共和国的一名军官。他加入了在科孚岛的威尼斯军团，还在君士坦丁堡逗留过。当他发现自己晋升太慢时，便很快放弃了军人生涯，回到威尼斯。

21 岁时，他成为一名职业赌徒，很快赌光了本金。在一位恩人的帮助下，卡萨诺瓦开始了他的第三次职业生涯，在圣萨缪莱剧院（San Samuele Theater）当小提琴手。一次，卡萨诺瓦参加布拉加丁（Bragadin）家族的结婚舞会，该家族的一位参议员在骑马时中风。一位医生给这位参议员放血，并在他的胸口涂上一剂水银药膏，因为在当时，水银被认为是一种有毒但却万能的药物。水银提高了参议员的体温，引发高烧。卡萨诺瓦不顾主治医生的反对，下令取出药膏，用冷水冲洗参议员的胸部，这位参议员后来靠休息和合理的饮食得以康复。卡萨诺瓦因为他的医学知识，最终救了参议员一命。此后，这位参议员盛邀卡萨诺瓦加入他的圈子，并成为卡萨诺瓦的终身赞助人。

接下来的 3 年里，卡萨诺瓦在参议员的赞助下，表面上担任法律助理，过着贵族的生活，穿着华丽，他的大部分时间却沉溺于赌博，纵情声色。参议员对他很宽容，但也警告他总有一天会付出代价。果然，后来爆发了一系列丑闻，卡萨诺瓦被迫离开威尼斯。

他逃往帕尔马（Parma），陷入与一个名叫亨利耶特（Henriette）的法国女贵族的恋情。亨利耶特集美貌与智慧于一身。尽管卡萨诺瓦对亨利耶特喜爱有加，但她逐渐洞穿了他的本质，发现他缺乏深厚的社会背景，财务状况也不稳定，因而拒绝将他们的命运绑在一起的诱惑。这段恋情只维持了 3 个月。

卡萨诺瓦又不得不回到威尼斯。1750 年，他前往巴黎，开始他的漫游。在里昂，他加入了共济会。1752 年，他搬到德累斯顿，然后，去了布拉格和维也纳，于 1753 年回到威尼斯。卡萨诺瓦树敌不少，引起了威尼斯调查官的关注。1755 年他因"侮辱宗教和共同礼仪罪"而被捕，被判处 5 年徒刑，被关押在威尼斯皮昂比监狱（Il Piombi）狭小的牢房。后来他成功越狱，在 1757 年 1 月逃到巴黎。

他直觉巴黎宜居。他的首要任务依然是找到一个新的资助人。他与一位老朋友、当时的法国外交大臣德贝尼斯（de Bernis）重新建立了联系。德贝尼斯建议他做彩票，很快地，他就狠赚了一大笔钱，又开始混迹于社交圈。德贝尼斯还派卡萨诺瓦去敦刻尔克（Dunkirk）执行了一次间谍任务，卡萨诺瓦圆满而归。卡萨诺瓦自称精通炼金术，这种吹嘘使他受到当时多位有名人士的瞩目，其中包括让—雅克·卢梭（Jean-Jacques Rousseau，1712—1778）和珍妮·德乌夫侯爵夫人（Marquise Jeanne d'Urfé，1705—1775）。

　　1756—1763 年的"七年战争"（The Seven Years' War）期间，卡萨诺瓦受托在阿姆斯特丹出售法国债券，因为当时荷兰是欧洲的金融中心。他又有了大笔的进账，不久就建立了一家丝绸制造厂。尽管他已达到财富巅峰，但他的经营很差，把大部分钱都花在了女人身上。由于欠债，他再次被监禁，后由于德乌夫侯爵夫人的斡旋，他仅被关押 4 天就被释放了。不幸的是，他的赞助人德贝尼斯在当时被路易十五解雇，卡萨诺瓦只得变卖家产，逃往荷兰。

　　此后，他在科隆、斯图加特、马赛、热那亚、佛罗伦萨、罗马、那不勒斯、摩德纳和都灵等地漫游。1763 年他前往英国。通过关系网，他和乔治三世国王建立了联系。在此后的 3 年里，他游遍整个欧洲，乘坐长途马车在崎岖的道路上共行驶了约 7240 公里（4500 英里），最后走到莫斯科和圣彼得堡。他的主要目标是吹嘘他与法国政府取得的巨大成功，并将他的彩票卖给其他政府。当时他拜见了叶卡捷琳娜大帝，但她断然拒绝了购买彩票。

　　1774 年 9 月，卡萨诺瓦在流亡 18 年后获准返回威尼斯。此时，他找不到发迹的机会了。1785 年，他应伯爵约瑟夫·卡尔·冯·瓦尔德斯坦（Count Joseph Karl von Waldstein）的邀请，前往波希米亚的杜克斯城堡（Castle of Dux）担任图书管理员。这座城堡建于 13 世纪。此时，他的健康状况急剧恶化，脾气暴躁，与城堡的大多数侍从都合不来，他只得把写作回忆录作为人生最后的一件事情来完成。

　　1797 年，拿破仑·波拿巴的军队占领了威尼斯，有着 1100 年历史的威尼斯共和国不复存在。卡萨诺瓦已无法回家了。他于 1798 年 6 月 4 日逝世，享年 73 岁。相传，卡萨诺瓦的最后一句话是："我作为一名哲学家而活着，我作为一名基督徒而死。"他被埋葬在杜克斯（Dux），即今天捷克共和国的杜赫佐夫（Duchcov），但他坟墓的确切位置已不得而知。

　　《我的一生》第一稿在 1792 年 7 月以法语写作完成。他花了 6 年时间进行修改。这部手稿一直由他的亲戚保管，直到它被卖给 F.A. 布罗克豪斯出版社（F. A.

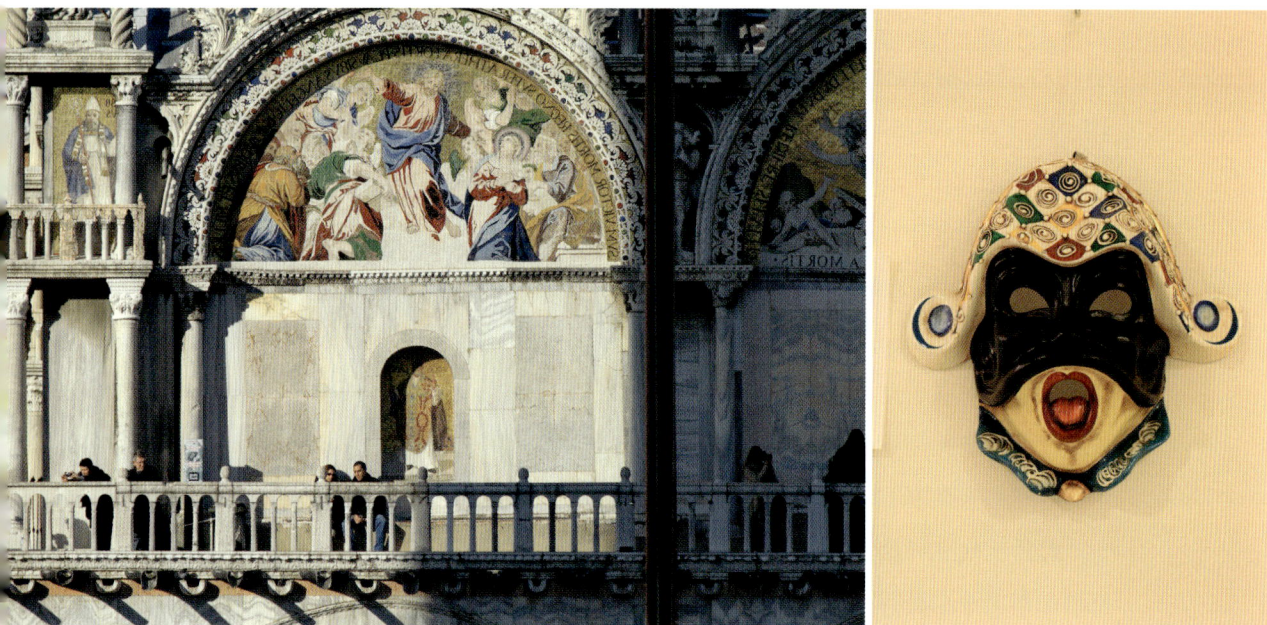

Brockhaus），之后于 1822 年左右以德文出版。第二次世界大战期间，该手稿在盟军轰炸莱比锡后幸存下来。这部回忆录被翻译成约 20 种语言。未删节的英文译本共 12 卷，长达 3500 多页。1960 年以法语原版出版全书。2010 年，这份手稿被法国国家图书馆收藏，该图书馆已开始将其进行数字化。

书中，卡萨诺瓦记录了若干次他与女人的情感经历，还描绘了他与各种官员的周旋与冲突，表现出他的迷恋和逃离、他的计谋和策略以及他的痛苦和叹息。从表面上看，他似权贵的仆人，实际上他们完成了一次又一次的共谋。他在回忆录中似乎想证明"我曾经生活过"，而生活的艺术，则永远高于艺术的生活。

傍晚，里亚托桥（Ponte di Rialto）下的露天餐厅比较热闹，几十张桌已座无虚席。听着大运河的水声和桨声享受晚餐，自然别有情调。

在威尼斯 400 多座桥中，以这座里亚托桥最为有名，它又名商业桥，全部用白色大理石筑成，是威尼斯的象征。大桥最大的伸展为 28.8 米，宽 22.9 米，离水面 7.3

米高，桥两头用 12000 根插入水中的木桩支撑，横跨在大运河上。

历史上，最早是在 1181 年，在这个位置上建有一座浮桥。1255 年，里亚托桥由于里亚托地区商业的繁荣，人流量增大，就将浮桥改为木桥，这座木桥的中间部分是可以活动的，以便使大型船只通过。

1310 年，这座桥在一次起义的暴动中被烧毁了一部分。1444 年，在观看船只巡游的庆典中，大桥因不堪重负而折断。修复后，在 1524 年再度坍塌。

从 1551 年，市政当局开始考虑将这座桥改为石桥，请了包括米切朗基罗在内的众多设计师来设计，最终采用了安东尼奥·达·庞特（Antonio da Ponte，1512—1597）的方案，从 1588 年开始修建，1591 年完工，改建为现在的单跨石拱桥。别致的是，桥两边的斜坡通向桥顶的门廊，在桥面上的中间部分辟为商店。当时这样前卫的设计遭到了其他建筑师的批评，说这座桥将来会垮掉，不过此预言落空了，这座桥经历了 400 多年的风雨依然屹立，成为威尼斯的一处地标。

现在，桥上的 20 多家商店里，从 F1 的车模到裘皮大衣应有尽有，是威尼斯的商业区之一，同时也是欧洲的古老商业中心。莎士比亚的名剧《威尼斯商人》就是以这里为背景描写了当年的盛况。

大运河上的贡多拉（Gondola）和贡多拉船夫（Gondolier），是大运河上的一道胜景。一些贡多拉上，设置有天鹅绒座椅和波斯地毯，船夫们穿着黑色或黑白条纹的上衣，帽子上的蓝色或红色飘带飞扬在深碧的水面上。

圣马可大教堂（Basilica Cattedrale Patriarcale di San Marco）始建于 828 年，1073 年前后进行增建，它曾是中世纪欧洲最大的教堂，是威尼斯建筑艺术的经典之作。每到黄昏，圣马可广场（Piazza San Marco）码头上，人群隐没在阴影中，只有一对双双飞行的鸟在碧空的映衬下翩翩而来。近处柱子的长着翅膀的狮子和远处的教堂尖顶在余晖中闪耀，人、历史和自然在这一刻真正达到了和谐相处。

这里又被称为小广场，竖立着两座高大的圆柱，圆柱为红花岗岩材质，西侧的柱顶上是拜占庭时期的保护神圣狄奥多尔（Saint Theodore）的塑像，东侧的圆柱上挺立着一只青铜狮子塑像，它是威尼斯的城徽——飞狮。

相传，飞狮原来是耶稣十二门徒之一圣马可的坐骑。传教士圣马可是《圣经》

中《马可福音》的作者。828 年，他的遗体从埃及亚历山大运回来，威尼斯人决定将圣马可作为城市的新守护神，以替代圣狄奥多尔，所以威尼斯的城徽是一只巨大的飞狮，左前爪扶着福音书。

威尼斯有着丰富多样的建筑风格，其中最著名的是哥特式风格。威尼斯哥特式建筑结合拜占庭式的哥特式尖顶拱，并受到奥斯曼和腓尼基建筑的影响。卡—多洛金屋（Galleria Giorgio Franchetti alla Ca'd'Oro）是威尼斯最杰出的富丽堂皇的哥特式建筑，三层楼的美术馆中收藏有提香（Titian，1490—1576）的珍品。雷佐尼克宫（Ca'Rezzonico）则曾经是诗人布朗宁去世前的住所。

威尼斯主岛是建立在紧密排列的木桩之上的。这些树桩采用的是桤木树（Alder Tree）的树干，桤木属于桦木科，有极好的耐水性，产自意大利以东的山区（位于今天的斯洛文尼亚和克罗地亚境内）。这些木桩淹没在水中，由于缺氧，木材的表面不会腐蚀。经过漫长世纪的浸泡，这些桩子仍然完好无损。

20 世纪初，威尼斯潟湖周边地区的工业企业在地下层取水，导致威尼斯的沉降明显，当人们意识到这个因素后，放弃了取水，下沉的速度明显放缓。另外，每年秋季和早春之间，亚得里亚海的大潮形成的低水位洪水（意大利语 Acqua Alta），会时常威胁着威尼斯。这种涨潮一般高于码头几厘米，使得很多老房子装卸货物使用的前楼梯被淹。

2003 年，威尼斯启动摩西工程（MOSE Project），方法是将一系列共计 78 个空心浮箱，放置在潟湖连接外海的 3 个通道底部。当预测潮汐超过 110 厘米时，浮筒会充满空气漂浮起来，以阻止亚得里亚海大潮的涌入。在 2019 年冬季，威尼斯再次被淹。

威尼斯主岛是欧洲最大的城市无车区，完全没有汽车，这在整个欧洲也是独一无二的。城市的功能和设置，在相当长的历史时期得到了保持和延续。

丽都岛（Lido）横贯威尼斯东南方的海域，是一座长约 12 公里的狭窄小岛，与法国的蔚蓝海岸、美国迈阿密的海滩一样，属于国际性的度假胜地。丽都岛是威尼斯电影节的举办地。每当节日来临，这里拥满影星和影迷，热闹非凡。

丽都岛的 Hotel Des Bains，则是主要的社交场所。转门上深色的玻璃反射着意大利初春的绿影。前台的墙上挂满钥匙，每一把上都垂着一只含着蓝色绳穗的小铜铃。柱子上的壁灯格外耀眼，温暖的光发散开来。推开沉重的大门，是一个露台，有华丽的廊柱、花台与雕塑，正对着一片高耸的树林和如茵的草地。整个下午都很寂静，阳光从廊柱旁慢慢转着角度，有细小的鸟鸣更烘托出幽静。

这里是 1971 年电影《威尼斯之死》(Morte a Venezia) 拍摄外景的一个花园。绿树环绕，草坪上开满小白花。该片导演维思康帝 (Luchino Visconti, 1906—1976, 被誉为"新现实主义之父"), 根据德国作家托马斯·曼同名小说改编而成，讲述了一位已到暮年的作曲家古斯塔·冯·阿斯成巴赫 (Gustav von Aschenbach) 独自来到威尼斯疗养时，遇到一位波兰美少年达齐奥 (Tadzio) 后的经历。不料当时威尼斯爆发了霍乱，他试图逃离"沼泽般的城市"，但最后却死在沙滩的躺椅上。影片表现出一个濒临死亡的人对于生命的深深眷恋。导演以微妙而谨慎的方式处理了他所偏爱的"崩溃"主题，背景音乐是马勒的《第五交响曲》第四乐章《小柔板》(Adagietto), 影片风格华美精致，漫溢着淡淡的哀愁与忧郁。

拜伦曾说，威尼斯是一座富有想象力的岛屿。在 4 集纪录片《弗兰西斯科的威尼斯》(Francesco's Vinice, 2004) 中，通过无数的传奇和典故，呈现这座冒险、性爱与欢愉之城。而意大利记者小路易吉·巴尔齐尼 (Luigi Barzini Junior, 1908—1984) 曾在《纽约时报》称颂威尼斯 "Undoubtedly the most beautiful city built by man"（无疑是最壮丽的人造都市）。

长久以来，威尼斯一直是灵感之地。一些作家和诗人在这里创作了大量的作品。诗人和小说家乌戈·福斯科洛 (Ugo Foscolo, 1778—1827) 出生在威尼斯共和国统治下的扎辛图斯岛 (Zacynthus, 今天希腊的扎金索斯岛) 上，他的代表作包括《雅各布·奥蒂斯的最后一封信》(Le Ultime Lettere di Jacopo Ortis) 和《坟墓》(Dei Sepolcri)。他已成为威尼斯文学史上的关键人物之一。

托马斯·曼在威尼斯写下了《威尼斯之死》。马塞尔·普鲁斯特《追忆似水年华》的创作，也与威尼斯有关联。威尼斯还启发了埃兹拉·庞德 (Ezra Pound, 1885—1972) 的诗情，他在这里创作了第一部文学作品集。庞德在 1972 年去世后葬于威尼斯圣米歇尔岛 (Isola di San Michele) 的墓地中。

在当代，法国作家菲利普·索莱尔斯（Philippe Sollers，1936—）的大部分时间，都生活在威尼斯。2004 年，他出版了《威尼斯爱典》(*Dictionnaire amoureux de Venise*)。

而威尼斯这座城市的贵族和舒缓的气质，在美国作家亨利·詹姆斯（Henry James，1843—1916）的《阿斯彭文稿》(*The Aspern Papers*，1888）和《鸽翼》(*The Wings of the Dove*，1902）中，更是表露无遗。

与写作相关的印刷技术，在威尼斯也相对成熟。1482 年，阿尔多斯·马努提斯（Aldus Manutius）建立了印刷厂，这里成为意大利最早使用印刷机之地。从那时开始，威尼斯就发展成为重要的印刷中心，将威尼斯的出版业推向兴盛时期。到了 18 世纪，意大利大约一半的图书出版印刷都是在此地完成的。这里从 20 世纪初起盛行一种高雅文化，现今则通过电影节和双年展等扩大其文化版图。

摩拉诺岛（Murano）位于威尼斯主岛以北的 1.5 公里处，由 5 个小岛组成。早在 7 世纪时，该岛就成为商埠。10 世纪，它成为一个贸易港口。从 13 世纪起，这里就以玻璃器皿制造业而闻名，产品出口世界各地，受到当地政府的极力保护。在今天，摩拉诺则是一个旅游目的地，尤其吸引艺术和珠宝爱好者。

威尼斯出产华丽的玻璃制品，有着丰富多彩的表现形式，被称为"威尼斯玻璃"，其中一个类型就是在这个穆拉诺岛生产的，被称为"穆拉诺玻璃"（Murano Glass），已成为世界知名的工艺精品。

穆拉诺玻璃大致可以分为以下 5 种类型：水晶玻璃（Vetro Cristallo），通过将玻璃与锰混合来实现晶莹的效果；珐琅玻璃（Vetro Smaltato），用来制成玻璃首饰和小件装饰艺术品；砂金石玻璃（Vetro Aventurine），里面充满微小的金色碎片，闪闪发光，它是熔融玻璃的过程中添加金属化合物而产生的效果；米勒菲奥里玻璃（Vetro Millefiori），Millefiori 意为"一千朵花"，这是一种由数十朵花卉图案组成的玻璃，也被称为 Vetro Murrine，其名称源于 Murano 这个地名，但该技术最初来自腓尼基人；蛋白石玻璃（Vetro Opalino），又称 Vetro Làttimo，是一种乳白色的玻璃，它于 15 世纪在穆拉诺岛被开发出来，模仿同期中国瓷器上常见的色泽。

拜占庭的玻璃工匠在威尼斯玻璃的发展过程中，扮演着一个重要的角色。第四次十字军东征时占领了君士坦丁堡，工匠纷纷逃到了威尼斯。威尼斯的玻璃工业中心也因此转移到穆拉诺岛。威尼斯玻璃的重要吹制技巧是在 13 世纪发展并完善起来的。

1453 年，奥斯曼帝国占领了君士坦丁堡，有更多的玻璃工匠聚集到威尼斯。16 世纪，威尼斯工匠的技术日臻完善，使得玻璃器皿具有更丰富的颜色和更高的透明度，同时还掌握了玻璃器皿上的各种装饰技术，使之成为一种艺术品，也成为欧洲人心仪的物品，是威尼斯与东方贸易中最贵重的出口产品，为威尼斯共和国带来了大量的财富。

前往摩拉诺岛的船一靠近码头，往往遇到国人，几位中年人就用流利的汉语向人问好，带领我们去烧制车间参观。旁边的一位店员，手里拿着简易的中文读本在学汉语。在一家玻璃器皿厂工作的意大利朋友，一次对着几位背着名牌包包的中国客人，一开口就是老子的《道德经》："道可道，非常道。名可名，非常名。"

在看起来简陋的车间里，师傅对游人的到来早已习以为常。他将一团玻璃放在炉火里，烧得通红，然后用长钳夹起，用一支喷火的喷枪继续进行加工，以改变其形状和色泽。

在旁边的商店橱窗里，那些玻璃器皿如此华丽，有着巧妙的构思。一件圆形的器皿外围是橘红色的，里面的纹路看起来很像瞳仁，蓝色纹路清晰，让人迷恋。旁边的一件作品更加有趣，是一个还没有发育成熟的胎儿的形状，在水一样的白色玻璃中屈腿而坐，让人觉得亲切。

漫步在摩拉诺岛，会有别样的气息。两个穿着考究的男人站在白色灯塔前的空地闲聊，那情景很有趣，他们仿佛处于一个遥远的地方，闲适得有点不太真实。

多年之前，我曾从威尼斯搭乘邮轮。先从丽都岛码头搭乘水上巴士，前往 Marittima 码头。一艘巨大的邮轮矗立在眼前，宛如一座白色的海上宫殿。

沿着高高的天桥进入船舱，到达宏大的中庭，这是第五层甲板，一座金色闪亮的楼梯延伸到第七层甲板，一幅巨大的幕墙从天而降，据说其灵感来地中海的柔美波涛。下面是一方水池，三角钢琴旁，两位小提琴手正在与钢琴师联袂演奏维瓦尔第的曲子，一种古典浪漫的情致即刻弥漫开来，让人想起威尼斯某次盛会上的乐声。

船上，礼宾生带着客人走过其他一连串的休息大厅，人们好似走进一个巨大的迷宫里。乘电梯来到14层，我的房间在船首右舷处。我来到阳台。黄昏时分，邮轮启航。微风轻拂，一轮夕阳在海面上缓缓下沉，满天的霞光让人兴奋不已。船速很慢，我慢慢地品味着威尼斯绚烂至极的美景。圣乔治岛教堂的钟楼上，在镜头中，可以清晰地看到上面的人物雕塑，在一片黄红色的祥云之前。

我来到顶层甲板。邮轮沿着这条中轴线一路缓缓东行。夕阳西沉，海面上一排岸灯曲线流畅，与绚丽的晚霞交相辉映。眼前的古根海姆美术馆、萨尔特教堂、圣马可广场……如同电影的画面，凝重、优雅、宁静。

水样的温柔和温柔的水，构成了威尼斯的性格与外形。这是一个阴性的柔美之城。从来没有一个城市是永恒的，威尼斯只是被时光之水压缩过的一个小岛。

也许，威尼斯需要的只是一场完美的谢幕，但无人能真正看到那一天，这样就构成了双重的叹息：一声为城，一声为城中的自我。所有这一切都让人体会到一种绝境之美——辉煌的绝境之美。

威尼斯有着一种强烈的令人迷幻的气质。特别是在这样的黄昏时分，夕阳从海水中泛起，将船上的人勾勒成剪影，投射到玻璃窗上，这时，你听不到任何声音，只有眼前的光影梦幻般地移动，淡淡的夕阳一点也不强烈，那种淡黄的色调更增添了怀旧的意味，让人迷失在无法确定的时空中。这像是乘坐一艘时光之船，正在对威尼斯做一次短暂的别离。

事实上，威尼斯是最适合幻想的地方。飘忽的水、无数的木桩、城市渐渐要沉没的传言，更为人们增添了遐想的机会，加剧了幻想的深度，让人一遍又一遍地遥想水与爱的奇迹，直到重返。

正如亨利·詹姆斯所言："You desire to embrace it, to caress it, to possess it, and finally a soft sense of possession grows up and your visit becomes a perpetual love affair."（你渴望将其拥抱、抚摸、拥有，在温软感的萦绕中，使威尼斯之旅变成了长久的韵事。）

托斯卡纳的柔软时光

离开威尼斯。我从亚德里亚海畔的拉文纳（Ravenna），前往费拉拉（Ferrara）小城。费拉拉在拉文纳西北方向 60 多公里处。车子大约行驶了一个小时抵达该城。费拉拉曾被列入"意大利生活最舒适之城"前三名。

沿着安静的一条石板路，我来到钻石宫（Palazzo dei Diamanti）。整个建筑的外立面用 12500 多块大理石铺成，每块都似钻石切割的图案，在阳光照耀的时候，会形成钻石般的效果。进入钻石宫，里面是一个宽阔的庭院，高高的廊柱后，透现出院落中央的花坛和齐整的草坪。墙上挂着达利画展的巨幅招贴，学生们在排队等候入内。目前这里内部是国立美术馆。由于时间的关系，这次无法入内观赏达利的作品，颇感遗憾。

沿着安静的石板路，我来到艾斯腾斯城堡（Castello Estense）。这座宏伟的城堡建于 1385 年，是艾斯腾斯家族的故居。13—16 世纪，艾斯腾斯家族统治着费拉拉，由于这个家族偏好艺术，所以，整个小城在这段时间里迅速成为意大利北部的知名城市。

走近城堡，更觉其壮观。宽宽的护城河，反射着城堡的倒影。这座城堡是整个欧洲极少数的有运河环绕的城堡，运河里的水是通过人工地下管道，将波河的水引过来的。城堡的四个角建有棱堡，上面建有塔楼。经过一座吊桥，走进古堡内部宽大的庭院，目前这里是市政厅，可以瞥见房间里挂着巨大的威尼斯水晶吊灯，墙上是大幅镶嵌画。尽管时间已经流逝 400 多年，但这个家族的豪华气息依然在每一个细部上闪现。

走出庭院，墙外有一门古老的大炮，炮身上有精细的雕刻。从城堡的后门出来，遇到一位摄影师，端着专业的三脚架在拍摄城堡的视频。我一问，他住在本地，有空就出来拍摄城堡，不急不躁，完全与小城的节奏吻合。

不远处就是主教堂（Duomo），这是为费拉拉的守护神圣乔治而建造的，罗马式与哥特式混合的教堂正立面古朴优雅，呈灰黑色，别有一番沧桑感，这座教堂已有700 多年的历史。

1995 年，费拉拉被列入《世界文化遗产名录》。入选理由是："费拉拉是从波河浅滩上建立起来的，并逐渐成为意大利文化艺术中心。15 到 16 世纪时，它吸引了大批文艺复兴的才子巨匠。在这座城市里，皮耶罗·德拉·弗朗切斯卡（Piero della Francesca）、雅各布·贝里尼（Jacopo Bellini）和安德鲁·曼特尼亚（Andrea Mantegna）装饰了艾斯腾斯城堡。人本主义观念下的'理想城市'，也在这里成为现实：从 1492 年起，比亚焦·罗塞蒂（Biagio Rossetti）根据远景规划的新原则，在艾斯腾斯城堡周围建造起了'理想城市'。这个规划的完成，标志着现代化都市设计的诞生，并影响了其以后城市建筑的发展。"

1999 年，波河三角洲也增补进名录，以"文艺复兴之城和波河三角洲"（Ferrara, City of the Renaissance and its Po Delta）的名字，展示着保存完好的经典文化。

漫步在费拉拉的广场上，光影迷离。我回想起，这里是意大利电影大师米开朗基罗·安东尼奥尼（Michelangelo Antonioni）的出生地。1912 年 9 月 29 日，他在这个华美的小城诞生，古城精致的美学给他以重要的影响，而他通过影片，"在世界的虚空中，找到了能够照亮我们心中寂静空间的隐喻。他还在其中找到了一种奇异的美——简单质朴、优美典雅、充满神秘而萦绕心头。"杰克·尼科尔森（Jack Nicholson）的这句评价，不仅仅适合安东尼奥尼，似乎也适合这座古城。

下午 2 点钟，我抵达佛罗伦萨圣玛丽（Firenze Santa Maria）车站。在站台的尽头，来自 Villa La Massa 酒店的司机已举牌迎候着我。

佛罗伦萨（Florence）是托斯卡纳大区的首府。相传，于公元前 59 年，由尤利乌斯·凯撒（Julius Caesar）大帝建立的，最初的目的，是为他的退伍老兵在阿尔诺河（Fiume Arno）肥沃的山谷间建立一个聚居地，此后逐渐发展成一个重要的商业中心。

整个城市环境保留着文艺复兴时期的风貌，弥漫着古雅的气氛，被称为"意大利的文化首都"。佛罗伦萨像一座文化灯塔，散发着无法躲避的光芒。它是一个激越而久远的时代留给今天的独特标本。我更钟爱徐志摩诗文中的意译，称它"翡冷翠"

（Firenze）。城市面积为 102 平方公里，人口 38.2 万。

车子沿着阿尔诺河前行，驶过老桥，桥上依旧挤满了人。凝望着这座我曾无数次造访的城市，试图从熟悉中找出别样的陌生之感。车子从感恩桥（Ponte alle Grazie）上穿过，来到阿尔诺河的南岸。然后朝东方向行驶，大约开了一刻钟，来到坎代利（Candeli）小镇，驶入一个静谧的庭院，几幢砖红色的古雅建筑掩映在树丛之后，Villa La Massa 酒店到了。

侍者带着我来到三楼的尽头。这是造型比较特别的房间。蓝色的墙面，卧房有一张 1 米 8 宽的大床，床罩是湖蓝色的，沙发和床头凳子也都是蓝色的，尽显静谧的气氛。房顶是一排木梁，这是托斯卡纳地区建筑的典型特色。走进卫生间，里面也宽敞，配备了双洗脸盆。

房间往里面走，一条狭长的甬道，里面辟为衣帽间，推开两扇玻璃窗，外面是酒店的泳池和餐厅，阿尔诺河的弯道仿佛触手可及。这个衣帽间的北侧也有窗户，窗外是酒店的草坪和不远处的基安蒂（Chianti）丘陵，阿尔诺河面平静如镜，像一幅文艺复兴时期的田园图画。

收拾停当后，我在酒店的各处漫游。主建筑是一个中庭式的结构，淡黄色的墙面，拱形的柱子支撑起建筑结构，墙面上挂置着家族的徽记和壁画。整个建筑采用石头、木头和赤陶土等材料，显现出豪华乡村别墅的浪漫特色。

中庭是一个休憩空间，"Mediceo" 酒吧在一楼。调酒师留着小胡子，戴着一副圆形眼镜，整个人的气质颇像某部电影中的古典人物。他原来在埃斯特别墅（Villa d'Este）工作，对酒吧的业务应该很熟悉。

我来到酒店的花园，它占地 0.22 平方公里，栽种着橄榄树和柠檬树。这里自产葡萄酒和橄榄油。我在这里遇见酒店的总经理斯特凡诺·文丘里（Stefano Venturi）先生，然后他陪同我参观花园。

他介绍说，这里原来是 16 世纪美第奇家族的一处寓所。从 1948 年起改为酒店，至今保持着原来的名字。目前整个酒店只有 37 个房间。漫步在花园中，下午 5 点的阳光正醇，而托斯卡纳的这一方天地是如此安静。这个庄园 500 年的历史，似乎在不经意地流露出文艺复兴时代的辉煌，以及佛罗伦萨贵族的点滴生活。如此保存完

好的物理空间，也为我了解壮游时代提供了一个生动的参照物。

晚间，在"Il Verrocchio"餐厅享用晚餐。侍者送上了开胃奶酪，配上 San Felice 的 Visanto del Chianti Classico 2005，酒味甘甜，让人胃口大开。头盘我选的是扇贝、鹅肝配上苹果醋，长方形的盘子里盛着 4 只扇贝，下面以一块儿鹅肝垫底。海鲜加山珍，扇贝的细嫩与鹅肝的鲜美，两种肉类的特性被巧妙地结合。

第一道主餐我点的是餐厅自制的 Tagliolin 意面，Tagliolini 来源于意大利单词 "tagliare"，意思是"切"，这是意大利的艾米利亚—罗马涅大区和马尔凯大区的一种传统面食，面条宽 6 毫米—10 毫米，厚 1 毫米，制作时加入鸡蛋。这款意面加入了兔肉酱、黑橄榄和野生茴香（Wild Fennel），配上产于 San Felice 的 Vermentino Toscano Indicazione Geografica Tipica 2015 白葡萄酒，味道充满果味儿，是比较年轻的一款酒体，与意面的配合度相当高。

第二道主餐选的是小羊排配

芥菜、薄荷酱。两块儿很大的羊排端了上来，外表烤得讲究，不是寻常所见的烤焦外观，它呈现一种略带古老的枯色，因为在羊排的上面敷了一层蚝蘑，轻轻一咬，外焦内嫩，口感一流。

餐后甜点是 Villa La Massa 自制的奶酪精选，配了果酱，在满口余香中结束了这次阿尔诺河畔的晚餐。然后我来到餐厅地下室的酒窖，这里存放着 300 种上等葡萄酒，这是让美食家驻足的地方。

次日早晨在餐厅享用早餐。餐台上有各种奶酪和甜品，尤其摆放了直径约 11 厘米的香肠，这种香肠里面掺着茴香，味道不错，一般很难在酒店里觅到。晨光清亮，阿尔诺河的波光在餐盘后面闪动着，这样美妙的瞬间令人难忘。河对岸的小径上，不时有早间散步的人们走过。

上午在房间品茗阅读。下午 2 点多钟，我查好了线路，准备从酒店出发，沿着阿尔诺河一直走到老桥，总距离 10 公里多一点。对于经常徒步的我来说，这属于中短距离。

阿尔诺河是意大利中部最重要的河流之一，也是托斯卡纳最重要的天然水源之一。这条长达 241 公里的河流发源于卡森蒂诺地区（Casentino）的法尔托纳山（Monte Falterona）。最初，它向偏西方向移动，然后偏北转向阿雷佐附近，经过佛罗伦萨，进入贡福利纳峡谷（La Gonfolina），向西穿过恩波利（Empoli）和比萨后，最终流入利古里亚海。流域面积为 8247 平方公里。阿尔诺河中段的防洪工程是由列奥纳多·达·芬奇设计的。1966 年，一场突如其来的洪水曾淹没了佛罗伦萨。

阿尔诺河是意大利的第八大河。意大利最长的河流是波河（Fiume Po），全长 652 公里。

从酒店出来走了一段路，来到河边，有一座铁路桥，此时刚好有一列红箭火车疾驰而过。岸边的架子上摆放着几艘皮划艇，旁边还有一个网球场。我沿着河边树丛中的一条小路前行，这里属于安东尼利公园（Parco dell Anconelle），前后都没有遇见路人。路旁挺拔的大树上钉着禁止砍伐的标牌。这一段的河水清幽，对岸有人在垂钓。

沿着林间小路大约走了 1 公里，前面没有路了，我拐进一个院子里，里面停了几辆车，大门紧锁。我在房门前敲了几分钟，没有人应答。后来绕到房子的后面，刚好有一位小伙子出来，我跟他说明了来意。他带到我穿过院子，从一扇小门把我送了出来。我不忘跟他闲聊几句，他说自己来自新西兰，是学艺术的，在这里租了房子潜心创作。

来到维拉马尼亚街（Via di Villamagna），从拉文纳广场（Piazza Ravenna）右拐，走上乔瓦尼·达·韦拉扎诺大桥（Ponte Giovanni da Verrazzano），这座桥以一位意大利探险家的名字命名，他于1524年探索北美洲的佛罗里达与新不伦瑞克之间的大西洋海岸，成为探险北美的第一位欧洲人。这是一座双层桥，桥墩上有一些涂鸦，桥上专门辟出一条自行车道和人行道，这样，我从阿尔诺河的南岸走到了北岸。这段河岸的小径明显宽了不少，有人在散步和跑步，还有人在紧靠河边的草地上骑车，比刚才的河道热闹了许多。

比较快地就走到了圣尼古拉桥（Ponte San Niccolò），靠近河畔的一块林地被开辟为休闲区。当地人在这里吃零食、晒太阳，样子轻松。我吃着冰激凌休息片刻，走到感恩桥。关于这座桥，有着比较复杂的历史。早在1227年，在这个位置上修了一座桥，名字叫鲁巴孔特桥（Ponte di Rubaconte），它比维其奥桥规模更大。1345年该桥重建，设计有9个拱门，是佛罗伦萨最长的一座桥。

1944年8月，撤退的德军摧毁了这座桥。二战结束后，为重建这座桥举行了一次设计方案竞赛，最终以建筑师乔万尼·米凯卢奇（Giovanni Michelucci）为首的六人团队胜出，该方案设计了4个桥墩，采用薄拱的现代设计造型，于1953年竣工。

很快我就走到维其奥桥（Ponte Vecchio），这座被称为"老桥"的中世纪石头封闭式拱桥，横跨阿尔诺河的最窄处。它始建于罗马时代，996年第一次出现在文献中。1117和1333年两次被洪水冲毁，1345年再次重建。老桥主拱的宽度为30米，一直使用至今。

桥上有多家售卖黄金饰品的店铺。意大利诗人但丁·阿利吉耶里（Dante Alighieri，1265—1321）就是在这座桥附近，与他终生暗恋的女子贝雅特丽齐·波蒂纳里（Beatrice Portinari）重逢。这是一座爱情之桥。

1274年，但丁9岁时，父亲带他去贝雅特丽齐家参加派对，他第一次见到了8岁的贝雅特丽齐，立刻被她迷住了，"从那时起，爱完全主宰了我的灵魂"。贝雅特丽

齐是佛罗伦萨一位银行家和后来的修道院院长福尔科·波尔蒂纳里（Folco Portinari）的女儿。但丁家和贝雅特丽齐家相隔不远，在靠近菲耶索莱山（Fiesole Monta）的地方，两个家族各拥有一座相邻的夏季别墅。

但丁从未忘记过她。1283 年，两人在阿尔诺河畔的伦卡诺大街（Via Lungarno）邂逅。她穿着白色衣服，由两位年长的女人陪伴着。她看见他，忙转过身来，跟他打招呼，但丁却一言不发就跑开了。她的重新出现使他充满了喜悦，他回到家后小寐时做梦，这个梦后来成为《新生》（La Vita Nuova）第一首十四行诗的主题。之后，两人之间只有另外两次短暂的会面：一次是在圣玛格丽塔·德·塞尔基教堂（Chiesa di Santa Margherita dei Cerchi），另一次是在婚宴上。

1285 年，但丁娶了另一个女人杰玛·多纳蒂（Gemma Donati），两人育有三子一女。贝雅特丽齐后来嫁给了西蒙娜·德·巴尔迪（Simone de Bardi），他是佛罗伦萨富有权势之人。婚后仅仅 3 年的时光，她便于 1290 年去世，年仅 24 岁。

贝雅特丽齐给但丁带来了深远的影响。但丁开始创作献给她的诗歌，构成诗集《新生》，抒发缅怀之情。大约从 1308 年开始，直至 1321 年，他创作一万四千余行的史诗《神曲》（La Divina Commedia）。贝雅特丽齐作为书中人物出现。他表达了对贝雅特丽齐的精神爱恋。贝雅特丽齐是他在地狱（Inferno）中的代祷者以及他在天堂（Paradiso）的向导，他借此穿越炼狱（Purgatorio）。在炼狱中他第一次见到她时，他仍像 9 岁时一样不知所措。他们最后的会面是在天堂的祝福者中，他们进入来世。

尽管长期以来，学者们一直在争论历史上的贝雅特丽齐是否为《神曲》中贝雅特丽齐的原型人物，但人们确信，但丁对于贝雅特丽齐的爱是真实存在的。她如同一位天使，代表了一种优雅的理想，让他澎湃的心跳声至今回荡在翡冷翠的街巷之中。

回到老桥。大桥中央，有一座本韦努托·切利尼（Benvenuto Cellini）塑像，本韦努托是 16 世纪意大利的金匠、雕塑家和音乐家。

一位歌手在塑像前演唱，在他动人的歌声中，几位恋人靠在桥边，忘情地热烈拥吻。其中有一位小帅哥，拥抱着恋人，眼眶湿润。他们的身后，阿尔诺河在傍晚的日光里闪动着熔金光波，仿若从时光深处流淌而来，人们跨过时间的河流，与不朽的思想亲密无间。

几天之后,我在房间的宽大阳台上品茗眺望。一片偌大的花园,让人在瞬间有一丝恍惚:这是在露天博物馆,还是在酒店呢?

答案是——都是。这是在佛罗伦萨四季酒店(Four Seasons Hotel Firenze)。从我的三楼套房望下去,这座佛罗伦萨最大的私家花园所焕发出的优雅格调,仿如电影中的场景。

整个庭院位于佛罗伦萨历史中心的东南侧边缘。佛罗伦萨历史中心在 1982 年被列入《世界文化遗产名录》。入选理由是:"该历史中心建于佛罗伦萨伊特鲁里亚人(Etruscan)定居点的遗址上,是文艺复兴的象征。15 和 16 世纪时,在美第奇家族的影响下,其经济和文化方面都得到了提升。它 600 多年来杰出的艺术活动可以从 13 世纪的圣母百花大教堂、圣十字教堂、乌菲兹美术馆和皮蒂宫,还有很多大师们如乔托、布鲁内列斯基、波提切利、米开朗琪罗的作品中得到验证。"

这座庭院包含两座文艺复兴时期的历史建筑。我所在的这座叫盖拉德斯卡宫(Palazzo della Gherardesca),建于 1473—1480 年,是当时的佛罗伦萨共和国(Repubblica Fiorentina)总理巴托洛梅奥·斯卡拉(Bartolomeo Scala,1430—1497)的私宅。对面是 16 世纪的女修道院(Conventino),在这两座建筑中间的 45000 平方米的盖拉德斯卡花园(Giardino della Gherardesca),是阿尔诺河右岸最美也最为隐秘的花园之一。

曾有多位豪门望族以此为家,包括一位教皇和一位埃及总督。这里还曾是意大利第一家铁路公司的所在地。2001 年,四季集团买下了这两幢建筑,经过 7 年的艰苦修复已基本恢复原貌,包括壁画、浮雕和丝质墙纸,让人回溯到 5 个世纪前的时光。

我背着的相机有很长的镜头,需要非常小心地走路,因为在整座酒店的大堂、酒吧和走廊两边陈列着很多雕塑和瓷瓶。大堂是对称式的回廊结构,墙面上的浮雕展示了 12 个神话故事。回廊后面有一座小型礼拜堂,精致而堂皇,穹顶的绘画是 12 位仙女在翩翩起舞。穹顶左侧有一扇小小的窗户,据说,当时的主人觉得做礼拜时,自己和其他等级比自己低的人在一起有失身份,就躲在楼上透过这扇窗户听牧

云上四季

师布道。

回廊的四周开了好几家精品店，其中一家的橱窗展示着几款订制女士手包，有一款是蓝色鳄鱼皮材质，手柄采用银质中国苗族风格图案，看上去相当华贵，拿在手里又相当轻，价格在好几万欧元，店员说全球只有这一款。

庭院里栽种着不少珍稀树种，有欧洲的植物种类"欧洲红豆杉"（Taxus Baccata），还有已生长了一个世纪的香柏树（Thuja），也有高大挺拔的红杉（Sequoia）。

草坪上散立着一些雕塑作品，是4位雕塑家的"对话"展览，两件狮子雕像令人印象深刻：左侧是青铜狮子，右侧是用各种线路板和电子零部件拼成的狮子，它们有着相似的体态和表情，但材质和含义却完全不同。

庭院的深处也有两座雕塑，竖立在小径两旁。右侧是一座青铜男子人体塑像，左侧是用各种遥控器和管线做成的雕塑，雕塑男子的胃部是一个摩托车油箱，倒也贴切。站在小径上，我反复观看两边，顿觉这不仅是过去与现在的对话，更像是不同文化维度的对话，这座苍翠的庭院更像一座隐喻的花园，在不同的维度上，寻找自己的语义。

早晨，我来到庭院边的露天餐厅享用早餐。这家 Il Palagio 餐厅是米其林星级餐厅，曾在"全球101家优秀的酒店餐厅"评选中名列第四位。早间还有些凉意，我一边用早餐，一边看着晨光在草坪上一点点地扩大边界。草坪的边缘有几棵巨大的山毛榉树，整片绿叶垂挂下来。一位女服务生带着我拨开一片浓荫，走进一个五六平米见方的秘密空间，里面绿意盎然，她说，这里可以根据客人的需要，安排特别的隐秘午餐。

此外，酒店还可以安排一种非凡体验（Extraordinary Experiences）——在老桥顶上的特别空间里只有两个座位，黄昏时分，可以一边眺望阿尔诺河，一边享用特制的浪漫晚宴，如此体验，称得上很"翡冷翠"了。

我沿着古雅的街道漫行，来到圣母百花大教堂（Cattedrale di Santa Maria del Fiore）。这座佛罗伦萨主教堂由阿诺尔福·迪·坎比奥（Arnolfo di Cambio, c.1245—1302）设计，1296年始建，到1436年主体结构才告完成。教堂的外立面以不同深浅的绿色、粉色和白色大理石面板精心装饰，直到 1875 年完成。这座意大利哥特式建筑长 153 米，宽 90 米，穹顶高达 114 米，直径 45 米，是全球第三大教堂，也是世界上最大的砖体圆顶建筑。

我随着人流进入教堂，举头仰望着美不胜收的穹顶，凝视穹顶画《最后的审判》（*Il Giudizio Universale*），赞叹不已。穹顶画的面积为 3600 平方米，由乔治·瓦萨里（Giorgio Vasari，1511—1574）和费德里科·祖卡里（Federico Zuccari，c. 1540—1609）创作于 1572—1579 年间。1978 年开始壁画的修复工作，1994 年完工。

大厅中有一种以各种语言汇成的低低声潮传来，广播里不时传来一个男士的声音："Shh，Silence"，以英语和法语两种语言告诫游客保持安静。

诗人但丁曾经坐在附近的一块岩石上思考，观看圣母百花大教堂的施工，此处被后来的市民称为"但丁之石"（Pietra di Dante Alighieri）。这块石头位于帕洛托广场（Piazza delle Pallottole）和公寓大街（Via dello Studio）之间。

穿过几条小街，我行至佛罗伦萨新圣母教堂（Santa Maria Novella），推开并不太起眼的两扇门，步入一座古老的建筑，置身金黄的幽暗光线中，空气中散发着一股淡淡的幽香——这里是新圣母教堂草药店（Farmaceutica di Santa Maria Novella），是世界上最古老的一家药房，也被全球的粉丝视为有机化妆品的圣殿，他们把这个品牌简称为 SMN，英国伊丽莎白女王和多位好莱坞影星都是其拥趸。

1221 年，多明尼克教派的传教士在大教堂的庭院里，秘密建立了这家草药店。他们在院子里栽种草药、制作药膏，供给修道院的小医疗所。由于这家草药店声名远播，1612 年托斯卡纳大公爵将帽徽授权给当时该教堂的神父作为该店的商标，草药店开始公开营业。到了 18 世纪，由于药剂师的独特配方，这些药品被传到印度，最远到达了中国。

1848 年，教堂的一间会客室开放为门市部，以接待更多的顾客。1886 年，由于拿破仑占领意大利，教堂收归国有，承租给该教堂最后一任神父史蒂芬尼（Stefani）的侄子塞萨瑞切萨雷·奥古斯托·斯特凡尼（Cesare Augusto Stefani），药房开始民营化经营。至今历经家族 4 代人的管理，SMN 依然遵循传教士精良的传统制作方法，不用任何除草剂，并坚持只选用天然植物。

这里一共有 5 个房间。首先是销售大厅，此处原来是修道院的礼拜堂。两旁的柜子里陈列着护肤品、药茶、酒剂、蜜蜂制品和巧克力，还有银质茶壶等。

走进古代药剂师（Antica Spezieria）房间，橱柜和柜台都是 18 世纪的古董。墙上是由斯芬克斯、龙、鹰和花卉组成的图案，这在当时是普遍的装饰风格。在门口的基座上，放着两尊镀金的人形鹰翅木雕，手里托着一根花枝，构成一个别致的烛台。在这里，我嗅了一下玫瑰香水（Acqua di Melissa）的味道。玫瑰香水和新圣母香水（Acqua di Santa Maria Novella）作为招牌产品，是最受欢迎的，香味高雅，清淡无痕；还有女王香水（L'Acqua della Regina），基调为佛手柑、素色包装，淡雅。

关于这款香水，有几则逸闻。凯萨琳·德·美第奇（Catherine de'Medici）于 1533 年从意大利远嫁法王亨利二世时就带着女王香水，还带着她的私人香水师瑞纳托·比安科（Renato Bianco）。后来这位香水师在巴黎的新桥边开了一家香水店，这就是有名的 René le Florentin 香水店；"007 系列电影"中，詹姆斯·邦德在第一任爱人惨死之后，整理她的遗物时发现的那罐淡黄绿色液体也是这款香水。在《沉默的羔羊》（The Silence of the Lambs，1991）中，食人魔汉尼拔（Hannibal）因为常年使用这款香水而在一封信件的信笺上留下了香味，后来经闻香师确认，警方顺藤摸瓜找到了线索，最终逮捕了他。

在绿色大厅（Sala Verde）里摆放着一些手工香皂，用全脂奶制成，具有柔化皮肤的功效，是使用 19 世纪的模具手工成型，然后置于通风柜内 60 天，之后手工包装。

后面有一个小型博物馆，玻璃柜子里展示着制作草药的陶器和铜器，器皿身上有着精美的花纹。这里收集了一组 42 件花式陶器（Majolica），也是整个托斯卡纳地区最齐全的，而那些蒸馏瓶则讲述着玫瑰香水的故事——在 1381 年最早提及的这种香水，当时是在这里由修女提炼的。在欧洲瘟疫肆虐的年代，它曾被作为消毒剂使用，并作为药物放在酒里饮用。1457 年的日志里就有"在治疗室里，草药和玫瑰被蒸馏着"的记载。因为在当时蒸馏术是修道院的一门传统技艺，然后再从这种蒸馏水中分离出香水原液。

从博物馆通过一个小门，来到圣物贮藏室（Sacristy）。17 世纪时这里曾是一个香料室，高而狭小，四壁皆是壁画，现在改为阅览室。沿墙摆放着关于艺术和建筑的读物，淡淡的清香在空气中回旋，在安详的时光中，我静静地回味这里的花香往事。

相对于阿尔诺河右岸的繁华而言，当地人更喜欢左岸的安静。波波里花园（Giardini di Boboli）就是漫步的佳处。过了维其奥桥，走进皮蒂宫（Pitti Palace）内侧，一座典型的意式花园以其宏大和华美吸引着花园迷的注意力。

波波里花园，是美第奇家族的科西莫一世·德·美第奇（Cosimo I de'Medici，1519—1574）为热爱花园的妻子埃莉奥诺拉（Eleonora di Toledo，1522—1562）而专门建造的。科西莫一世和埃莉奥诺拉的婚姻也许是当时佛罗伦萨最有名的佳话之一。埃莉奥诺拉是西班牙总督的次女，科西莫一世在那不勒斯旅行期间邂逅埃莉奥诺拉，遂向埃莉奥诺拉的父亲求婚。她父亲以提供更多的嫁妆为诱饵，试图说服科西莫一世去娶埃莉奥诺拉的姐姐，但科西莫一世痴迷于埃莉奥诺拉的美貌，坚持只迎娶埃莉奥诺拉。两人于1539年成婚。据说，科西莫一世在整个婚姻过程中一直忠于她。

波波里花园建设的第一阶段从16世纪中期开始，包括园林景观、石窟和雕塑的设计，直到18世纪才基本完工，曾是美第奇家族在佛罗伦萨的主要花园，也是佛罗伦萨第一座16世纪中期风格的意大利花园。

沿着碎石路前行，可以看到花园的露天剧场、方尖碑和海王星喷泉按轴向发展。花园在17世纪时扩大到目前的45000平方米，无数雕像在花园形成露天博物馆和雕塑花园，包括罗马古物和16—17世纪的作品，细节精美，体现出一种奢侈的风格。走到花园东侧的贝尔维德勒要塞，居高而望，佛罗伦萨的全景一览无余。

我沿着宽阔的林荫道向西漫步，斜坡之下，远远地可以看到停着一些工程车辆，一座内花园铁门紧闭，几位高大的保安站在警戒线外，阻止人们靠近。一问公园的工作人员，原来是汤姆·汉克斯的剧组在这里拍电影，生怕有人偷拍。

漫步在偌大的花园里，我忆起美第奇家族的故事。佛罗伦萨共和国成立于1187年。1434年，美第奇家族的科西莫·德·美第奇（Cosimo de'Medici，1389—1464），又名老科西莫，建立僭主政权，开始统治佛罗伦萨。僭主（Tyrant）是指更多关注其私利而无视全体公民权益的城邦国家独裁者。

老科西莫是该家族中第一个同时掌管美第奇银行和佛罗伦萨政府的人，他的统治又使得他能够不断地聚集财富，其中很大一部分用于行政目的和慈善活动，并支持文化事业的发展。这使得老科西莫非常受欢迎，并巩固了他在家族的地位。

老科西莫的孙子洛伦佐·德·美第奇（Lorenzo de'Medici，1449—1492），又被称为"豪华者洛伦佐"（Lorenzo il Magnifico），是美第奇家族中最杰出的人物之一。

洛伦佐的父亲皮耶罗·迪·科西莫·德·美第奇（Piero di Cosimo de'Medici，1416—1469），由于健康状况不佳，较少参与政务而热衷于担任艺术家的赞助人和艺术品收藏家。洛伦佐的母亲卢克雷齐娅·托尔纳布奥尼（Lucrezia Tornabuoni）常写十四行诗，并组织诗歌和哲学研讨活动。

洛伦佐其貌不扬，但从幼时起，他显现的才华超过了他的3个姐妹和一个弟弟，他师从哲学家马尔西利奥·菲奇诺（Marsilio Ficino，1433—1499）、主教真蒂莱·德·贝基（Gentile de'Becchi，1430—1497）。旅居此地的学者和哲学家约翰·阿吉罗普洛斯（John Argyropoulos，1415—1487）则用希腊语给洛伦佐授课，这些都使得他获得了非同一般的灵魂滋养。洛伦佐还擅长体育活动，参加过比武和狩猎活动。

老科西莫于1464年去世。两年后，洛伦佐17岁时进入政界。皮耶罗巧妙地利用洛伦佐的智慧进行外交，派他去见教皇。1469年12月2日皮耶罗去世后，20岁的洛伦佐接管了佛罗伦萨的家族权力。1469—1478年，他与弟弟朱利亚诺·德·美第奇（Giuliano de'Medici，1453—1478）一起统治佛罗伦萨。他迎来了佛罗伦萨的黄金时代，并资助了许多艺术和公共项目。

与他的父辈们一样，洛伦佐采取相同的策略，通过议会的代理人间接统治佛罗伦萨，并通过联姻等方式以保持绝对的控制权。洛伦佐醉心于对波提切利和达·芬奇等艺术家的赞助。米开朗琪罗在美第奇家族的宅邸里住过5年，与洛伦佐和他的家人一起用餐。

与此同时，美第奇家族的政敌则鄙视美第奇家族的财富，反对美第奇家族对佛罗伦萨近乎残暴的统治，洛伦佐的军队还与意大利其他一些城邦国家交战，对祖辈的建筑项目管理不善，因而造成美第奇家族的资产枯竭。

后人可能会产生这样的疑问：一个实行僭主统治的美第奇家族为何对艺术有着如此高的鉴赏能力，并成为文艺复兴艺术最有力的赞助人和保护者？这在历史上来看，即使不是孤例，也是罕见的。

美第奇家族的主要政敌是帕齐（Pazzi）家族。1478年4月26日，洛伦佐和弟弟朱利亚诺在圣母百花大教堂，遭到弗朗切斯科·德·帕齐（Francesco de'Pazzi）

和教皇西克斯图斯四世（Pope Sixtus IV）等人谋划的暗杀。朱利亚诺被匕首刺中 19 刀，不幸身亡。洛伦佐遭到两名刺客的袭击，刺客的匕首没有刺中要害，只刮到洛伦佐的脖子。洛伦佐从附近的人手中抢来一把短剑保护自己，并在诗人安杰洛·安布罗吉尼（Angelo Ambrogini）的解救下，逃到圣器收藏室避难，最终得以幸免。这一事件后来被称为"帕齐阴谋"（La Cospirazione dei Pazzi）。

该事件之后，洛伦佐对幕后支持者进行了严酷的清算，也因此造成了严重后果。教皇驱逐了洛伦佐，下令没收在罗马的所有美第奇资产，并指派盟友那不勒斯的军队入侵佛罗伦萨共和国。此后，洛伦佐前往那不勒斯，被监禁 3 个月后获得释放，最终与教皇缔结了和平条约。

洛伦佐统治的末期，美第奇银行的几家分行由于不良贷款而倒闭。也正是在这一纷乱时期，一位名叫吉罗拉莫·萨沃纳罗拉（Girolamo Savonarola，1452—1498）的多米尼加教派的修道士于 1480 年来到佛罗伦萨，开始活跃在宗教场合。他给佛罗伦萨带来了前所未有的黑暗时期。

多年来，人们总是热衷于颂扬文艺复兴前期如繁花盛开的佛罗伦萨前传，却很少会提及文艺复兴中后期时血雨腥风的佛罗伦萨后传，生怕触及历史最深处的隐痛。当所有正常之人看到的都是文艺复兴时期艺术家们创造的美丽、荣耀和宏伟时，萨沃纳罗拉却将其视为颓废、腐败和道德败坏。

萨沃纳罗拉一直以来都在痛斥神职人员的道德败坏行径、专制统治和对穷人的剥削，憎恶人间所有形式的快乐方式：他强烈反对诗歌、旅馆、性爱，排斥华服、珠宝和其他奢侈品；他谴责薄伽丘的作品、裸体雕塑和绘画，甚至意大利文艺复兴时期的整个人文艺术；他禁止佛罗伦萨的狂欢节，取而代之的是宗教节日。他呼吁制定反对罪恶和闲暇享乐的法律，并确信上帝的怒火即将降临大地。

听着他讲道，总会有一些信众流下了眼泪。为了增加说服力，并显示即将到来的审判，萨沃纳罗拉还预测洛伦佐将不久于人世。

1491 年，萨沃纳罗拉被选为佛罗伦萨圣马可修道院的院长。洛伦佐于 1492 年 4 月 8 日在卡雷吉（Careggi）的家庭别墅中去世。1494 年 9 月，法国的查理八世入侵意大利并威胁到佛罗伦萨时，这样的预言似乎即将实现。当萨沃纳罗拉与法国国王交涉时，佛罗伦萨人驱逐了执政的美第奇家族，并在这位修道士的敦促下建立了一个新的共和国，萨沃纳罗拉成为佛罗伦萨的领导人和道德独裁者。他还宣称佛罗伦萨将成为新的耶路撒冷，成为基督教的世界中心，"比以往任何时候都更富有，更强大，更光荣"，他发起了一场极端的清教徒运动，并寻求佛罗伦萨青年的积极参与。

佛罗伦萨发生了巨变。1497 年 2 月 7 日，发生了史称"虚荣之火"（Il Falò delle Vanità）的焚烧事件。萨沃纳罗拉的追随者将在街上游荡的小混混们组织成一支庞大的童子军，挨家挨户搜集化妆品、艺术品、奢侈品和书籍等私人物品，甚至连狂欢节面具和镜子都不放过。这些被萨沃纳罗拉认为的有害之物，在广场上堆成 18.28 米（60 英尺）高、底部 12.19 米（40 英尺）长的巨堆，最后付之一炬。

经此浩劫，佛罗伦萨的许多珍宝已不复存在。如今，人们面对历史的残片都会如此痴迷和沉醉，但当时未毁之前的盛景，又曾是何等的壮观！

但凡与文明对抗的人，其下场从来堪忧。萨沃纳罗拉树敌太多，其中包括亚历山大六世教皇（Pope Alexander VI）。教皇决定加以对其判处火刑。1498 年的棕枝全日（Palm Sunday），萨沃纳罗拉被佛罗伦萨当局逮捕，当时还包括他的两名最狂热的追随者——修道士弗拉·萨尔维斯特（Fra Salvestro）和弗拉·多米尼科（Fra Dominico）。

这年的 5 月 23 日早晨，佛罗伦萨市民聚集在领主广场（Piazza della Signoria）。那里已竖立一个火刑架。萨沃纳罗拉和他的两个同伙赤着脚，双手被绑起来，然后按照习俗被剃光了胡子。弗拉·萨尔维斯特和弗拉·多梅尼科首先被绞死，缓慢而痛苦，然后萨沃纳罗拉爬上梯子来到他们之间。刽子手残忍地取笑他，然后显然试图推迟他的死亡时间，以便在他尚有知觉时让火焰蹿起来烧他，但萨沃纳罗拉已在上午 10 点左右断了气。

火刑架下方成堆的木头已被点燃。烈焰迅速吞没了 3 具悬空的尸体。围观的人群中有一些人泪流满面，但更多的人包括兴奋的孩子们，则在柴堆周围欢快地唱歌跳舞，并向尸体投掷石块。焚烧后，他们被挫骨扬灰，余烬被倒进了阿尔诺河。

时光的足迹，静静的长河。阿尔诺河的河水静缓，却涤荡着一切。

这段历史在当时看像一出闹剧，现在看似喜剧，而从本质上看，却是一场深刻的悲剧。我从昭示未来的历史场景中，体会到一种深切的悲怆和时代痛感。

文明从来都是脆弱的。文化信仰需要受到尊重和保护，这是现代文明的基石。

而文明的守护者则始终需要坚强、勇敢、血性而充满尊严。秉持朴素的信念，冲破时间的迷雾，洞察真相，最终在历尽沧桑之后，于千疮百孔之处，寻找繁花盛开的往昔。

托斯卡纳大区的面积约 23000 平方公里，人口为 380 万。托斯卡纳地区被称为"文艺复兴的摇篮"（La Culla del Rinascimento），以其历史传统、艺术遗产以及对文化的深远影响而闻名，并一直昭示着源自文明的不屈力量。

黄昏时分，我驱车来到格雷韦（Greve）小镇外的 Villa Vignamaggio 酒庄。格雷韦位于佛罗伦萨与锡耶纳之间，处于基安蒂丘陵的心脏位置。酒庄的负责人带着我走在庭院前的石子路上，讲述着酒庄的往事。

这里至今已换过 6 任主人，而最有名的是第二代主人，因为他的女儿丽莎·盖拉迪尼（Lisa Gherardini），就是达·芬奇《蒙娜丽莎》中的原型。丽莎·盖拉迪尼后来嫁给了佛罗伦萨丝绸商人弗兰西斯科·德·乔孔多（Francesco del Giocondo），改名为丽莎·德·乔孔多（Lisa del Giocondo）。这幅画是为庆贺他们第二个儿子安德里亚的诞生而委托达·芬奇创作的。

酒庄的负责人一边开着庭院的铁门，一边回过头来强调说："这不是编造的。这是真实的故事。"

进入庭院，只见一片开阔的平地，一座古老的建筑，旁边有椅子和塑像，散发着静寂之光。走在平地的边缘，灿烂的阳光照射在起伏的葡萄园，金黄灿灿。墙上嵌着一块石碑，上面是第四任主人留下的一首意大利语诗歌，翻译过来大致的意思是："一个静静的夜晚，我走在这边的葡萄园里，月光洒落，我突然有一丝惆怅……"

走进这幢古建筑，深入地下，到达古老的酿制车间，一丝丝凉意袭来。在成排的橡木桶上，有一个类似煤油灯大小的玻璃装置，我问他这是做什么用的，他解释说，是橡木桶的出气孔，是达·芬奇发明的专利，可以指示木桶内酒的高度，若液体的水平面下降，可以及时地添加酒液，以确保酒在酿制过程中的质量。

这个装置在托斯卡纳地区的酒庄被广泛使用，但不知道什么原因，在意大利的其他酒区很少采用这种装置。他做了一下示范，只见他用力推压橡木桶侧面的木

板，一个气泡就在这个玻璃装置里浮动起来。

格雷韦在相当长的时间内偏于一隅，保持着田园牧歌般的生活。直到1932年，随着葡萄酒区的扩大，这里出产的葡萄酒被称为"超级托斯卡纳"葡萄酒，格雷韦才被更多的人发现。

在酒庄的接待室，我品尝了Chianti Classical葡萄酒。主人给我倒上一小杯，闻香，轻摇，浅抿，有一种浓郁的香味。他告诉我一句拉丁语谚语："In Vino Veritas"，英文是"In wine, there is truth"，即"酒后吐真言"。

离开酒庄，我来到格雷韦，小镇上的马切利娅·法洛尼肉店（Macelleria Falorni）已延续了9代人，是意大利历史最悠久的肉店之一，店内挂满各种各样的火腿，飘着诱人的香味。

里面还有一间"Enoteca"，这是一个意大利单词，意为"Wine Library"，即酒类图书馆或酒窖。在意大利的Enoteca里配有零食，客人可以坐在里面小酌，也可买上几瓶捎走。

这里陈列着数千瓶各种葡萄酒，其中有好些基安蒂红葡萄酒，500毫升的价格12—13欧元，比较优惠。店门口设有一台饮酒机，顾客买上一张磁卡充值，就可以自行品尝10多种酒。餐盘里配着切成薄片的意大利火腿（Prosciutto）、腊肠（Salami）、奶酪和甜瓜片。其中Prosciutto可以细分为Prosciutto Crudo（生火腿）和Prosciutto Cotto（熏火腿）两种，两者制作的时间不同，熏火腿的窖藏时间较短，而生火腿需要窖藏12—13个月，顶级生火腿则要窖藏两三年，至少要经过两个腌制周期，才能形成珍品之味。

这家的腊肠制作有着独门绝技，其中野猪肉腊肠是一大特色，店家也自豪于此，形象地声称"腊肠是我们帽子上的羽毛"。

从比萨的海鲜，到亚平宁山区的丰富物产，托斯卡纳的美食保持着多样性。佛罗伦萨牛排（Bistecca alla fiorentina）也被称为Chianina Beef，原料产自基亚纳山谷（Chiana Valley），被认为是托斯卡纳最高品质的牛肉。一块T骨分量巨大，鲜美异常。还有一种Tagliata，是牛肉切片，配上芝麻菜和干酪片，佐以橄榄油和迷迭香来提鲜。

橄榄油以莫莱罗（Moraiolo）、莱钦诺（Leccino）和芳特阿诺（Frantoiano）等 3 个品种的橄榄果为主，进行榨制。每年 10—11 月间，圣米尼亚托（San Miniato）的白松露（Tartufi Bianchi）上市。这个大区还盛产葡萄酒。

在肉食方面，炖牛肚（Trippa）和牛肚三明治（Lampredotto）总是让人大快朵颐。汤类则有 Ribollita，这是一种托斯卡纳蔬菜浓汤，主要成分包括吃剩的面包、白豆、胡萝卜、白菜、甜菜、甘蓝和洋葱，这道汤的字面意思是"回锅"和"再煮开"。原料简单，味道却不错。还有一道菜肴是"番茄面包汤"（Pappa al Pomodoro），以番茄和干缩的面包做成，加入大蒜、罗勒和橄榄油，浓稠度介于汤和粥之间。这个菜可以冷热两吃，尤其适合在夏天食用。在托斯卡纳，厨师一般只选用上乘的本地特级初榨橄榄油来制作这道菜。

在甜点方面，Schiacciata alla Fiorentina 是一种松软的蛋糕，富有橘子和橄榄油的香味，外表有一层白色的奶油。这种传统美食通常是在狂欢节的时候吃，平时也可以买到。

穿过小广场，我来到一家葡萄酒博物馆，里面满是葡萄酒设备和器械，从橡木桶到装软木塞的封口机，里面收集到的软木塞有 300—400 种，还收藏了以猪为主题的明信片，大约有 1000 张，妙趣横生。

次日早晨，我离开格雷韦，继续驱车向南，抵达锡耶纳（Siena）。这座位于托斯卡纳中央的古城，它以树影婆娑的曼妙姿态迎接旅人的到来。

绘画的颜料中有一种颜色，叫"Sienna"。这个名字来源于意大利短语"Terra di Siena"，意思是"锡耶纳的土地"。Sienna 是最早用于绘画的颜料之一，甚至史前洞穴艺术也有包含着类似 Sienna 的颜色。然而，直到文艺复兴时期，该颜料的制作才进一步完善，以丰富艺术效果和提升绘画表现力。Sienna 是一种含有氧化铁和锰矿物的颜料，大致有两种类型，一种是"原始锡耶纳色"（Raw Sienna），指自然状态下的黄褐色；另一种是"熟制锡耶纳色"（Burnt Sienna），指加热和烘烤状态下呈现的红褐色。1760 年，"Sienna"首次被文字记录确认为颜色名称。每每看到那种赭黄色，就会让人忆起这个古城在夕阳下的颜色，纯粹而热烈。

锡耶纳被认为是杰出的中世纪城市，保留着完好的古典风貌和生活形态，在中

云上四季

世纪的建筑和城市规划方面，无论是在意大利和欧洲其他地方，都是具有代表性的。城市面积为118平方公里，人口5.2万多。

穿过卡莫利亚门（Porta Camollia），前面的小街半明半暗，这种强烈的对比感更把中世纪的古城区渲染得光影迷离。建于14—16世纪的城墙长7公里，城门之内的锡耶纳历史中心，是意大利中世纪小城的典范，1560年和1580年由美第奇家族两次重建和修葺，从而使其古韵流传至今。

1995年，该历史中心被列入《世界文化遗产名录》。入选理由是："锡耶纳是中世纪城市的化身。当地居民热衷于与佛罗伦萨进行城市规划的竞争。在12—15世纪之间，经历数个世纪，他们保留了城市的哥特式外观。这一时期，杜奇奥（Duccio）、洛伦泽蒂（Lorenzetti）兄弟，以及西蒙纳·马蒂尼（Simone Martini），影响了意大利的文化进程乃至整个欧洲艺术。整个锡耶纳围绕坎波广场（Piazza del Campo）而建，整个城市的设计艺术，融入了周围的景观。"

中心城区内，小街依地势起伏。四通八达的小巷构成了一个丰富的空间。临街有各种商店和咖啡厅，其中一间的橱窗里陈列着一套中世纪武士的铠甲，用牛皮制成，配着长剑，精致，氛围瞬间闪回那个久远的年代。

沿着小街大约漫步了两公里，我穿过一道拱门，顺着缓坡而下，欧洲最大的中世纪广场在眼前铺展开来，这就是田野广场（Piazza del Campo）。在意大利语中，"Campo"意为"田野"。它被誉为"世界上最美的中世纪广场"。脚下是1349年铺设的鱼骨图案红砖，它们将整个广场分成9个部分，据说，此设计与当时掌管锡耶纳的"九人社团"（Noveschi）有关。这个社团在1292—1355年间，以其城市设计的智慧，不仅奠定了广场的格局，同时还保持着锡耶纳在中世纪的辉煌。以广场为中心，共有11条小街向四面八方辐射开去。

环顾四周，那些优美古雅的建筑有着错落有致的屋顶轮廓线，碧蓝的晴空下，普布利科宫（Palazzo Pubblico）伫立在广场东北侧的中央，左边矗立着88米高的曼奇亚塔楼（Torre del Mangia），这是意大利第三高塔楼。在当年，有着严格的建筑法令，任何建筑的地基线必须与周围的建筑保持统一，不允许前后超越错位；建筑所需的砖瓦也都统一由一个专业公司制作，保持标准尺寸，以保持这些晚期哥特式房

屋在风格结构上的一致。

广场西南侧有一座 Fonte Gaia，意为"欢乐之泉"，建于 1419 年，将四周的水引入城市中心，围绕着这个中心有三面墙体，上面的装饰多为浮雕，从圣母到鸟类，还有优美繁复的花纹，都体现着那个时代的古典之美。

走进普布利科宫的庭院，幽深静寂，旁边是一座礼拜堂，这座晚期哥特式的礼拜堂是在 1348 年黑死病结束之后，为了表达灾后重生的喜悦而建立的。

夕阳下，广场上那些鱼骨图案地砖的纹理更加清晰。一个小男孩拿着一把玩具短剑追逐着鸽子，自得其乐。

　　每年的 7 月 2 日和 8 月 15 日，广场上都会举行名为"Palio"的锡耶纳赛马节。来自全城 17 个街区（Contrade，锡耶纳保留了中世纪以街区为中心的文化特色，每个街区都有其吉祥物，保留着各自独特的文化身份）的参赛选手身穿中世纪的艳丽服装骑马巡游，最后是无马鞍的赛马，充满了原始部族式的亢奋力量。人声鼎沸的庆典场面会让人觉得这是活着的传统，是正在延续的过去，并将保留在未来的视野里。而锡耶纳和整个托斯卡纳，正如意大利生生不息的文化心脏，搏动一如往昔。

　　离开锡耶纳，向东北方向，前往阿莱佐（Arezzo）。我站在 Hotel Continentale 的

顶楼上眺望，上午的清澈阳光正洒在山丘起伏的古城上，街道遍布橄榄林和葡萄树。阿莱佐位于佛罗伦萨东南约 80 公里处，海拔为 296 米，面积 386 平方公里，人口约 9.9 万。

在中世纪，这里就发展成为自治城市，14 世纪时成为佛罗伦萨共和国的一部分。这里诞生了文学巨匠弗朗西斯·彼特拉克（Francesco Petrarca）。1304 年 7 月 20 日，他诞生在这座小城。作为"人文主义之父"，他对整个西方思想界产生了深远的影响。

作为诗人，他以《歌集》《阿非利加》《意大利颂》和《名人列传》等著称于世。

《歌集》描述了相爱的人在一起时的幸福欢愉，以及失去恋人后的愁苦心境，表达了"一种永恒的爱之痛"。在他的诗歌里，一位叫劳拉（Laura）的女子被尽情地歌咏，其中有这样的诗句，表达出隽永的深情——"E tremo a mezza estate, ardendo il verno."（我是夏天里的冰，冬天里的火。）在 700 多年前，这样炙热的诗句，绝对是前所未有的。

从酒店出来，就是莫纳科广场（Plaza Monaco），周围用白色的棚子搭起摊档。看见一家专卖白松露的。松露是相当珍稀的天然植物，与鱼子酱、鹅肝并称"极品美食三珍"。松露具有美容和壮阳的奇特功效，白松露有着"白色钻石"的美誉。热情的女主人拿出一块最大的松露，灰白颜色，表面有微孔，她让我来闻，有一种特殊的清香。拿起来一称，75 克。我在多家米其林餐厅里品尝过白松露，如此大的还是第一次看到。

这个摊子上挂着一张母猪寻找白松露的照片。很久前我就知道松露的采摘过程比较奇特，是利用受过训练的母猪，在雨后的树丛中寻找。找到的概率非常之低，而松露采摘人必须紧盯着母猪，以防止找到后它一口将松露吞下，因为它爱死了那催情的味道。

沿着缓缓上升的碎石路，我来到圣弗朗西斯科教堂（Basilica di San Francesco）。进入大门，是光滑的地面，折射出年代的磨砺。进入主殿，从墙面到穹顶的壁画《真十字架的传奇》（*The History of the True Cross*）令人叹为观止。这三面壁画由皮耶罗·德拉·弗朗西斯卡（Piero della Francesca，c.1416—1492）创作于 1447—1466年，是意大利著名的壁画系列，被认为达到文艺复兴早期的教堂绘画的巅峰。壁画上描绘的故事，包括"亚当之死""舍巴女王""君士坦丁之梦"和"赫拉克利乌斯（Heraclius）与库思老（Khosrau）之战"等史诗般的内容，其中最后的一幕，展现的是公元 7 世纪早期东罗马帝国和萨珊帝国（Sassanid Empire）之间发生的一场战争。皮耶罗采用当时先进的透视和色彩学知识，使得整个壁画臻于完美。

黄昏时分，一个儿童唱诗班在这里以他们天籁般的嗓音，唱出人间的祈愿之声。人们沉浸在颂扬之音中，神情虔诚。

走在小城的街头，不时可以看到一处处标识，表明这里是拍摄《美丽人生》（*La Vita Bella*，1997）的外景地。该影片由意大利导演罗伯特·贝尼尼（Roberto Benigni，

1952—）执导并主演，曾获奥斯卡最佳男演员和最佳外语片奖。一些影迷为了追寻这部影片的拍摄地而专程来到这座小镇参观。我也在无意中，完成了一次电影之旅。

晚餐在 Logge Vasari 餐厅享用。出来时看见前面不远处，玛丽亚·德勒·皮耶韦教堂（Chiesa di Santa Maria delle Pieve）的钟楼上有 40 多扇窗户，透过长廊的光，它就像一艘灯火通明的轮船。这座教堂是罗马—比萨建筑艺术的代表性建筑。

我顺着 Corso Italia 小街闲逛。两旁皆是特色商店，在一家当地有名的银饰品商店里，陈列着银盘和银质茶壶，每件的价格都在 1500 欧元以上，看上去很耀眼。

乌尔比诺，欧洲礼仪的诞生地

向东南继续我的旅程。乌尔比诺（Urbino）位于意大利马尔凯大区的北部，这里诞生了艺术大师拉斐尔（Raphael，全名为 Raffaello Sanzio da Urbino，1483—1520）和文艺复兴时代的建筑大师多纳托·布拉曼特（Donato Bramante，c. 1444—1514）。

马尔凯大区是意大利的东大门，面积为 9366 平方公里，人口 150 多万。地形包括山脉、丘陵和海岸，丰富多变。我首先前往位于根加（Genga）的弗拉萨西溶洞（Le Grotte di Frasassi）探险。这是意大利中部的大型溶洞，也是欧洲较大的溶洞之一。巨大的洞穴于 1971 年被发现，部分洞穴于 1974 年开始向游客开放。目前洞穴只能在导游的带领下参观，分为一般参观和深度探险两条线路，后者需要穿上洞探的装备。

从 12 世纪开始，蒙特菲尔特罗公爵的家族管理乌尔比诺，到了 15 世纪，费德里科·达·蒙特费尔特罗（Federico da Montefeltro，1444—1482）大公广泛吸纳文艺人才，推动文艺的发展，达到文艺复兴的鼎盛时期。

走进总督府（Palazzo Ducale）。茶褐色的建筑外墙颜色，瞬间让人感受到了它的华美，这里曾是蒙特菲尔特罗公爵的宫殿，两座高高的圆柱形塔楼矗立其后，可以分辨出哥特式建筑的痕迹，500 多年后，它依然以深藏不露的姿态，对每一个参观者轻声耳语。

当时，这里聚集了整个欧洲的艺术家和思想家，留下来的是一座美轮美奂的宫殿，因为太美了，而被称为"神的建筑"。群贤毕至，在这里建立起上流社会的礼仪规范，后来普及到整个欧洲的贵族阶层。

宫殿里，每个房间都有华丽的装饰和壁炉，现在这座宫殿已成为国立美术馆，展出 15—16 世纪的大量画作。1998 年，连同这座宫殿在内的乌尔比诺历史中心

（Historic Centre of Urbino）被列入《世界文化遗产名录》，被认为是文艺复兴时期的文化典范。入选理由是："乌尔比诺是马尔凯大区的一座小山城，15 世纪进入了惊人的文化繁盛期，吸引了整个意大利以及其他地区的艺术家和学者，其文化的发展影响到了欧洲的每一角落。16 世纪以后，其经济和文化发展进入萧条阶段，文艺复兴时期的原貌才最大程度地得以保存。"

走出宫殿，细雨纷纷，广场上两个少年在比赛谁最先跑到宫殿的尽头。齐整的地面上，用砖拼出了精致的图案。宽阔的大路上，石板路面也被浸湿了，变为深黑色，两边高耸的建筑，在叙说着小城不动声色的力量和底蕴。

我前往小城莱西（Lesi）。这里有一个美食天地，制作各种小吃，其中的油炸食品，油而不腻，以各种野果做内馅，味道鲜美。

细雨中，我慢慢走近格拉达拉（Gradara）古堡，远远地就可以望见其高耸的城墙。这座始建于 12 世纪的城堡竣工于 15 世纪。城门口，几个穿着中世纪盔甲的古

代士兵走了出来，让人顿感时空倒置。

走进古堡，回廊里拱形的建筑让城堡显得精致而复杂。走到二楼，是一个垂直向下的空间，像一个小天井，里面有一个特殊装置，一个粗大的方木头吊在铁链子上。导游解释，木头的下面原来装着锋利的刀，当年有野兽闯进来的时候，就把这个巨大的铡刀放下去，同时守城人把滚烫的猪油倒在野兽的身上。

走过一座窄窄的吊桥，进入城堡深处的房间。柜子里陈列着中世纪的手枪，还有盔甲和面具。房间深处有一张床，高高的床帷从天花板上垂挂下来，灯光迷离，中世纪的神秘故事，似曾在这里上演。

傍晚时分，我们驱车前往佩萨罗（Pesaro）小城的 Alexander Museum Palace Hotel，白色外墙，从外观就可以看到这家设计型酒店的大堂，里面陈列着雕塑和绘画作品，宛若一家美术馆。入住后，我走在长长的走廊上，经过的每一扇门上的图案都是一幅绘画作品，多为抽象派风格，绚丽的色调和灵动的线条，营造出一种欢悦动感的气氛。

走进房间，靠床头是一面黑色的墙，上面挂着一幅黑色系的画，植物图案，四周扩散的是排列整齐的小白点。其他的几面墙都是纯白色，床具包括沙发都是纯白色的，给人一种安适之感。

清晨在偌大的厅堂里用早餐。工作人员穿着背带裤，像雕塑家。四周皆是当代艺术作品——用塑料拉丝做成的美女雕塑，或者用自行车改装成的装置作品。这里经常举办展览和拍卖活动，相当一部分作品都是出售的。酒店设立有艺术工作室，入住的宾客在这里都被鼓励成为艺术活动的主角（Protagonist），可以从艺术品修复或作品展示中获利，如自己有作品的话，可以在这里展示，并抵用一部分住宿费，然后轻松度假。

时尚设计生活，作品交换度假。这家特别的酒店，也因此曾被列为"欧洲十大设计型酒店"之一。

阿玛尔菲是英国上层阶级和贵族的度假胜地。从壮游时代开始，显贵们纷至沓来。到了 20 世纪 20—30 年代，作曲家瓦格纳和剧作家易卜生，也都曾迷醉于此。

From Rome to the Amalfi Coast

The Historical Arrays in the South Italy

从罗马到阿玛尔菲海岸

罗马被称为"永恒之城"。而意大利南部的阿玛尔菲海岸，无疑是最能体验地中海胜景的绝佳之处。

从波西塔诺依山而建的彩色民居，到阿玛尔菲中世纪的大教堂，再到拉维罗雄踞于山顶的绝美庭院，那些繁花和雕塑，还有海天交融处的壮丽之美，都会让心随之融化。

罗马的花园和天际线

　　来到罗马。午后，我穿行在安静的街区，阳光照在黄色或橘色的建筑上。那些建筑经过至少数百年的涤荡和洗礼，已失去了最初那种浮华的颜色，却显得沉稳持重。几扇木门上，每家的门把手皆造型各异，有的是张大嘴的僧侣头像，有的是一只狮子，做工考究，从这点细节上，也可以一窥其院落后面的精致生活。街对面是一幅内衣广告，广告上的镜子反射着绿树的影子，使画中白色内衣的模特显得梦幻，尤其是她那直视镜头的眼神，更增添了一种迷离感。

　　在这样的氛围中，我拐进威尼托大街（Via Veneto）。这条云集了多家知名酒店的

大街，无疑是罗马高端住宿的集中地。走了不远就来到 Grand Hotel Via Veneto 的门口，两位帅气的高个子迎宾员，戴着黑色的礼帽，以十分绅士的姿势为我拉开大门。

走进大堂，沙发和装饰品都是浅黄色调，中央布置着花瓶，紫色和白色的花配合着细细的白色虬枝，充满画意。大堂上方是淡绿色的玻璃屋顶，有一层浅浅的水漫过，午后的阳光透过时时变化的水纹，照在下面一个浅灰色的长绒面皮革沙发上，混合成一层淡绿色的影子，多变而微妙。

大堂的一角有一尊黑色的雕塑，一位女子右脚点地，左腿高高抬起，露出优美的曲线，她的双臂向上抬起，振翅欲飞。

大堂的东侧是酒吧。黑色的吧台，深紫红的吧凳，几盏荧光紫色的灯，把整个气氛勾勒出来。

服务生带着我来到 220 套房，宽大的空间，进去是一个长沙发、两个短沙发和一个茶几，中央是一张大圆桌，上面摆放着迎宾果盘和一支香槟酒。侧面是书桌，上面是 52 吋液晶电视，两旁是庭院雕塑的照片，我的房间就是以右侧照片上的托洛尼亚别墅花园（Villa Torlonia）来命名的。

这座位于罗马郊外的别墅花园原属于托洛尼亚家族，始建于 1806 年，银行家乔凡尼·托洛尼亚（Giovanni Torlonia），一直延续到他的儿子亚历山德罗（Alessandro）才完成。建筑由新古典主义建筑师朱塞佩·瓦拉迪耶（Giuseppe Valadier）设计。曾经废弃了一段时间。从 1925 年起，贝尼托·墨索里尼（Benito Mussolini，1883—1945）以一年一里拉的价格租下来，作为他的住宅，一直使用到 1943 年。

这座花园别墅的地下室负一层有空气过滤设备，负二层是更大和更复杂的密闭舱，足以抵御空袭和化学战争。1944 年 6 月，这里被盟军的高级指挥所占领，直到 1947 年。近年开始对这座建筑进行重修，并辟为博物馆向公众开放。显然，这是一座有着传奇色彩的花园别墅。

走进洗手间，里面有浴缸和淋浴设备，面积几乎与房间一样大。我住过的许多套房似乎都有这样一个特点，就是卫生间的面积足够大，人在里面毫无拥挤感。有两扇玻璃门通向门厅，与门厅连接的地方是一个小的操作空间，有咖啡机等设施；另一边是敞开式衣橱。整个房间形成一种可以巡回走动的圆通感。

从酒店出来，右拐，我沿着威尼托大街走了很短的一段，穿过平西安纳门（Porta Pinciana），就瞥见对面参差的松林之间有一座雄鹰石雕矗立在高处。这里就是博尔盖塞别墅花园（Villa Borghese）的巴西广场，这是花园20多个入口中的一个主入口。

沿着古木参天的林荫大道往里走，进入这座0.8平方公里的英式花园，它是罗马第三大花园，包含一系列博物馆和景点，也是欧洲较大的城市公园之一。

1605年，教皇保罗五世的侄子，红衣主教西皮奥内·博尔盖塞（Scipione Borghese），在这里把以前的一座葡萄园改建成别墅花园。原来这座葡萄园名叫卢库勒斯（Lucullus），是罗马共和国后期最著名的一座葡萄园。他请来了建筑师弗拉米尼奥·庞齐奥（Flaminio Ponzio）进行设计，自己亲自完善整个庭院的布局，包括郊外别墅和聚会场所，还为他的艺术收藏品专门建立了画廊。这座花园以博尔盖塞家族的名字来命名，也是当时罗马最为豪华气派的私家花园。

1700年，公园进行扩建，在英国设计师雅各布·摩尔（Jacob Moore）的规划下，建造了池塘，建起锡耶纳广场。1800年，重新设计公园西侧的人民广场（Piazza del Popolo）入口。同年，来自意大利的名门望族卡米洛·博尔盖塞（Camillo Borghese）将此间的一些艺术收藏精品转移到了巴黎。1803年，他迎娶了拿破仑·波拿巴（Napoleon Bonaparte）的妹妹波利娜·波拿巴（Pauline Bonaparte）。

除此之外，还请了不同的建筑师，包括荷兰设计师扬·范·史坦顿（Jan van Staten）和园林设计师杰罗姆·雷纳尔迪（Jerome Rainaldi）参与花园的建设和创作。整个花园大致可分为繁茂森林、艺术雕塑和自然野趣3个部分，更多的是表达出"庭院的喜悦之感"。别墅花园建成后曾长期非正式开放。它像历史长河中的秘密花园，延续着文艺复兴和巴洛克风格的设计，花园后来还是附近业主的家园，保留着被邀请进入的特权，隐秘、宁静而迷人。

庭院在19世纪早期进行了修葺。1901年，被罗马市政当局购买下来。从1903年开始对公众开放。

对面的树荫下，矗立着诗人拜伦的全身塑像，塑像的基座上镌刻着他写于1812年的《恰尔德·哈洛尔德游记》（*Childe Harold's Pilgrimage*）中的诗句。以下选自该长诗的第四章——

But I have lived, and have not lived in vain:

My mind may lose its force, my blood its fire,

And my frame perish even in conquering pain;

But there is that without me which shall tire

Torture and Time, and breathe when I expire.

但我已活过，并没有空虚地生活：

或许我的心智不再强健，鲜血不再炙热，

躯体在碾压而过的痛苦中消亡；

但若没有自我，这一切将会拖垮

酷刑和时间，我将耗尽最后的呼吸。

在拜伦流亡意大利和创作该诗的时段里，意大利北部分别被哈布斯堡王朝和法兰西共和国统治，意大利南部则由那不勒斯王国和西西里王国控制。拜伦直面当时民族的灾难，激励仁人志士奋勇反抗，实现国家的统一。

前面左侧是一块巨大的草坪，人们或坐或卧，感受着自然的环境，还有不少家庭出游，一家人围坐在一起，享受着野餐时光，其乐融融。再往前走，来到湖滨花园（Giardino del Lago），有一个碧绿的池塘，中央是喷泉，一只鸳鸯站在喷泉边的石头上梳理着它的羽毛。

继续向北，来到一片开阔的台阶，远处是国家现代艺术画廊（Galleria Nazionale d'Arte Moderna）。这里的陈列主要是 19 世纪之后的绘画作品，以意大利画家的作品居多。

一路绿意葱茏的庭院，我走到庭院中部的锡耶纳广场（Piazza di Siena）。1960 夏季奥运会时，马术盛装舞步的比赛曾在这里举行。

我忆起一些逸闻。19 世纪晚期，这里的一根 17 世纪的栏杆被运到了英国，安装在了白金汉郡的一所大宅内。2004 年，在栏杆附近发现了一种意大利蜗牛，这是在那栏杆被搬到英国 100 多年后了。这故事听起来颇为神奇。

花园东侧的博尔盖塞美术馆（Galleria Borghese e il Museo），是罗马一座重要的私人画廊，里面收集了包括拉斐尔、提香和卡拉瓦乔（Caravaggio，1571—1610）等艺术家的画作。

夕阳西下，庭院的绿意更加浓郁。我穿行至花园西南角的美第奇别墅（Villa Medici），这是一座哥特式结构的花园。1650 年，西班牙画家迭戈·委拉斯开兹（Diego Velázquez，1599—1660）画了一些速写，内容是这处花园和附近的赌场，晚上点燃火把，宾客载歌载舞。在那个还没发明电灯的时代，这些速写保留下一个罗马奢华时代的光焰与浮华。

林荫道上，一个浅棕肤色的男子吹着小号，几个人在夕阳下欢快地扭动。时光虽已远去，快乐的主题却从未改变。

从巴西广场出来，我沿着城墙边的道路漫行。没多久，就来到圣三一广场，夕阳即将隐退，正以最辉煌的色彩照亮罗马这座"永恒之城"。下面的西班牙广场的台阶，已慢慢处在阴影之中。

罗马的天际线在不断地向外扩张，而我身后不远处的博尔盖塞别墅花园，像绿色的华盖和巨大的城市之肺，一直保持着绿意和清新。

追梦那不勒斯

对于一些文学迷来说，当他们初次抵达那不勒斯（Naples）的旧城区，会发现与埃莱娜·费兰特（Elena Ferrante）的《那不勒斯四部曲》（The Neapolitan Quartet）所描绘的别无二致。《我的天才女友》（L'amica Geniale，2011）、《新名字的故事》（Storia del Nuovo Cognome，2012）、《离开的，留下的》（Storia di Chi Fugge e di Chi Resta，2013）和《失踪的孩子》（Storia della Bambina Perduta，2014），这些书名勾勒了埃莱娜和莉拉漫长的一生。

那不勒斯是丰富而杂糅的。在整个意大利南部，可能只有这里还保留着如此之多的古建筑，与新城区的高楼交相辉映；教堂里，会出人意料地看到现代派画展；在老城区里购买到心仪的皮具后，遇到好心人告诉我"当心相机被抢"，加上旅行前别人的忠告，更使整个旅程变得惊心动魄。

从托斯卡纳到那不勒斯，仿如时光的旅行。沿着从奢华到古旧的轨迹，不难发现整个意大利半岛的发展历程。像是时光的舞蹈，一路迤逦而行，但又随意用时光的刻刀，改变着一切。

站在那不勒斯的街道上，我会感叹，很难看到如此古旧的街市，但它又古旧得如此引人入胜。这是一幕华丽的歌剧谢幕后留下的巨大舞台，虽然已被岁月风侵雨蚀，但留下的这些残垣断壁依然摄人魂魄。

那不勒斯，意大利语称为那波里（Napoli），是意大利南部最大的城市，意大利坎帕尼亚大区的首府，也是游览胜地。气候温暖，土地肥沃，拥有一座良港。

那不勒斯曾被各国侵占。公元前七世纪时，希腊人将此地命名为"Neapolis"。300 年后，换成罗马人主宰，成为奥古斯都大帝的避暑胜地，后来伦巴底人及拜占庭帝国分别统治过这里。成为那波里公国后，得到了自治的地位，但没多久又先后被法国和西班牙控制，直到 19 世纪意大利统一。那不勒斯与意大利北方截然不同的风格，也成为多部电影和舞台剧的题材。

由于那不勒斯在历史上先后被希腊、古罗马、拜占庭、法国和西班牙等所控制，各种文化带来复杂多面的影响，也使这里呈现出多元融合的面貌。现今保留下来的重要建筑，尤其反映出 13—18 世纪的欧洲品位，十七八世纪的巴洛克时期，那不勒斯也进入艺术发展的繁荣时期，现在的那不勒斯宛若颓旧却依然华丽的历史迷阵。

晚间，我去一个朋友推荐的餐厅。下了的士之后，走过一段幽深而诡异的石板路。两旁的房子残破却颓而不倒，深灰色的墙面已经斑驳脱落，但就在这个墙面上还用铁条做了一个神龛，小小的，放着圣母抱子的一张画，上面的一束鲜花已经散落，凋零了。

前面是一块突然凹陷地带，四周用栏杆围起来，我好奇地走过去，下面是长满苔藓的矮墙，围成井字形，比地面大约低 1 米，像古代城池的一角。我在各个角度不停地拍摄，栏杆对面的一群十五六岁的孩子开始注意起我来，深陷的眼睛里投来不友好的目光。他们大多穿着黑皮夹克，几个人挤在一辆摩托车上，吐着烟圈，其中一个对我说了句什么话，其他的七八个开始起哄。

我镇定地瞥了他们一眼，估计他们就是本城区的小混混，傍晚时分闲得无聊出来转悠，我料他们也不敢轻举妄动，慢慢地拍完转身离去，我前往餐厅时，他们还在我身后吹着口哨。

餐厅里，服务员见到我很热情，用日语向我问好，我微笑而坚决地说："No, Chinese."他赶紧向我表示歉意。他们见我在不断地拍摄，索性叫上店老板，一起站在店中央的一张仿古画前，指指我的相机，示意给他们来一张合影。那不勒斯人的热情和好客之情尽显。这里的美食首推比萨（Pizza）。在历史上，比萨是由那不勒斯人改良后推向了世界的。

从餐厅的阳台上望下去，刚好是一个大集市的入口。而那不勒斯本身就像是一个颓废的老街区，有着古旧斑驳的面孔和嘈杂的声音。

一些国家的南方城市都有着相似的气息。喧闹、杂乱、具有治安不好的恶名，但当你深度进入后，就会发现其城市特有的勃勃生机和活力。

鉴于这里的治安不是很好，我将专业相机放在一个深色的塑料袋里面，我在老街区看到有意思的场景，就赶紧取出相机拍上几张，然后再放回袋子里，别人也不知道我拎的是什么，就这样，在整个那不勒斯的旅程中都平安无事。

第二天上午天下起了蒙蒙细雨。我走在行人稀少的街上，看见小街上搭起了脚手架，穿行在金属架内，一边是古旧得看上去快要坍塌的房子，一边是因雨的润泽而发亮的石板小路，自有奇特的感受。路边的商店大部分还没有开门，走到前面，发现脚手架突然缺了一截，呈现的是两扇精致的橱窗，里面摆满旧书和古画，推门而入才发现，这是一家幽深的旧书店！

一位老妇人笑容和蔼地接待了我，她用并不流利的英语告诉我，这家叫"Regina"的旧书店从 1885 年开始经营，也是目前意大利 30 家最古老的书店之一。现在由老夫妇俩经营，到他们这里已是第三代了。书店经营的范围包括销售和出版。她的先生里贾纳（Regina）是一位绅士，话语不多，温和地站在一旁，典型的妇唱夫随的场面。

老两口带着我在书店的各个房间参观，捧出了旧书籍，如数家珍般地给我介绍。交谈之间，我还得知他们在几年前曾到北京旅游过。"那里的小吃太好吃了！"老妇人做了一个夸张的表情。

夫妇俩有 4 个儿子，都子承父业。说话的当口，一个 30 多岁已谢顶的男人走过来，与老妇人说着什么。老妇人听完，忙把他介绍给我，他叫卡洛·里贾纳（Carlo Regina），是她最小的儿子，他在马路对面经营一家画廊。在我的要求下，卡洛带我去他的店里参观，门面不大，但布置合理，地下室是一个小作坊，几个工人正在做画框并进行装裱；一层是一个小的展厅，展示着几幅古画，卡洛指着其中的一幅说，这是店里最贵的画，大约在 1840 年绘制，开价为 15000 欧元；阁楼上是办公的地方，一台电脑占据了很大的桌面，卡洛通过网络将生意已经做到东南亚一带。

我起身告辞。回望这家书店，它嵌在一幢颓美的巴洛克建筑的底层，干净而华美，像是建筑迷阵中一朵奇异的花。

我沿着小街闲逛。这里的皮具值得一买，从小的皮名片夹、通讯录本，大到皮革封面的相册都有不少选择。我买了个牛皮套笔记本，还有一本棕黄色牛皮面相

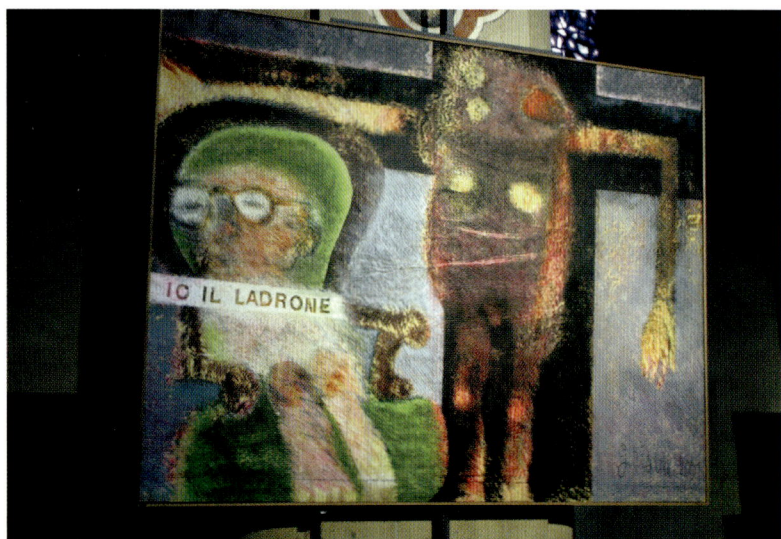

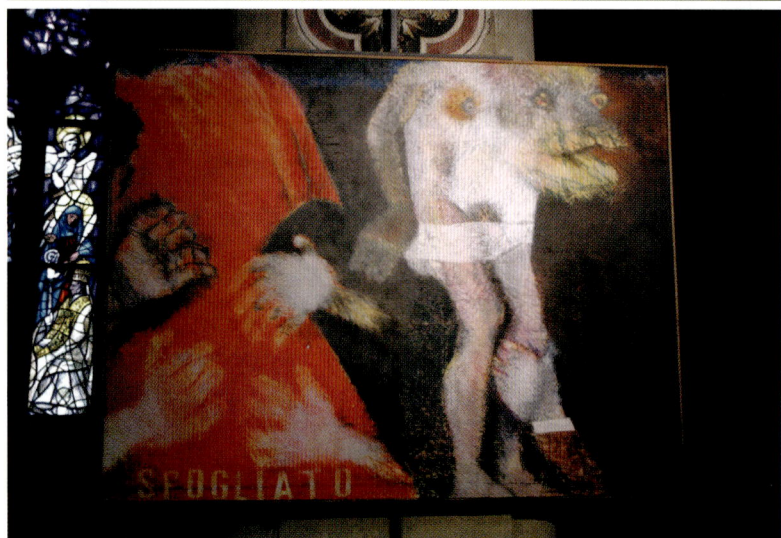

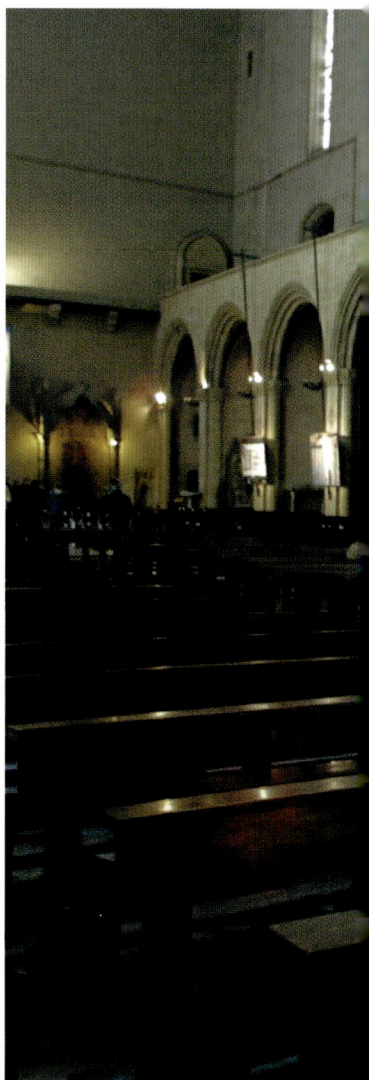

册，可以放入 100 张 10 英寸的照片，很合心意。

来到那不勒斯之前，我听到最多的一句意大利谚语就是："朝至那波里，夕死可矣。"按照中国的古话就是"朝闻道，夕死可矣"。那么，如果这两个命题都成立的话，我们不妨试着推断一下，结论就是：那波里＝道。

当然，这只是一句戏言。按照一些西方人的观点，那不勒斯以其壮美的自然景色、温和的地中海气候，强调感官享受和恣意豪放的生活方式而令人浮想联翩，这也许就是他们心目中理想的极乐世界，是他们的一块乐土。

离开那不勒斯的上午，我信步走在熙熙攘攘的街道上，找到一家唱片店买了几

张唱片。

　　从唱片店出来，发现斜对面有一座教堂，从外面看上去并不宏伟，当我进入里面时，发现了其特别之处——教堂廊柱上挂满两三米宽、一米多高的油画，画面皆像梦境，浓烈的色彩、呐喊的表情，让人在一瞬间感到内心深处的欲望、野心和焦虑，还有对感官享乐的深刻渴望。

　　教堂中央的长椅上远远地坐着一个男人，透过花玻璃的光给他勾勒出一条光边，他双手掩面，长久地思索着什么。不远处的一幅油画下，是一个告诫亭，一个女子跪在地上，听着牧师的劝解。

　　这两个场景深深地印入我的脑海里，这是对于那不勒斯最后的定格。它们像是追求享乐的潮流中两个容易被忽视的细节。总有人会注意到。总有人在反思。

从庞贝到维苏威的奇妙旅程

从地图上看，维苏威火山（英文 Mount Vesuvius，意大利语 Vesuvio）在北边，埃尔科拉诺（Ercolano）在它的左下方，庞贝（Pompeii）在它的右下方，这 3 个地点刚好构成一个三角形——维苏威火山是三角形的顶点，而埃尔科拉诺和庞贝构成了一条底边。这是意大利西南部坎帕尼亚大区，那不勒斯是首府所在地，维苏威在那不勒斯东南约 10 公里处，庞贝古城位于维苏威东南约 27 公里处。

公元 79 年的那场火山喷发，岩浆将两个小城包裹起来。冷却下的遗存像琥珀一样。于是，时间不复存在。这里因为被毁灭而永生。

这是 1900 多年前，意大利南部城镇的标本，生动、细腻，仿佛他们的主人刚刚离去。迷宫般的废墟里，蕴涵着多少往事。

庞贝古城曾是海上贸易和农业都很发达的小城，在当时的规模来看，已算商业发达的城镇。坎帕尼亚地区最初在青铜器时代就有人定居，周边区域温和的气候和肥沃的火山土壤，使得农作物特别是橄榄和葡萄的栽培繁茂。在希腊神话中，赫拉克勒斯（Hercules）曾在这里与巨人作战的传说，暗示了火山的巨大威力。

公元前 8 世纪，希腊人在坎帕尼亚建立了殖民地。公元前 7 世纪，庞贝小镇由奥斯坎斯（Oscans）建立，是周围城镇的中心枢纽。公元前 474 年，来自当地山区的萨姆尼特人（Samnite）开始统治。公元前 4 世纪，罗马人逐渐在该地区产生影响。公元前 2 世纪，庞贝启动了大型城镇建设项目。

公元前 80 年，萨姆尼特人在庞贝闹独立，威胁到古罗马帝国的权威，独裁者卢修斯·科尼利厄斯·苏拉（Lucius Cornelius Sulla，前 138—前 79）围困了这座城市，并安置了四五千人的军团。随后，此地迎来它的繁荣时期，成立了一个地方参议院，并建造了一个新的圆形剧场和一座音乐堂，可以分别容纳 5000 名和 1500 名观众。经过几个世纪的起起伏伏，该镇的市政建设已经达到顶峰。在火山爆发前，该镇的人口为 1 万—1.2 万，其中三分之一是奴隶。还有小镇 2 倍多的人居住在周围的农场和别墅中。

坎帕尼亚海岸是罗马富裕阶层最受欢迎的置业地点，因此别墅都特别宏伟，享有海滨全景，相传，暴君尼禄（Nero，公元 37—68 年，公元 54—68 年在位）在庞贝附近也有一幢别墅，值得一提的是，他的情妇即后来的第二任妻子波帕亚·萨宾娜（Poppaea Sabina）就是庞贝本地人。

当时，庞贝是那不勒斯湾上的重要港口。周围定居点的人们把产品送到庞贝城，再运往整个罗马帝国。这些出口产品包括橄榄油、葡萄酒、羊毛，鱼露（又称罗马鱼酱，意大利语"Garum"）、盐、核桃、无花果、杏仁和小麦等商品，进口物品包括异国水果、香料、丝绸、檀香和竞技场所需的野生动物等。

据考古分析，当时庞贝人的日常饮食包括牛肉、猪肉、鱼类、牡蛎、蜗牛和豆类，一些富裕之人还能享用到其他美味佳肴，如蜂蜜烤田鼠和灰鲻鱼肝（Grey Mullet Liver）。

公元 79 年 8 月 24 日中午，维苏威火山爆发。喷发的第一阶段是一次爆炸，岩浆从火山中呼啸而出，将火山灰抛向数千米的空中。然后，这些火山灰像雨一样落在周围的城镇上，大约 5 个小时，掩埋导致建筑物倒塌。

火山喷发的第二阶段发生在大约 17 个小时后。当时一股凶猛的熔流从火山中涌出，几分钟内将庞贝城覆盖。

至此，庞贝消失了。被埋在地下 6 米的深处。

维苏威火山的喷发是有明显征兆的。公元 62 年 2 月 5 日，维苏威火山周围地区发生了大地震，震级为里氏 7.5 级，摧毁了周围的城镇，甚至那不勒斯部分地区也遭到破坏。在庞贝城，许多建筑物被毁。死亡人数可能达到数千人。

震后，一部分居民仓促地离开了这座城镇，另外一部分人随着小镇的修复，选择留下来。公元 64 年，尼禄访问此地，生活似乎开始恢复正常。在接下来的 10 年中，地震活动仍在继续，但人们似乎已习以为常，根本听不到即将到来的灾难发出的隆隆警告声，仍在涌向那不勒斯湾的海岸，庞贝城当时变得越来越拥挤不堪。

公元 79 年盛夏，奇怪的事情开始发生：死鱼漂浮在附近的萨尔诺河（Fiume

Sarno）中，泉水莫名其妙地干涸，维苏威火山山坡上的藤蔓神秘地枯萎并死亡，地震的频率也急剧增加，但大多数居民仍然不太担心，他们浑然不知末日即将来临，直到城池被毁灭。

此后，庞贝古城被岁月的灰烬掩埋了许久许久。

1599 年，庞贝城的遗迹才被发现。一位名叫多梅尼科·丰塔纳（Domenico Fontana）的建筑师在为萨尔诺河挖掘一条运河时遇到了这座废墟，但丰塔纳只是看了一眼文物和废墟，然后再次将其掩埋。后来的历史学家推测，可能是由于丰塔纳发现了庞贝城有名的色情壁画，这在当时会令人震惊。

1748 年，一群探险者在一位名叫罗科·乔亚基诺·德·阿尔库别雷（Rocco Gioacchino de Alcubiere）的测量工程师的带领下，在那不勒斯国王查尔斯·波旁（Charles Bourbon）的指挥下外出寻找古代文物，这导致庞贝城的第一次正式发掘。他们发现了庞贝古城——在灰烬之下，庞贝城几乎与被掩埋时一模一样。建筑物保持着基本的轮廓，一些家居用品散落在街道上。后来的考古学家甚至在房间里发现了面包和罐装的水果。

此后，皇室成员不断下令挖废墟，以掠夺该地区的古代装饰品。又过了一些年头，考古学家才开始正确研究庞贝，以免损坏剩余的废墟。

经过 200 多年的细心挖掘和修复，到 1960 年，整个庞贝城的三分之二部分被发掘出来。目前勘测到庞贝四周有近 5 公里的城墙，建有 7 座城门和 14 座城塔。城内 4 条大街纵横交错，布局大致规整，将行人和车辆交通分开，其中一些街道为单行道。清晰可见马车的深深辙印，由此可窥当时的繁华盛景。

由于当时庞贝离火山口稍远，出现灾难后，大部分人都逃离了现场。大约有 2000 人罹难。在灾难发生时，一些人并没有被倒塌的建筑物和灼热的岩浆所伤害，却被深达数米的火山灰包裹住。时间一久，人体在里面枯干了，只剩下空壳。考古学家们就利用这些空壳作为模子，把石膏灌进去，再剥去火山灰的壳，便留下了一个真实的人形，甚至细微的皮肤皱纹都在，这就是庞贝的"人形模壳"。

研究人员从这些"人形模壳"中发现并证明牙齿疾病是一个常见问题，过度甜食导致了蛀牙和脓肿，结核病、布鲁氏菌病和疟疾也很普遍。而从奴隶的骨骼遗骸中，则发现伴随着营养不良、慢性关节炎和过度劳累引起的畸形等病症。

因火山爆发而瞬间毁灭的城市，保存了最完整的公元初年罗马人的生活。保留下来的人和物品都以凝重的姿态，定格了灾难发生的一刻——

一个赶骡子的少年，紧紧蜷缩着身体，用手捂着脸，等待或试图躲避大难的降临。人们在大广场柱廊发现他的时候，同样凝固住的骡子还在他的旁边。

在一个面包房中，烤炉里面还有 80 个已经炭化的面包，旁边一块儿烤熟的面包上，面包店的名字清晰可见。橱柜里的熟鸡蛋、缸里的小麦也历历可辨。

在时间的琥珀里，死亡的瞬间成为永恒。

1997 年，面积为 0.9805 平方公里的 "庞贝、赫库兰尼姆和安农齐亚塔的考古区"（Archaeological Areas of Pompei, Herculaneum and Torre Annunziata）被列入《世界文化遗产名录》，入选理由是："当维苏威火山于公元 79 年 8 月 24 日爆发时，它吞没了庞贝和赫库兰尼姆（Herculaneum）两个繁荣的罗马城镇，以及该地区成片的富裕别墅。自 18 世纪中叶以来，这些作品逐渐被挖掘出来并向公众开放。庞贝商业城镇的广阔空间与赫库兰尼姆度假胜地较小但保存较好的遗迹形成鲜明对比，而托雷安农齐亚塔（Torre Annunziata）的奥普隆蒂斯别墅（Villa Oplontis）的精湛壁画，给人留下了早期罗马帝国富裕公民所享受的富裕生活方式的生动印象。"

其中，庞贝城拥有保存完好的建筑，占地 0.44 平方公里，是世界上唯一一个提供古罗马城市完整图景的考古遗址。公共集会场所的两侧是公共建筑，如议会大厦、大教堂和寺庙，城内还有一座公共浴场、两个剧院和一个圆形剧场。

穿过庞贝古城西面的城门，我沿着一条斜坡往上走，很快就到了巴西里卡大会堂（Basilica）。它的面积为 1500 平方米，建造于公元前 120 年至公元前 78 年，是整个罗马帝国此类建筑最古老的典范之一，从 5 个由凝灰岩柱隔开的入口进入，里面分为 3 个中殿，在当年的商业贸易中有着十分重要的位置，这里经常举行集会，进行法律审判，还举办商业交易会，而大会堂只是庞贝市苑（Foro）的一部分。市苑是庞贝城市的中心，当年市苑的范围包括朱比特神殿、阿波罗神殿、巴西里卡大会堂和粮食市场等。繁华在前，庞贝早在 1900 多年前就建立起如此完备的城市功能，不得不令人赞叹。

从市苑出来，就走上了丰足大街（Via dell'Abbondanza），放眼望去，石头铺设

的大街在午后阳光的照射下仿若一条丝带，一直向东方延伸，两旁皆是各类建筑的残破遗迹。

丰足大街是庞贝城两条横向主干道之一，最宽的地方达 8.5 米，连接着城市最重要的区域，如市苑、斯塔比亚浴场（Terme Stabiane）和露天剧场（Anfiteatro）等。小城被毁灭前的最后 30 年中，当时的市政官员曾经计划重铺它的路面，最终只来得及完成市苑旁边的一段。

丰足大街周围各种店铺种类齐全，包括酒馆、饭店、面包店、洗衣店和铁匠铺等，沿街建筑的墙壁上，时常可以看到涂鸦文字，有的是店铺的招牌和广告，有的则是选举广告。在一家名叫索特里库斯的小酒馆里，还可以看到顾客乱涂的猥亵画。现在都用玻璃将这些外墙保护起来。墙壁上的湿绘壁画采用一种特有的红色涂料，不褪色，描绘了神话、宗教、体育和战争，它被后人称为"庞贝红"。

有一些发现使考古学家瞠目结舌，提醒人们庞贝城是一个迷人而发达的城镇。在此挖掘出一块长颈鹿的骨头，它是在意大利的古遗址中唯一发现的长颈鹿骨头，说明了庞贝居民对异国情调的偏好。

庞贝是被严密保护起来的，在多个路段都有禁行标志。古城现在非常安静，它的生命在近两千年前以一场巨大的灾难而结束，但房屋、建筑装饰品和日常生活物品都向我们倾诉着在维苏威火山爆发之前古代人的生活，特别是建筑空间，为研究古代生活提供了丰富的资源。庞贝城一直蓬勃发展，直到它被摧毁的那一刻，当它的生活突然被中断时，才凝固下地中海的旧日时空。

我来到维提大宅（Casa dei Vettii）。它是庞贝城最富有的别墅之一，属于罗马式联排别墅（Domus），被认为是庞贝财富和建筑风格的缩影。维提大宅于 1894 年末至 1896 年初被挖掘出来，从房屋内的文物推定，该房子的业主是奥卢斯·维提乌斯·孔维瓦（Aulus Vettius Conviva）和他的弟弟奥卢斯·维提乌斯·雷斯提图图斯（Aulus Vettius Restitutus）。

站在门口，透过铁栅栏，我看着前厅墙壁上的那幅情色壁画——《普里阿普斯壁画》（*Priapus Fresco*）：普里阿普斯拿着一杆秤，在称着他那硕长的阳具。有专家认为，这幅壁画当时应是驱魔的护身符；也有学者猜测，这幅壁画可能代表了维提家族的经济野心，因为这幅壁画现在已不完整，缺失的画面表现的是将一袋钱作为秤砣。

挖掘出来的豪华住宅临街的入口很窄，走廊通向一个宽阔的中庭，里面带有矩形水池，再拐弯进入餐厅和卧室，地板上有马赛克图案，描绘着从神话到房主商业活动的场景。不少私宅都带有私人花园，整个花园被佩里风格（Peristyle）的廊柱包围，里面有雕像、喷泉、藤蔓覆盖的凉棚，甚至有专门用于葡萄栽培的区域。

在庞贝十字路口，都有一个半人多高的石制公共水槽，泉水从雕像的口中流淌出来。当年庞贝小镇就已建好了完整的供水系统，通过水渠将泉水引到水塔，再引到各家各户，并建有约 40 个公共喷泉。现在公共喷泉装上了自来水龙头，我看到有两个孩子在嬉戏。

黄昏时分，人流远去。一个小伙子坐在人行道的石阶上沉思。一群刚到来的女孩子不知为什么，突然兴奋起来，高举双手，雀跃在这条庞贝最宽阔的大街上。那些废墟中的欢乐少女，让人久久难忘。

人们总是很难与庞贝无距离地接触。与我们相隔的，是无尽的时间。

赫库兰尼姆（Herculaneum）的意大利语名称是"埃尔科拉诺"（Ercolano），是从地下 25 米深处复活的。挖掘工作比庞贝更为复杂。埃尔科拉诺像庞贝城的缩小版本。

埃尔科拉诺是那不勒斯湾的海滨小镇。当时的人口只有 5000 人。由于优越的地理条件，依山傍海，自然成为贵族们的度假胜地。

我站在半山的斜坡上眺望。四周绿荫浓郁，只有这里是一个废城，多幢房子只有墙壁而没有屋顶，在春日的阳光下泛着白光。如果不仔细看，我宁可把它看成是一个没有完工的大工地。在残垣断壁上，有几只鸽子在咕咕叫着，和着隐约的阵阵涛声，在静寂的遗址中回荡着。

一位 50 多岁的老者主动给我当导游，在一个无屋顶的房子里，他指着灶台上的 6 个陶罐说，原来那是酒馆的柜台，砌进柜台的陶罐用来盛放酒水和饭菜。

埃尔科拉诺的宗教和公共建筑不多，大多数为住宅和商店。79 年 8 月 24 日，由于岩浆喷发，气温骤变，大雨倾盆而下，形成泥石流，冲向紧挨着山麓的埃尔科拉诺，小镇在一瞬间就被吞没了，因而建筑的主要框架还基本保持完好，而房子外的木梁则全部炭化了。

这些建筑的结构、布局和风格与庞贝非常相像，壁画的内容和颜色也相似，看来"庞贝红"是当时的流行色。

老者带着我走进了一家浴室——市苑浴场（Terme del Fore）。这是埃尔科拉诺最大的一家浴场。入口右边是更衣室，里面是存衣柜，每个浴客一个，可以放心地洗澡。热水池用光滑的石头砌成，同样用石头刻成的长凳摸上去光滑凉爽，可以供浴客躺着享受按摩。长凳脚处的雕刻细致入微。

1900 多年前，埃尔科拉诺的居民已经懂得用锅炉烧水，并分成温水和热水，分别流向浴池和蒸汽浴室。蒸汽浴室的地面是一幅镶嵌画，绘着被海洋生物围绕的托里顿和丘比特。浴场的顶部天花板建成圆拱形，上面有细细的凹槽，用来收集浴室里的水蒸气，室内的蒸汽上升到天花板凝结成水滴后，就会顺着圆拱形缓缓流下，淌进上部的小水槽中，而不会将凉水滴到人们的身上。

埃尔科拉诺的浴室给人留下了深刻印象。那时人们就能享受如此细微周到的洗浴文化，不能不说是一种智慧。

埃尔科拉诺的挖掘工作一直没有结束。在一间临街的房子里，我遇到来自法国普罗旺斯大学考古系的一位学生，他是为了写关于埃尔科拉诺的毕业论文来实地挖掘的。几天来他勤奋工作，已经挖出了一个小小的坑。埃尔科拉诺的大片古镇地区包括地下古剧院的大部分，仍然埋藏在现代城镇之下，这里在 18 世纪时即吸引壮游的游客们。在一间别墅里还发现了 1800 多卷包含法律文件和希腊哲学文本等的纸莎草卷轴，非常珍贵。

这个老人很精明，结束参观我付给他导游费之后，他神秘地伸开手掌，给我看一枚发着铜绿的古钱币。他说是刚从这里挖掘出来的，开价 40 欧元。我觉得钱币太小了，而且看不出更多的字迹，便笑着作罢。

在发现庞贝城多年后，更多的游客涌向意大利南部，观看正在进行的挖掘工作，并购买纪念品，这里成为壮游的重要停留点。1770 年 6 月，莫扎特陪同父亲一起参观了庞贝，这座废墟给他 1791 年在维也纳首演的歌剧《魔笛》带来了灵感。

1786 年 9 月，德国大文豪约翰·沃尔夫冈·冯·歌德（Johann Wolfgang von

Goethe，1749—1832）从卡尔斯巴德（Carlsbad）的波希米亚温泉出发，乘坐长途汽车经过布伦纳山口，穿过南蒂罗尔河，到达意大利的维罗纳、维琴察和威尼斯。10月，他到达罗马。1787年春天，他继续前往那不勒斯。他攀登维苏威火山，参观庞贝和埃尔科拉诺。歌德最初对庞贝城有些失望，但他后来发现它的重要性，在日记中写道："在世界上发生的诸多灾难中，还从未有过任何灾难像庞贝一样，能带给后人如此巨大的愉悦。"尔后，他前往西西里岛。1788年6月，他回到魏玛时非常不情愿。在这次壮游中，歌德不仅目睹了古代和文艺复兴时期的建筑和艺术品，而且尽可能接近他所认为的古老的生活方式，体验人类与自然和谐相处的氛围。

庞贝和埃尔科拉诺作为考古遗址被重新发现，影响着时代的审美。这两座古城的发掘对于欧洲18世纪新古典主义的复兴发挥了重要作用。从法国风景画家休伯特·罗伯特（Hubert Robert，1733—1808），到意大利版画家和建筑师乔瓦尼·巴蒂斯塔·皮拉内西（Giovanni Battista Piranesi，1720—1778），再到法国评论家斯塔尔夫人（Germaine de Staël，1766—1817），都受到了庞贝和埃尔科拉诺废墟的极大启发，维苏威火山的爆发成为整个欧洲绘画中反复出现的主题。在法国和英国，新古典主义风格在18世纪后期扎根，英国画家约瑟夫·赖特（Joseph Wright，1734—1797）和法国画家皮埃尔—雅克·沃莱尔（Pierre-Jacques Volaire，1729—1793）等艺术家的画作展示了古典世界在18世纪的演绎，重现了栩栩如生的庞贝城和埃尔科拉诺，这两个城镇被摧毁它们的力量永远保存了下来。

从文艺复兴时期开始，建筑历史学家和考古学家几百年来一直在争论古罗马房屋的形式和功能。18世纪中叶，庞贝、埃尔科拉诺和其他被维苏威火山摧毁的遗址的重新发现，进一步激发了人们对这种建筑形式的研究兴趣。欧洲一些富有和时尚的家庭开始陈列废墟中艺术品的复制品，庞贝城建筑的图纸助力形成了那个时代的建筑趋势，例如，富裕的英国家庭开始模仿庞贝别墅的风格，建造"伊特鲁里亚房间"（Etruscan Rooms）。

这两座古城也重塑了我们的集体想象力。那些独特的考古证据提供了难得的机会，体会到这些生活在久远年代人们的恐惧、绝望、机智和挣扎。隔着千年，欲望同在。

迄今，庞贝的挖掘工作已经持续了近三个世纪，考古学者和游客仍然对这座古

云上四季

城的废墟着迷。从庞贝和埃尔科拉诺古城挖掘出的大部分出土文物，目前保存在那不勒斯的国立考古博物馆（Museo Archeologico Nazionale）内，这些文物也使其成为世界上最为重要的博物馆之一。

终于要走近维苏威火山这个肇事者了。

维苏威并不太高，被黑色的火山灰覆盖。四周很安静，走在上面，鞋子会稍微陷进去，并会发出"咔嗤咔嗤"的声响，夕阳正红，在山上眺望海湾，有着一种别样的美。

我站到火山口，这是一个直径约 1000 米的大洞，有一股热气从底下冒上来，弥漫在整个火山口周围，有点像从烧开的锅炉里喷出的热气，只是看不见红色的岩浆，那地球的炙热岩浆。

这里的危险是一直存在的。维苏威火山是坎帕尼亚火山弧的一部分，处于意大利半岛上非洲和欧亚构造板块的交合处。这条火山弧延伸了意大利西西里岛的埃特纳火山。大约在公元前 1780 年，一次异常剧烈的喷发，数百万吨岩浆几乎摧毁了距离火山 25 公里以内的所有村庄和农场，今天将其命名为"阿韦利诺喷发"（Avellino Eruption）。

维苏威火山已经喷发了 50 多次，最著名的喷发发生在公元 79 年。当时火山灰"像洪水一样倾泻在土地上"，并将这座城市笼罩在黑暗中。维苏威火山喷发的大多数岩石是安山岩（Andesite），这种熔岩含有 52%—63% 的二氧化硅，伴随着爆炸性的喷发，爆炸将灼热的火山气体云送入天空，人们在周围数百公里处都可以看到。

当时，作家小普林尼（Pliny the Younger，c. 61—112）就从那不勒斯湾海湾观测到了这场火山爆发，他将这片"外观极不寻常的火山云"比作一棵松树，"在树干上上升到很高的高度，然后分裂成树枝"，如今，地质学家将这种类型的火山喷发称为"普林尼型喷发"（Plinean Eruption）。2022 年 1 月 15 日，汤加洪阿哈阿帕伊岛（Hunga Tonga-Hunga Ha'apai）附近发生的火山喷发也属于这种。据估算，喷发高度至少为 25 公里。

在公元 79 年的毁灭性爆发之前，维苏威火山并没有名字。庞贝城的居民没有意识到他们住在火山旁边，因为它已经有大约 1800 年没有爆发过了。公元 79 年之后，它以罗马火焰和金属锻造之神——火神（Vulcan）的名字命名。此后，维苏威火山在18 世纪爆发了 6 次，19 世纪爆发了 8 次，20 世纪爆发了 3 次。最后一次爆发是在1944 年。现在火山仍在活动之中，是欧洲大陆唯一的活火山，恐怕也是世界上最有名的火山了。

在火山口的小丘上，竖立着一个亮晶晶的火山观测器，下面有太阳能吸热板，因而解决了观测器本身需要的能源问题。自 1841 年起，意大利就在这里设立了火山观测所，据说，这也是世界上最早设立的火山观测机构。有科学家分析，维苏威在未来的 200 年内将会有一次大的喷发，到时，庞贝遗址有可能会被再次覆没。这又将是一场深不可测的灾难，对繁忙的那不勒斯大都市构成巨大威胁，因为目前有近 300 万人生活在距火山口 32 公里范围内。当然，随着科学家全天候监测火山的活动，届时将有足够的时间警告附近的居民转移到安全地带。

但愿不是危言耸听。

阳光很快退却了，在 1281 米高的维苏威火山口，黄昏的雾气缭绕，使人分不清是云还是浓雾，一群高中生爬上来，其中一个女孩将白色的高领衫领子竖起来，以抵御不断袭来的寒气，又仿佛希望自己隐藏在浓雾里。在他们的背后，是越积越多的云层，看上去他们正走在云边的危险地带。

也许有人好奇，为什么这么多人还生活在维苏威火山的阴影下？其中的一个答案是，火山土壤非常有益于植物生长。火山留下的熔岩沉积物中富含钾、磷和氮等矿物质，形成了肥沃的土壤，熔岩的多孔性也使其非常适合在地下储存水，就像海绵一样。正因为如此，维苏威火山周围的葡萄园在夏季不需要人工灌溉，因为海绵状的土壤会慢慢释放水分来喂养葡萄藤。伊尔皮尼亚（Irpinia）是维苏威火山附近的小镇，种植 Aglianico 红葡萄、Fiano 和 Greco do Tufo 白葡萄品种，每一种都酿造出上佳的葡萄酒。维苏威火山周边地区种植番茄，其中"维苏威火山的皮耶诺洛番茄"（Pomodorino del Piennolo del Vesuvio）已属于受保护的原产地农作物。

傍晚时分，我终于下山了。在维苏威火山脚下，我瞥见小摊上放在一个个白色的精致木盒子，里面有五颜六色的火山石，在夕阳中闪亮。那是自然的馈赠。

感谢烈火与时间的熔炼，让岩石都变得如此美丽。

从波西塔诺到拉维罗

中午时分，继续前往波西塔诺（Positano）。

汽车沿着山崖间的公路疾驰，车子里飘荡着《重归苏莲托》的歌声，车窗外是每分每秒都变幻着的美妙画面：阳光明媚，山坡上的柠檬树和柑橘树果实累累，古雅的建筑散布在山崖上，峭壁下就是碧蓝幽深的地中海。伴着熟悉的歌声，我们暂停于苏莲托小镇，居高临下眺望着依断崖而建的苏莲托，灿烂的阳光中有着一种让人眩目的美感。

在路旁的饮品摊，我选择了一份 L'Albertissimo，就是柠檬冰沙，里面掺着当地特产柠檬酒。上好的柠檬酒一般会采用圣特蕾莎（St.Teresa）柠檬的外皮制作，在食用酒精里浸泡至少 1 个月，产生的黄色液体与糖浆进行混合，不同的糖水比例和温度，会影响酒的口感、黏度和透明度。柠檬酒的酒体是不透明的，这是它自我乳化的结果，如果酒体透明，就变成茴香酒的效果了。柠檬的酒精含量在 28%—32%，尽管含量不低，但由于入口柔顺，很容易一饮而尽，成为意大利南部深受欢迎的酒类。

继续上路。前面的 SS163 国道狭窄而曲折，由几百个弯道组成。20 多分钟后，车子停在一个悬崖边的高地。陡峭的山坡之上，错落有致地聚集着色彩鲜艳的民居，深碧的海湾上雾岚弥散，如童话世界般亦真亦幻。司机告诉我，这座波西塔诺小镇总面积只有 8 平方公里，人口 4000 人，大家都相互认识，"就像是一个大家庭"。

车子沿着小镇的主干道驶过。狭窄的路旁摆放着两排餐桌，紧挨着悬崖，下面

是薄雾笼罩而无法看清的海。5 分钟后，来到 Il San Pietro di Positano 酒店。酒店布局别致，依山势自上而下：最上层是一个平台，上面有一个小花圃，中央栽种着一棵小树，与不远处的海湾遥相呼应，简洁中透出不俗的美感；右侧是一座小教堂，墙壁上爬满藤蔓，小巧精致，体现出最高处留给信仰的主题。

到房间有两条路可选：一条通往电梯；另一条是蜿蜒的步行道。我沿着步行道慢慢而下，坡度平缓，两旁是苗圃。走进大堂，沿着安静的走廊走进房间，那感觉好像走进了海里，一切都沉浸在湖蓝色中：湖蓝色的床罩，湖蓝色的沙发，连台灯和叶脉形的装饰物也都是湖蓝色的。阳台高踞悬崖之上，面临碧蓝的海，不时有鸟鸣从悬崖下的树丛中传来。

中午，我在酒店的 Zass 餐厅享用阳光和海风相伴的午餐。这家米其林一星餐厅装潢朴实：铁艺栏杆，古典灯具，敞开式的灶台上摆着几只南瓜，充满田园气息。头盘我点了烤鲂鱼片，主菜是嫩煎鱿鱼、配西柚和黑松露。一位头发花白的侍者为我上菜，菜肴制作精致，口味也很地道，这里的蔬菜大多产于酒店自家的菜园。

餐毕，搭乘从岩石中凿出来的电梯，几秒之内从 88 米的高处直通私家海滩。海滩上的 Carlino 餐厅是以酒店的创办者卡里诺·琴奎（Carlino Cinque）的名字来命名的，在这里可以水平地观察阿玛尔菲海岸。海面的一艘小艇上，一对恋人在相互拍照，水面上跳跃着迷人的耀斑。

黄昏时分，我来到 La Terrazza 酒吧，酒吧位于酒店的核心庭院，庭院散发着柠檬的清香，紫色的九重葛环绕着一圈带有彩陶靠背的沙发，上面的图案巧妙地将海与天融合在一起。在这里可以眺望到整个波西塔诺小镇，夕阳的暖光如柠檬酒的颜色，让人沉醉。

次日是阴天，笼罩在薄雾中的小镇愈发静谧。小街上密布着各种工艺品商店，最吸引我的是缤纷的陶器店，从落地的大陶罐到盛比萨的专用陶盘、橄榄油瓶盖以及各种挂盘，一应俱全，绚丽夺目，意大利式的精致生活落实于每一处细节。另有一家老字号手工香水店，开业于 1922 年，店主是一位 40 多岁的男子，他告诉我此处香水的不同之处是以当地的柠檬和柑橘作为主要萃取来源，大约有 10 多种不同香调，都是以清淡甜香型为主，与小镇的气质一脉相承。

沿着窄巷走到码头，小街两旁的商店更加密集。一家画廊门口的雕像吸引了我：一位女子跨坐在椅子上，右手端着一个酒杯，里面漂浮着一位男子……画廊的主人介绍说，这些作品主要是当代意大利艺术家的作品。画廊还有一个小庭院，雕塑作品很好地与庭院的自然环境结合，其中一件作品是一位裸体青铜男子，右手抓着一个粗绳，像飞行在 3 米多高的空中……动感的漂移瞬间被永远凝固在时间里。

展厅中的几幅油画，主题是海水中的女子，油画的前面都放置着漂浮男子造型的雕像，形成一个完整的系列，诠释着跃动、漂浮和游荡的主题，很显然，是阿玛尔菲澄碧的海天给这些作者带来了灵感。虽然是小镇的画廊，却可以看出其作品有着相当高的艺术水准。

不远处是圣玛丽亚·阿桑塔（Santa Maria Assunta）教堂，圆顶以黑白瓷砖组成条纹，由黄绿瓷砖构成图案，体现 13 世纪拜占庭建筑的风格。教堂的墙壁上有一个"钓鱼的狐狸"浮雕，这后来成为阿玛尔菲海岸的象征。

中世纪时，波西塔诺是海洋王国阿玛尔菲公国的一部分。19 世纪中期，小镇陷入了困境，大约有超过一半的人口移民去了美国。直到 20 世纪上半叶，这里还是一座相对贫穷的渔村。到了 50 年代后期，波西塔诺由于发展旅游业开始吸引大量游客，逐渐变得繁华起来。这里还是几部电影的外景地，包括 1994 年的《我心属于你》（*Only You*）和 2003 年的《托斯卡纳艳阳下》（*Under the Tuscan Sun*）。

黄昏时分，回到酒店，我在平台花圃的长椅上舒适地靠着，捧一本意大利的诗集，我的目光停留在一首短诗上——《突然间就有了夜晚》（*Ed è subito sera*），这是意大利当代诗人萨瓦多尔·夸西莫多（Salvatore Quasimodo，1901—1968）写于 1936年的作品。

Ognuno sta solo sul cuor della terra

trafitto da un raggio di sole:

ed è subito sera.

每个人都独自站在地球的中央

被一缕阳光刺破：

突然间就有了夜晚。

头顶上的柠檬树传来不绝的淡香，伴随着这悠长的诗韵。

　　阿玛尔菲（Amalfi）小镇是阿玛尔菲海岸的中心，与波西塔诺相距不到 20 公里。峰回路转，沿着阿玛尔菲海岸行驶的确是一种特殊的体验。

　　阿玛尔菲海岸线（Costiera Amalfitana）于 1997 年被列入《世界文化遗产名录》，它被认为是"一个地中海景观的杰出范例，具有特殊的文化和自然价值"。其总面积为 112.31 平方公里，包括 15 个社区和小镇。它西起塔利山丘（Lattari Hills）的半岛南坡，即西起波西塔诺，东至萨勒诺湾（The Gulf of Salerno）的滨海维耶特里（Vietri sul Mare）小镇。它包括阿玛尔菲、波西塔诺和阿特拉尼（Atrani）等海湾。

　　从波西塔诺出发大约 20 多分钟抵达阿玛尔菲小镇，它同样居于悬崖和海岸之

间，曾经是阿玛尔菲公国的首都。这个海上王国在839—1073年间曾盛极一时。

穿过一条甬道，到了教堂广场（Piazza Duomo），这是小镇的中心，四周遍布咖啡馆和餐厅，阿玛尔菲大教堂（Duomo di Amalfi），又称圣·安得烈大教堂（Saint Andrew's Cathedral），高立在广场后侧，依山而建。沿着台阶而上，走到教堂前更觉其壮观。

这座教堂的历史可以追溯到11世纪。大教堂采取巴洛克晚期的装饰风格，外殿采用两列共20多根廊柱。内部装饰为拜占庭风格，有各种圣徒肖像，其中包括一幅圣安得烈的大型壁画。圣·安得烈的青铜雕像，由米切朗基罗的学生所作。这座教堂在意大利的中世纪建筑中占有重要位置，因为当时南意大利兴起诺尔曼时代的艺术运动，并融合了拜占庭风格。

我坐在广场旁的餐厅用餐，忆起这个小镇的历史。阿玛尔菲小镇最早形成于4世纪，596年，阿玛尔菲已建有要塞并拥有主教位置。

839年，阿玛尔菲公国成立。从958年起，最高统治者是总督。这种政治上的自治，使阿玛尔菲在9世纪早期到11世纪成为海上贸易大国，当时拜占庭的海上力量在不断下降，自由市场兴起，阿玛尔菲利用其在伊斯兰港口的特权地位，在第勒尼安海（Tyrrhenian Sea）的贸易近乎处于垄断的地位——从邻国买入粮食，从撒丁岛买盐，然后将意大利的木材、铁器、武器、酒类和水果卖到埃及和叙利亚，换成金第纳尔这种当时的硬通货币，再去拜占庭买进香料、珠宝和丝绸，最后转售到其他西方国家。

从9世纪起，阿玛尔菲商人开始用金币购买土地，而当时的意大利大部分还处于以货易货的初级贸易阶段。当时，阿玛尔菲还制定了一部海商法，广泛应用于各大基督教港口城市。在中世纪的文化坐标中，阿玛尔菲的法学和数学学校也颇有名望。

后来，随着热那亚、比萨和威尼斯的兴起，这里开始衰落。1343年，发生海啸，港口和地势较低的小镇部分被毁，阿玛尔菲的繁华从此定格，再也无法超越往昔。

穿行在小巷之中，密集的房子沿着陡峭的山坡鳞次栉比，它们以各种楼梯连接，宛如迷宫；露天市场的格局混合着独特的阿拉伯和西西里建筑风格。正是阿玛尔菲与东部通商改进了意大利的多项工艺，如建筑岩石的加工、纸张生产、制革丝织和多彩釉陶的烧制，羊毛纺织遍及整个意大利，珊瑚作为奢侈品用于服饰上面，精致烹饪也开始风行。

沿着阿玛尔菲的小街，我继续向纵深走去。遇到一对当地夫妇，询问他们能不能从这里走到拉维罗（Ravello）去，他们指着切雷特山（Monte Cerreto）说，你看那前面的悬崖上有一排建筑物了吗？那就是拉维罗，走过去6到7公里。

这天我没穿专用徒步鞋，但机会来了，索性徒步而行。我沿着一条山路向上攀登，穿过一片居民区，一些人家的院落开满紫薇。通过这段徒步，我了解了阿玛尔菲海岸的地形和地貌——这是一片自然多样性的地区，当地人对土地的使用因地制宜，山坡上是葡萄园和果园，更高的山丘之间则是高地牧场。

随着攀登高度的上升，我对当地的植被也了解得更清楚。在低海拔之处，主要是香桃木和乳香黄连木等传统地中海植物，能够抵御海边的大风；山的中间部分，

以高大的冬青栎、榉木和栗树居多；到了山的顶部，则以蕨类植物和矮棕榈树为主，由此可见海岸区域的 3 个植被生长带。

登罢寂静而漫长的台阶，我来到一个天台，看下路牌，这个地方叫庞顿尼（Pontone），上面台阶上已坐了 10 多位从德国来的游人，全身户外装备，他们也是刚从阿玛尔菲徒步上来的，要去拉维罗。

这里曾是中世纪贵族的隐居地。站在天台上，仍可以看到他们在岩石峭壁上建造的住宅。柠檬林环绕着一座小广场，不远处有一座残破的教堂，下面的山坡上几座中世纪的观景塔散落着。

休息片刻我继续徒步。这段与刚才的陡峭台阶不同，需要沿着公路而走，先下山再上山。半个多小时后，穿过一座残破的城门，便到了拉维罗的教堂广场。人们在广场上的咖啡店休息，高大的乔木树影婆娑，巨大的陶罐里插着鲜花，一些人坐在广场的长椅上面对远山看书，小镇洋溢着一种轻松怡然的气氛。

拉维罗小镇形成于5世纪，曾作为西罗马帝国防御外族入侵的最后避难所。9世纪，这里是阿玛尔菲公国的重要城镇，盛产羊毛。12世纪，拉维罗已有25000名居民（目前只有2500多名居民）。拉维罗以其"拉维罗贵族"著称，历史上的贵族家族有40余个，它保留了大量的贵族宅邸宫殿。

穿过广场，我径直走进鲁弗罗别墅（Villa Rufolo）。这座摩尔式风格的别墅由尼古拉·鲁弗罗（Nicola Rufolo）修建于1270年。他是拉维罗最富有的贵族之一。这座精美的别墅也是阿玛尔菲海岸的代表性建筑物之一。

入口处有一座名为Torre Maggiore的石塔，高30米，曾被用来瞭望阿马尔菲海岸的海盗船。城墙上显出斑驳和沧桑之感。接着是两排廊柱，阳光照射进来，更加烘托出静寂之感。

走进里面的空地，有一个由特殊石头砌成的小型建筑，两面是拱门，另外两面是石墙，中央栽着4棵树，走进去会感觉一丝阴凉，抬头望去，是一个椭圆形空间，整个建筑就像专为几株植物而建的一个小小的避难所。

继续向前走是一个开阔的露台，在露台边俯瞰，眼前一亮，不胜惊艳——下方优美的园艺图案壮观地铺展开来，与悬崖下的碧海融合，一棵古树和古老建筑的圆顶后面，阿玛尔菲那绝美的海岸线历历在目——这个露台已成为别墅中的最佳观景点，吸引过无数旅人，薄伽丘在他的《十日谈》里也曾提到过这处美景。历史上，曾有一批知名人士到访这里，包括音乐家格里格、作家弗吉尼亚·伍尔夫、影星葛丽泰·嘉宝、画家米罗以及名流杰奎琳·肯尼迪等。

每年夏季，在这绝美的环境下会举办拉维罗音乐节。音乐节始于1953年，为纪念瓦格纳而创立。瓦格纳在拉维罗小居时，获得了他的《帕西法尔》（Parsifal）的灵感。这是他最后创作的三幕歌剧，1857年开始动笔，25年后才完成，于1882年的拜罗依特音乐节（Bayreuth Festival）首演，后来作为保留剧目，一直演出到1903年。

《帕西法尔》讲述了帕西法尔追求圣杯的传奇故事。帕西法尔的正确拼写，应是"Parzival"，瓦格纳使用了"Parsifal"，这个单词起源于波斯语的"Fal Parsi"，意为"纯粹的傻瓜"。

走出鲁弗罗别墅，右拐不远有一片草坪，入口处是巨大的石头框架，烘托着后面的古树。小径旁竖立着一块指示牌，说明这里是 1953 年电影《战胜恶魔》（*Beat the Devil*）的外景地。在该影片中，亨弗莱·鲍嘉（Humphrey Bogart）、珍妮弗·琼斯（Jennifer Jones）、吉娜·劳洛勃丽吉达（Gina Lollobrigida）等影星云集。

沿着广场左边的 Via S. Francesco 的石板路，我去探寻另一个庭院。路旁有一些陶器店和雅致的咖啡馆。黄昏时分，走了大约 1 公里的距离，来到辛布罗内别墅（Villa Cimbrone）。沿着一个甬道走进这家别墅，里面庭院的面积更大，长长的林荫道足有七八百米，凸显豪门气派。

走到尽头，再次遇到胜景。这个名为"无限台阶"（Terrace of the Infinite）的露台上，矮墙上立着 7 尊塑像，一字排开，海上有雾，这些雕像就在这深碧的背景下呼之欲出，仿如从时光的深处生长而来，从未老去。他们就这样凝视着碧海蓝天和人世沧桑，缄默不语，直到时光尽头。在阿玛尔菲海岸之上，就这样一次又一次与惊艳和震撼不期而遇。

Chapter III

The Disappeared Horse-drawn Mail Coach Road

消失的马车邮路

早在 200 多年前的马拉邮车年代，奥匈帝国都城维也纳与亚德里亚海边的里雅斯特（Trieste）之间，就存在着一条绵延不断的通商之路。

而今，我沿着这条古路的大致走向，翻越多洛米蒂山区，重走这条充满着历史感和现代生活气息的商路，停驻在忧郁的远方。

那些历史建筑依然保留着高贵优雅的元素，与城镇中迷人的 19 世纪末新艺术风尚形成鲜明的对比；从山麓木屋的古朴设计，到海港边豪华酒店的精美装饰，无不唤起人们对历史往事的敬意，也引发了关于历史遗韵、文化真谛与家族传承等主题的创造性对话。

Vienna

A Room with a View

维也纳，看得见风景的房间

奥地利首都维也纳有着悠久的历史。它最初是公元前 500 年左右的凯尔特人在多瑙河边建起的定居点，自 11 世纪起发展成一个重要的贸易城市，后来相继成为神圣罗马帝国和奥匈帝国的首都，堪称当时的欧洲文化和政治中心。

我寻访往昔邮路的旅程就以这座城市作为起点。

帝国和它的邮路

哈布斯堡王朝（The Habsburg Monarchy）统治下的帝国曾是地跨中欧、南欧和东

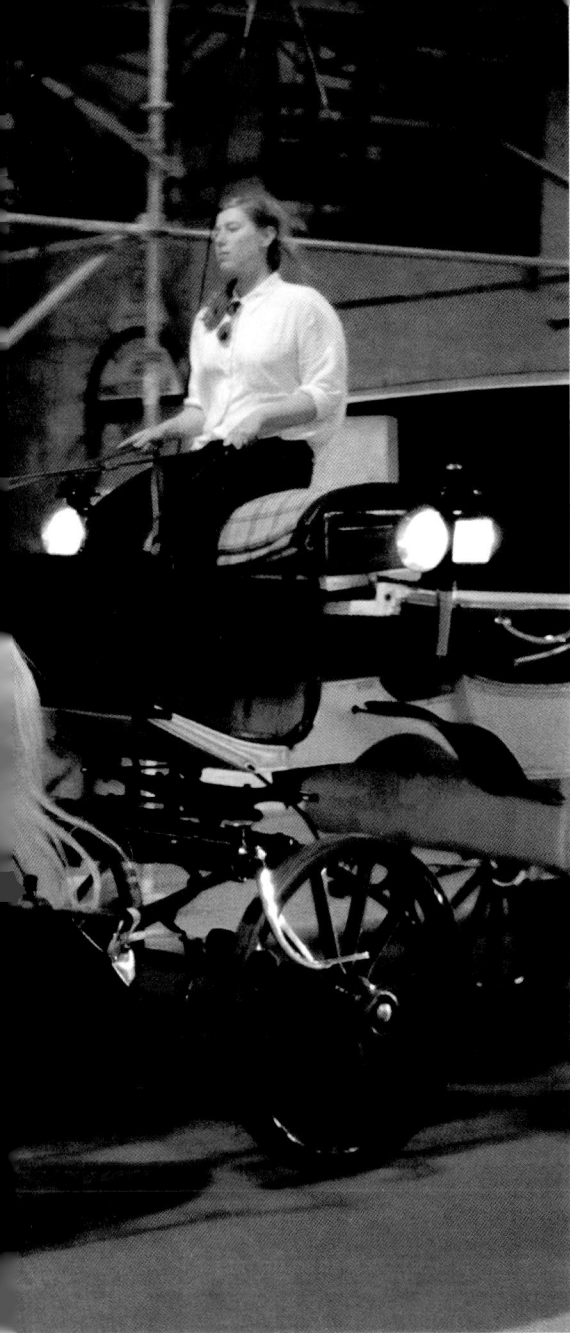

欧的欧洲强国，鼎盛时期的领土包括当今的奥地利、捷克、匈牙利、斯洛文尼亚、波兰的加利西亚（Galicia）、罗马尼亚的特兰西瓦尼亚（Transilvania）等广大地区。统治广袤的疆域需要四通八达的交通系统，从18世纪中叶开始，帝国境内的马拉邮车沿着固定的路线行驶，一些长途客车还兼运包裹。查理六世皇帝（Charles Ⅵ，1685—1740，1711—1740年在位）将邮车置于州的管理之下，以确保额外的税收。1769年，在玛丽亚·特蕾西亚女王（Maria Theresa，1717—1780，1740—1780年在位）的统治下，可供出租的邮车开始在蒂罗尔（Tyrol）和福拉尔贝格（Vorarlberg）等地运营。

18世纪与19世纪之交，道路网络得到了大规模的改善。北至帝国都城维也纳，南至亚得里亚海港口城市的里雅斯特，马拉邮车成为主要的交通方式。为了加快交通速度，专门成立了新的运输公司，并免除了所谓的"转运义务"（Umladepflicht），克服了此前由特定运输商各运一段带来的弊端，新的运输公司则可以将货物直接运抵目的地。

当时最重要的交通项目是布伦纳山口（德语 Brennerpass，意大利语 Passo del Brennero，是奥地利和意大利边境最低和最重要的山口）的道路。该山口海拔1375米。自古罗马时代起，就是奥地利东阿尔卑斯山脉和意大利波河流域之间的主要通道。自14世纪以来，它更是欧洲繁忙的贸易通道之一，其中一条马车道建于1772年，一条铁路完成于1867年，从因斯布鲁克陡峭地爬过威普山谷（Wipp Valley），到达布伦纳山口，然后穿过伊萨尔科（Isarco）和阿迪格河谷（Adige River Valleys）到达维罗纳。现代布伦纳公路于 20 世纪 70 年代初建成，连接奥地利库夫施泰因（Kufstein）和意大利摩德纳（Modena）。

当时修建马车路的目的是拓宽道路，促进盐的贸易。到 1800 年，这条航线每年运输的货物总重量约为 19000 吨。今天，布伦纳山口仍然是穿越阿尔卑斯山最重要的南北过境路线之一，仅在 2007 年，就有超过 4820 万吨货物通过该通道运输。

200 年前的乘邮车旅行是一种怎样的体验？据维也纳朋友提供的资料介绍，18 世纪时的马车旅行一点也不舒服，例如，大音乐家莫扎特每次出行时都觉得邮车的座位"坚硬如石头"，坐久了臀部仿佛"燃烧了一样疼痛"。1781 年，莫扎特抱怨说，邮车行进时，"我们中没有人能够睡上一会儿"。有时他宁愿步行，也不愿搭乘邮车旅行，因为这种邮车"会把你的灵魂从你身上挖掘出来"。

这话说得很形象，但仍然没法打消我对邮路的兴趣。自古邮路、驿道通行之处，往往多有文化名城，同时也是不同区域之间的文明、风俗和语言流通交汇的地方。尽管马拉邮车早已退出历史舞台，现今已无更多的踪迹可觅，我还是沿着这条邮路大致的方向重走了一遍。历史无痕，传说可寻。我乐于通过现代生活中的文化体验来追溯往昔时代的本有面貌。而奥地利首都维也纳正是我这番体验的第一站。

窗内窗外

一些游人在参观了美泉宫和歌剧院，在维也纳老牌豪华酒店的咖啡厅或酒馆喝了一杯之后，或在街上频频遇到戴着粉红色假发和蓝色仿古服装的戏票推销员之际，也许会思考这样一个小问题：这座辉煌的城市是否已出现崭新的设计，如设计型酒店或更新潮的酒吧？

是的，已经出现了。一批充满活力的酒店业主已经建造出新潮人士的家园。一股设计的新风正在吹拂。

DO & CO Hotel Vienna 是我抵达维也纳后的落脚处。在维也纳整个城市中心，圣斯蒂芬大教堂的哥特式尖塔高耸，街的对面就是哈斯大厦（Haas Haus），它有着未来主义色彩的玻璃和钢混合的结构，是建筑大师汉斯·霍莱因（Hans Hollein）设计的后现代地标。美食名家阿提拉·多古丹（Attila Dogudan）将酒店开在了这座建筑内，让时尚的酒店与窗外的圣斯蒂芬大教堂形成了有趣的对照。

为了酒店的进驻，霍莱因也翻新了他的标志性的哈斯豪斯大厦，这位1985年普利兹克建筑奖（Pritzker Architecture Prize）得主创造了一种未来主义的内部结构，改造出43间宽敞的客房和套房，提供豪华舒适的氛围和绝佳的景观。在室内装饰中，则更多地使用了优质的天然材料如柚木和石材，来营造现代主义的特色。

我进入302房间，这是一间豪华城景房（Deluxe Cityview），长条形的房间布局分别是衣帽间、卫生间和方形的全透明玻璃淋浴间，然后进入卧房，一张2米宽的大

床，长沙发、书桌和冰箱等一应俱全。走到窗台前，高耸的大教堂就在 60 多米外的地方，这样绝佳的酒店位置和景观在整个维也纳也应该是无敌的。

在整个房间的设计中，大量运用了咖色仿皮质材料，里面垫上柔软的内衬。门后使用了这种材料，在贯通的墙面上做成了一面长约七八米的装饰墙，其一端做成一个食物展示架，放置着酒类和小食品，另一端是液晶电视。在宽大的窗台上也使用了这种材料，人可以躺在或坐在上面，惬意地俯瞰广场上川流不息的人流。走近盥洗室，发现里面的洗漱用品都是 Etro 为酒店特制的，酒店注重细节和备品的搭配。

稍事休息后，我来到六层的 Onyx 酒吧。高大的玻璃窗，几乎将对面圣斯蒂芬大教堂的尖顶收纳了一半，一种先声夺人之感。多位衣着时髦的人士在这里高谈阔论，气氛热闹。

晚上 7 点半，来到酒店中只有 12 个座位的 The Temple 餐厅，侍者带我来到窗边的位子。烛光摇曳，映衬着维也纳迷人的夜晚。

晚餐前菜我选的是黑扁豆烤扇贝汤，直径大约 40 厘米的大盘子端上来：黑色的汤汁，上面浮现着白色的泡沫，仿佛是一幅超现实的画。醇厚的海鲜汤，口味略咸，里面的扇贝则相当嫩滑；接着上来的是酒店的特别推荐菜（DO & CO's Inside out special）：蔬菜天妇罗与鲑鱼寿司，佐以酸奶油（Ebi Créme Fraiche）；之后奉上的是主菜，切碎的小牛肉配上土豆泥、炸洋葱圈和小叶沙拉，小牛肉做成了两团大肉丸，肉质鲜嫩细腻。

在中央咖啡馆怀想茨威格

穿过繁华的格拉班（Graben）商业大街，我来到赫伦大街拐角（Ecke Herrengasse）与施特劳赫大街（Strauchgasse）相交处的中央咖啡馆（Café Central）。这里的门口永远排着长队，出来一位客人进去一位客人。

即使在著名咖啡馆云集的维也纳，中央咖啡馆也一直以独特的魅力吸引着各方宾客，其中包括：精神分析学家西格蒙德·弗洛伊德（Sigmund Freud，1856—1939）、奥地利剧作家阿图尔·施尼茨勒（Arthur Schnitzler，1862—1931）、作家彼得·阿尔滕贝格（Peter Altenberg，1859—1919）和建筑师阿道夫·卢斯（Adolf Loos，1870—1933）……这听起来像一个漫长传奇的开始，却是建于 1876 年的中央咖啡馆的日常情景。

迈入咖啡馆，里面空间高阔，已坐满了餐客。这座建筑采用精致的锻铁门，室内点缀着维也纳画家汉斯·加塞尔（Hanns Gasser）的雕塑作品，内饰使用精美的木镶板。

这座名为费尔斯特尔宫（Palais Ferstel）的建筑，是海因里希·冯·费尔斯特尔（Heinrich von Ferstel）从意大利旅行中带回的灵感，并于 1856 年至 1860 年间建造了这座属于"建国时代"风格（Gründerzeit）的豪宅。这种建筑风格是指从 1840 年到 19 世纪 70 年代中期，维也纳快速工业化时期的一种特殊的建筑风格，其灵感来自新哥特式主题，并伴随着政治自由主义浪潮的兴起。

整个建筑耗资 189.7 万荷兰盾（约合今天的 2500 万欧元）。建筑优雅的设计结合了威尼斯和佛罗伦萨建筑的元素，并受到 14 世纪（Trecento）意大利文艺思潮的影响，其主体建筑一直作为中央银行和证券交易所的所在地。直到 1982 年，它才被命名为费尔斯特尔宫。

我点了一份樱桃蛋糕和一杯奶茶，坐在靠墙的椅子上慢慢享用。这里的甜点包括"Sisis Marille"——杏仁蛋糕，里面装满慕斯和奶油；还有"中央惊喜"（Central Surprise）——橙子焦糖、巴伐利亚奶油和巧克力的混合物。其他经典甜点则包括苹果酥卷饼（Apfelstrudel），里面是肉桂粉、香草和坚果碎。

维也纳的咖啡馆有着独特的密语，这里不会给客人提供一壶咖啡，当然也不会有星冰乐（Frappuccino）。"大摩卡"（Grosser Mokka）上面浇着一些"Gupf"鲜奶油。当一个本地人在谈论"Obers"时，他们指的是奶油，而"Schlagobers"则是指一种蓬松的鲜奶油。"Schlag"是维也纳人对鲜奶油的称呼，也意味着"一拳"，所以，如果服务员问你是否想要"Kaffee mit Schlag"，你大可不必担心挨揍而变成黑眼圈。

斯蒂芬·茨威格（Stefan Zweig）也曾是这里的常客。他在《昨日的世界：一个欧洲人的回忆》（*Die Welt von Gestern: Erinnerungen eines Europäers*）一书中，将这家咖啡馆视为"民主俱乐部"，"是跟上一切新潮事物的最佳地点"。他写下的也正是从

19 世纪到 20 世纪交替时期的欢欣感受，当时的维也纳咖啡馆处于鼎盛时期，一些画家、音乐家和心理学家经常光顾这些场所——彼时，人们都在关注着古斯塔夫·马勒（Gustav Mahler，1860—1911）和阿诺尔德·勋伯格（Arnold Schoenberg，1874—1951）创作的交响曲、路德维希·维特根斯坦（Ludwig Wittgenstein，1889—1951）对于"沉默"和世界极限的思考、埃贡·席勒（Egon Schiele，1890—1918）和古斯塔夫·克里姆特（Gustav Klimt，1862—1918）的绘画，当然还包括弗洛伊德的研究成果。他们经常泡在咖啡馆里，这是他们社交的一部分，也是挑战自我和建立艺术人生的地方。

1881 年 11 月 28 日，茨威格出生在维也纳肖滕林大街（Schottenring）14 号的一幢四层楼的建筑里。他的父亲是一位富有的纺织企业家。茨威格在维也纳大学获得哲学博士学位。第一次世界大战期间，茨威格被迫流亡瑞士。这场大战扰乱了他和整个欧洲大陆的生活，催生了蔓延到欧洲的民粹主义。后来，德国和奥地利的通货膨胀给数百万人带来了多年的困苦和饥荒。

茨威格逐渐成为维也纳文化界的领军人物。他以扣人心弦的中短篇小说和传记而闻名于欧洲。1927 年，他出版了《人类群星闪耀时》（*Entscheidende Momente der Geschichte*），以"历史微缩模型"（Historical Miniatures）的独特结构，来探索那些改变历史进程的偶然因素，展现个人生命的广阔格局，颂扬人类精神的巨大力量，同时洞察人类无法逃避自己本性的现实，如在 1823 年，74 岁的作家和诗人歌德对一个 19 岁少女乌尔里克·冯·莱维佐夫（Ulrike von Levetzow）的思慕和未完成的爱，写出了《玛丽安巴德挽歌》（*Marienbader Elegie*），成为他"激情三部曲"的重要组成部分。

作为犹太裔作家，茨威格从一开始就意识到法西斯主义代表着什么。从 1933 年希特勒上台开始，茨威格发表批评纳粹的文章。他在写给德国作家托马斯·曼（Thomas Mann，1875—1955）的一封信中，预测了德国企图吞并奥地利的阴影："谎言公然展开翅膀，真相已被取消；下水道是敞开着的，男人像闻香水一样呼吸着瘟疫。"

尽管当时纳粹还没宣布其政治纲领，但茨威格预见了纳粹统治者对于正义、文明、理性和思想的摧残，以及带给整个人类的噩梦，确有先见之明。正如他在回忆录中指出的那样，他的作品在德国和奥地利被禁，他成为一名非法作家。为了躲避纳粹接下来的迫害，他不得不"像罪犯一样逃离"。他离开了萨尔茨堡的家，从 1934 年开始流亡英国，而后去往巴黎、纽约，最后定居在巴西里约热内卢附近的彼得罗波利斯（Petrópolis）。只是，他依然会经常回忆起平静的维也纳——街头、剧院和咖啡馆。

茨威格蔑视政治。尽管政治掌握着他的命运。他与其他许多知识分子有着共同的境遇，对他们来说，除了将政治与文学分开之外，似乎也别无他法。茨威格对民粹主义的坚定批评始终贯穿于他的作品中。

1938 年 3 月，纳粹德国武装占领并吞并了奥地利。1939 年，德国入侵波兰，二战爆发。茨威格意识到，他经常光顾维也纳咖啡馆的日子已经一去不复返了——那是称之为"民主俱乐部"的年代，也是他可以用一杯咖啡的价格阅读半个欧洲报纸的年代。1940 年，茨威格目睹了纳粹的暂时胜利和"所有瘟疫中最严重的民粹主义，它毒害了我们欧洲文化的花朵"。他感到，他的昨日世界和精神故乡已不复存在。

"正是无国籍人成为自由人"，他在去世前不久写道。1942 年 2 月 22 日，茨威格最后一次拉直了发型，扣上了衬衫的扣子，和妻子夏洛特·伊丽莎白·阿尔特曼（Charlotte Elisabeth Altmann，1908—1942）一起服用了大量的安眠药佛罗拿（Veronal），在巴西的家中双双自尽。因为他看到了"理性最可怕的失败"，感到绝望，再也没有力气继续前行，但在仅仅 5 个月之后，斯大林格勒大会战开始，二战迎来了转折点。

往事远去。中央咖啡馆记录了昔日帝国的荣耀和苦难。精致的生活，看起来像是欧洲冲突中的海市蜃楼。

记得维也纳戏剧家和散文家阿尔弗雷德·波尔加（Alfred Polgar，1873—1955）曾这样评价中央咖啡馆："Ein richtiger Centralist, der, in sein Kaffeehaus gesperrt, die Empfindung hat, ins raue Leben hinausgestoßen zu sein, preisgegeben den wilden Zufällen, Anomalien und Grausamkeiten der Fremde."（一个正统的集权主义者，被困在他的咖啡馆里，有一种被扔进冷酷世界的感觉，暴露在奇怪的巧合、异常和未知的残酷处境之中。）

　　他 还 说："Das Café Central liegt unterm Wienerischen Breitengrad am Meridian der Einsamkeit. Seine Bewohner sind größtenteils Leute, deren Menschenfeindschaft so heftig ist wie ihr Verlangen nach Menschen, die allein sein wollen, aber dazu Gesellschaft brauchen."（中央咖啡厅位于维也纳的纬度线以下，在孤独的子午线上。它的栖息者主要是那些不喜欢人类的人，就像那些想要独处的人的渴望一样强烈，但独处者也希望与独处者一起工作。）

　　这样的解读略有一点拗口，但很深刻。

　　这家咖啡馆也流传着一些逸闻，如这里也被称为"国际象棋大学"。阿尔弗雷德·波尔加很喜欢对弈，而作家彼得·阿尔滕贝格将此作为他的收发室，邮件都被寄到这里，还包括那些送去干洗的衣物。

　　百年流云，馨香有时，伤痛有时。我忆起德国诗人和戏剧家贝尔托特·布莱希特（Bertolt Brecht，1898—1956）于 1935 年在流亡丹麦期间写下的《阅读工作者的提问》（*Fragen eines lesenden Arbeiters*）。这首诗被收录于《斯文堡诗集》（*Sammlung Svendborger Gedichte*）中。他回顾了巴比伦、古罗马、拜占庭、印度和西班牙舰队等的征战和胜利，历史如书。他留下了这样的诘问：

Jede Seite ein Sieg.

Wer kochte den Siegesschmaus?

Alle zehn Jahre ein großer Mann.

Wer bezahlte die Spesen?

So viele Berichte.

So viele Fragen.

每一页一个胜利。

谁在烹煮着胜利的欢宴？

每十年一个伟人。

谁付出那些代价？

这么多的记载。

这么多的疑问。

结束了茶歇的时间，我起身准备离开。在咖啡馆的入口处，竖立着作家彼得·阿尔滕贝格的塑像。他坐在那里，向宾客投以一种冷峻但又好奇的目光。

几天之后。傍晚时分，我来到伯格街（Burggasee）上，一座灰白色外立面的 Hotel Sans Souci Wien 就是我的下榻之所。走进大门，经过一条甬道，两旁矗立着古典主义风格的塑像。大堂悬挂着一盏水晶吊灯，发出幽蓝的紫色之光。在公共空间中，布置着罗伊·利希滕斯坦（Roy Lichtenstein）、艾伦·琼斯（Allen Jones）和史蒂夫·考夫曼（Steve Kaufman）的波普漫画。

来到我的豪华双人间，里面很宽敞，客房设计典雅，设有衣帽间和带淋浴的独

立卫生间，桌子上摆放着产自维也纳的一款巧克力赠品——Xocolat，拿起一枚，味道醇厚。

我细细地打量着房间内的设计，里面配备着英国设计鬼才汤姆·迪克森（Tom Dixon）设计的家居作品，造型简洁，将生活美学与前卫技术比较完美地结合起来。房间里还摆放着一张阿诺·雅各布森（Arne Jacobsen）设计的蛋形椅（Egg Chair），丹麦建筑师和设计师阿诺·雅各布森一直被人们誉为"北欧的现代主义之父"，他设计的椅子作品很多都被视为世界家具的经典之作。房间里还展示着胡贝图斯·霍恩洛赫（Hubertus Hohenlohe）的摄影作品，画面上是一位男子与维也纳标志性景点的组合。

这家酒店定位于"艺术、设计与休闲生活品位"（Art, design, casual savoir-vivre），由设计名师菲利普·斯塔克（Philippe Starck）担纲的 YOO Design 设计，是这支团队在奥地利设计的第一个项目，共有 63 间客房和套房。

打开窗户，我架起相机拍摄夜景，驶过的有轨电车的尾灯，长时间的曝光在照片上留下了一条条红色的轨迹。我所在的房间成为观察维也纳夜景的一个上佳之处。

晚上 7 点 30 分，来到酒店一楼的 Veranda 餐厅，我选的头盘是奥地利方形饺（Austrian Ravioli），以肉和奶酪等为馅，配以胡萝卜、沙棘和榛子，主菜是维也纳炸肉排（Wiener Schnitzel），配菜是土豆沙拉和蔓越橘，这种炸肉排是维也纳当地的特色菜之一。

维也纳美食是不同地区美食的混合体。这也似提醒人们，奥匈帝国曾经是多么幅员辽阔：炖牛肉（Gulasch）来自匈牙利，饺子来自波希米亚，维也纳炸肉排实际上起源于意大利。而这座城市对煮牛肉（Tafelspitz）的热爱，则主要归功于弗朗茨·约瑟夫皇帝。

餐毕，我在酒店各处参观。在大堂看到一个金色的头部雕像放置在地板上，具有一种超现实的意味。我想起了汤姆·迪克森最经典的 Beat Lights 系列，黑色的外壳显得清寂，而里面的金属色灯光，则透射出低调的奢华和无尽的暖意。在这座紫色为主色调的五星级豪华酒店里，也是这样。它是宁静的，更是炙热的。

梅拉诺曾是茜茜公主钟爱的温泉小镇。正像一部意大利影片的片名那样，他们拥有的是"甜蜜的生活"（La Dolce Vita）。

The Dolomites

Beyond the Clouds

多洛米蒂：云上的日子

意大利的多洛米蒂山区是从前奥匈帝国的邮路所经之地，多座小城镇之间形成了一条富有特色的"文化通道"。

我在几家山间精品酒店小住，先是在自然的怀抱里练习瑜伽，然后前往海拔 1500 米的设计型酒店观星，最后探访了意大利位置最高的一家米其林二星餐厅，品尝极具创意的珍馐。

对于这里的人们，尊重自然早已成为他们的日常生活之道。

白云之上的冥想乐园

多洛米蒂，雄奇壮丽。它位于意大利东北部的阿尔卑斯山区。该地名来自法国地质学家德奥达特·格拉特·德·多洛米厄（Déodat Gratet de Dolomieu，1750—1801），他对该地区的地质状态进行了研究，发现了一种名为"白云石"（Dolostone）的沉积碳酸盐岩。这种石材此后就以学者的名字命名为"Dolomite"，而这片山区也随之被称为"Dolomites"。

除了采矿工作外，多洛米厄还研究地震和火山，调查比利牛斯山脉、西西里岛和利帕里群岛的地质结构，并于1797年作为波拿巴的科学人员远征埃及，抵达开

罗。由于健康状况不佳，他不得不返回欧洲，于 1799 年 3 月从亚历山大起航，进入塔兰托（Taranto），当时那不勒斯王国正与法国交战，所有法国乘客都被俘，他被关押在一个瘟疫病人的地牢里长达 21 个月之久，衣衫褴褛，床上除了一层稻草之外别无他物，但他并没有陷入绝望，在一本《圣经》的空白处写下专著《矿物哲学和矿物种类》（*Sur la Philosophie Minéralogique et sur l'espèce Minérale*）。1801 年 3 月，他获释。回到法国后，他在自然历史博物馆担任矿物学主席，不久后去世。有评论认为，他的一生像"一部穿越动荡年代的冒险小说"。

2009 年，总面积为 1419 平方公里的多洛米蒂地区被列入《世界自然遗产名录》。这里共有 18 座山峰在海拔 3000 米以上的山峰。对于户外运动爱好者来说，多洛米蒂是一个自然天堂，被称为"上帝遗留在阿尔卑斯的后花园"：登山、远足、山地自行车和跳伞等活动，样样都适合；而对于生活品鉴家而言，这里则是一个静谧的度假胜地。

科尔蒂纳丹佩佐（Cortina d'Ampezzo）位于多洛米蒂地区的东部，镇中心位于海拔高度为 1224 米的山谷中，人口为 6000 多人，是一个冬季运动的胜地。在中世纪，此地属于神圣罗马帝国的管辖之下。1420 年，被威尼斯共和国征服。从 1508 年开始，在哈布斯堡王朝统治下，过渡到奥匈帝国，直到 1918 年归入意大利。1956 年这里举办了第七届冬季奥运会，随后举办了一些冬季体育赛事，并将与米兰共同举办 2026 年第二十五届冬季奥运会。

随着 19 世纪末旅游业的兴起，英国和德国度假者来到此地，逐渐成为一些欧洲贵族的旅游目的地，几位知名作家曾来此游历，其中包括欧内斯特·海明威。相传，1923 年，海明威的妻子哈德利·理查森（Hadley Richardson）在巴黎里昂火车站丢失了一个装满海明威手稿的行李箱后，海明威来此地度假并写下了《季节之外》（*Out of Season*），作为短篇小说集《在我们的时代》（*In Our Time*）的一部分，于 1925 年出版。这篇作品以婚姻不和为主题。《在我们的时代》的出版对海明威来说非常重要，意味着他的简约文风和革新思想逐渐被文学界所接受。

科尔蒂纳丹佩佐的周边地区曾是几部影片的拍摄地。1973 年，伊丽莎白·泰勒在此拍摄《灰烬星期三》（*Ash Wednesday*）。1981 年，这里是詹姆斯·邦德电影《最高机密》（*For Your Eyes Only*）的外景地。

　　我从维也纳中央车站启程，在萨尔斯堡和因斯布鲁克转乘之后，于下午到达博尔扎诺（Bolzano）车站。由此继续换乘，列车向西北行驶 40 分钟后到达邻近的梅拉诺（Merano）。这座小镇地处意大利与奥地利的边境地带，位于帕西耶山谷（Passeier Valley）和温施高山谷（Vinschgau Valley）的入口处，四周环绕着海拔 3330 多米高的山脉。在历史上它以温泉度假村而闻名，茜茜公主、弗朗茨·卡夫卡、埃兹拉·庞德等显贵与作家都曾在这里疗养过。

　　下了火车，一位司机已经在车站大厅迎候。我们驱车大约 15 分钟，来到一座爬满红叶的建筑前，Castel Fragsburg 酒店到了。

　　这座南蒂罗尔地区（South Tyrol）规模最小的五星级酒店，由一座优雅的 17 世纪狩猎庄园经过奥特纳家族（Ortner Family）修复和翻新而成，仅有 20 间套房和两个普通房间。走进酒店，放下行李，服务人员将我带到餐厅。我在餐厅的户外区域落座，地板上有些湿滑，气温微凉。一位帅哥侍者端上长条托盘，上面放着奶酪片和火腿薄片，他倒上了香槟，作为迎宾酒。一团云雾慢慢地覆盖而来，瞬间四周一片迷蒙。

　　几分钟后，云雾散去，山下的梅拉诺小镇渐渐隐现。穿过走廊，我沿着楼梯来到二楼，走到尽头就是我的 105 房间。这是一间豪华套房，有一张阿尔卑斯传统风格的大床，朝北的是一排窗户，林间翠色映入室内。靠西边也是一排落地窗，这里安放着浴缸，还有一个淋浴间。这间套房最具特色之处是双阳台设计，可以看到不同的山中景致。

晚上 6 点，我乘电梯前往地下一层的 Castellum Natura 水疗中心。当电梯门打开时，有瞬间的黑暗时分，然后灯亮了，我发现自己身处一个石壁甬道中，沿着光亮往前走，豁然开朗，便到了水疗中心。这段路程虽然短暂，却也带来了一种微小的惊喜。

这天按摩师给我进行了 60 分钟的按摩，主要采用林间草药（Mountain Herb Stamps）作为按摩剂，令我轻松愉快地度过了一段美妙的时光。

稍后我来到餐厅。当天的菜单名为 "From Nature Given Abundance"（自然赐予的富足）。头盘是水牛鲜奶酪（Buffalo Ricotta），配上青苹果和果味面包。第一道主菜是龙虾泡沫汤配千层酥皮；第二道主菜是香煎海鲂鱼，佐以烤松露面包屑和炖洋蓟；甜点是椰子加巧克力，包括慕斯焦糖酱、酸奶和香蕉冰淇淋，整个菜肴十分可口。

在品尝各道菜点的间隙，我瞥了一眼窗外，山下的梅拉诺小镇灯光闪烁，星星点点，体会着这间餐厅的主厨埃贡·海斯（Egon Heiss）的一个信条："The highest form of art is to ignore what is insignificant."（最高形式的艺术是忽略微不足道的东西）。他曾长期执掌米其林餐厅，对于美食有着自己的独到见解。而次日晚上在酒店的 Prezioso 餐厅，享用的 5 道菜式的晚宴，则更加体现了创意烹饪（Creative Cooking）的特色。

餐后，我在酒店古雅的图书室品茗阅读。然后，回到房间安寝。

次日，早晨 8 点钟，我沿着小径，来到密林中的疗养园地（Sanctuarium）。晨光熹微，教练伊莎贝拉（Isabelle）升起了帘子，点上香熏，我们采用阴瑜伽（Yin Yoga）中的练习姿态，面向树林，开始伸展韧带和关节，配合着缓慢的呼吸，使身体放松。刚开始时，我还能听到四周传来的一片鸟鸣，渐渐地这些声音减弱，杂念也在慢慢地清空，觉得自己仿若一个柔顺的容器，默默接纳生命的奇妙暗示，并不断地静观自身。

60 分钟的研习结束，我感觉一身轻松。接着，伊莎贝拉开始展示各种高难度的姿势，达到身心的平衡，体现出其深厚的功力。注视着这一疗养园地，我不禁想：

能拥有如此美妙的自然环境，它该是瑜伽研习者的一方梦中之地了。

午后，在水疗中心与雷娜特·德·甘贝尔女士（Renate de Gamper）闲聊。她是一位康体治疗师和营养学家，出生在南蒂罗尔的一个古老家族，有着代代传承的秘密食谱，其精华是，利用自然的力量，食用当地的草本植物和自制美食，以获得更多的健康和福祉。她提到了一个词"biophilia"——希腊语中"bios"意为"生命"，"philia"意为"爱"，这个词的核心含义就是亲生命性，即热爱生命的天性。

下午 5 点多，在水疗中心享受了 75 分钟的"Apollo Ritual"按摩。这种按摩的特点是采用大量的浴盐和植物精油，进行一次深层的洁肤。

晚间我再次来到疗养园地，体验"Sound Bath Meditation"。这可以直译为"声音沐浴冥想"，但似乎又不够贴切和完整，应属于一种颂钵活动，是伊莎贝拉从远东的宗教文化中汲取灵感，花费一些时间研究出来的一种康体方式。

只见地板上整齐地摆放着青铜器、水晶碗和太阳锣，还有蜗牛提琴（Snails Viola）和木蛙（Wooden Frog）等乐器。她端坐着，首先用两根特殊的木棒在水晶碗的外缘慢慢触碰，发出了清瓯之声，然后她开始吟唱，几个声部混合在一起，汇合成奇妙的林中幽音。接着，她站起来，用一根鼓槌，沿着一面直径 80 厘米的太阳锣的不同位置，呈圆弧形地滑动，不同的位置有着不同的音阶，此波未消，彼波又起，形成一种激荡之音……这种康体方式正是利用各种声波的频率来影响大脑，在舒缓而变化的节奏中，"身体歌唱灵魂"（Body Sings Soul），让这些妙音与人体脉络的频率发生某种共振，以使得体验者身心愉悦。

伊莎贝拉面对灯光璀璨的小镇站立着。我将相机设定为 30 秒钟的长时间曝光。近处香烛灯影，远处山影朦胧。她一袭长裙，肩披薄纱，一个愉悦而自信的背影大约就是这样的吧。

观星酒店和冰人奥齐

从梅拉诺火车站上车，向南行驶，大约 10 分钟就到了另一座小镇拉纳（Lana）。

这是个有 1.1 万人的小镇，拥有南蒂罗尔地区最大的水果种植产业。

来到小镇中心，走进 1477 Reichhalter 酒店。这是一座由有着近 500 历史的老宅改建而成的设计型酒店。搭乘电梯来到二楼，打开 7 号 Brodtbank 房间，里面是 Simmons Beautyrest 的床具，书桌上放着一台 Marshall 蓝牙扬声器，盥洗间采用开放式结构，里面是淋浴间。

这座古宅曾空置了近十年的时间，后来按照业主克劳斯·迪瑟托里（Klaus Dissertori）的想法，建筑师泽诺·班皮（Zeno Bampi）在改建时尽可能保留这座建筑的传统特征，只是抛光了地板，修复原来的大部分家具，翻新了一个古老的瓦炉，并设法把电梯放进古建筑里，于 2018 年夏天将这座精品酒店建成一个极简主义的避风港。

室内设计师克里斯蒂娜·贝西—冯·伯格（Christina Biaisi-von Berg）则在墙壁上涂制石膏件装饰品，还从古董市场找来 20 世纪五六十年代的家具，在公共区域进行重新装饰，并采用贾斯敏·德波尔塔（Jasmine Deporta）的摄影作品来装饰每一间客房。整个酒店只有 8 间客房，延续了该建筑旧时的结构，并以房屋前主人的名字来命名。

走出房间，对面是木旋梯，下午 4 点的阳光正耀眼地照射进来。沿着楼梯而上，上面是一个天台，朝各个方面眺望，皆是这座小镇的红色屋顶，而更远处则是高耸的群山。

次日早晨，散步大约 10 分钟，我来到 Villa Arnica 的餐厅享用早餐。Villa Arnica 是 1477 Reichhalter 的姊妹酒店，原建筑建于 1925 年，2019 年 7 月被改建为只有 10 个房间的精品酒店。早餐之后，我走进酒店静谧的花园，顿时舒心不已。然后我来到酒店二楼，两扇半圆形的廊柱之外，蓝天澄碧，教堂的尖顶高耸。我踩着木地板走廊返回，足音回荡，仿若一条历史通道。

两天之后，我乘缆车登上维吉利乌斯山，到达海拔 1500 米处的平台时，Vigilius Mountain Resort 的工作人员已在站台等候了。走了大约 30 米，我就被这座酒店的外观吸引住了：建筑总长 138 米，宽 20 米，呈半弧形，掩映在半山腰的翠林之间。

办理了入住手续后，接待人员带着我来到一楼的房间。这是一个 Superior 双人间，里面配置的是 Baxter 家具以及 Beker & Flos 灯具，非常简洁。

酒店建造于2001—2003年间，来自米兰的建筑师马泰奥·图恩（Matteo Thun）提出了"有机建筑"的前卫理念，外观上采用木质和玻璃材质，力图与周围环境达到无缝融合。整个度假村有41间客房，所有客房不论是面向东面还是西面，都有一面墙与外部自然相通。建筑屋顶以茅草覆盖，以保持适宜的室内温度。每间客房都有一面可供加热的黏土墙，落叶松木材等天然材料的装饰物与南蒂罗尔的自然环境形成了呼应。室内设计采用温暖的色调，风格雅致简洁，而窗外不断变化的四季美景才是酒店最大的亮点。这座酒店也因"生态友好"的设计方案而多次获得建筑与环保方面的奖项。

当晚，我来到酒店

的 Restaurant 1500 餐厅时，里面已是宾客满座。头盘是油炸甜酸虾尾，第一道主菜是金枪鱼，佐以茴香、橙子和莳萝；第二道主菜是炖小牛肉（Veal "Gröstel"）和南蒂罗尔土豆，这是当地的一道特色菜式，香醇可口。最后上的甜点是南瓜蛋糕、干果脆饼、可可和咖啡汁。菜式风格浓油赤酱，热量很高，符合山地美食的特点。

典型的南蒂罗尔美食包括一种叫"Speck"的烟熏火腿，Knödel（含有火腿的面团，可以蒸煮或油炸。在过去平民家就是一顿完整的饭，类似于饺子）；Herrengröstl（小牛肉、土豆和洋葱，加上月桂叶、百里香和欧芹制成的炖菜。在早期，只有豪绅才能用小牛肉来做这道菜，一般的农户只买得起普通的牛肉）；Kaiserschmarrn（直译为"皇帝的大杂烩"，是一种带有用朗姆酒浸泡过的葡萄干的煎饼），传说，皇帝弗朗西斯·约瑟夫一世（Francis Joseph I）与当时正在节食的皇后共进晚餐。当这盘沉甸甸的甜点端上桌时，约瑟夫一世说"把那乱七八糟的东西多吃一点吧"，但她吃不下，这款煎饼因此得名。

在圣诞节期间，典型的甜品包括 Zelten（由面粉、鸡蛋、黄油和糖制成，富含蜜饯水果）和 Christstollen（即德式水果蛋糕，质地像硬面包，佐以干果）。

餐毕，我在一楼的图书室阅读，直到夜深时才将相机安装到三脚架上，放在夜空之下，设定了 30 分钟的长曝光时间。这时走过来几位德国客人，其中的一位从这家酒店开业至今，每年都会来住几天，为的是感受山中的自然气息。我们点燃了壁炉，随意地交流着，稍后才走出去检查一下拍成的照片。只见上面酒店外围的木栅栏向远方延伸，星星在夜空中划出半圆弧形的轨迹，彼此呼应着，守护着一个静谧之夜。

次日，我沿着铁路线南下，19 点 30 分到达博尔扎诺（Bolzano）车站。步出车站，只走了三四百米的距离就到了博尔扎诺的沃尔德广场（Piazza Walther），四周皆是餐厅和名品店，充满时尚气息。

博尔扎诺位于多洛米蒂西部，是意大利南蒂罗尔省（Südtirol）的首府，该省的意大利语名称是上阿迪杰（Alto Adige）。博尔扎诺也是南蒂罗尔地区最大的城市，拥有 10.5 万名居民。它也被称为"意大利圣诞节之都"，这要归功于其独特的圣诞市场。南蒂罗尔与特伦蒂诺（Trentino）一起组成了意大利最北端的特伦蒂诺—南蒂罗

云上四季

尔自治区。

　　小城附近有 12 个滑雪场，还有山地自行车道、徒步区和高尔夫球场，曾在"意大利最佳生活质量的城市排名"中位于第一名。该地区以其运动型人士而闻名，来自南蒂罗尔的意大利运动员经常代表意大利参加冬季奥运会，并多次获胜。由于在历史上南蒂罗尔地区曾属于奥地利，所以目前的地名均以意大利语和德语两种语言来标注，比如意大利语中的博尔扎诺（Bolzano），在德语中就是"Bozen"。

　　南蒂罗尔是一个具有多重文化身份的地区。博尔扎诺的南蒂罗尔考古博物馆保存的"冰人奥齐"（Ötzi the Iceman）闻名于世。1991 年 9 月 19 日，一位德国徒步旅行者在意大利与奥地利接壤的奥茨塔尔·阿尔卑斯山（Ötztal Alps）的冰川中，发现了一具男性遗骸，在全球引起轰动。一位奥地利记者卡尔·温德尔（Karl Wendl）将这具"欧洲最有名的木乃伊"命名为"Ötzi"。经测定，其身高约 1.6 米，年龄约在46 岁，距今约 5300 年，比埃及金字塔和英国巨石阵还古老。

　　他被发现时只穿了一只鞋，鞋子里塞满野草，系着野牛皮割成的皮条。他的几件物品随后在周围区域被发现，他的底裤和外套分别使用当地的绵羊和山羊皮缝制而成，帽子则是以棕熊皮做的。

　　经过科学家长期的研究后发现，他是左撇子，O 型血，有着棕色的眼睛和深棕色的头发。他的基因组在 2012 年被解码，根据 DNA 特征，他的家族属于 8000 至 6000年前从安纳托利亚（Anatolia，位于现在的土耳其）出发的新石器时代迁徙人群的一部分。他的母系遗传基因在现代人群中已不复存在，而他的父系遗传基因在地中海岛屿，特别是撒丁岛的群体中继续存在。CT 扫描证实，他是世界上已知最古老的心脏病病例，并分析出他死于一场谋杀：手指上的痕迹表明他在死前几天被刺伤了，而后又被一支箭射中左后肩的动脉，失血而亡。

　　研究人员采用 CT 扫描来识别他的胃，发现在他去世前的几个小时里，享用了一顿丰盛餐食，有小麦、马鹿肉（Red Deer）和野山羊肉（Ibex）。

　　他随身携带着一把铜斧，斧片由模具铸造而成，含铜量为 99.7%，固定在红豆杉手柄上，这应属于非常昂贵的物品。加工铜器的技能当时是从小亚细亚传到欧洲的。这把铜斧的发现，将欧洲铜器时代的起始年代向前推进了 1000 年。

　　他还背着一个木框背包和一个鹿皮箭袋，里面有 20 个箭杆，但只有两个装着箭头。他还佩带着一把用燧石制成的匕首。他的一个桦树皮容器里面装着用枫叶包裹的木炭，可以让他迅速生火。从他身上的花粉和携带的枫叶来分析，他于初夏去世。

这是一桩 5300 多年前的谋杀案。直到今日依然证据确凿。

我拐进了沃尔德广场的一条小路，来到了 Hotel Greif，从主入口开始，钢架结构和大面积的玻璃部件，结合着巨大的木材装饰品，可以让人体会到这是一家设计型酒店。办理好入住手续，我来到顶楼的 211 套房门口。开门而入，这是一间阁楼套房，面积大约有 52 平方米，房间的中央位置摆放着一架 Blüthner 三角钢琴，抬起琴板，锃亮的盖板上反射出一张大床的影子。

客房注重细节，采用了温格（Wengé，一种产于非洲的优质木材）木地板和手工编织的伊朗加贝（Gabbeh）地毯。我低着头走到阁楼位置的边缘，拉开织造精细的窗帘，推开一扇高大的凸窗，可以看到博尔扎诺主广场的景色。走进盥洗室，里面还配备着一间蒸气桑拿室。

这座酒店在改建时业主弗朗兹·斯塔夫勒（Franz Staffler）与维也纳建筑师鲍里斯·波德雷卡（Boris Podrecca）合作，对拥有百年历史的宾馆进行重新设计。在新的设计中，保留了大部分原始结构，并沿用原始酒店的古董家具，还采用了由当地枫木和胡桃木制成的设计部件对空间进行装饰，整个酒店的 33 间客房的每一间都各具特色。

稍事休息后，我到酒店的各处参观。一楼的格里芬希诺酒廊（Grifoncino Lounge Bar），是这家酒店的一个设计亮点，它以玻璃吧台和红色皮椅的组合，营造出一个色调浓艳的空间。这里收藏着较多的杜松子酒，是一些饮者的喜爱之所。

次日上午，穿过小路就到了这家酒店的姐妹酒店 Parkhotel Laurin，一方幽静的庭院惹人喜爱，走进大堂则是当地有名的一家咖啡馆，不少西装革履的绅士聚集于此。墙面上那些壁画每一幅都可以让人品味许久。事实上，这里是博尔扎诺城市生活的一个缩影，奥地利与意大利的文化相互汇合，传统和现代元素被和谐地融合在一起，从而营造出迷人的阿尔卑斯山地生活方式。

多洛米蒂的山间珍馐

在博尔扎诺车站外，一辆面包车已等候着我。我们要驱车 26 公里，北上前往一个叫萨恩塔尔（Sarntal）的村落，去探访意大利海拔最高的米其林星级餐厅。

沿着山路而上，两旁的山峦间，金色的树叶装点着一个成熟的季节。半个多小时后，我们来到 Terra–The Magic Place 酒店，酒店主人兼侍酒师吉塞拉·施奈德（Gisela Schneider）热情地迎候上来，带我到餐厅的露台上享用下午茶。

阳光照在身上，暖意融融，我环顾着这座位于多洛米蒂海拔 1622 米高处的酒店，主要由一座餐厅和一座客房木屋构成，只有 8 间客房和两间套房。初看，似比较简单，再一端详，却可以不断地发现其精妙之处。

回到酒店的大堂，遇到了海因里希·施耐德（Heinrich Schneider）。吉塞拉介绍说，这是她的哥哥。海因里希是酒店业主兼餐厅的主厨。然后，吉塞拉带着我来到

房间。位于一楼的 5 号客房，推门进去，左侧是一个衣帽间，右侧是盥洗室。房间内摆放着大床、书桌和沙发。推开玻璃门，外面是一片草坪，放置着两张躺椅，整个房间的设计是典型的多洛米蒂山居小屋风貌。由于地处高海拔位置，酒店多方采取措施降低能耗，包括采用当地水力发电、木屑取暖、设立三重玻璃和屋顶保温等方法。

我在躺椅上享受着午后的惬意时光，阅读这家酒店的故事。这家酒店最早的基础，是由海因里希和吉塞拉的外祖父约翰·布鲁格（Johann Brugger）奠定的，1998年，海因里希和吉塞拉在完成学业后接管了家族企业，那时海因里希 26 岁，吉塞拉只有 23 岁。2008 年，餐厅获得了米其林一星评级；2017 年又被评为米其林二星。此后不久，他们将酒店改名为"Terra"（拉丁文，意为"土地"），其传达的是自然、有机的理念。

当晚，我来到餐厅享用晚餐，吉塞拉让她的先生卡尔·曼弗雷迪（Karl Manfredi）

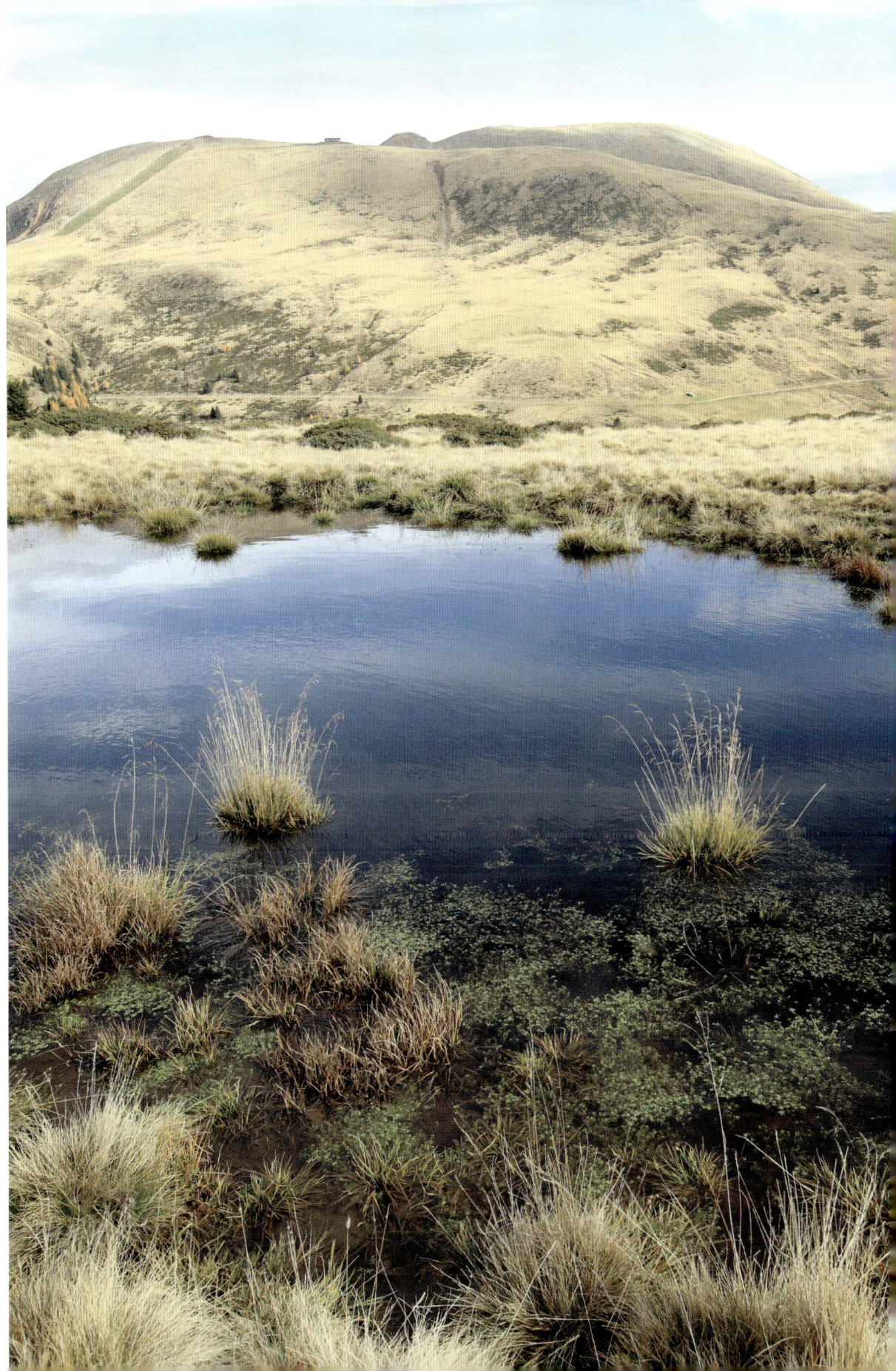

前来作陪。卡尔在这家酒店负责国际营销和财务。我们一起享用名为"The Terra Green"的晚餐，一共 5 道菜式，其中包括薄荷慕斯、香肠和野生草药，鲈鱼配甜菜、鹰嘴豆和花椰菜等。

席间我端详着这家设计简洁、空间开阔的餐厅，卡尔介绍了这里的空中酒柜。我到过的所有餐厅几乎都将酒窖设置在地下室或者地上一楼，像这家餐厅采用的空中酒柜很是罕见。卡尔告诉我："这里面至少装着 1000 瓶酒，巨大的重量对建筑设计提出了挑战。"当然，最终他们完美地实现了这一设想，在幽蓝色背景灯的照射下，酒柜成为整个餐厅的亮点。

听说我喜欢徒步，卡尔告诉我离酒店不远的徒步线路上有一个叫"Die Stoanerne Mandln"（意为"石人堆"）的景点，邀我明早一起前往。

一夜无梦。次日早晨 6 点 30 分，我们背着食物饮料出发了。晨间的林中小道静谧，道路一路上升，在首段两个多小时的行走中，除了遇到两位猎人和 3 位徒步者之外，没有遇到其他人。道路上不时有指示标记，表明这里处于欧洲 E5 徒步线路上。E5 徒步线路西起法国布列塔尼的拉兹岬角（Point du Raz），东止于意大利的维罗纳，长达 3050 公里。此地我心仪已久，一直想亲身体验，今天终于得以完成其中短短的一段路程。

我们慢慢地接近石人堆。在一块海拔 2003 米的高地上，有几百处用石块垒起来的尖石堆，有点类似我国藏区的玛尼堆。这些尖石堆不知道始于何时，据说这里有着特别的能量，曾是女巫祭祀的地方。

几分钟之后，朝阳在远山上的云层间跃出，经幡舞动，定格成此行的诗意一瞬。我们在一块石头上摆好食物，站在寒风中吃完早餐，感觉浑身热乎起来。

收拾好餐具，不留下任何一片垃圾，我们继续上路。那天我们与秋色相伴，走过一个高山牧场，慢悠悠地行走了 5 个多小时才走回酒店。卡尔用专业徒步软件一测，我们在崎岖的山间一共走了 23.2 公里，爬升的高度为 874 米。

晚上 7 点 30 分我来到餐厅，享用名为"The Terra Nature Experience"的晚餐，共由 9 道菜式组成。首先是两轮主厨赠送的小食，包括大黄—薄荷球、北极红点鲑鱼

子酱和蓝莓饼干等，侍酒师吉塞拉首先斟上 Franciacorta Santus Brut，这是一款起泡酒，散发着成熟的果香，由 80% 的霞多丽和 20% 的黑比诺混合，然后放入木桶陈酿而成。我曾深入该产区参观过。

第一道头盘是草莓汤配紫色罗勒、酸奶油和帝国鱼子酱，酸鲜可口，再配上 Weingut Kofererhof Sylvaner Alto Adige DOC。

接着上来的第二道是由河鳟鱼、红色酸叶草和脆性地衣做成的一块儿膏状的美食，清爽，配上 Sanct Valentin Pinot Grigio 2017，这款产于 Südtirol 的灰皮诺比较适合搭配野味。

第三道菜是奶酪汁、马铃薯面疙瘩与鹰翼蘑菇，然后，端上来的是自制面包，配上酸奶油、松油和 M'Anis 8.6 啤酒，这款红色麦芽酿制的啤酒味道甘苦。

休息片刻，开始此次晚餐的下半场。第四道是野生草本方饺，野菜馅鲜美，搭配 Mason di Mason 2016 Manincor，这款黑皮诺呈深红宝石色泽，单宁厚实。主厨海因里希平时就喜欢琢磨山间的各种草本植物，会挑选多达 40 种不同的野生草药加入他的美食设计中，其中包括欧蓍草（Yarrow）、鹰翼蘑菇（Shingled Hedgehog），甚至连冰岛的苔藓（Iceland Moss）也可以成为装饰美食的材料。

第五道是有机牛肉、炭烤黄瓜和焦糖酵母，敷着棕褐色的作料，滑嫩，佐以产自勃艮第的 Mâcon la Roche Vineuse Les Cras 2017，"Cras" 这个单词源自 "Craie"，意为 "石灰石"，该酒区葡萄园土壤中含有高活性石灰石，使得酒体具有独特的果香。

第六道是北极红点鲑鱼（Arctic Char）配烫牛奶、莳萝油和黑珍珠，是本次晚餐的一个重点。一块儿鲑鱼段，鲜美异常，配酒是 Fontodi Dino Colli della Toscana Centrale，产于托斯卡纳中央产区，以一种叫桑吉奥维塞（Sangiovese）的黑浆果葡萄酿制，这种葡萄是意大利种植最广泛的葡萄品种。

第七道是 Terra 招牌茶，里面包括有机牛肉、浆果、蘑菇和松油，这道茶很特别，混合着浆果茶的酸甜和牛肉汤的醇鲜，可以让肠胃休息片刻。

然后，进入两道甜点环节。金玛丽花、森林酸叶草冰糕，最后上的甜品更让人满心欢喜：两团棉花糖还有 3 款巧克力，结尾呈上的餐酒是 Roen Cantina Tramin Kellerei，这款干白葡萄酒产于意大利 Trentino-Alto Adige 地区，口感甘醇。

我随手打开这家酒庄的网站，看到了这样的语句：

Auch das Dunkel besänftigt seine Stimme nicht

nun, da Erinnerungen wie Blätter fallen

und in der Stille unhörbar sind.

连暗夜也爱抚不上他的声音
现在，记忆像秋叶一样坠下
在沉默中无法听见。

我将目光移向窗外，夜空深邃，秋叶飘忽。今夜的整个美食环节匠心独运，配酒也都是小众品牌，每每带来口感上的惊喜。美食美酒相互配合，不断推进，汇合成一部变奏曲，美妙悠长。美食的记忆可能也会像秋叶一样落下，但在睡梦中仍可以听到那脆然入口的声音。那是关于美食的永恒记忆。

"正如豪尔赫·路易斯·博尔赫斯所言：'作家本意在刻画世界，最后却发现自己笔下的世界，宛如一面镜子，映照出的无外乎是我们自己。'我也深有同感，毕生行走世界，热衷于旅行写作，最后发现自己笔下的的里雅斯特，却如镜中的自己。"

　　作家简·莫里斯曾在书中坦言，的里雅斯特的影子在她的创作中无处不在。

Trieste

The Border City

的里雅斯特：边境之城

的里雅斯特坐落在意大利东北部的亚得里亚海滨。的里雅斯特湾是意大利与克罗地亚、斯洛文尼亚两国交界之地。

的里雅斯特是欧洲重要的货运枢纽。独特的地理位置与历史渊源将它塑造成一座独特的城市，不同的族裔群体在这里毗邻共存，拉丁、日耳曼和斯拉夫文化在这里融合交汇，形成了城市多元的文化基因。

一座城的往昔与今日

我从多洛米蒂地区乘坐列车抵达的里雅斯特火车站时，已近晚上 6 点。打的经过宏大的意大利统一广场（Piazza Unità d'Italia），很快就抵达 Savoia Excelsior Palace Trieste 酒店，建筑外墙的白色立面有着先声夺人之感。乘坐电梯，来到我的 464 套房。首先是衣帽间，对面是一间厨房；往里走是一间起居室兼书房，摆放着餐桌与书桌；往右拐进入卧房，比较宽敞。整个房间的装饰从大门的把手到墙上的装饰画都具有雅致之美。推开窗户，映入眼帘的是的里雅斯特湾（Bay of Trieste）的夜景。

收拾停当，我沿着楼梯在酒店的各处参观，黄铜扶手显示着悠久的年代感。最惹人喜爱的是一楼的图书大厅：奥匈帝国风格的原木家具，高耸的穹顶采用美好年代风格的铁艺天窗，天鹅绒座椅泛着微妙柔和的粉色，仿佛置身于帝国时代的某座美术馆或图书馆，在一种从容的贵族气息中，让人追忆起这座城市的往昔。

传说，的里雅斯特是由《圣经》中诺亚（Noah）的儿子雅弗（Japheth）创立的。另有一种神话传言，杰森（Jason）和阿戈纳特人（Argonauts）曾登陆到的里雅斯特，寻找金羊毛；特洛伊战争中交战双方的将领安忒诺耳（Antenore）和狄俄墨德斯（Diomedes）也到访过此地。

的里雅斯特（Trieste）的名字最早写为"Tergeste"。据学者推测，"-est"是古代威尼托语的常用后缀，而"terg"在伊利里亚语中则有"市场"的意思，从名称上不难读出城市的起源：的里雅斯特在公元前 2000 年左右就已经是伊利里亚人的定居点，之后被威尼托人占据。

公元前 177 年，罗马人在征服邻近的伊斯特拉（îstria）半岛过程中，将这里纳入罗马共和国的版图，此后，的里雅斯特逐渐成为罗马帝国大城市阿奎莱亚（Aquileia）到伊斯特拉半岛之间连线上的重要节点；公元前 46 年，恺撒大帝正式赋予其罗马殖民地的地位。公元前 33 年，奥古斯都下令建造城墙和海港。罗马帝国解体后，的里雅斯特分享伊斯特拉地区的财富。476 年西罗马帝国结束后，的里雅斯特成为拜占庭帝国的军事重镇。788 年，它成为查理大帝的法兰克王国的一部分。948年被意大利国王阿尔勒·洛塔里奥二世（Lotario II d'Arles）授予独立权。

1202 年，被威尼斯共和国占领。1382 年，的里雅斯特人为了摆脱威尼斯的侵扰，主动请求哈布斯堡王朝的奥地利大公利奥波德三世（Leopold III）出面保护，自此城市成为其帝国的一部分，也承担起"哈布斯堡王朝通向世界的出海口"的作用。

的里雅斯特在 17—18 世纪达到空前的繁荣。1719 年，神圣罗马帝国皇帝查理六世宣布该市为免税港，他的继任者玛丽亚·特蕾西亚女王统治时期，这里发展为一个贸易中心。深水港口的建造使得的里雅斯特成为重要港口，也是最繁荣的地中海海港之一，带动了地中海各地商人的涌入。

当地人同时使用多种语言，其中的里雅斯特语是意大利语的一种方言，还有奥匈帝国的德语、附近斯拉夫地区通行的斯洛文尼亚语，以及意大利语和弗留利语（Friulian），还会听到克罗地亚语、塞尔维亚语、罗马尼亚语和阿尔巴尼亚语，因为大多数移民来自巴尔干半岛和罗马尼亚，这足以构成的里雅斯特众声喧哗的多声部。这里毗邻共存的不同族裔群体，保持了文化的多样性。事实上，它处于商业和文化的十字路口上：北部的中欧、东部的巴尔干半岛、西部的亚平宁半岛以及南部的地中海。

1911 年，当这家有着 144 间客房的酒店开业时，的里雅斯特还处于奥匈帝国的统治下，当时还曾被称为"奥匈帝国的蔚蓝海岸"（Austrian Riviera），酒店也被誉为"奥匈帝国最重要和最豪华的酒店"，这种奢华感一直延续到现在。

第一次世界大战后奥匈帝国瓦解，的里雅斯特被划入意大利版图。1943 年，的里雅斯特被德国人占领，他们打算将其保留为第三帝国的南部出海口。1945 年初，南斯拉夫士兵占领了的里雅斯特，德国军队投降。同年 6 月，西方盟军成功地施压，南斯拉夫被迫撤军。1947 年在巴黎签署和平条约，创建了的里雅斯特自由领土，由联合国安理会保证。1954 年 10 月，经过各方缔结协约，的里雅斯特重归意大利统治。直到 1975 年 10 月，整个领土争端才全部解决，历时 20 多年的谈判，也被视为教科书式的案例。

不妨说，这家酒店创建时间虽只有 110 多年，但也算经历了至少 3 个统治政权，更换过 3 种不同的国家—民族身份。的里雅斯特目前是意大利弗留利—威尼斯朱利亚大区（Friuli Venezia Giulia）的首府，拥有 20.5 万居民。

的里雅斯特的"客厅"

下午时分一直下着小雨，我来到意大利统一广场上的托马塞奥咖啡馆（Caffé Tommaseo）。这是的里雅斯特一家最古老的咖啡馆，它以出生于地中海城市希贝尼克（今属克罗地亚）的作家、语言学家尼科洛·托马塞奥（Niccolò Tommaseo，1802—1874）的名字命名，由 19 世纪本地艺术家朱塞佩·加特利（Giuseppe Gatteri，1829—1884）设计装修，棕红的整体色调体现着精致典雅的维也纳风格。据说这也是该城首家推出冰淇淋的咖啡馆。

闲适地喝着咖啡，透过落地窗，我凝望着雨中的广场。这座有着 12280 平方米的广场是欧洲面积较大的广场之一，被当地人视为"的里雅斯特的客厅"。它一度称为"大广场"（Piazza Grande），一直到的里雅斯特回到意大利的怀抱后，才改名为"意大利统一广场"。这座广场连同附近的咖啡馆，曾提供了一个广阔的舞台，爱尔兰作家詹姆斯·乔伊斯（James Joyce，1882—1941）和意大利心理小说的先驱伊塔洛·斯韦沃（Italo Svevo，1861—1928）等名流都在此留下了身影。相传，创建于1900年的帕斯蒂塞里亚·皮罗纳咖啡馆（Caffè Pasticceria Pirona）是本地有名的蛋糕店（Pâtisserie，兼售咖啡和利口酒），詹姆斯·乔伊斯就是其忠实的客户，正是在这间糕点店里，他开始写作《尤利西斯》（*Ulysses*）。

此外，弗洛伊德也曾游览过这座城市，在这里思考和写作，而威尔第的两部歌剧《海盗》（*Il Corsaro*）和《斯蒂费利奥》（*Stifelio*）则是在这里首演的。

从统一广场向东北方向行走，很快就来到大运河（Canal Grande）。这里是的里雅斯特城市规划的一个关键部分，1754—1766年间由马特奥·皮罗纳（Matteo Pirona）规划建成，随之而来兴建起了特蕾西安城（Borgo Teresiano）新街区。街区的名字来自当时奥匈帝国的统治者玛丽亚·特蕾西亚，这里原本是盐沼地带，大运河建成后扩大了城市的通航面积，使得货物可以直达运河边的仓库前，更便于装卸。

运河两岸是的里雅斯特商业中心之一，遍布历史悠久的咖啡馆和剧院，其中有名的斯特拉·波拉雷咖啡馆（Caffè Stella Polare）诞生于奥匈帝国年代，里面装饰着经典的镜子，多年以来它一直是本地和海外知识分子的会面场所。意大利小说家翁贝托·萨巴（Umberto Saba）和诗人维吉里奥·吉奥蒂（Virgilio Giotti）等人是这里的常客。第二次世界大战结束后，一个英裔美国人来到这座城市，将此改建成一家舞厅。如今，这家有着辉煌历史的咖啡馆已恢复了原貌。

运河畔的另一座名胜是卡洛·施密德尔公民戏剧博物馆（Civico Museo Teatrale Carlo Schmidl）。博物馆最初于1924年由音乐出版商卡洛·施密德尔（Carlo Schmidl，1859—1943）创建，他是一位匈牙利作曲家的儿子，后来从布达佩斯搬到的里雅斯特。他历时半个世纪，收藏了大量珍贵文物，其中包括乐器、手稿、绘画、海报、奖章、木偶、出版物和戏剧服装等，藏品还包括罗西尼、威尔第和普契尼等音乐家的签名作品，记录着18世纪至今的里雅斯特剧院和音乐生活的方方面面，构成了关于本地舞台的独特记忆，充分展现了这座城市的文化景观。

作为一名词典编纂者，施密德尔还出版了《通用音乐家词典》（*Dizionario Universale dei musicisti*，1887），即使在今天，这部词典仍然是研究19世纪下半叶音

乐学的重要参考工具书。

该博物馆的原址设在威尔第剧院（Verdi Theatre）。该剧院建于 1798—1801 年间，由建筑师吉安南托尼奥·塞尔瓦（Giannantonio Selva）和马泰奥·佩尔奇（Matteo Pertsch）设计，是一处文化地标。1991 年剧院翻修后重新运营，于是博物馆迁往另一座古建筑——斯皮里登·戈普切维奇（Spiridione Gopcevich，1815—1861）于 1850 年修建的戈普切维奇宫（Palazzo Gopcevich），的里雅斯特市政府已将其购买并改建为博物馆。

斯皮里登·戈普切维奇是该地的一位船东，有着塞尔维亚血统。在维也纳接受教育，据说会讲 13 种语言，他的船只在地中海和黑海航线上进行贸易，从的里雅斯特一直到敖德萨。他与英国首相威廉·尤尔特·格莱斯顿（William Ewart Gladstone，1809—1898）和意大利国家统一的领袖朱塞佩·加里波第（Giuseppe Garibaldi，1807—1882）经常保持联系。

1850 年，他委托建筑师乔瓦尼·安德烈亚·伯拉姆（Giovanni Andrea Berlam）在罗西尼大街（Via Rossini）4 号设计戈普切维奇宫，这是大运河旁最重要的民用建筑，参考早期的伦巴第—威尼斯文艺复兴（Rinascimento Lombardo-Veneziano）风格，最终形成了折中主义风貌。

在克里米亚战争（Crimean War，1853—1856）期间，斯皮里登·戈普切维奇遭受了毁灭性的打击，于1861年自杀，留下了只有6岁的儿子小斯皮里顿（Spiridon）。这座宫殿般的建筑，是小斯皮里顿从小的家。

父亲去世后，小斯皮里顿的母亲把他送到维也纳学习。他的母亲去世后，他终止了学业，开始了记者生涯。他认定自己是塞尔维亚人，这促使他参加了1875年黑塞哥维那的起义，次年见证了黑山—奥斯曼战争（Montenegrin-Ottoman War，1876—1878），并参加了1882年达尔马提亚南部反对哈布斯堡王朝的起义，在那里他与考古学家亚瑟·伊文斯（Arthur Evans）一起被捕，亚瑟·伊文斯当时是《曼彻斯特卫报》的记者。

尔后，小斯皮里顿在巴尔干地区担任战地记者，还前往西伯利亚、北美、北非和中东等地。1879年，他甚至有机会在伦敦见到威廉·格莱斯顿。其后，他进入塞尔维亚外交部门，并在柏林（1886—1887）和维也纳（1888—1890）担任外交随员。1889年，他出版了一本名为《旧塞尔维亚和马其顿》（Old Serbia and Macedonia）的民族志研究报告，鼓吹狂热的塞尔维亚民族主义情绪，为塞尔维亚在该地区的领土主张开辟道路。

1891年，他回到的里雅斯特，继续为几家德语报纸撰稿。1893年，他因写的一些反对奥匈帝国的文章而入狱，他决定结束他的记者生涯，将兴趣转移到天文学。

1893年，在奥地利政府的支持下，他抵达卢辛皮科洛［Lussinpiccolo，即现在的马里·洛希尼（Mali Lošinj）］，在那里，他建立了以他妻子的名字命名的"马诺拉天文台"（Manora Sternwarte），他使用一架折射望远镜对火星、土星环和其他行星进行观测，以笔名利奥·布伦纳（Leo Brenner）发表了多篇论文，1895年，他宣布金星的自转周期为23小时57分36.1396秒。次年，他通过增加0.1377秒来纠正这一周期。1896年，他宣布水星（331小时）和天王星（8小时17分钟）的新自转周期。他在4本专著中支持外星球存在生命的观点，尤其是在他的《世界的可居住性》（Die Bewohnbarkeit der Welten，1905）一书中。由于他的观点激进，当时的主要天文学期刊不再发表他的文章，1899年，他开始自创期刊《天文学概述》（Astronomische

Rundschau），一直持续到 1909 年。

此后，由于财政问题，他最终在 1909 年关闭了天文台，并退出了天文学的研究。他搬到了美国旧金山，参与两部歌剧的创作。第一次世界大战爆发之前，他回到欧洲，在柏林的一家军队期刊担任编辑。最终，他默默无闻地逝世，具体年份通常被认为是在 1928 年。

我在咖啡馆里读着戈普切维奇家族漫长的故事，觉得小斯皮里顿真是一位难以概括和归类之人，他的非凡经历也为这座边境之城增添了多元和奇幻的色彩。他的老朋友、德国天文学家菲利普·福特（Phillip Fauth，1867—1941）将月球东南部的一个直径 97 公里、深度 3.3 公里的陨石坑以 "Leo Brenner" 的名字来命名。这或许是一种最好的纪念方式。

晚间的运河水波不兴，运河最初建造时一共有 3 座桥梁横跨运河之上，这些桥的中央部分可以打开，以允许船只进入运河。如今这 3 座桥只剩下了一座"红桥"（Ponte Rosso）。在这座桥的岸边设置了一个石雕潮汐计，以英寸为单位来校准潮汐的高度。这个潮汐计后来在科学界被称为"红桥零度计"（Zero Ponte Rosso）。

晚上 7 点，我来到酒店一楼的 Savoy Restaurant 享用晚餐。头盘是烤扇贝、脆蔬菜和卡索草本酱（Carso Herb Sauce），然后奉上了格拉尼亚诺意面（Gragnano's Linguine），佐以蛤蜊和柠檬，主菜是烤黄花鱼段（Grilled Croaker Fish Fillet）、配上新鲜菠菜和辣番茄，最后的甜点是柠檬馅饼、蛋白酥和百香果果酱，美味不凡。

按照主厨安德里亚·斯托帕里（Andrea Stoppari）的想法，是要将奥匈帝国昔日的菜肴与亚得里亚海的美食传统融会起来，并用现代的烹饪手法来诠释当地美食。这也是为了从味蕾上唤起人们对于这座城市历史的遥想。

尽管这条邮路早已不是马车奔驰的光景，但当地人的生活中依然承袭着昔日的文化脉络。在悠缓的行程中，我不断发现此中蕴藏着的自然与历史珍宝，由此，这次古老邮路上的现代旅程也就成为我的探宝之旅。

Chapter IV

The Cities within the Folds of Time

时光折叠之城

我在布鲁日和安特卫普的两家酒店小居，体验着旧日时光是如何完美地与新设计融合在一起的。

皮埃蒙特位于意大利的西北部。皮埃蒙特的南部尤其是朗格地区，自古以来就是葡萄酒的酿造之地。

塞萨洛尼基是希腊的北部海港和第二大城市，这里还是通向"天空之城"迈泰奥拉的枢纽。

散落在不远处的这些影像和文字，组成了一个永恒的家。

From Bruges to Antwerp

The Design Hotels and the Old Cities

从布鲁日到安特卫普

比利时容易让人们想到些什么?

巧克力、啤酒,还有钻石?

这些都是,但我更觉得比利时比较完好地保存着时光的
印迹。

"北方威尼斯"的贵族宅邸

晚上 6 点 30 分，我从布鲁塞尔机场搭乘列车，11 分钟后到达布鲁塞尔北站，从

火车上下来，即刻感到一股寒风扑面而来。我在此转车，前往布鲁日。

车上人不多，我的一只行李箱就放在车门旁。过了一站后，一位在车门口附近座位的中年男子用探询的目光看着我，问行李是不是我的，他补充了一句，说这样其实有点危险。

我感谢了他的善意提醒。一个小时后，抵达布鲁日火车站。步出车站，寒风凛冽。乘上出租车，与司机闲聊，他29岁，从阿富汗来到比利时已有10年的时间，这两年开出租车。他说，在比利时的阿富汗移民还有一些人。

出租车进入布鲁日老城区，可以感觉到车轮与碎石路面的摩擦感。车子在一座古雅的建筑物前停留下来，我预订的 Hotel Heritage 到了。

迈进酒店的大堂，灯光闪烁的圣诞树营造着新年的气氛。前台的工作人员带着我穿过 Le Magnum 酒廊，酒廊的壁炉火光熊熊，一股暖意扑面而来。穿过一道小门，走进玻璃镶顶的走廊，来到了我的第17号房间。这是一间位于一楼的小型套房，左侧是衣帽间，右侧是卧房，一张 Nilson 品牌的1米8的大床。从卧房往里走，是长方形的书房兼起居室，墙上挂着42英寸平板电视。走到尽头，有帷幕垂挂在一扇玻璃门前，从这里可以看到外面的街景，这扇门并不能打开，却给这套没有窗户的房间增加了一种视觉上的流动感。

卧房的另一侧通向盥洗室，里面分别设置着浴缸和宽大的淋浴间。我仔细地端详着卧房的外侧（即紧靠走廊的一侧），也设计了一整面的落地玻璃，装饰着白色的薄纱，这样，白天时可以充分地利用自然光效，晚上临睡时可以再拉上厚重的帷帘。整个房间的设计中最让我喜欢的是书房，书桌上摆放着欢迎果盘和时尚杂志，还有一台 iPad。在此小居的时间里，我就在这里安静地写作。

稍事整理后，我沿着楼梯依次参观每一层走廊的设计，从一层到五层是客房，地下一层是 Spa 和健身房。我来到与 Le Magnum 酒廊相连的图书室，喝上一杯热饮，开始查阅这家酒店的历史。这座古雅的建筑是 1869 年由路易·德拉森塞里（Louis Delacenserie）设计的，当时还有一个带围墙的花园。到了 1922 年，成为银行家克雷迪特·格内拉尔·利格瓦（Crédit Général Liégeois）的宅邸，他进行了门上方的装饰，以扩大银行的业务。

1992 年，这座建筑被约翰与伊莎贝尔·克里滕斯侂俪（Johan & Isabelle Creytens）买下，他们计划把这座建筑改造成酒店。建造活动于 1993 年 1 月开始，同年 8 月开业。在这座酒店的地下一层，一个 14 世纪的地窖部分被保存下来，红砖横梁拱顶显示着久远的年代感，这里改建成为健身室。整个酒店只有 22 套房间，其中包括 18 间客房和 4 间套房，延续着精品酒店的路线。

次日在餐厅享用丰盛的早餐，餐台上摆放着各种烟熏鲑鱼和香肠，还有各式面包搭配各式果酱或蜂蜜。侍应生奉上了鲜榨果汁，我点了 Omelette（煎蛋卷），在我基本已吃饱的情况下，侍者过来问我："Do you need our home-made waffles?"具有老式比利时风格的华夫饼一直是我喜爱的，但当下实在是吃不下了，只好留待次日早晨再去品尝。

早餐之后，走出酒店，大约只有 50 米就到了市集广场（Markt）。这是布鲁日古城的中心地带。一座 83 米高的钟楼（Belfort）高高矗立，与圣诞集市的彩灯交相辉映。这座钟楼建于 13 世纪，在二楼的宝藏室里，有一部由 47 个钟组成的编钟，这座钟楼是布鲁日的地标。每隔 15 分钟就会传来悠扬悦耳且曲调多变的钟声。"布鲁日历史中心"在 2000 年被列入《世界文化遗产名录》。2002 年，布鲁日又被选为"欧洲文化之都"。

穿过碎石路面的街道，我来到运河旁边。布鲁日的运河被称为雷河（Reie），这座古城伴运河而生，因此被称为"北方的威尼斯"。这个时节，秋叶飘落在河面上，宛若时间的日历。一座座石桥依次出现，让漫步变得惬意。

晚餐在酒店一楼的 Le Mystique 餐厅，头盘是牡蛎加上烟熏鳗鱼，配上维希奶油浓汤、婆罗门参酱（Salsify Cream）、裸麦面包和鱼子酱，伺酒师选了 2018 Enate Chardonnay-234，这款产自西班牙的霞多丽口感清劲。席间，我留意了一下餐具，是全套银质的。

主厨格雷戈里·斯莱姆布鲁克（Gregory Slembrouck）奉上了第一道主菜：鳐鱼段，佐以鼠尾草、奶油奶酪和菜籽油，奶油奶酪是一种未成熟的全脂奶酪，口感微酸，与鳐鱼的鲜味相互勾兑，辅之以 Cuvée Silex Vouvray Controlee White Loire Wine，这是用一种用切宁白葡萄酿成的酒，属于卢瓦尔河谷地区顶级的葡萄酒之一，口味甘甜。主厨格雷戈里毕业于特尔杜恩（Ter Duinen）酒店学校，该校曾培养出不少比利时名厨。

第二道主菜是鹿肉里脊，搭配黑布丁、蔓越莓、萨瓦卷心菜、耶路撒冷洋芋、香肠和巧克力酱，倒入酒杯的是 Chenas Quartz 2015，这款红葡萄酒产自博若莱的一个小酒庄，酒体呈红宝石色，带有橡木气味，入口顺滑。

最后端上来的甜点是冻梨和黑巧克力，配上香柠檬与山核桃，与酒杯中 Gérard Bertrand Maury Tuilé Vintage 2010 的馥郁香气相得益彰。

我环顾着这家红色调子装饰的餐厅，体悟着从 19 世纪中叶一直延续至今的情调，这是比利时贵族骨子里的格调，按照业主的说法，这家酒店 "blending comfort and classical elegance topped with discreet technology"（将舒适感、古典优雅与谨慎的技术创新融为一体）。

安特卫普的设计型酒店

几天之后。上午 11 点，我从布鲁日火车站乘坐列车，于 11 点 25 分抵达根特，然后转车，12 点 32 分到达 Antwerpen-Berchem 车站。沿着安静的小街蜿行，很快就到达 August Hotel，这是我此次比利时之行即将体验的第二家酒店。

踏入这座由修道院改建成的酒店，瞬间我就被宏大开阔的大堂酒吧所吸引：黑色的拱顶，两面白色的墙壁围拢成目前安特卫普人气旺盛的酒吧和时尚聚会场所。

我的房间需在下午 3 时才能入住。我先在酒店的餐厅享用午餐。这间餐厅是沿

着大堂酒吧，用红砖建成的一个狭长的美食空间，在整个酒店的改建方案中，以超常规的尺寸和比例来营造不凡的建筑效应。

午餐的头盘是腌制小牛肉、盐煮金枪鱼腹肉条、飞鱼鱼子酱（Tobiko）奶油、帕尔玛奶酪，Tobiko 来自于日语，这种鱼子酱为橙红色，直径 0.5 毫米—0.8 毫米，具有温和的烟熏或咸味，入口生脆。

主菜是鲷鱼段，配上扇贝、西葫芦、罗斯科夫（Roscoff）洋葱、黄油白沙司与海藻。餐毕，主厨师尼克·布里尔（Nick Bril）特地跑过来征求意见。他在附近还经营着一家米二星级餐厅"The Jane"，他将这家酒店餐厅的理念定位于"一个考虑到其地理位置和历史背景的现代小酒馆"。

3 点过后，前台的工作人员带我穿过大堂酒吧，拐进客房区。他指着电梯墙面上的两张破败不堪的修道院的照片说："当时就是那个样子，我们花了整整 5 年的时间进行改造，非常不容易！"

我们来到二楼的 25 号房间，

整个设计简约，地面上铺着手工编织地毯，采用 Flos 灯具，家具是 Molteni & Co 定制的，一张大床正对着一整面的橱门，工作人员将它们一一拉开，首先是衣橱和饮具设施，然后是洗漱间和厕所，淋浴间的面积也很大，采用手工釉面浴室瓷砖，空间挑高达到 3 米 5，看上去一点也没有压抑感。

这种将整个盥洗室隐藏在橱门后的设计，在我入住过的众多的设计型酒店中是不多见的。按照比利时的建筑名师文森特·范·杜伊森（Vincent Van Duysen）的想法，是要将这座位于安特卫普城市南部的奥古斯丁修道院等 5 座被列入建筑遗产名录的建筑，都改建成一座现代居停之所，重塑这座城市的社交中心，并希望这座酒店成为当地历史和佛兰芒文化的庆典场所。

他的团队面临的最大挑战，是需要以统一的概念将它们串联起来，修女们以前的私人礼拜堂现在改建成为酒吧区；礼拜堂后面，之前修女们的居住区改建为客房、图书馆和厨房；两个带花园的联排建筑，则可容纳一个水疗中心和一个室外游泳池。在这里，除了白色和黑色之外，大量的家具采用灰褐色和米灰色，部分座椅则选用了棕色皮革，以创造出一个复杂而静谧的休憩世界。

我坐在窗前阅读一本设计杂志，环顾四周简约而每一处都暗藏设计心思的房间，似乎体会到了酒店设计者的细密心绪：从比利时的历史建筑中汲取养分，保持对建筑遗产的尊敬，并用以前奥古斯丁人的简朴生活来映衬现实主义的真正含义。那是一种虔诚的敬意，细腻地体现在每一个定制的设计元素中。

时光折叠，古韵犹在。

2003 年 3 月，我第一次从布鲁塞尔北站搭乘火车前往安特卫普。正好是周末，车上的一等车厢和二等车厢的座位已经全部满了，不少旅客站在两节车厢的连接处。

我在那里遇到了一位女教师。她在安特卫普的一所特殊学校任教。我们的话题就在那些特殊孩子身上展开。我对于中国孩子长时间的观察与感受、我拍摄的关于那些苦难而倔强残疾孩子的故事，此时又被一一唤醒。我跟她说起我的第一本书《访问童年——中国儿童新观察》（*Visit to Child World–A New Survey of Chinese Children*）以及这本书的封面照片"孩子，我们听到了"。我介绍照片的背景情况——一个 4 岁的叫伍鑫的失聪儿童正在学习说话。为了学说一个"吃"字，他必须耳戴助听器，手持"瓜果道具"，在老师的指导下，艰难地学上四五十遍……

几乎所有看过这幅照片的人，都会被这个孩子的姿态所吸引。当他们有了进一步的了解之后，更会为之感慨，当同龄的孩子已会自如地撒娇时，这个 4 岁的失聪儿童还在为学说一个"吃"字而不停地练习。记得我是在伍鑫张大嘴的一瞬拍下来的，那个发音并不准确的"吃"，与我的相机清亮的快门声叠合在一起。那一刻我心里的感觉特别复杂。

我补充说，导致儿童残疾的主要原因中，疾病、中毒、意外事故和有害环境等后天因素占了绝大部分的比例，但在当时，能像伍鑫一样得到早期预防、治疗和康复的只占较少的一部分。这个故事也让这位中年教师深深受到感染。

从布鲁塞尔到安特卫普的 40 多分钟旅程，我们就在对各自国家特殊孩子的叙述中结束了。车窗外不断闪过的是比利时大地上的黄昏景色。

我很早就听说，安特卫普不少人都是语言天才，他们通常会说法语、德语、荷兰语和英语。

我在安特卫普的出租车上遇到的一位司机，就是多面手，礼貌，守职。我没有预订酒店。我搭乘他的车去找朋友推荐的一家知名酒店，不巧那家酒店已客满。于是，他继续耐心地为我寻找其他的下榻之所。最终，找到一家特殊的酒店——这是由"钻石公主号"（Diamond Princess）小型邮轮改建的旅馆，很别致。据服务生介绍，这艘船停靠在这里已有 13 年了。这里设有 53 个房间。

踏着松软的地毯，来到我的房间，面积不大，布置却很合理，有着人性化的设计。打开舷窗，河面上吹来的晚风有些凉意。

写作的时光来临。尽管船是静止的，思想与写作之船却奔流不息。船上的睡眠很香。清晨，透过舷窗看见河上有鸟飞过。

安装在墙角上方的老式电视里，不断传来忧伤的乐曲，让我突然想起影星阿兰·德隆（Alain Delon，1935—）在影片《德黑兰 43 年》（Teheran 43，1981）里饰演的巴黎探长身穿白色风衣，在铺满秋叶的塞纳河畔中弹后再也扶不起来的瞬间。

2022 年 3 月，我留意到一家法国媒体的报道，阿兰·德隆的儿子安东尼·德隆在接受电视采访时透露，阿兰·德隆有在瑞士实施安乐死的想法，以此结束自己的生命。2019 年，阿兰·德隆曾两次中风，至今仍需要依靠拐杖行走。

2022 年 9 月 13 日，法国新浪潮电影的代表人物之一让·吕克·戈达尔（Jean-Luc Godard）在瑞士以安乐死的方式离世，终年 91 岁。

我很早就开始关注"临终关怀"这个社会问题，对于"安乐死"（Euthanasia）的法律和伦理困境亦有研究，包括台湾一位罹患癌症的艺人在瑞士安乐死的经历，我在写作札记中均有记载。我曾很多遍地观看影片《深海长眠》（*Mar Adentro*，2004），每每看得热泪盈眶。

该片根据雷蒙·桑佩德罗·卡米安（Ramón Sampedro Cameán，1943—1998）的真实故事改编，讲述了他为争取结束自己生命的权利而斗争的故事。雷蒙是一位水手，生活在西班牙西北海岸的加利西亚地区（Galicia），1968 年 8 月 23 日，他从岩石上一头跳入海中不幸损伤了颈部，导致高位截瘫。那时他还未满 26 岁，无法移动或感知脖子以下的任何部位，全靠家人的帮助才能生存。他的母亲一生中大部分时间都在照顾他，直到她死于癌症。之后，他的嫂子曼努埃拉·桑莱斯（Manuela Sanlés）接管了他的日常护理事务。

雷蒙卧病在床的头些年，正值弗朗西斯科·佛朗哥（Francisco Franco，1892—1975）独裁统治的最后时期。西班牙人受到该政权的极端压迫，该政权也将天主教会确立为国家教会。根据教义：你的生命不是你的——你只是上帝赐给你的生命的"管理者"，你无权以任何理由结束它。雷蒙不得不忍受这种处境。

在西班牙步入民主国家之后，逐渐地，他对自己的生活越来越感到沮丧，1993 年他自诉到法院以争取安乐死的权利未果，最终在 1998 年 1 月 12 日，在朋友们的帮助下，他使用氰化钾，结束了自己的生命，但他的朋友们并没有被指控。此事受到了西班牙媒体的密切关注，对当时的西班牙社会产生了非常强烈的影响，并引发围绕安乐死话题的辩论，但直到目前，安乐死在西班牙仍然属于一种犯罪。

这部影片由西班牙导演亚历杭德罗·阿梅纳巴尔（Alejando Amenábar）执导，主演哈维尔·巴登（Javier Bardem）的表演极为出色，斩获了第 77 届奥斯卡金像奖的最佳外语片奖。

雷蒙在 1996 年出版了《来自地狱的信》（*Cartas Desde el Infierno*），1998 年他去世后，友人帮助他出版了加利西亚语版的诗集《当我跌倒时》（*Cando eu Caia*）。雷蒙

云上四季

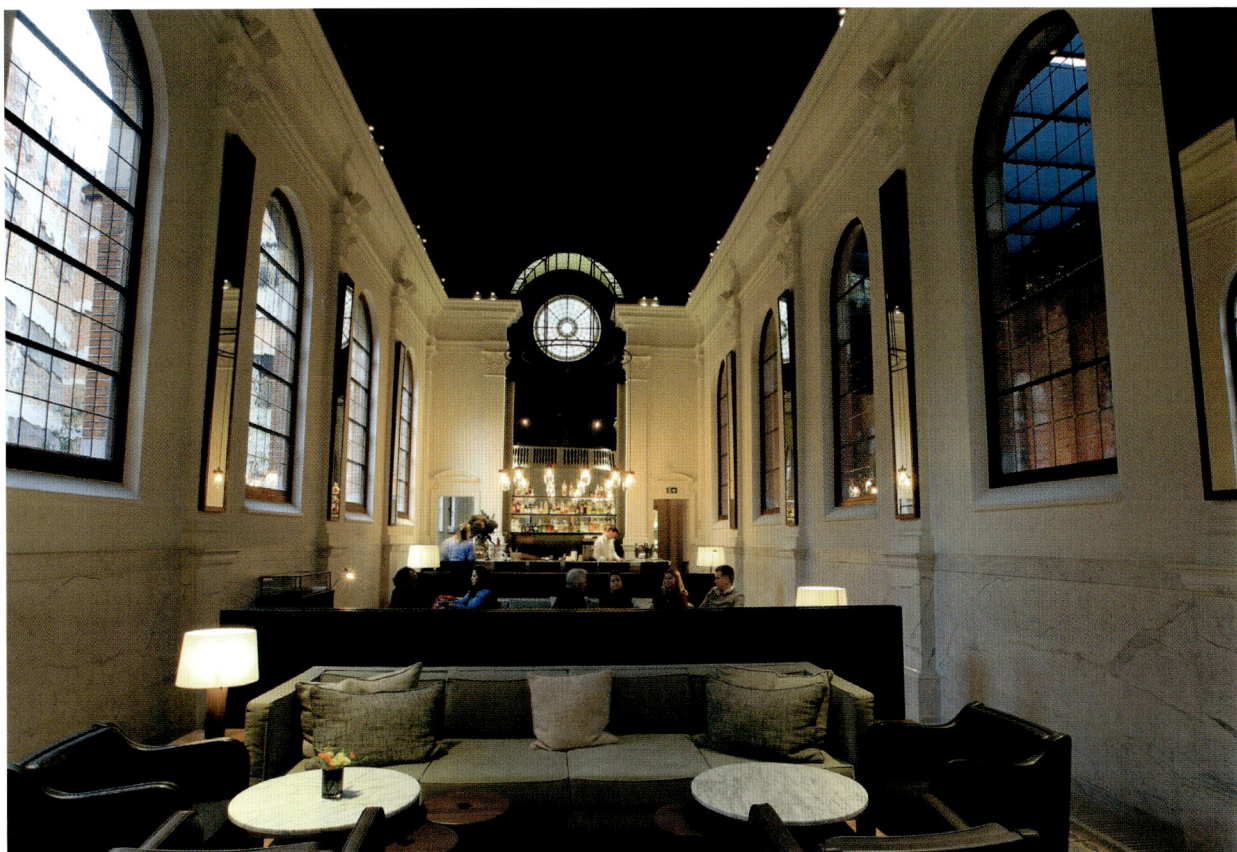

的一生非常短暂，又非常漫长，有 29 年的时间，他都是自己那无法移动的身体的囚徒。作为西班牙第一位施行安乐死的公民，至今他仍被认为是禁忌主题的偶像。无论如何，能够选择安乐死，常常会激起周围人群更多的悲情和敬意。

对于生命，人们习惯上的观念是只能坚守，但却很难按照本人的意愿而放弃。放弃比坚守更难，或许难上一万倍。也许，还需要时日，才能厘清相关的法律问题，以回应某些人充满尊严的生命选择。

在看得见葡萄园的房间，感受和倾听历史深处的芳香和咏叹。

Piemonte

Gastronomic and Wines Poetries

皮埃蒙特：美酒之诗

花费了 10 多天的时间，我从意大利皮埃蒙特的首府都灵出发，探访周边的 9 个特色小镇，品味葡萄酒的醇香，聆听美食之外的传奇，还有朗格地区的悠悠钟声。

这个世界静美而纯粹。

从都灵到拉莫拉

晚 7 点，夕阳照耀下的都灵（Turin）十分沉静。在 Via Paolo Sacchi 大街高大的拱廊下面，就是我预订的 Turin Palace 酒店。一进入大堂，就感受到了别样的雅致和奢华气息。开阔的大堂区域，垂吊下长长的细杆，尾端是一朵朵蒲公英的造型，在灯光的映衬下优美灵动。墙面上挂有花豹、斑马和长颈鹿的装饰画，还配上了一个中文字"心"，这种多元文化的融合，使得这座 1870 年的历史建筑在改建后时尚了许多。走到楼梯间，抬头望去，只见铁艺栏杆组成了曼妙的线条，向上延伸。

走进楼梯，来到我的房间，这是带露台的特制房，面积约为 40 平方米，有一张 1 米 8 宽的 King Size 大床。床的对面是书桌，书桌的两旁有柔色的落地灯，形成了两个休闲阅读区域。外面的露台比较宽敞，可以看到不远处教堂的尖顶。

都灵是意大利皮埃蒙特（Piemonte）大区的首府，面积为 130 平方公里，人口 88.3 万人。这座城市在 16 世纪中叶成为萨瓦王国的中心，1861—1865 年间成为意大利统一后的第一个首都，也被称为"意大利自由的摇篮"。都灵以其文艺复兴、巴洛克、洛可可、新古典和新艺术建筑而闻名于世。都灵是意大利汽车业的发源地和 2006 年冬奥会的举办地。

皮埃蒙特的面积 25402 平方公里，是意大利 20 个大区中面积仅次于西西里岛的第二大地区，人口为 437.7 万。皮埃蒙特的名字来自中世纪的拉丁文"Pedemontium"，意为"在山脚下"，即在阿尔卑斯山脚下。

晚上 7 点 30 分，当地朋友路易莎（Luisa）陪同我在酒店的 Les Petites Madeleines 餐厅享用晚餐。头盘是用金枪鱼酱调味的冷牛肉片，配上芹菜和坎塔布连海（坎塔布连海位于比斯开湾的南部，即靠近西班牙的西北部）的凤尾鱼。侍酒师配上了 Cocchi Storico Vermouth di Torino 苦艾酒作为开胃酒，浅酌一口，前调有着红浆果、橙皮和樱桃的香味，中调有薄荷、覆盆子的草本植物味，尔后，产生一种略微苦涩的味道，尾调则比较清爽，水果与草药味混合。伴随着苦涩和甘甜的平衡，回味悠长。

主菜是烤乳鸽配上香蕉和树番茄，树番茄是一种鸡蛋大小的红色水果，原产于南美，味道酸甜，刚好与乳鸽醇香的味道进行了中和。配上来自皮埃蒙特的内比奥罗葡萄（Nebbiolo）产区的 Cordero di Montezemolo 红酒，这款酒口感比较清爽，有着

覆盆子和草莓的香味，单宁柔和，适合搭配烤羊肉和炖兔肉等。从整个用餐过程可以看出厨师和侍酒师对整个晚餐的深情用意。

次日清晨，驱车前往都灵西南方向 10 公里处的斯图皮尼吉（Stupinigi）小镇，镇上大约居住着 200 名居民。经过一个广场，穿过一个拱门，来到斯图皮尼吉宫（Palazzina di Caccia di Stupinigi）。

陪同的工作人员介绍说，"斯图皮尼吉宫"这个意大利名称的原意是"斯图皮尼吉的狩猎小屋"。最初，在斯图皮尼吉有一座中世纪城堡。1562 年，萨瓦公爵伊曼纽尔·菲利贝托（Emanuele Filiberto），将萨瓦王国的首都从尚贝里迁至都灵。1563 年，他收购了这座城堡，并开始了一系列大规模的建筑工程，从都灵的皇家宫殿向周围的乡村辐射，建设了乡村住宅和狩猎小屋，用宏大的建筑群展示其君主制的权力，雄心勃勃地要将都灵改造成一个重要的艺术和文化之都。

目前的这座狩猎宫殿建于维托里奥·阿梅迪奥二世（Vittorio Amedeo Ⅱ）统治

期间，由建筑师菲利普·朱瓦拉（Filippo Juvarra）设计，1729 年开始动工，两年后基本完工，可以进行第一次正式的狩猎。当时，萨瓦宫廷的建筑思路是，要在首都周围打造一座精致的"装饰之冠"，以展示萨瓦王宫的富丽堂皇：离都灵市中心不远，有长满葡萄藤的优雅花园，深受王后、公主和公爵夫人的喜爱，包括雷吉纳别墅（Villa Della Regina）和瓦伦蒂诺城堡（Castello Del Valentino），而斯图皮尼吉宫是作为森林别墅而创建的巴洛克式建筑，连最初的里伏利（Rivoli）城堡和莫卡利里（Moncalier）城堡，也从古老的堡垒转变成王室娱乐之地。

工作人员带我们走到一个中央大厅，穿过一道绛红色的帷幕，一艘修复后的皇家游船摆放在展台中央，这艘船的船舷和船壁上装饰着金色的雕塑和浮雕，相当精美。船舱座椅的靠背上，描绘着当年的生活场景。这里还成立了一家艺术和家具博物馆，常年设展。

我们拐入一间修复室，只见七八个学员在修复文物。他们使用专业的工具，小心地擦拭着物件上的污渍，其中还有一件中国 18 世纪的东方乌木漆面屏风（Coromandel Lacquer），由都灵大学文化遗产修复专业的硕士承担修复工作。这面屏风描绘了传说中古老的中国和印度东南部的科罗曼德海岸（Coromandel Coast）的景象。

走过教堂和气势宏大的廊厅，我们来到了庭院，喷泉后面是一片深广的林区。自 1992 年以来，围绕着宫殿的森林和农田被保留下来，构成一个面积为 17.32 平方公里的自然保护区，一些野生动物包括狐狸、野兔、白鹳和松鼠等活跃其间。1997 年，这座宫殿连同其他的萨瓦王室的历史住宅，以"萨瓦王宫"（Residences of the Royal House of Savoy）的名称，被列入《世界文化遗产名录》。

结束了参观，我们驱车向东，在小镇的一家餐厅享用午餐，然后前往山丘之上的苏佩尔加教堂（Basilica di Superga）。站在教堂前的广场上，可以远远地眺望到都灵。

这座巴洛克风格的教堂建造于 1717—1731 年，由设计过斯图皮尼吉宫的菲利普·朱瓦拉设计，位于苏佩尔加（Superga）山顶。教堂里安置着历任萨瓦国王和王子的陵墓。

我们走到教堂的侧面，墙面上悬挂着一幅巨大的 11 位足球队员的彩色照片，旁边矗立一块纪念碑，解说牌上标明：1949 年 5 月 4 日下午 5 时，意大利航空公司的一架菲亚特 G.212 型飞机载着几乎整个的都灵足球队（Grande Torino），撞上了这面挡土墙。机上的 31 人包括队员和记者全部遇难。

当时的天气是阵雨，水平能见度极低，只有 40 米，加上飞机的高度计失灵从而导致这次空难事故的发生。这是意大利足球史上最大的悲剧。此后，每年的忌日都有不少球迷专程来悼念这些亡者。这块解说牌最后说："他们是当代英雄，人生精彩而不幸以悲剧收场，我们想告诉年轻一代的是'真正的悲剧不是死亡，而是被遗忘'。"

下午 4 点，我们驱车向南，来到波伦佐（Pollenzo）小镇，最后在 Albergo dell'Agenzia 酒店前停了下来。波伦佐小镇建立于罗马时代，公元 1—3 世纪经济发展达到顶峰。1762 年，萨瓦家族购买了波伦佐，在随后的半个世纪里，对该地区进行了大规模的重新开发。1838—1844 年，对阿根萨（Agenzia）酒窖的红葡萄酒的现代风格酿造奠定了基础。此后，这里成为该地区葡萄酒文化的枢纽。而眼前的这家酒店，长长的走廊布局，红白相间的墙面搭配红砖拱顶，线条柔美。

晚餐头盘是冷切牛肉配金枪鱼酱，盐浸刺山柑花蕾。主菜是手切"40 个蛋黄"的 Tajarin 意面配布拉香肠汁，"Tajarin"这个词是皮埃蒙特方言，意为 Tagliolini 意面，这个地区的厨师在制作这种面条时，蛋黄的比例比其他地区的意大利面要高，每公斤 Tajarin 里的蛋黄最多可以达到 40 个，口感柔软。布拉香肠产于皮埃蒙特的布拉（Bra）小镇，由 70% 的牛肉和 30% 的猪肉脂肪制成。

侍酒师配上了 Ca'du Sindic 红酒，浅抿一口，有比较浓的香味，单宁柔和，后味有一种杏仁的余味。这款酒采用多塞托（Dolcetto，意为"小甜酒"）黑葡萄酿制，这种黑葡萄广泛种植于皮埃蒙特地区。最后的甜点是巴伐利亚奶油蛋糕，配上吉安杜加（Gianduia）榛子酱巧克力和酸奶酱。吉安杜加榛子酱巧克力是一种甜巧克力，约含 30% 的榛子酱，在拿破仑摄政都灵期间（1796—1814 年）发明。1806 年，拿破仑阻止了英国商品进入法国控制下的欧洲港口，给可可供应带来了压力。都灵的一位巧克力制造商米歇尔·普罗切特（Michele Prochet）通过将巧克力与朗格榛子混合的方法，发明了这种巧克力。

第三天早餐之后，我来到这个建筑群后侧的美食科学大学和葡萄酒银行参观。走进葡萄酒银行，里面阴凉，存放着皮埃蒙特产区的 300 多款葡萄酒。

距此 5 公里的布拉小镇是"慢食运动"（Slow Food）的发祥地。1986 年，美食家卡洛·佩特里尼（Carlo Petrini）为麦当劳在罗马的西班牙台阶附近开设快餐店而发起了一项抵制运动。1989 年，他在巴黎以"慢食运动"的名义成立国际美食组织，主张食物需符合"优良、清洁和公平的标准"。目前该组织在 160 个国家拥有分支机构。

下午两点，驱车向东，我来到凯拉斯科（Cherasco）小镇。凯拉斯科面积为81.2 平方公里，人口为 9096 多。镇上的主干道很安静，一座白色的贝尔维德尔拱门（Archdi Belvedere）矗立着，看上去犹如布景。车子穿过拱门，左拐，一会儿就抵达一座修道院，Hotel I Somaschi 坐落其间。

前台的小伙子介绍说，凯拉斯科是一座殷富的小镇，镇上的经济主要以葡萄酒生产为主。他带我走到一楼的 Suite degli Stucchi 套房，房间有着高耸的拱形屋顶，并用拉毛粉饰法装饰，是 18 世纪时的原作，看上去精美。在意大利语中，Stucchi 意为"灰泥"，所以这间套房也称为"灰泥套房"，也是整个酒店 17 间客房中，唯一一套以拉毛粉饰法装修的房间。套房面积约 40 平方米，布置着 4 根柱子的大床，窗户上挂着花纹雅致的埃及棉窗帘。

在房间休息片刻，我沿着回廊漫步，然后走到院落中，椭圆形的水池中，红鲤鱼在游动，碧绿的水反射着修道院的建筑。

离开酒店，我在小镇上漫游。穿过贝尔维德尔拱门（Arch di Belvedere），这座巴洛克风格的白色拱门由波伊托（Boetto）设计，始建于 1667 年，是献给圣母玛利亚的。由于施工中遇到一些问题，直到 1687 年才完工。

走进犹太教堂（Synagogue），它是现存于皮埃蒙特大区 16 个犹太教堂之一，建于 16 世纪。这座建筑有着巴洛克式装饰柜（用来存放经卷）和所罗门柱子，是意大利犹太教堂典型的建筑装饰。教堂内祭坛的镀金华盖圣光锃亮。还有一个侧厅，曾经被用作女子学校。

我沿着大街漫步，朝南走到纳尔佐莱拱门（Arch di Porta Narzole），它建于1731—1812 年间，古朴而精致。小镇上保留着古老建筑和中世纪精华，没有什么游客，如此保存着古镇原本安详的气息。

晚上 8 点，我沿着墙壁上挂有 18 世纪壁画的楼梯来到"Il Teatro"餐厅，它层高约 7 米，尽头是一座舞台。这里在 18 世纪时是一座剧院，后来改为餐厅。头盘是马铃薯汤团配黑松露，主菜是慢炖猪肉配胡萝卜，我选了 Gravanzola Dolcetto 红酒，甜点是榛子蛋糕，配上克米诺（Cremino）巧克力和 Marsala 红酒。克米诺是皮埃蒙特的一种巧克力，一般是 3 层，外层是吉安杜亚巧克力，内部的巧克力则用咖啡、柠檬等制成，它的形状是一个立方体，用锡箔纸包裹，香味袭人。

第四天下午两点，我们驱车往东，不到半个小时就来到了拉莫拉（La Morra）小镇外的 Arborina Relais 酒店。拉莫拉位于都灵东南约 50 公里处，面积 24.3 平方公里，人口 2700 多。

酒店前台也兼作一间酒类图书馆，里面收集了数百种当地产的葡萄酒。工作人员解释说，"Arborina"在皮埃蒙特方言中的意思是"嫩芽"，酒店采用这个名字，也是为了向当地一直坚持传统工艺的 6 位葡萄酒商表示敬意。Arborina Barolo 葡萄栽种的面积只有 0.1 平方公里，位于拉莫拉到巴罗洛小镇之间的丘陵地带，海拔高度在 250 米—320 米。

拉莫拉这个地名，起源于拉丁文"Murra"，意为"绵羊栅栏"，在罗马时代就有一个村落，到了 1631 年，它成为萨瓦王朝的领地。在这里非法砍伐一根新的葡萄藤都被视作违法，在历史上会处以罚款、砍断手，最严重的可以判处绞刑。由此可见葡萄对于当地人的生活是多么的珍贵。

来到二楼的浪漫套房，这是酒店 10 间客房中最大的套房。外间是客厅，墙面上挂着植物细部的照片，里间是卧房，配有 1 米 8 的天篷床，上方是透光木质天花板。卧房的后面是茶水间和浴室，透过浴室的一侧玻璃墙，沐浴时也能看到外面葡萄园的景色。外围是宽大的阳台，站在其中，可以看到这家精品酒店被葡萄园环绕的景致，四周则栽种着巴罗洛（Barolo）葡萄，山岭起伏而优美。

晚餐时分，酒店的工作人员推荐附近一家 Osteria Veglio 餐馆，沿着公路走了大约 500 米就到了。在意大利语中，"Osteria"是"酒馆"或"小型餐馆"的意思，而"Ristorante"指的是比较大型的餐厅。

主菜点了一款慢炖牛舌，鲜美异常，是我此行吃到的特色佳肴之一，所以说"食在民间"，此话不假。

晚间回到酒店，坐在客厅后面的庭院里，满天星光洒落在葡萄园中。

从内维尔到色拉伦加-达尔巴

我继续在皮埃蒙特葡萄酒区穿行。第五天下午，驱车前往 Agriturismo Traversa 酒庄。一路上不太顺利，兜兜转转，终于看到在斯塔德里山（Starderi）山谷中有一座砖红色的建筑物，屋前有一个椭圆形的游泳池。

来到院落，敲门没有人应答。等了片刻，终于从葡萄田里走出一位中年男子，

一问，果然是酒庄的主人——弗兰科·特拉韦尔萨（Franco Traversa）先生。他带着我来到位于二楼的客房，陈设比较简单，红色砖墙的屋顶，让我有机会体验一回酒庄原汁原味的生活。

弗兰科开车带我去位于卡诺瓦山（Canova）的酒窖。这里由酿酒室、瓶装室和地窖组成。走到最里面的品尝室，弗兰科准备了一系列的酒和奶酪、香肠，让我品尝。由于他只会讲意大利语，于是就打开了手机上的一款语音翻译软件，对着手机说话，将意大利语翻译成英语，然后我则将英语翻译成意大利语。我们两个人就在舒缓的品酒中，悠闲地交流起来。我看到他家的 12 款酒的酒标均采用手绘，拙美。他介绍说，他家的酒庄规模很小，每年只有 9 万瓶的产量，在葡萄的栽培中不使用化学除草剂，以确保葡萄的品质。

傍晚时分，我们回到在斯塔德里山的农庄。弗兰科的哥哥弗拉维奥（Flavio）在那里等候着我。他驱车带我前往附近的内维尔（Neive）小镇。内维尔属于皮埃蒙特大区，面积为 21.2 平方公里，人口 3000 多。穿过一条小街，来到几家餐厅门口，周围聚着年轻人。我们坐在当地热门餐厅阳台的雅座上，享用着美味的鱼段、意面和甜点，最后上了一盘奶酪，唇齿留香。

弗拉维奥带着我参观了内维尔小镇。镇中心不大，我站在一处高台上，看着远处的点点灯光。街上还有一家画廊，里面是拱形屋顶，几幅画作挂在墙面上，那种古朴感让人觉得很亲切。

次日早晨，从酒庄出来，我沿着葡萄田旁边的小路散步。晨光中的田野不时传来鸟鸣，此刻，群山刚刚醒来。

第六天中午 12 点，我们向南行驶，来到蒙福特—达尔巴（Monforte d'Alba），沿着坡道来到小镇的高处，一座古雅的 Villa Beccaris 酒店看上去如此养眼。蒙福特—达尔巴面积为 25.7 平方公里，人口 1970 人。

走进酒店，是一个雅致的庭院。我随着工作人员走到二楼的尽头，这是一间豪华房间，里面是古典风格的家具，一张特大床，床头的墙面上挂着油画。房间的一侧还有一座用白色大理石砌成的壁炉，展现一种古雅之美。

穿过一楼的酒吧，来到后花园。在利摩那亚（Limonia）旁边享用午餐，利摩那亚是酒店内的一座有着宽大窗户的铸铁建筑，是酒店客人享用早餐和午餐的地方。走进去，我感觉置身于老式火车站一般，高架在一座山丘顶部的边缘。站在外缘的走廊上，朗格地区和罗罗山的秀美景色一览无余。

等午餐的时分，我读起了关于这座酒店的历史。这是一座 18 世纪的别墅，酒店名字中的"Beccaris"，来源于曾经的主人菲奥伦佐·巴瓦·贝卡里斯（Fiorenzo Bava Beccaris，1831—1924）将军。这位将军出身于皮埃蒙特的一个贵族家庭。他在都灵的军事学院完成学业后，成为萨瓦军队的军官，曾参加过克里米亚战争和意大利独立战争。

巴瓦·贝卡里斯因其对 1898 年米兰骚乱的残酷镇压而闻名。1897 年，意大利的小麦收成大大低于前几年，由 1891—1895 年的平均 350 万吨下降到当年的 240 万吨。此外，由于 1898 年的美西战争，从美国进口谷物更加昂贵。1898 年 4 月，米兰的小麦价格从每吨 225 里拉增加到每吨 330 里拉。

为了抑制价格上涨，安东尼奥·迪·鲁迪尼（Antonio di Rudinì）领导的意大利政府被敦促取消对进口小麦的关税。1898 年 1 月，关税从每吨 75 里拉降至 50 里拉，但民众认为太少也太晚了，一场要求"面包和工作"的街头示威始于意大利南部，从巴里（Bari）、那不勒斯、佛罗伦萨一直向北蔓延。

1898 年 5 月 6 日到 10 日，米兰爆发严重骚乱。意大利政府宣布该市进入戒严状态。示威者在罢工期间竖起一些路障，军队在试图拆除路障时遭到了激烈的抵抗，示威者从屋顶上抛掷石头和瓷砖。巴瓦·贝卡里斯遂命令士兵向示威者开火，并动用了火炮。据政府称，共造成 118 人死亡和 450 人受伤。示威者方面则声称有 400 人死亡，2000 多人受伤。事态平息后，当局成立了军事法庭，由巴瓦·贝卡里斯主持，共判处 1500 人入狱。同时，禁止公开集会，压制一些自由派的报纸，并解散一些天主教会。该事件史称"巴瓦·贝卡里斯大屠杀"（The Bava Beccaris Massacre），在意大利也称为"五月事件"（Fatti di Maggio）。

1898 年 6 月，翁贝托一世国王（Umberto I）授予巴瓦·贝卡里斯萨瓦大十字勋章。在米兰骚乱中，军方的过度反应引起了民众对政府、军队和君主制的强烈不满，并引发了宪政危机，最终导致迪·鲁迪尼的政府于 1898 年 7 月垮台。1900 年 7 月 29 日，这位国王在蒙扎（Monza）被无政府主义者加埃塔诺·布雷西（Gaetano

Bresci）暗杀，刺客声称是为受害者复仇。

巴瓦·贝卡里斯的官运却不衰。不久，他当选为意大利参议院议员。1914年，他支持希望参加第一次世界大战的意大利政党。1922年，他建议国王维克托·伊曼纽尔三世（Victor Emmanuel Ⅲ）将权力授予墨索里尼和国家法西斯党。此后不久他宣告退休，于1924年在罗马去世。

无疑，这位将军属于不为更多人所知的权力阶层。他的所作所为，在一定程度上构成了墨索里尼攫取政权时意大利历史的前传。实际上他影响着意大利国家的发展进程。

历史残酷并被人渐渐淡忘。这座别墅也被弃置了很长一段时间。直到1997年才改造成为一家精品酒店。

下午时分，我就在酒店的庭院内品茗、阅读，度过了一个安静的下午。环顾寂静的山岭，感觉这里已成为时光折叠之城，同时也成为历史折叠之地。

晚上7点30分，我驱车北上，前往Massimo Camia米其林一星级的餐厅享用晚餐。餐厅位于繁忙的公路旁边，从外表看很普通，有点像一间工作室，但走进去就会发现内部的装饰很新潮，陈列着类似科幻片中人物造型的画作，整个餐厅映衬在建筑后面的一片翠林前，十分宁静。从另一个方向，则可以欣赏到远方山峦的景色。

正餐开始之前，厨师献上了一轮小食，有炸鱼块儿和甜羹，侍酒师选了2012年的Enrico Serafino Alta Langa Brut 2012气泡酒，这款酒采用霞多丽和黑皮诺葡萄发酵，在瓶中陈酿36个月，口感清新。"Alta Langa"意为"高朗格地区"，土壤是玛利石灰石和黏土，便于葡萄的栽种。

这是意大利作家切萨雷·帕韦塞（Cesare Pavese，1908—1950）和贝普·菲诺格里奥（Beppe Finoglio，1922—1963）描绘过的土地，一个多世纪以来，当地的内比奥罗（Nebbiolo）和多塞托（Dolcetto）葡萄一直与黑皮诺、霞多丽并驾齐驱，采用传统的瓶中陈酿的方式来生产起泡葡萄酒。

我选的头盘是鹅肝酱配脆皮甘薯饼、腌制紫虾、葡萄干苹果、奶油蛋卷，侍酒师奉上了Damilano Langhe Arneis D.O.C.，阿尼斯葡萄（Arneis）酿制出来的酒微酸，带有柑橘、蜜瓜和杏仁的香味，刚好与鹅肝酱的甜腻产生了对比。

席间，我留意了一下餐具，是Sambonet银质餐具。接着端上来的是鸡蛋意面，

形状像纽扣，高约 2 厘米，里面塞满格拉纳·帕达诺（Grana Padano）奶酪，上面撒着黑松露，香味袭人。格拉纳·帕达诺奶酪出产自意大利东北部的波河流域，被认为是可与帕尔马干酪相提并论的顶级奶酪。

主菜是安康鱼，花椰菜垫底。安康鱼的头顶上长出一根特别的肉质物，起到诱饵的作用，让其他鱼以为是一条小鱼，当其他鱼类靠近时，安康鱼以尖利的牙齿一口致命。这次选的是 Borgogno Francesco Vigneti Brunate Barolo，酒体饱满，带有成熟的果香，单宁丰富，回味悠长。最后的甜品是牛奶泡芙配上覆盆子果冻和白巧克力碎屑，再饮一口 2016 的 Elio Preeone Sourgal Moscato d'Asti 甜品酒，一种甘甜、清爽的口感充满口腔。

第七天上午 10 点，我们驱车向南，去参观一家 Beppino Occelli 的奶酪工坊。工坊的人员开来一辆工具车，我坐在后排。经过近一个小时的行驶，来到一个小山村。我下车拍照，再回到车上时，发现车门怎么也关不上了，最后一段大约有 5 公里的路程，就是在敞着车门的情况下行驶的，山间的疾风直吹进来。2020 年之前的每年，我出访那么多的地方，每次都会有一些新鲜事发生。

抵达瓦尔卡索托（Valcasotto），这是位于皮埃蒙特中南部山区的村落，常住人口只有几十人。一条小河蜿蜒而过，一座大约建于 1804 年的拿破仑时代的水磨机成为这个村庄的镇村之宝。传统上，这座机器是用来磨玉米、荞麦和栗子粉的。

站在小桥上可以看到远处的雪峰。这个村落也是我此次皮埃蒙特之行最僻远的地点。我们走到河边的一座房子前，打开大门，走进地窖，里面的光线很暗，划分了若干个区域。木架子上整齐码放着朗格奶酪和库尼山（Cunean）奶酪。在地窖阴冷的环境中，时间与空气一起工作，使奶酪完全成熟。

我架起三脚架，长时间曝光才能拍出奶酪上的色彩和光感。工坊的人员介绍，他们会定期转动奶酪，以检查它们的成熟度。随后，发育比较好的奶酪被转移到较小的地窖里继续成熟。此后的几个月里，特殊的小气候和接触多达 12 种不同类型的木材，会让奶酪表面长出不同的霉菌，最终影响奶酪形成独特的味道。

下午 5 点，我来到巴洛洛（Barolo）小镇，Marchesi di Barolo 酒庄前已聚集一些参观者。漫步在这家有着近 200 年历史的酒窖，我感受到了时间的痕迹。

　　我试饮了一款 Moscato d'Asti DOCG Zagara，这款酒在制作过程中通过冷藏停止发酵，每升酒中留下相当多的糖分。我端起酒杯，近观、浅嗅、慢品：稻草黄色，芳香浓郁，大致属于橙花和桃子的香味，酸度不高，口感清新。

　　晚上 6 点，我们驱车向东北方向前行，驶上色拉伦加—达尔巴（Serralunga d'Alba）的一座山冈，它被葡萄园环绕着，道路蜿蜒而上，两旁栽种着松树，一步一景，Il Boscareto Resort & Spa 这座 5 星豪华酒店，外围设计就先声夺人。色拉伦加—达尔巴面积为 8.44 平方公里，人口 535 人。

　　来到 204 套房，这是酒店的白金套房（Platinum Suite）。首先是一个宽敞的起居室兼书房，书桌上放着一台 Bang & Olufsen 播放器，还配备着几张 CD。卧房有一张大床，客厅和卧房各放置着一台 Bang & Olufsen 电视。整个房间约 90 平方米，双卫生间。房间内的不少物件都采用紫色调，如两个洗脸盆，充盈着紫色迷情。走到半圆形阳台上，面积约 12 平方米，我望见暮色中的葡萄园沉静无比。

　　晚上 8 点，我来到酒店一楼的 La Rei 餐厅，这家米一星餐厅由主厨帕斯夸勒·拉雷（Pasquale Laera）主理。头盘是虾卷配醋、绿番茄和芹菜，第一道主菜是 Tajarin 意面配螃蟹肉、柠檬草，第二道主菜是大菱鲆鱼配芦笋、蛤蜊、羊奶酪和柠檬，侍酒师奉上了 Uberti Franciacorta Brut Francesco I，这款酒由 75% 的霞多丽，15% 的白皮诺和 10% 的黑皮诺混合而成，酒体醇厚。整个餐食做工精致，摆盘讲究形式感。

　　晚餐之后，我在酒店的各处参观，细细品味其装饰，包括灯光的设计，应该说整个酒店建造得很用心。回到房间后，我坐在阳台上，查阅有关朗格地区的资料。2014 年，"皮埃蒙特葡萄园景观：朗格—罗罗和蒙菲拉托"（Vineyard Landscape of Piedmont: Langhe–Roero and Monferrato）成为世界文化遗产，理由是："这是人类与自然环境互动的一个突出例子……葡萄园景观也表达了突出的审美品质，使它成为欧洲葡萄园的原型。"

　　皮埃蒙特的南部，尤其是朗格地区（Langhe）早在公元前 5 世纪，就是伊特鲁里亚人和凯尔特人之间的贸易场所，他们交流葡萄的栽培技术；伊特鲁里亚人和凯尔特人的语言，特别是与葡萄酒有关的词汇，至今仍能在当地方言中找到。在罗马帝国时期，人们就知道皮埃蒙特地区是古代意大利种植葡萄最为繁荣的地区之一。

第八天。上午 10 点，我在 La Sovrana Spa 享受了 60 分钟的按摩。中午时分，与瓦伦蒂娜·多利亚尼（Valentina Dogliani）女士共进午餐，她是酒店的 CEO。在问及怎么想到在这里建造这座现代风格的酒店时，她回答说，她家一共有 1.4 平方公里的土地，在当地每户普遍只有一小块葡萄园的情况下，她家拥有的地产之大属于罕见的。一次，她父亲问她有些什么大计划，她说想建一家酒店。后来酒店就在这块 0.32 平方公里的葡萄园中建造起来了，也是朗格地区唯一的一家五星级豪华酒店。

从多利亚尼到都灵

下午 5 点驱车南下，前往多利亚尼（Dogliani）小镇，多利亚尼面积 35.9 平方公里，人口有 4810 人。

我来到 Relais dei Poderi，这是酒庄的一座传统民居。一个开阔的中庭，麻石垒起来的墙面深沉古雅。沿着楼梯来到二楼，我的 La Salvia 房间面积不大，从家具到床品都保持着当地的特色。推开木板窗户，室外就是整齐划一的葡萄园。

这座酒庄的创始人路易吉·埃纳乌迪（Luigi Einaudi），曾任意大利银行行长，1948—1955 年间，他担任意大利共和国第二任总统。1897 年，23 岁的他举债收购了一座 17 世纪的庄园，此后他在罗马度过了漫长的岁月，却从来没有错过葡萄的丰收时节，生产内比奥罗葡萄酒。如今，这个家族的第四代仍在酿造着特色葡萄酒。

晚餐只我一位客人。菜单是用手写在一张便条上面，有一种家庭用餐的随意之感。首先是蔬菜沙拉，然后是皮埃蒙特式的冷牛肉片（Vitello Tonnato），配奶油酱和金枪鱼酱汁调味，接着是乳蛋饼（以蛋、奶、肉、蔬菜和干酪做馅），然后是奶酪和香肠馅的意大利方饺。主菜是烤小牛肉配红萝卜丝，最后的甜品是布丁。

第九天。下午 3 点 30 分，来自 San Fereolo 酒庄的销售经理带我参观多利亚尼小镇。这里最早是利古尔人（Ligures）的聚居地，罗马人在公元前 200 至公元前 100 年左右占据这个地区，从 17 世纪初开始，被萨瓦家族拥有。19 世纪，折中派建筑师乔瓦尼·巴蒂斯塔·谢里诺（Giovanni Battista Schellino）为整个小镇设计了大量的建筑。

我们来到他设计的市民医院遗址。这座红砖结构的三层建筑，如今只剩下建筑的基本框架，在阳光下抒发着沧桑的美感。

接着我们驱车前往 San Fereolo 酒窖。车子开到一座小山顶上，上面有一座小小的礼拜堂，这里是当地人喜欢的一处野炊之地。我们先进入酒窖参观，然后到后面的一家品酒室，里面陈列着不少油画，是业主的一间画室。我们在此品尝了这家小众品牌的红酒，其中的一款 San Fereolo-1593 Langhe Rosso 2006，口感丰盈。

阳光斜射进来，在他家的资料册上，我读到了这样一段文字："这些葡萄酒也反映了与酿造者一样的性格，无论是好是坏，它们不会自满，也不会寻求赞美。起初，它们的内心是封闭的，有些孤独，可一旦它们感到自在，就会显示出忠诚和持续提高的潜力。它们是忠实的伙伴，反映出一种皮埃蒙特旧日的印象，那是一片被谦逊、自我克制和固执所覆盖的珍宝之地。"

这似乎为我整个的葡萄酒之旅，写下了一段生动的注解。

我们驱车向东北方向行驶。下午 5 点 30 分来到瓜拉尼（Guarene）的一座城堡外面，沿着坡道到达门口，通过门禁，抵达 Castello di Guarene 酒店。工作人员带我来到一楼的豪华房间，水晶吊灯照亮 60 平方米的房间，天鹅绒帷幕自天花板披垂下来，床头的靠背雕着精美的木纹。来到阳台，上面有两张躺椅，夕阳罩在花园和朗格山脉上。瓜拉尼是罗罗（Roero）历史地区的一部分，面积 13.4 平方公里，人口 3229 人。

前厅经理带着我参观酒店，先来到城堡豪华套房，面积足有 200 平方米，这间套房设计了一条长长的壁画走廊，陈列着雕塑和绘画作品。卧室采用东方风格的装潢，挂着来自中国的古董挂毯。站在阳台上，可以眺望到后面的意大利花园。

接着来到主教的房间（Stanza del Vescovo），依然保护完好，是皮埃蒙特巴洛克风格装饰的完美示范，墙面绘有立体感很强的图案，即法语中的"Trompe-l'œil"，以二维图画体现三维的视觉效果。

步入中国客房（Sale Cinesi），手绘壁纸是 18 世纪下半叶从东方运来的，途经伦

敦，装船到达马赛，然后由骡队驮到这座宫殿。里间的卧房，有东方风格的帷帐大床，颇有穿越清代的感觉。

前厅经理带我走进一条长达100米的地道，他介绍，这是当年城堡的逃生通道，现在则通向游泳池和Spa。走到尽头，一方泳池在岩石间开凿出来，成为一方小小的避世之地。

晚餐之后，我坐在大堂休憩，阅读这座宫殿的故事。中世纪时，这里曾有一座

堡垒。目前的宫殿建于 18 世纪，是由当地一个贵族卡洛·吉亚辛托·罗罗（Carlo Giacinto Roero）作为业余建筑师，根据个人喜好进行构思所建。这座三层的宫殿高 25 米，环绕着意大利风格的优雅花园。据记载，卡洛从 1726 年 9 月的一天晚上在此铺下第一块石头开始，他指挥了所有建筑和室内装修工程，冬季他无法亲临现场时，每天都会从都灵通过信件向主管石匠发出详细的施工指示，直到 1749 年他去世时宫殿还没有完工。之后，由卡洛的儿子特拉亚诺和特奥多罗接手，直到 18 世纪下半叶宫殿才大功告成。此后，作为卡洛家族的夏宫，一直居住着该家族的几代人，一直到 1899 年易手他人。

撒丁岛国王维托里奥·阿梅迪奥三世（Vittorio Amedeo Ⅲ）和王后在 1773 年进行了一次皇家访问，宫殿里到处保留着那一时刻的纪念品。

2011 年开始，进行了 3 年的整修，将此宫殿改建成为城堡酒店。在修复的过程中，宫殿的主楼层（Piano Nobile，也被称为"贵族楼层"），是这座建筑中艺术价值最高的部分。这层房间的天花板比宫殿其他楼层的房间高，装饰更精致，因此也是受到严格保护的，有关当局会进行历史研究和地层分析。

第十天。早晨参观花园。这座花园始建于 1740 年，由卡洛所设计。高耸的树墙形成了迷宫般的风景布局，紫杉树和柏树巧妙地利用了有限的空间。据早期宫殿历史文件的记载，早年还有 5 只孔雀漫步在花园，这在皮埃蒙特地区也是比较少见的情景。

来到餐厅，看到拱顶绘制着壁画，空间里飘荡着维瓦尔第的《四季》。餐桌上食物丰富，还备有难得的蜂巢（Honeycomb）。

上午 10 点，酒店的总经理丽塔·皮利（Rita Pili）带我去三楼，步入图书馆，里面大约有数千册古籍图书。她说她就住在瓜拉尼小镇上，每天走路来上班，她经常会一个人来静静地看书。在外间，地面上放着一段青铜色的残件，她说这是古炮的一部分，后面映衬着书籍。战争与文明的对比在这一刻悄然映现。

午后时分，我在大堂松软的沙发上阅读。抬头望着这一方已有 200 多年的空间，悟得，真正的奢华正是真切地生活在厚重的历史时空之中，就像在时间之河中回溯。

下午 3 点，城堡的罗马尼亚工人卡特林（Cătălin）开车送我去阿斯蒂（Asti）火车站。路上我们闲聊，他说自己每月工资 1200 欧元，他来自罗马尼亚第二大城市雅西（Iași），目前整个意大利的罗马尼亚移民有 200 万，在西班牙有 150 万人，其中在皮埃蒙特的阿尔巴（Alba）就有 4000 人。他已在这里生活了 7 年时间，准备再待 5 年就回去开出租车。他的不少家人也都移民了，他的姐姐已过来 20 年。现在他觉得待在意大利只是为了赚钱，但他的家乡永远是在罗马尼亚。

他回忆，罗马尼亚在 1990 年前食物十分短缺，而他现在最喜欢的是去炖制家乡

云上四季

的裹肉卷心菜（Sarmale）。在说这话时，我看到了他脸上洋溢着的一种幸福感。而他那种强烈的乡愁，则让我体悟到了欧洲移民潮的另一面。

乘坐 15 点 54 分的列车，16 点 30 分我回到都灵新门火车站。路易莎和她的儿子托马索（Tommaso）已在站台上等候着我。我们驱车来到 Vanchiglia，这是位于都灵东北部的历史街区，这次我选择在 Santa Giulia Art & Wine Residence 小住，这家公寓式酒店坐落于 1876 年的一座古老建筑里。在前厅，悬挂着风格前卫的人体装饰照片，颇具艺术气息。

来到顶层的公寓，里面有两间卧房，还有一间客厅兼厨房，桌子上摆着一瓶赠送的葡萄酒，厨房备有全套厨具，有一张折叠式的长沙发，这样，整个套房可以住下 6 位宾客。推开窗户，是一个院落，蓝天澄碧，红色的屋顶下居民的阳台上晾着衣服，生活的烟火气可见一斑。来到卧房，一张大床的顶部有一部分为斜面，有一种身处阁楼的私密感。

从公寓里出来，向东行走，不远处就是 Chiesa di Santa Giulia 教堂，这座新哥特风格的建筑建于 1862 年。我在教堂内静坐了片刻，享受一下放空的轻松。

晚上 7 点，路易莎和托马索来接我逛街，朝南走了几个街区就来到高耸的安东内利亚纳塔（Mole Antonelliana）。这座高 167.5 米的塔是都灵的地标，是世界上最高的未采用钢筋骨架的砖体建筑，以设计它的建筑师阿莱桑德罗·安东内利（Alessandro Antonelli）的名字来命名。建筑始建于 1863 年，当时是犹太教堂，目前是国家电影博物馆。

晚餐之后，我回到酒店的街区，行走不到 10 分钟，就来到波河（Fiume Po）的河堤上，水位很高，流速湍急，河岸的植被浓密，墙面上有一些涂鸦，煞是生动。跑步者和骑行者闪过之后，迅速恢复了宁静。我向南走到维托里奥广场（Piazza Vittorio），这是欧洲较大的巴洛克广场之一，今天则是都灵夜生活的心脏，沿着波河沿岸分布着一排时尚酒吧。

第十一天。早晨我们来到波塔帕拉佐市场（Mercato di Porta Palazzo），它的面积 51300 平方米，是欧洲历史悠久、规模较大的露天市场之一，有蔬菜、鱼类、肉食、面食和日用品等类别。在肉食区，我看到玻璃柜中放着不少猪蹄，每只至少有两公斤重，标价是 2.5 欧元一只，7 欧元 3 只。旁边一个柜台，上好的马肉 18.9 欧元一公斤。在不远处的香肠柜台上，最贵的意大利腊肠（Salame）16 欧元一公斤，令我购买欲大增。

在蔬菜区，看到了平时不太多见的蔬菜，如菊苣、芜青和"修士胡须"（Barba di Frate），对于一个不断研修厨艺的人来说，我一直喜欢了解蔬菜的类型，为烹调新的创意菜做准备。"修士胡须"形状纤细，很像胡须，这种耐盐蔬菜一般在地中海的海岸线上生长，味道类似马齿苋，很受美食家的喜欢，制作时可以简单地烫一下或炒一下，也可以生吃。

离开集市，穿过共和国广场，我们沿着安静的街区漫步，来到 Al Bicerin 咖啡馆。它建立于 1763 年。咖啡馆以一种巧克力饮料"Bicerin"而出名，它混合了浓咖啡、巧克力和全

云上四季

脂牛奶，在小圆玻璃杯中分层。在皮埃蒙特方言中，"Bicerin"意思是"小玻璃杯"。相传，法国作家小仲马就很喜欢这款饮料。

接着走进咖啡馆对面的圣母慰藉教堂（Santuario della Consolata），这是一片兼容并蓄的建筑群，包括古罗马城墙、罗马式钟楼、巴洛克式的穹顶、新古典主义的门廊，具有很强的观赏性。

我沿着罗马大街（Via Roma）走到圣卡洛广场（Piazza San Carlo），这里被称为"都灵的客厅"，中央矗立着萨沃依公爵伊曼纽尔·菲利贝托（Emmanuel Philibert）青铜骑马雕像，四周有拱廊的过道，拱廊是塞里欧半圆拱式拱门（Serliana-type Arches），别具皇家气派。广场附近有不少奢侈品商店。

从圣卡洛广场向北，与卡斯特洛广场（Piazza Castello）之间的一段街道是以折中风格建造的。我们来到Caffè Mulassano，这家咖啡馆建于20世纪初，曾受到附近蒂亚特罗剧院艺术家的欢迎。这家咖啡馆只有31平方米，由都灵的工程师安东尼奥·布维特（Antonio Buvette）设计，他以青铜雕塑、木镶板、黄铜部件和精心设计的镜子，以及红玛瑙石料、阿尔卑斯绿石和皇家黄色大理石等，组合成一个华贵风格的空间。

这家咖啡馆为配合开胃酒，制作出一种特别的三明治，名叫"Tramezzino"，成为附近在罗马大街上班的雇员的午间小吃。据说这里曾深受意大利诗人和作家圭多·古斯塔沃·戈扎诺（Guido Gustavo Gozzano，1883—1916）的喜爱，他曾出版文集《通向世界的摇篮》（*Verso La Cuna Del Mondo*）。

我们在这附近的Baratti & Milano咖啡馆享用午餐。这家店开业于1858年。席间我们聊到，意大利历史的一章，实际上是在都灵咖啡馆写就的。国王维托里奥·伊曼纽尔二世（Vittorio Emanuele II，1820—1878）经常会问他的顾问："今天咖啡馆有什么消息？"

卡穆尔（Cavour，1810—1861，意大利统一运动中的主要人物）是菲奥里奥咖啡馆（Caffè Fiorio）的赞助人，而马西莫·塔帕雷利（Massimo Taparelli），即阿泽利奥侯爵（Marquess of Azeglio，1798—1866，皮埃蒙特贵族、政治家和小说家，曾担任撒丁岛总理近三年的时间）则更喜欢Baratti & Milano咖啡馆。

意大利复兴运动（Risorgimento）是从1815年到1871年的文化、政治和社会运动，最终促使在 1861 年建立了统一的意大利王国，1871 年定都罗马。它唤起意大利人民民族意识的思想，通过一个统一的政治身份来回忆意大利文艺复兴时期的理想。

"菲奥里奥咖啡馆于 1780 年首次开张。当时都灵的人口中有 7 万人在城墙内，还有 1.8 万人生活在郊区，当时城内有 32 条街道，被 630 盏街灯照亮，这些街灯以直角相交，划过了 139 个街区。"这一段描述多么富有画面感！将昔日的那个都灵生动地呈现在眼前。都灵的这些咖啡馆仿若一个个驿站，不管外面风云流转，里面总是温暖如初，拥有自尊和不变的节奏，以换取人们心灵上的片刻宁静。

下午 2 点钟，前往都灵埃及博物馆。博物馆建成于 1824 年，目前在四层建筑的 15 个展厅中展出了 3300 多件文物，这里被认为拥有埃及以外最多的埃及文物收藏。

晚上 8 点 30 分，应法比奥（Fabio）全家的邀请，我来到 L'Osto del Borgh Vej 餐厅，这是本地老饕才熟悉的一家私房餐馆，里面装饰简单随意。我点的头盘是加波尔图红酒腌制过的虾仁，放在一碗大白豆羹上，再加上奶油，鲜美异常。主菜选的是硬粒小麦制成的 Tagliatelle 意面，配上炖制的羔羊肉。甜点是皮埃蒙特的"Bonèt"杏仁布丁，里面加入可可粉、杏仁饼干、焦糖和朗姆酒，在皮埃蒙特语中，"Bonèt"意为"帽子"，这款甜品的外形颇像厨师帽的上半部分。

夜愈深了。我们驱车穿过波河大桥，来到卡普契尼山（Monte dei Cappuccini）的平台上，眺望夜色中的都灵，灯光闪烁，一片祥和，我的皮埃蒙特美食之旅到此悄然结束。美食美酒如诗，优美而醇畅，绵长而悠远，呼应着寻常舒适的生活。

对于我来说，那是我亲历的现实，是我生命中的各个侧影；而对于一些读者而言，也许它们更像一场场来自远方的梦境。

Thessaloniki and Meteora

The Gateway of North Greece and the Fantasia City

希腊北方门户和天空之城

　　在希腊北部，塞萨洛尼基（Thessaloniki）和迈泰奥拉（Meteora），一直处于资深旅行者的版图上。

　　白塔是塞萨洛尼基的地标，圆形教堂与塞萨洛尼基的其他一些遗迹，已成为世界文化遗产。

海边的设计型酒店

　　晚上 9 点多，我飞抵塞萨洛尼基机场。出租车驶向塞尔迈湾（Thermaikos Gulf），一座 Met Hotel 渐渐隐显。迈入这家酒店，我即刻被高阔深长的大堂所吸引。办理了入住手续后，登上电梯来到我的房间，它属于 Business Suite，里面比较宽敞。盥洗室以大理石装饰，洗漱用品全部采用伦敦 Molton Brown 品牌，使用后犹存一种

特殊的油润之感。

　　稍事整理后，听到有人敲门，开门一看，是一位侍者。他端着托盘，上面放着一支 Chatzivaritis Mosaic Red 2017 和一盒马卡龙。他打开酒瓶，我品尝起来，这款希腊产的红酒散发着一种樱桃和橄榄的成熟香气，单宁丰润，果香般的后调悠长，配合着马卡龙一起食用，更加甜醇可口。

第二天清晨，旭日初升，我来到一楼，Avenue 48 餐厅在建筑的最里面，一条长长的走廊，旁边是大堂等候区和酒吧。墙面上的大屏幕在循环播放一组现代舞者的表演，3 个舞者在黑暗中缓缓显现，最初是黑白色调，随着舞动，色彩也变幻着，最后变成了彩色人像，之后，人慢慢隐去，离散为色彩的颗粒，渐渐弥散……我静静地站着，连续看了 3 遍，体悟着这部短片的含义——人源于暗夜，归于尘埃。从最初黑白的混沌状态，最终被赋予了色彩之魂。

继续往里走，看见墙面上悬挂着德国摄影师拉尔夫·拜克（Ralph Baiker）的一幅作品《宙斯》（Zeus），画面上浓云密布，海面上有一艘小船，船上竖立着几根希腊式的柱子。应该是使用了拼接的手法，表达出某种宗教般的寓意：根基似船的殿堂以及不断漂移的信仰，在历史的镜头里，显得渺小。

已有客人在 Avenue 48 餐厅享用早餐了。餐食和饮品的种类都很丰富。

上午 10 点，在酒店总经理卡尔·切哈布（Karl Chehab）的陪同下，我参观这座设计型酒店。大堂设立了多维度的空间，悬挂着几幅摄影作品，完全是按照艺术画廊的架构预设的。他带我进入负一层的会议空间，里面以超大型灯具表现出某种形式感。里面的一间休息室，他特意让我留意地毯上的图案：两个半身裸露的女子相背而立，体现出希腊北部马其顿地区特有的风情。

这座酒店地处繁忙港区，由希腊建筑名师塔索斯·泽普斯（Tasos Zeppos）设计，定位于建造一座有着 212 间客房和套房的豪华酒店，同时在格局上参照了艺术画廊的布局。外观上采用单色对比，利用简单前卫的线条，与海港高耸粗拙的塔吊形成鲜明的对比。在酒店室内的设计中，则使用上乘的建筑材料，表现出精致奢华的风貌。

下午，乘坐酒店的班车前往亚里士多德广场（Aristotelous Square），沿着海边的 Nikis 大街，向东一直走到白塔（White Tower）。白塔建造于威尼斯共和国统治的 15 世纪，是当时的防御工事中的一部分，现在则成为塞萨洛尼基的地标。

接着向北，我来到圆形教堂（Rotonda），此时斜阳朗照，教堂大气浑然。这座建于 306 年的教堂构造独特，直径为 24.5 米，墙体厚达 6 米，整体使用砖石修筑，内部以木梁支撑，是塞萨洛尼基最古老的建筑之一，最初是卡莱里乌斯皇帝（Galerius）

准备建成后作为自己的陵庙之用的，但 311 年他去世后则被葬于别处。公元 4 世纪时成为基督教的教堂，后来在奥斯曼统治时期被改建成为清真寺。1988 年，该教堂与塞萨洛尼基的其他遗迹，以"塞萨洛尼基的古基督教和拜占庭纪念碑"的名义，成为世界文化遗产。

走到广场已是黄昏时分，人头攒动。晚上 7 点回到酒店，我来到顶层的餐厅，在此 360 度俯瞰城市景观。晚餐的头盘选的是海鲜汤，主菜是黑安格斯（Black Angus）牛眼肉，五分熟，散发着烤制后的香味，鲜嫩。

霞光慢慢散尽。回想着在塞萨洛尼基这座历史悠久的城市里的行走，我慢慢地体会出酒店业主和设计者的用心，他们试图建造一座具有设计意味的酒店，在这条海岸线上映出一道都会之光。

"天空之城"迈泰奥拉

第三天早晨 8 点 30 分，我在酒店门口登上一辆中巴，随团前往"天空之城"迈泰奥拉（Meteora）。一个半小时后，我们驶进一片形状奇特的砂岩山峰之间，可以看到有几座修道院建在山顶上。

　　相传早在 11 世纪，大批修道士就来到这片地区，在山顶建造起修道院。15 世纪的鼎盛时代曾有 24 座修道院，成为希腊东正教的圣地。这些修道院 16 世纪时的壁画，标志着后拜占庭绘画发展的关键阶段。此后慢慢衰落，目前只残留 6 座修道院。这一处处掩映在岩石林中远离世俗的修道院，营造了难以用语言形容的壮丽之美。1988 年，面积为 2.7187 平方公里的迈泰奥拉同时成为世界文化遗产和自然遗产。

沿着坡道，车子停在圣斯蒂芬修道院（Monastery of Saint Stefanos）前面。跨过一座木桥，进入修道院。

这座修道院位于海拔 528 米的高处，始建于 12 世纪。根据古老铭文的记载，当时有一位名叫耶利米（Jeremiah）的苦修士就曾居住在修道院所在的岩石上。从 15 世纪上半叶开始，在霍西奥斯·安东尼奥斯（Hosios Antonios）和霍西奥斯·菲洛塞奥斯（Hosios Philotheos）两位教士的主持下，对修道院进行重建。他们被认为是该修道院的创建人。

步入修道院的教堂，中央矗立着精美的木雕圣堂和木质圣像，四周的木雕墙壁精美绝伦。这座教堂建于 1798 年，属于阿索斯山（Mont Athos）建筑风格。

我来到库房，它位于一间建于 14 世纪的教堂样式的食堂里。这里陈列着精美的彩色手稿、早期印刷书籍、圣器和刺绣，据统计，该修道院目前存有 154 份手稿和 800 本古籍。

然后，前往鲁萨努修道院（Monastery of Rousanou）。这座修道院矗立在 484 米高的巨石上，从某一个角度看，仿佛悬浮在空中。

修道院的创始人是来自伊庇鲁斯的两兄弟——圣约萨帕（Joasaph）和马克西莫斯（Maximos），建成后还制定了苦修条例，组织各方信徒沉浸于隐修生活。

由于岩石顶部空间有限，修道院在建造时呈现出向上拓展的趋势。拱廊边设有一座小教堂，里面精美的壁画装饰由肖像画师佐尔采斯（Tzortzes）于 1560 年绘制而成。1565—1566 年间，这座修道院还设有一间缮写室，一位叫帕奇尼奥斯（Parthenios）的修道士专事抄写工作，如今该修道院保存着 40 份珍贵的手稿。

站在修道院的天台上，环视着塞萨利（Thessaly）山谷，四周 500 多米高的巨石群高耸入云，壮阔而苍茫。阳光透过云层在岩石间留下斑驳的影子。这一方秘境仿如上苍专为苦修士创造的灵魂之山。这些修僧一直在寻求着避世之地，终于心如所愿。众生呼唤诸神，这里的祈祷之声或许会离天庭更近一些。

Chapter V

The Legacy Gems of the World

世界的遗珍

阔别 10 年之后，我回到伊斯坦布尔。这座宏大的帝城中，留下深深浅浅的历史之痕。水波、耳语与灯塔的橙色投影重合而来。

我在亚德里亚海上搭乘邮轮，从杜布罗夫尼克启航，触摸地中海的往昔时光。然后，前往蔚蓝海岸。

当我静静地回想伊斯坦布尔，总会觉得它像是迷宫，让你舒心地徜徉其间，却始终无法触及它最深处的灵魂。

Istanbul

The Tranquil Hideaways

伊斯坦布尔：宁静之所

在充满历史传奇的 Pera Palace Hotel，在博斯普鲁斯海边的 Four Seasons Hotel Istanbul at the Bosphorus，在索菲亚大教堂旁的 Four Seasons Hotel Istanbul at Sultanahmet，碧波之外，聆听宣礼塔上空的吟唱，目光随着那吟唱来回舞动。

在那一刻，深邃的历史和短暂的个人记忆，叠合在一起。

千年宴散，繁华依旧入梦

出发和抵达都充满了谜团，但很少有这样的时刻，让人觉得深深地被迷惑。一些奇妙的感受只在瞬间产生，无法等候，也无法绵延，并总是稍纵即逝。

多年前，我第一次来到伊斯坦布尔时，仿佛梦游迷宫。

车子在高低不平的碎石路上疾驰，路边是一家家地毯店，地毯悬挂在窗口，发

出暖洋洋的光。有的店主悠闲地站在门口，等候客人，那场面宛若置身一部电影里。到处是人流，在昏黄的灯光下。远处是清真寺高耸的宣礼塔。

我预订的旅馆在老城区的最深处，连司机也不知道，他不断地问路，又很性急，车在满是人流和摊档的小街中开得飞快，每当车下坡时，我都会有瞬间失重之感。于是，一路上我不断地劝他慢慢开。我乐得将整个老城区慢慢看个遍。司机开着大灯，紧张地四周寻找。出租车在崎岖不平的老城区飞驰，像在历史的迷宫中穿行。

刚到旅馆的那天，从晚上 10 点多，每隔几小时，都会从宣礼塔的高音喇叭里传来吟唱，像是歌声，在夜空中，在 360 度的范围里不停地转动，时强时弱，以前是有人站在宣礼塔上，朝着不同的方向吟诵；后来我知道，每天有 5 个时段是祷告时分，那是坚定信仰的时刻。

次日，当我经过昨晚车子开过的地方，已看不到当时的景象，以至于让我觉得昨晚是否真的是一场梦境。

此刻，又是深夜。飞机抵达伊斯坦布尔机场时，已是午夜 2 点多钟。邻座的一对青年情侣，听说我将住在佩拉宫酒店（Pera Palace Hotel），那位小伙子说他的哥哥会来接他们，热情地邀请我坐他们的车子一起过去。

已有 10 年时间没来了。从机场出来，一路上感觉有不少新建筑在动工。一座我曾熟悉的城市，现在似乎在变为一个巨大的工地，喧闹而充满了活力。

拐入独立大街（Istiklâl Caddesi）的入口，这是城中的时尚大街，这个时分也看不出其繁华来。终于来到佩拉宫酒店，大门关着，显得神秘。我轻轻敲门，里面的两位门童迅速出来开门，将我迎了进去。毕竟已是冬日午夜的 3 点多了，路上行人稀少，深夜入住，更加增添了几丝神秘的气息。

行李员帮我提着行李，引导我走到 110 房间，这属于佩拉景观豪华客房（Deluxe Pera View Room），走进门厅，向左转，是一个偌大的长条空间，一张宽大的床，再往外是沙发和书桌，有宽大的落地门。行李员指着床边的一个按钮说，这是窗帘的开关。往右转，是一个小的操作空间，放置着咖啡机等设施；旁边是宽大的衣橱。再往里是洗手间，面积比较大，外间有浴缸，里间是淋浴设备。整个房间保留了白色卡拉拉（Carrara）大理石地砖和精美的穆拉诺（Murano）水晶枝形吊灯，弥漫着一种古雅的情致。我很快洗漱上床，酣然入眠。

早间的晨光照在落地窗帘上，一片金黄。用完早餐后，我走出那扇旋转门，端详着这座传奇的建筑。这家酒店的兴建与"东方快车"紧密相关。从 1883 年起，始发于巴黎的东方快车，经过大约 80 个小时的运行，抵达终点伊斯坦布尔。列车上的一些乘客都是贵族，而在当时，伊斯坦布尔还缺乏相应的豪华酒店，为了让这些达官贵人有一个优雅的居停之处，佩拉宫酒店应运而生。

酒店由法裔土耳其建筑师亚力山大·瓦罗历（Alexander Vallaury）担纲设计，他将新古典主义、新艺术风格和东方情调融合，设计出这座地标性建筑。瓦罗历此前承担了伊斯坦布尔其他重要项目，包括奥斯曼银行总部和伊斯坦布尔考古博物馆。该酒店从 1892 年动工兴建，1895 年举行盛大的开幕式。当时客人使用的所有香槟和昆庭（Christofle）银器，都是从法国通过东方快车运抵伊斯坦布尔的。

这家酒店开启了伊斯坦布尔奢华酒店的历史，也成为土耳其历史最悠久的欧洲风格酒店，在技术层面也有不少突破，这是此地第一座也是唯一的电力驱动的大型建筑，也是唯一能为客人供应全天热水的酒店，同时还安装了伊斯坦布尔的第一部

电梯。这些设施，比起奥斯曼帝国同期的其他宫殿都要先进很多。即使在楼梯台阶高度的设计上，也充分考虑了人性化的需求。当时其他建筑物的楼梯台阶高度一般在 14 厘米—15 厘米，而在这里只有 12 厘米高，上下楼梯明显舒适许多。

这家酒店很快就成为一处名流必到之所。来自世界各地的高贵客人，曾穿过这道大门，来到这里。他们中至少有 6 位总统，11 位国王和 39 位知名作家，其中包括国王爱德华八世（King Edward Ⅷ），伊丽莎白女王二世（Queen Elizabeth Ⅱ）、弗兰兹·约瑟夫皇帝（Emperor Franz Joseph），名流杰奎琳·肯尼迪·欧纳西斯（Jacqueline Kennedy Onasis）和艾尔弗雷德·希区柯克（Alfred Hitchcock），还包括谍战史上的 3 位间谍——艾利萨·巴兹纳（Elyesa Bazna）[化名西塞罗（Cicero）]，玛塔·哈里（Mata Hari）和基姆·菲尔比（Kim Philby）。这座宽大的大厅中，华丽的吊灯曾照亮了聚会和晚宴。作为现代时尚的先驱，伊斯坦布尔举行的第一次时装秀，也是于 1926 年在此举行的。酒店如一个隐身的观察者，目睹了奥斯曼帝国的衰落，还有土耳其共和国的成立和两次世界大战。这是何等漫长的见证。

曾有多少人和我一样，走进这一扇转门，稍加停驻。上次我来时是 10 年前。一晃时光飞逝而去。进入酒店，会感觉有一股气流在流动。佩拉宫酒店也是伊斯坦布尔第一个以钢铁结构为基础的现代化建设，同时还开启了新风流动的模式，创造了自然空调的效应。

我走进 Kubbeli Saloon，中央的案几上放满百合花，抬头仰望，彩色玻璃圆顶有着花瓣结构，这种花瓣是可以自由调节的，从而让新鲜空气流通。

这里提供伊斯坦布尔精英阶层传统的下午茶。设计师阿诺斯卡·何佩（Anouska Hempe），在 2012 年开始对这里进行改造，他采用酒红色和黑色为主的颜色设计方案，配以金色的吊灯，让人在刹那间回到美好年代。

我在此享用下午茶。这里始终有贵族风格下午茶的拥趸，不少英式银器已经使用了 120 年之久。一位 70 多岁的钢琴师，站着边弹边唱。从法语的香颂到美国的民谣，他越唱越嗨。几位客人也围着他，一同吟唱起来，散发着往昔般的华丽与优雅气息。现在沙龙的中部被改造成图书室，书香诱人。靠近窗口，桌子上摆放着老式的摇头电风扇。从色彩玻璃上溢出的光美好而温暖。

通过一道拱门，就到了酒店的东方酒吧（Orient Bar & Terrace）。浅黄色的玻璃窗搭配蓝黄相间图案的窗帘。海明威曾是这里的常客，他经常手握一杯酒，在此放松片刻。葛丽泰·嘉宝也曾定期来酒店闲居，她很珍惜在伊斯坦布尔度过的日子，坐在酒吧的窗台边，瞥视窗外，总觉得是在做着白日梦。

在酒店公关经理迪尔萨特（Dilsat）的陪同下，我来到 101 房间。这里曾是穆斯塔法·凯末尔·阿塔图尔克总统（Mustafa Kemal Atatürk，1881—1938）长期居住的房间。他从 1917 年起在此居住并会见了不少友人。

走进这间套房，有棕色的家具，墙面上挂着不少阿塔图尔克的照片，玻璃柜中平放着他穿过的浅色西服和衬衣。他睡过的那张床也很简单，宽约 1 米 5，迪尔萨特指着另一个柜子中悬挂着的挂毯，说上面绣着有一种叫 Chrysanthemum 的花，这种花只在 11 月开放。花朵的上面绣着一只钟的图案，显示的时间是 9 点 07 分。这件礼物是国际友人送给阿塔图尔克的，却不承想成为暗示他生命历程的一个坐标。1938年 11 月 10 日，清晨 9 点左右，阿塔图尔克在多玛巴切皇宫去世，享年 57 岁。据说他去世时，那座宫殿中所有的钟都停摆了，指针都停留在早晨 9 点 05 分的位置。我惊叹于这种历史奇妙的巧合和暗示。

从 1981 年，阿塔图尔克的这个房间变为一座小型博物馆，展示他的个人用品，包括书籍、杂志和明信片，从 2010 年起对公众开放。也正因为这间故居，该酒店享有了"博物馆酒店"的地位。

乘坐老式电梯，来到 411 房间。我曾在 10 年前参观过这个房间，里面有一些变化。当时门上镶着阿加莎·克里斯蒂（Agatha Christie，1890—1976）名字的牌子，房间并不大，还保留着她下榻时的陈设——两张 1 米多宽的单人床，一张书桌，墙上挂着阿加莎·克里斯蒂的黑白照片，还贴着当年报纸的复印件。

现在房间里的陈设时髦了不少。尽管墙上还挂阿加莎·克里斯蒂的黑白照片，案几上放着一架 Underwood 牌子的老式打字机，但那种浓重的历史感和陈旧感，似乎已经褪色。

佩拉宫酒店接待过很多名人，但真正使佩拉宫声名远播的，恐怕与阿加莎有关。这位创作了《尼罗河惨案》（Death on the Nile）等推理小说的才女，曾于 1926 年至 1932 年间，多次入住佩拉宫酒店。

当时，这位女作家在佩拉宫酒店的 411 号房间，完成《东方快车谋杀案》（*Murder on the Orient Express*）一书的写作。因为对于阿加莎来说，佩拉宫酒店和"东方快车"绝对是寻找灵感最明智的选择，在这个东西方文化的交汇点，妻妾成群的土耳其王公，身携巨款的美国商人，还有为躲避暗杀，整天提心吊胆的保加利亚王子……形形色色的房客，为她提供了取之不尽的素材。

在 411 房间里，管家曾在地板上发现了一枚小小的钥匙，可能是阿加莎带锁的日记上的。在日记里面，曾记录着些怎样的故事？这个细节在多少年之后，仍让人浮想联翩。

我入住前的一个星期，也就是 10 月下旬，这里刚举办了"伊斯坦布尔黑色主题周（Black Week Istanbul）"，这是一项以犯罪小说为主题的文化沙龙活动，所以被命名为"黑色主题",介绍了一系列的犯罪小说大师,其中的领军人物当然少不了阿加莎·克里斯蒂。她 70 多岁的孙子也从英国赶来参加这一盛会。

吟读这些经典作品,那个奢华、诡异而危机四伏的年代有些久远了,计谋深远,分析到位,还多少保留着古典的美感和风范。说到底,那是贵族时代的爱恨情仇。而现在,人们似乎更喜欢赤裸裸的仇杀和血腥,连犯罪都失去了耐性,变得直截了当,迫不及待地要跳出来,不知道阿加莎·克里斯蒂该怎么来看待当代的犯罪问题?

午后时分,我从酒店出发,步行大约 15 分钟就到了加拉塔(Kulesi),这是伊斯坦布尔新城区的标志性建筑。

我来到独立大街,这是伊斯坦布尔最繁华的大街,长 1.5 公里,这里遍布时装店、电影院和咖啡馆,我悠闲地开始一番时尚巡礼,在这里找到一家古玩店,发现了一枚航海指南针,黄铜双盖,直径 6 厘米,1920 年制造于荷兰,外配一个小巧的真皮保护袋,可以穿在皮带上随身携带。在黄铜上盖的内面,以细小的英文字体刻着美国诗人罗伯特·弗罗斯特(Robert Frost,1874—1963)的诗篇《未择之路》(*The Road Not Taken*)英文原诗的前两段。整个诗篇是这样的——

Two roads diverged in a yellow wood,

And sorry I could not travel both

And be one traveler, long I stood

And looked down one as far as I could

To where it bent in the undergrowth;

黄色的树林里分出两条路,

很遗憾我不能同时去涉足

身在旅途,我久久伫立

对着其中一条极目远眺

直到它蜿蜒进灌木林的深处;

Then took the other, as just as fair,

And having perhaps the better claim,

Because it was grassy and wanted wear;

Though as for that the passing there

Had worn them really about the same,

然后我选择了另外一条，亦然合理，

也许这是更好的抉择，

因为它荒草萋萋、更少踏足；

虽然在这两条小路上

都很少留下旅人的足迹，

And both that morning equally lay

In leaves no step had trodden black.

Oh, I kept the first for another day!

Yet knowing how way leads on to way,

I doubted if I should ever come back.

那天清晨落叶满地

两条小路均无人踩踏。

哦，我将另一条路留给了明日！

我明知路径相通无尽期，

却不知该如何回返。

I shall be telling this with a sigh

Somewhere ages and ages hence:

Two roads diverged in a wood, and I——

I took the one less traveled by,

And that has made all the difference.

我将轻声叹息倾诉往事

从此后，岁月遗留他乡：

森林中有两条路，而我——

选择了人迹稀少的那一条，

从此改变了我的一生。

这曾是我特别喜欢的一首诗，没想到在这样的指南针盖子上，再次读到了它。于是，这枚指南针成为我此行的一件特别礼物。

从喧闹的大街回到酒店，走进那道门，一切又都安静下来，仿佛从一条时间的激流中，退回到一座华丽的孤岛上。这座孤岛，像现实般坚韧，又如幻境般盎然，所有的历史与传说，还有那些再也无法解开的谜团，潮水般地退去又涌来，叠印成一处重合的坐标，任后人反复地聆听与吟唱。

博斯普鲁斯海峡之畔

伊斯坦布尔在历史上曾经作为古罗马帝国、拜占庭和奥斯曼帝国的首都，持续了近 16 个世纪。伊斯坦布尔是世界上唯一横跨欧亚两个大洲的城市，处于东西方的十字路口上。32 公里长的博斯普鲁斯海峡连接着马尔马拉海和黑海，也连接起亚洲和欧洲海岸的两翼，而金角湾（Golden Horn）则把伊斯坦布尔的欧洲部分，分为"古老"和"现代"两个部分。

沿着金角湾向上，博斯普鲁斯海峡的海岸向北延伸，是伊斯坦布尔充满国际大都会气息的社区，沿岸散布着古雅的宫殿，秀木成林，还有以前奥斯曼精英建造的水边住宅（Yali），当时一直是他们的避暑胜地。严格的法律，保护了这条海岸线的传统风貌。唯一变化的是海峡中不断驶过的游艇和捕鱼船，在海岸线的繁茂的山丘

之间，穿梭往来。

车子从塞拉甘大街（Çırağan Caddesi）驶入一座幽静的庭院。绕过一方水池和喷泉，沿着弧形的车道，抵达玻璃覆盖的入口，门童热情地迎上来，伊斯坦布尔博斯普鲁斯海峡四季酒店（Four Seasons Hotel Istanbul at the Bosphorus）到了。蓝天深碧，一群鸥鸟飞过水池旁一株高达 15 米的乔木，线条优美。

走进我的 1105 房间。光线通透，拉开落地大窗，明亮如镜，午后清爽的风拂来。窗外是院落和滨水平台，一些宾客在喝下午茶。50 米之外，就是博斯普鲁斯海峡，不时有一两艘游艇轻轻地驶过。波澜不兴。客房的设计，采用了当代家具，同时混合了奥斯曼传统风格，手绘天花板图案，尽显微细之美，手工制作的"海瑞弗"（Href）镜子和土耳其版画装饰着墙壁，古意盎然。

这里早先是一座被称为

"阿提克·帕夏"（Atik Pasha，其中 Atik 意为"贵族"，Pasha 意为"总督"）的 19 世纪奥斯曼宫殿，当时几个宫殿合称为"费里耶宫"（Feriye Palaces），地处博斯普鲁斯欧洲海岸的苏丹夏宫旁边，当时是作为预备的水边贵族住宅兴建的。酒店的两翼，是在原始宫殿的背面添建而成的，木窗、黄铜屋面和灰泥饰面，保持着对旧宫殿建筑的诠释，形成了建筑学上的 3 条线，围拢起酒店入口的景观花园和上下层叠的水池。19 世纪的奥斯曼宫殿建筑，与现代优雅的滨水环境相得益彰。明亮，低调，内饰结合着海岸风格，并与土耳其的装饰和传统艺术相融合。

漫步在酒店宽阔的花园。190 米长的滨水平台之外，游艇和渡轮不断地驶过。这里有加热泳池、酒吧凉亭和婚礼花园。平台上有一个私人码头，可以停靠小型游艇。一群衣着鲜亮的人士，在夕阳下，直接从码头登上了一艘豪华游艇。

在岸边我发现了一面高约 1 米、宽约 1.5 米的玻璃装置作品——当我站在这面玻璃的南侧，朝博斯普鲁斯大桥方向眺望时，玻璃里面会出现我身后海面的反光；若站在玻璃的北侧，向蓝色清真寺方面张望时，玻璃中又会出现大桥的影子。这面玻璃不仅通透，而且把 360 度的景物全部收纳，仿佛是一面奇特的历史镜子，让人看到身后建筑的历史背景，同时看到前面桥梁的宏伟跨越。

伊斯坦布尔位于地中海东北侧的端点，是亚洲最西面的终结点，欧洲最东面的起始点。人们可以在亚洲吃早餐，在欧洲喝下午茶，在亚欧分界线上吃晚餐。

这个平台的下面，是一个 2100 平方米的 Spa，包括 3 个传统的土耳其浴池（Hammams），延续着四季酒店的尊尚标准。

我在酒店公关的陪同下参观套房。顶层套房（Palace Roof Suites）的浴缸和玻璃灯笼，表现出设计的现代优雅感。走上屋顶露台，博斯普鲁斯 180 度地展现在眼前，还有古老城市那并不太遥远的天际线。在二楼的总督套房（Atik Pasha Suite），有豪华的门厅和 3 间卧室，还有一间可容纳 10 位客人的餐厅和一间书房，并配有土耳其传统浴室和蒸汽房，共 260 平方米，享乐尽在其间。

酒店室内设计的灵感来自这里的环境：深深浅浅的水，博斯普鲁斯海峡闪闪发光的颜色，从亮银到灰褐色，而光洁的大理石和冷静的蓝色玻璃，则传递出滨海度假区的轻快气息。酒店里展示着 18 世纪的艺术家和建筑师安托万·伊格纳斯·梅林

（Antoine Ignace Melling）的多幅版画，从而唤起人们对博斯普鲁斯海峡旧时光的追忆。而几何装饰图案、手绘天花板、土耳其地毯和大理石的镶嵌，则全面展现了当地工匠的才华，使奥斯曼式的优雅全方位呈现。

夜晚，灯光迷醉，滨水平台正对着博斯普鲁斯海峡，晚间很凉，座椅旁竖立着煤气取暖器，有阵阵暖风吹来。我遇到一位优雅的女士，她说每到夏季，这片平台上坐满了消夏的客人，根本找不到空位。而现在只有一些在此喝着饮料，眺望夜色海峡的宾客。不远处是 1.5 公里长的博斯普鲁斯大桥，在奥塔科伊（Ortaköy）和贝勒贝伊（Beylerbeyi）两个地点上，连接着欧洲与亚洲。晚间，桥上的灯饰变幻着色彩，灯光明灭于尘影之中。

往南眺望。不远处的海面上矗立着少女塔（Kız Kulesi），白色的灯光每隔 3 秒闪动一次。从中世纪拜占庭时期以来，这座塔就矗立在博斯普鲁斯海峡南入口的一个袖珍小岛上，小岛离 Üsküdar 海岸 200 米远。

这个小塔充满传奇。在基济科斯（Cyzicus）海战胜利后，古代雅典将军亚西比德（Alcibiades）在小岛上设立了海关，检查进入黑海的船只。1110 年，拜占庭皇帝亚历克修斯一世（Alexius Comnenus），在此矗立着一个木质塔，并砌上石墙进行保护，还将铁链从塔上一直延伸到欧洲一侧的海岸。1453 年，奥斯曼征服君士坦丁堡后，该塔成为一座瞭望塔。1998 年，杰姆斯·邦德的电影 *The World Is Not Enough* 曾在这里取景。这里也是伊斯坦布尔知名的景点，经常出现在旅游画册的封面上。

关于这座塔有着很多传说，其中最流行的是——古代的土耳其，皇帝有一位心爱的公主。一天，神谕预言在她 18 岁生日那天，将被一条毒蛇咬死。皇帝为了避免公主早亡，想方设法要让她离开土地，这样就可以远离任何毒蛇。最终，在博斯普鲁斯海峡中的袖珍小岛上建立了这座塔，让小公主住在里面，直到她 18 岁生日。

终于到了公主的 18 岁生日。皇帝他很高兴能阻止预言，带了一篮子异常丰盛的水果，作为生日礼物来看望公主。公主把手伸进水果篮，这时，一条藏在水果中的小毒蛇突然咬住了她。最后，她不幸死在了父亲的怀抱中。神谕还是灵验了，此后，这座塔被命名为少女塔。

我把 400 毫米的镜头装上相机，放置在三脚架上，对准少女塔长时间地曝光。过往船只上的灯光，与灯塔之光融合，组成了一幅幅超现实的图画。这些灯影，是时间的轨迹，以灯语温柔地述说着往事。

回到大堂我继续拍摄。玻璃橱柜内陈列着精致的水晶茶杯，这是喝传统土耳其红茶的茶具，其中一只底部有类似蕾丝织物的装饰。礼宾处的一个小伙子走过来，顺着我镜头的方向，说："这些茶杯多美啊，多像女人那美妙的身体，那蕾丝像似裙摆。"我点点头。所言极是。

从四季酒店的滨海区域出发，向南不远处就是多玛巴切皇宫（Dolmabahçe Palace）。它建于 1843 到 1865 年间，里面充满洛可可、巴洛克风格和新古典主义的设计，以满足当时苏丹阿都曼西德一世（Abdülmecid I）对于现代感的追求。其中包括一个 36 米高的水晶楼梯，呈双马蹄形，由巴卡拉（Baccarat）水晶、黄铜和红木打造而成。

里面的王座室，有超过 3600 公斤的水晶吊灯，4 吨的黄金和大量的马尔马拉海名贵的大理石地砖。这也是土耳其最大的一座宫殿，共有 285 个房间、46 个大厅和 6 个土耳其浴室，面积为 45000 平方米。宽阔的礼仪大厅悬挂着世界上最大的波希米亚水晶吊灯，这是维多利亚女王赠送的礼物，整个吊灯有 750 个灯座，重达 4.5 吨。宫殿内收藏着世界上最大的巴卡拉水晶吊灯，还有一面由沙皇尼古拉斯赠送的熊皮地毯，已经超过了 150 年的时间。

1924 年后，夏季阿塔图尔克在这里居住。他生命的最后时刻也是在这里度过的，他最终在宫殿里的一间卧房里去世。目前宫殿中其他的钟都已恢复为土耳其的实际时间，但在这间卧房内，时钟依然定格在 9 点 05 分。"My humble body is going to be soil one day. However Turkish Republic is going to live forever."（我卑微的身体有一天将化入尘埃，但土耳其共和国将永远延续下去。）这是他广为传诵的一句名言。

屋顶上方的吟诵

两天之后，我转到另一家四季酒店。车子一路向南，驶入老城区。然后沿着索菲亚大教堂旁的一条碎石路前行，右侧是一座褐黄色墙面的方形建筑，墙面约有三层楼高，我猜测不出这里曾经是什么建筑。车子在方形建筑西南面的大门前停下。这是伊斯坦布尔苏丹阿赫麦特四季酒店（Four Seasons Hotel Istanbul at

Sultanahmet）。

酒店的客户经理迎上前来。他带着我走进这一隐秘之处。我问起这座建筑的来由，他介绍说，这里以前曾是一座新古典主义建筑风格的监狱，建于1918—1919年间。整个建筑外观呈方形，只有三层楼。建筑的中央是一座庭院，有花露台、凉亭、草坪和香草花园，繁花盛开，以前是囚犯每天放风的地方。

他说，这家四季酒店开业于1996年，酒店方并没有买下这片建筑，只是签下了42年的租约。这家酒店的环境，在整个四季集团中也是很有特色的，2014年被一家旅游杂志评为"欧洲顶级小型城市酒店"（Top Small City Hotel in Europe）。

当年这座监狱的西南翼，原始结构保存最为完好，所以改建成现在的入口、大堂、前台和酒吧。大门处的石雕、木雕制品和装饰瓷砖，由土耳其知名的艺术家哈菲兹·穆罕默德·阿明（Hafiz Mehmed Emin）设计，那扇木质大门还是原始监狱的大门，走进去，一条走廊有着多个拱形设计，向南通向休息厅，地面上铺着古董地毯，墙面上悬挂着华丽的奥斯曼挂毯和油画作品，而帖木儿·克里姆·因塞达伊（Timur Kerim Incedayi）的壁画作品，则进一步渲染了奥斯曼的风格，包括在"蓝厅"（Blue Room）、"钢琴酒吧"（Piano Bar）等休息室和大堂区，也增加了观赏性。庭院中的Seasons餐厅，是以玻璃为主材料的设计风格，以烘托花园的繁茂。

在这个特殊的建筑中，酒店的内饰延续着奥斯曼遗产、拱形门廊、新古典风格家具、土耳其沙发和装饰艺术品，营造出明亮的空间效果，并以一种简洁庄重的气氛，强调地理位置的神秘和特殊性。酒店完整地保留了那些历史的细节，让人们可以回望那些迷人的历史之痕——从原来的碉楼即现在电梯旁的铜环，到以前囚犯刻在大理石柱上的凄美文字和图案，再加上应用本地材料的进一步装饰，从而延续了这座特殊建筑物的历史文脉。

走进我位于二楼的房间，很是宽敞，首先是一个休闲区域，沙发上的墙面上贴着土耳其传统的花纹墙纸，灰蓝色图案的沙发素雅，茶几上放着欢迎果盘。42吋等离子电视下方的橱柜上放着当地出产的红酒，各种小食品以土耳其风格的艳亮瓷器盛装着。往里走有宽大的书桌，午后的阳光照在大床上。床头有两个细细的床柱，像清真寺的圆顶和尖塔，床头的墙上挂着传统的织物。整个房间铺着传统的平织地毯（Kilim），洗漱间以大理石装饰墙面，配有浴缸和淋浴设施，还有一个小电视，马赛克的镶嵌细节注入每个角落，所有这些都在反复地强调土耳其文化的主题。

整个酒店只有 65 间的客房和套房，却有 347 扇窗户，我的房间就有 3 扇高大的落地窗。素雅的内饰具有温暖自然的色调，它与充满活力的庭院和历史古迹相映成趣。当地艺术家胡利亚·弗纳尔·伊凯扎古（Hulya Vurnal Ikizgul）的三维镶嵌艺术品，让室内与庭院之间产生平滑的过渡效果。

走廊的两侧，那些原始的内饰细节、大理石雕和土耳其奥斯曼风格的瓷砖，让人的艺术灵感涌现。三层顶部的露台（A'YA Terrace），是一处典型土耳其风格的休闲区，夕阳正醇，视野舒展——我的身后是泛着金光的马尔马拉海，我的右前方不远处就是索菲亚大教堂，左侧稍远处是蓝色清真寺。正值整点时间，索菲亚大教堂宣礼塔的吟唱响起，如此悠扬。

蓝色清真寺（Sultanahmet Camii），有 6 座细长高耸的宣礼塔，是伊斯坦布尔最显著的地标之一，建于 1609—1616 年，由苏丹艾哈迈德一世（Ahmet I）下令兴建，采用了 21000 块罕见的伊兹尼克（Iznic）瓷砖，以蓝色调为主，17 世纪时，又增加了从威尼斯进口的彩色玻璃窗。我曾徜徉在其间，并坐在窗棂前阅读。

索菲亚大教堂（Hagia Sophia，土耳其语是 Ayasofya），这个名称来自希腊语，意为"神圣智慧教堂"，建于 537 年，曾是拜占庭帝国最大的教堂，延续了 900 多年的时间，一直是希腊东正教的教堂。1453 年，穆罕默德二世（Mehmet Ⅱ）在君士坦丁堡获胜之后，该教堂被强势转换为奥斯曼帝国的清真寺。出于对美的尊重，他下令基督徒将教堂的马赛克和壁画用石膏和油漆层来覆盖，而不是将其毁坏。后来，当这些保护层去除之后，那些精美的艺术品瞬间让时光回溯到 15 个世纪之前。

此时，蓝色清真寺的吟唱也随之响起，彼此呼应，我的目光就随着这动人的吟唱，在两座宏大的历史建筑之间移来移去，像舞动的历史目光，在这一方时空，完成了一次又一次的跨越。也只有这时，那些由无数优美传说与神奇掌故组成的绵密历史，瞬间舒展开来，让人慢慢地从前身看到后背，那是浩如群星般的往事，让人顿生荡气回肠之感。

有些人可能对伊斯坦布尔的宏大和深邃感到迷醉，如果置身于庞大的"大巴扎"（Grand Bazaar）里，则更会有迷失之感。这里的确太大了，曾经在很长的时间里雄踞全球最大集市的位置。当然现在不是了，但那种奥斯曼帝国的遗风犹存。

这里是历史爱好者、古玩收藏家和皮草控的最爱。宏大的穹顶下面，温暖的灯光，干净的甬道，媚惑的音乐，仿佛随时会从时间的尽头跃出一位跳肚皮舞的妖冶女子。历史和艺术在此凝固，成为一块令人迷恋的飞地，它在一定程度上脱离时空而存在，但并不隔绝，随着一种欧洲流行骗术的蔓延，异乡人可能会在此与西装革履的骗子来一场斗智斗勇的遭遇。

这是当地人最喜欢闲逛的地方。事实上，"大巴扎"也是伊斯坦布尔最为吸引人的地方之一。据说，这个大巴扎可以追溯到 15 世纪，有超过 4000 家店铺，从而构成一座巨大的迷宫，这里以销售金银首饰、灯具、地毯和皮革制品为主。

我开始慢慢地转悠，集市空气中弥漫着土耳其香料的味道。

一家古董店，摆满了首饰，那些耳环、项链、戒指都带着历史的痕迹，美得让人目眩。当女人戴上它们的时候，时光似乎倒流，镜子里的她，仿佛是正在为晚宴梳妆的贵妇，让你不禁疑惑谁曾是它们的主人；而男人有幸的话，可以觅到一把奥斯曼帝国时期的土耳其弯刀，精美的手工雕饰，镶着金线的刀柄，握在手中就像握着悠远的历史。

这里的宝藏，并不单指某些价值连城的文物，它也指向一种生活情调。这里上好的地毯，价格在每英尺几百美元起价，不少银制器皿也要几千欧元，但更重要的是这里悠闲的生活。

大集市的深处，彩灯越来越多，古旧的廊柱支撑着华丽的拱顶，具有典型的波斯式韵致和奥斯曼式的情调。咖啡馆里坐满了客人，还有人靠着廊柱画水彩画，在他们的笔下，那些在现实中黝黑的场景变得鲜艳起来，仿若剥去了时间的外壳，又露出绚丽的色彩。

我走进一家 10 年前曾来购物的 Prens 皮衣店，购买了一件称心的羊剪绒中长款皮衣，设计相当有特色。这家店像一个小小的坐标，让我追忆起飞逝而去的 10 年时光。

异乡人在"大巴扎"，有时会遇到一两个穿着西装的男子。他们一般先会扬一扬手里的小塑料壳子，说要看你的护照时，这很有可能是遇到了骗子。

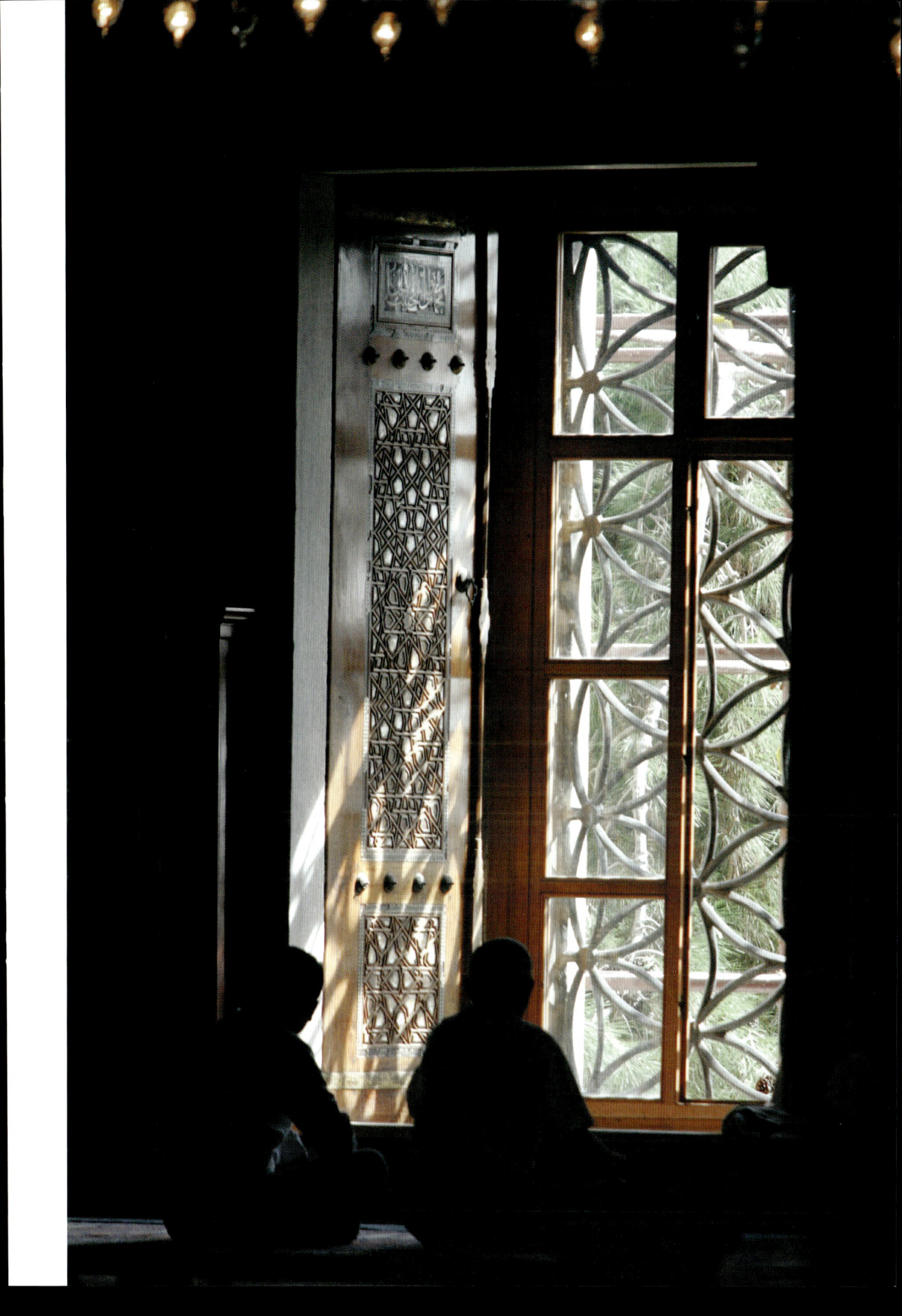

　　我第三次去时，出来时已是傍晚。在"大巴扎"出口处，我蹲下去将买的东西放进背包里，离我不到 3 米的地方，靠墙站着一个穿着西装的男子，对我说："Police, your passport"，我站起身来，望左边一瞥，大门下面倒是站着一个矮个子的警察，再回过头来，看见那男子目光阴险。

　　他要看我的护照，又来这套骗人的把戏？我对他微笑一下。

　　1999 年我在米兰就见识过了。这是主要针对东方人的偷窃行为。一种欧洲的流行骗术。因为不少东方人喜欢将护照放在钱包里，假警察（其特征是没有穿制服，也没有证件，你坚持要看他的证件时，对方顶多把一个小破塑料套扬一下），他们以

云上四季

检查护照为由，往往还会和气地告诉你此地治安不太好，要多加小心之类的话，你还以为遇到了好人。而对方乘人不备，会以极快的速度偷走一些钱，然后将钱包还给你，等过后你发现少了好几百美元，大呼上当时，已为时晚矣。

我瞟了那男子一眼，告诉他我是来购物的，我没带。另外，我是作家，从中国来的。本来他还想坚持要看我的护照，一听我是作家，就只好收敛了。

显然，我遇到一个假警察。

不远处的埃及香料市场是另一个迷人的场所，对我这种讲究厨艺的人来说觉得很有趣。古旧的拱门里，有各种各样的香料，五颜六色整齐地摆成图案，一个木盒子里分格子放着红胡椒、黑胡椒、芫荽、白胡椒和藏红花，里面还有一个黄铜制成的胡椒研磨器。

这些香料的历史同样可以追溯到几百年前，1497年，达·伽玛从里斯本出发，经过两年的航行，发现了通向印度的航线，首次将东方的香料带到了西欧。其实在更早的时候，处在欧亚交汇之处的伊斯坦布尔，就成为香料的长盛不衰的集散地，那种覆盖历史的芳香早已成为不朽的记忆，并且至今还吸引着那些远道而来的女子们。因为在异域文化中，香料总是占据着重要的位置，馨香若兰。

集市里可以看到不少帅哥。他们大都有着深邃的眼睛，有时太炽热或深沉而让人觉得含有一种情欲的意味。土耳其人本是尚武民族，英武之气魅力十足，而今，他们时尚又明显带有异域情调的装束，尽显土耳其式的奢靡、专注和暗含力量的慵懒。

大集市的一个出口处有一家古老的土耳其浴室，不少人在此体验身体的放松和惬意。洗去的是劳累、污垢和疲惫之感，而那些溅起的水花就像智慧之水，涤荡尘埃。

大集市在被叙述的同时，本身就是一个热心的述说者，只是在更多的时候，缄默不语。从一杯红茶到另一杯红茶，从一幕肚皮舞到另一幕肚皮舞，从一场土耳其浴到另一场土耳其浴，不变的是更替的节奏，变化的是繁华的人间。

离圣索菲亚大教堂西南角不远处，一个不起眼的建筑门口总是排着不少人。这是地下水宫（Yerebatan Sarayi）的入口。该水宫建造于527—565年间，即拜占庭帝国皇帝查士丁尼一世（Justinian I, c. 482—565）统治期，也被称为"查士丁尼水宫"，水宫内部长140米，宽70米，储水量约10万吨。

该水宫殿原来是为确保皇宫供水而建，但从奥斯曼帝国时期废弃

了。后来于1987年修复。如今，游人可以沿着木栈道，徜徉在这个由336根石柱支撑的奇特建筑中。由于这里有着极好的声学效果，经常会举办流行音乐会，有意想不到的吸引力。

沿台阶而下，一个奇特的水宫在面前延伸。整齐的柱子从水面升起，排列成一个方阵，红色的射灯给整个空间增加了一种迷幻色彩。石柱之间是静静的水，倒影清晰，构成现实与虚幻的双重意境。摄影时，由于长时间的曝光，站在水边的人们成为虚影，更增添了梦意。

往里走，在绿色灯光的照射下，鱼儿们在慢慢游动，像从历史深处游来，加深了非现实之感。在没有阳光的地方，那些鱼儿更像是梦的精灵，而那水，也似梦境中的溪流。

在柱子之间建有回廊，不时有水滴落在我的头发上、肩膀上，人们就在这里梦游般地行走。

再往深处，一些人围着一根巨大的石柱观赏。那是雕刻在石柱底部的一个巨大头像，侧卧的是美杜莎头像。一个红衣小女孩站在旁边，晶亮的大眼睛在好奇地张望。

这里是如此奇特，以至于成为几部影片的拍摄场地，还曾被伊斯坦布尔艺术双年展作为分会场，展现带有幻想色彩的音乐声画作品。

出口处的餐饮区里，几位演员正在调试乐器，一场土耳其传统音乐会就要开始了。伊斯坦布尔有几处秘境，一不留意便会错过。

在历史奇迹面前，首先是唤醒，然后是沉醉，这时，唤醒和沉醉其实是描绘同一种状态——忘我。

告别的时刻终于到来。

从老城区驶往机场的路上，几块广告牌迎面而来，一座历史深厚的城市渐渐远去，真正不会老去的只有记忆，由历史、文字和思索之人所组成的集体记忆，才真正无法改变。

一块广告牌上的文字是"A gap two continents"（一个海峡，两个大陆），我突然发现这个"gap"用得很妙，"gap"的本意是"裂缝"和"间隙"等意思，这里所指不仅是地理上的鸿沟，更是指东西方文化中的差异。这里汇集的是一个空间，4 种文明，而我在这个迷幻般的空间里，轻轻触摸两个大陆的肌理与边界。

出租车的收音机传来的是 Ney 的旋律。Ney 是一种类似笛子的吹奏乐器，声音哀伤婉转。所有的历史忧愁尽在无言的旋律中。

期待太长，时间太短，除非可以与它一同生活千年。

在伊斯坦布尔，西方人在寻找东方，东方人在寻觅西方，也许彼此共同寻找的是中世纪的迷梦。而对我而言，这更是关于奢华、信仰和中世纪的深厚历史之旅。

尽管伊斯坦布尔也是忙碌的，但它并不焦虑，历史的深厚足以让其淡定、自豪和富足。说到底，伊斯坦布尔是自恋的，在不忘记过去的同时，恪守着自己的诺言，而我在这里的假日里，忘记了宴散。

在这条看不见的金色航线上，时间和历史终将翻卷过来，把我们合在掌心。那些顽强的愿望，让我们不断追忆穿梭而过的时光。

充满祈愿的时光。

From Adriatic Sea to Côte d'Azur

The Journey of Exploring Gems

从亚德里亚海到蔚蓝海岸

我从杜布罗夫尼克启航，南下黑山共和国的科托尔，然后北上，抵达克罗地亚的希贝尼克、特罗吉尔和斯普利特，触摸古希腊时代的文明；

接着前往赫瓦尔岛、姆列特岛和科尔丘拉岛，感受和煦之风。

而对于已经领略过蔚蓝海岸明丽之美的人来说，当他们初探埃兹时，还是会惊讶：怎么会有这样一个古意盎然的鹰巢村，蜿蜒在一片蔚蓝之上？

杜布罗夫尼克，天堂的另一种含义

　　飞机舷窗之下，是亚得里亚海东岸的景色，岛屿密布。10分钟后，抵达杜布罗夫尼克机场。我出了机场，驱车沿着海边的公路疾驶，此刻晚霞满天。驶过古城，向左拐进一条安静的小路，不久就来到一处停车场。迈进一座玻璃电梯，向下来到Villa Dubrovnik酒店的大堂，我看到大堂接待处的人员热情地迎接我的到来。

　　我预订的房间与接待处同在四层，客房有时尚的现代装饰，一张特大床上配有

优质的亚麻布床品，浴室采用全玻璃墙透明设计，可以与卧房亲密地呼应。宽大的阳台地面是柚木材料，光滑细腻。我俯瞰下方的海岸线，几株松树和柏树挺立而上。

　　稍事休息，我前往位于一楼的 Restaurant Pjerin 餐厅，这里已是高朋满座。点餐之后，我查阅了这座酒店的资料。作为杜布罗夫尼克一家具有代表性的奢华酒店，Villa Dubrovnik 的建造最初是在 1961 年，由克罗地亚建筑师姆拉丹·弗雷卡（Mladen Frka）设计在圣雅各布（St. Jacob）街区的一处悬崖之上。20 世纪 80 年代，这座别致的现代主义住宅被进行了大规模的翻新，并于 2010 年改造成为拥有 55 间客房的酒店，整体装饰强调"自然和航海"的主题，以大量的木材和克罗地亚布拉克岛（Brač）的浅色石料，营造出轻盈流畅的设计感。

我点的汤端上来——以龙嵩叶、墨鱼、意大利干面条、蜜渍番茄的豌豆奶油汤炖成，口感爽滑；头盘是红对虾配生牛肉片、牛油果和时蔬，整齐的红对虾片摆放在一只长约40厘米的方形玻璃摆盘上，图案精美，味道更鲜美；主菜是慢炖犊牛颊

肉，配上番茄面包汤和土豆奶油。这道菜将小牛肉煨炖至酥软，入口即化。

餐毕，我在餐厅和相连的酒吧区流连。墙面上挂着多幅黑白老照片，墙角的架子上用玻璃罩着一些枯草，上面贴着一条标签，介绍特蒙塔纳风（Tramontana Wind，这是地中海地区常见的季风）。不远的一只玻璃罩上，则贴着波拉风（Bora Wind，吹袭亚德里亚海沿岸的东北冷风）的标签；另一个玻璃罩里是海石竹（Statice，也被称为"海中薰衣草"，可以用来制作芳香剂与精油），还有一只里面盛放着不雕花（Immortelle，又称蜡菊，一年生灰白菊等菊科植物，其干花颜色和形状均不变），让人想起一支哥特—暗潮乐队"不朽灵魂"（L'Âme Immortelle）的高亢歌声。这些看上去相似的枯黄植物，因为有了不同的注解，而让我对这片土地上的植被与气候产生了一种诗意的理解。这也是这家酒店带给我的一丝惊喜。

回到房间休息。午夜 3 点钟因为时差醒来，月光照进房间。我来到阳台上，月光朗照在深碧的亚德里亚海上，不远处的罗克朗姆岛（Lokrum）一抹翠影，于是我架起三脚架，用慢速度快门拍下了碧海月色。

早餐我在户外的餐饮区慢慢享用。一公里外的杜布罗夫尼克古城沐浴在晨光中，海面上偶尔有几艘帆船驶过。餐后，我就在 Library Lounge（图书沙龙）惬意地阅读，直到午餐时分。

午后，我来到酒店顶层的 Prosciutto & Wine Bar，这是每年 5—10 月份对外开放的休闲区，紫色的座椅和檐篷，为蓝白色为主的酒店渲染出另外一种迷情色调。人们会在这里静候日落时光，同时品尝着来自克罗地亚科纳维尔地区（Konavle）和附近的帕尔杰萨克（Pelješac）半岛的葡萄酒，当然，还有来自达尔马提亚（Dalmatia）、伊斯特拉（Istria）和斯拉沃尼亚（Slavonia）的熏火腿。美味加美景，这一刻是值得等待的。

来到杜布罗夫尼克古城。我在皮勒广场停留，眺望怒涛汹涌的海湾景色。然后，从皮勒门（Vrata od Pila）顺着斜坡来到古城，斯丹拉特大街（Stradun）展现在眼前，大理石路面让人在一瞬间有点晕眩之感，走在上面超级光滑，这是被数百年来的时光打磨的结果，整个广场仿若华丽的布景。

右侧有一座大欧诺佛喷泉（Velika Onofrijeva česma），这座十六边形的喷泉是古城饮水系统的一部分，也是杜布罗夫尼克的标志之一。1436 年，杜布罗夫尼克市政当局与那不勒斯建筑师奥诺弗里·德拉·卡沃（Onofri della Cavo）签署合同，建造供水系统，将清泉从 12 公里外通过管道引到这里。这座大喷泉建成于 1440 年，附近的小喷泉于 1442 年竣工。

广场两旁遍布工艺品商店和咖啡馆，路的对面不时走来一群群年轻的女大学生，充满活力，面对着我的镜头，她们亲切而坦然。

走到大街的尽头，一座精美的斯庞查宫殿（Palača Sponza）出现在面前。这座带有内部庭院的矩形建筑建于 1516—1522 年间，采用哥特式和文艺复兴时期的混合风格，门廊和窗户依然华美，保持着昔日的荣光。它的名字来源于拉丁语"Spongia"，即收集雨水的地方。这座建筑躲过了 1667 年的大地震而得以幸存。目前这里是城市档案馆所在地，保存着 7000 多卷手稿，这些手稿可以追溯到 12 世纪，最早的手稿来自 1022 年。

我前往多米尼坎修道院（Dominikanski Samostan），这座哥特式风格的修道院中有一座宗教艺术博物馆，其中最有价值的是尼古拉·博齐达雷维奇（Nikola Bozidarević）的一幅三联画。然后步入总督宫（Knežev Dvor），这座建筑最初建于 13 世纪，后来两次以威尼斯—哥特式风格重建，宫殿的西立面设有拱廊。这里原来是市政府办公室的总部，现在变成一家博物馆，里面有家具、武器、绘画和硬币等各类藏品。在斑驳的历史中，这些古物自有神韵。这座我曾多次到访的古城，每次都会让我有新的感悟。

总督宫的中庭有一排排柱子，科林斯式柱头上装饰着精美的雕塑。一个巴洛克式楼梯通向上层的画廊。楼梯的拱门下有一座建于 15 世纪的小喷泉。由于中庭的特殊声学效果，目前被用作古典室内乐音乐会的场地，通常在杜布罗夫尼克夏季音乐节上安排演出。

我从宫殿旁的石头拱道走到旧港，里面停泊着游艇，它们的旁边是高耸的古城墙（Gradske Zidine）。走进入口，我沿着城墙寻访。城墙建于 15 世纪中叶到 16 世纪末，17 世纪不断扩建和加固，目前长度为 1940 米，是欧洲保存最完好的防御工事之一。该城墙朝向陆地的部分壁厚 4 米—6 米，面对海边的墙壁厚 1.5 米—3 米。某些部分墙壁高达 25 米。城墙连接着 10 多座塔楼和堡垒。城墙上方的通道约 1 米宽，有的地方略微窄一点，很是安静。一路上没有遇到我这种造访者。从城墙上看古城内的建筑，由于是高角度，别有一番韵致。从城墙上眺望亚德里亚海的波涛，一浪高过一浪，激起阵阵水花打在墙下的一排椅子上。

以前的杜布罗夫尼克只是地中海地区的一个小国，却有着 700 多艘商船，在多个国家设有领事馆，曾经鼎盛一时。而今时光远去，这些优美的建筑留下了无言的见证，但几百年历史的印迹依然可以从那些钟楼、栏杆和雕塑上，清晰地辨认出来。

漫步在杜布罗夫尼克城，我想起，古罗马人就选择了在这里建造别墅定居；但丁在写他的《神曲》时，从这里浩瀚而雄伟的景色中找到灵感；而英国作家萧伯纳（George Bernard Shaw，1856—1950）在 1929 年曾经写道——"Those who seek paradise on Earth should come to Dubrovnik."（在地球上寻找天堂的人，应该到杜布罗夫尼克看看。）

杜布罗夫尼克这座古城的名字原来是"Dubraca"，意为"橡树丛林"（Grove of Oak）。这里是欧洲较佳的自然环境保护地区之一，具有自然与艺术巧妙结合的神韵。这里被称为"亚德里亚海的明珠"，也被称为"斯拉夫的雅典"。杜布罗夫尼克古城（Old City of Dubrovnik）在历史上曾是拉古萨共和国，以其中世纪的城墙和历史建筑而闻名，1979 年被列入《世界文化遗产名录》，入选理由是："这颗'亚得里亚海明珠'位于达尔马提亚海岸，从 13 世纪起成为地中海的重要力量。虽然在 1667 年发生了严重的地震，但杜布罗夫尼克却设法保留了它的哥特式、文艺复兴和巴洛克式的教堂、修道院、宫殿和喷泉。"

近几年，由于这里是《权力的游戏》（Game of Thrones）外景地而人气大增，成为一处热门之地。皮勒门在剧中变成了君临城的主要城门姆德门（Mud Gate），这一处场景贯穿于整个七季的剧情，如，第一季中二丫逃回君临城，第二季市民围堵乔弗里引发暴乱，第四季被断臂后的詹姆穿过这座城门，重新回到君临城等，可以说也是君临城的一处地标。

在杜布罗夫尼克古城，《权力的游戏》外景地除了皮勒门之外，多米尼坎修道院也是一处外景地。在第二季中，詹姆和波隆在君临城中观看抗议乔弗里的代表的演讲，就是在这座修道院拍摄的。而在总督府中，则拍摄了第二季的丹妮莉向城内的首富寻求帮助的场景。

在 1991 年的武装冲突中，古城遭到炮轰，但被毁坏的痕迹现在已不太容易找到了。

次日，我驱车前往科纳维尔地区（Konavle），这是一个典型的克罗地亚村庄。车子开了大约半个小时，来到一座古雅的石头房子前，院落里摆放着南瓜和酿制的葡萄酒，热情的主人带着我们来到田地中的一块平整之地，在这里表演达尔马提亚海岸地区的歌舞，男士穿的是白衬衣和黑色镶边背心，红色的帽子；女生穿黑红相间的上衣，配裙子，戴金边红帽，典雅华丽，又适应这个地区比较寒冷的特点。

歌舞完毕，我们回到房子里，这家餐厅像一座小型民俗博物馆，里面从古老的榨葡萄机器到古老的家族照片，一应俱全。

品尝着自家制作的达尔马提亚熏火腿（Pršut）、带胡椒味的腊肠、羊奶酪和面包，各种香味扑鼻而来。两位乐手一个拉小提琴，一个弹吉他，一位老者唱起了一首又一首老歌，从 *Que Sera，Sera*（即 *Whatever Will Be，Will Be*）到那波里民歌，一些来宾也一起跟着唱，气氛一次次达到高潮。在这座古老的房子里，一切都是古朴的，所以这种快乐也显得质朴和可贵。许多人的脸上都洋溢着由衷的喜悦，人们在回忆美好的时光，重温那个质朴年代的悦耳歌声。

这是一种不会老去的激情和豪迈。

在旅游学的分类中，流行文化旅游（Pop-culture Tourism）是指由流行的文学、电影、电视剧、音乐或其他形式的媒介所触发的旅游形式，其中包括经典电影之旅，也称"外景地假期"（Location Vacation）。

流行文化旅游在某些方面类似文化朝圣。例如，摇滚乐迷们去拜谒"猫王"埃尔维斯·普雷斯利（Elvis Presley，1935—1977）在美国孟菲斯的故居，或是摇滚歌手吉姆·莫里森（Jim Morrison，1943－1971）在巴黎拉雪兹公墓的墓地；文学迷到都柏林参观奥斯卡·王尔德（Oscar Wilde，1854—1900）的旧宅，而在威廉·莎士比亚（William Shakespeare，1564—1616）的故乡——埃文河畔的斯特拉福德（Stratford-upon-Avon），每年都要接待来自世界各地的约 490 万游客。

热门影视剧在吸引游客方面更是见效迅速：《唐顿庄园》（*Downton Abbey*）热播后，"唐顿迷"前往外景地海克利尔城堡（Highclere Castle）；《权力的游戏》带旺了爱尔兰、马耳他和克罗地亚的旅游业；韩剧《太阳的后裔》在中国热映，其中一处外景地——希腊扎金索斯岛（Zakynthos）也受到更多旅行者的关注。

从科托尔到斯普利特

黄昏时分，我到来杜布罗夫尼克码头。一艘 *La Belle de L'Adriatique* 邮轮已矗立在眼前。这艘船名意为"亚德里亚海的丽影"。靠近邮轮，一位船上的工作人员热情地走下悬梯，帮我拎起行李，迎候我进入邮轮。

走进船舱，是一个圆形的公共空间，四周布置以花卉为主题的油画作品，上方

悬挂着造型特别的水晶吊灯。

　　在接待处办理入住手续后，工作人员带我走下旋梯，来到主甲板（Main Deck，即邮轮二层），我的房间是位于左舷的 247 房间。墙面上挂着风景题材的油画作品，两张单人床合并起来，湖蓝色与棕色相间的床罩和靠垫将人带入一个宁静的世界。床上放着折叠得整齐的浴袍，上面放着两块心形巧克力。舱房除了两个衣橱（里面

云上四季

的隔层分布合理，我的各种摄影器材和电脑，还有多种资料各归其位）、一张小书桌之外，还配有液晶彩电和保险箱。舱房有两扇圆形舷窗，颇有一种古典旅行的意味。

收拾停当，我到船的各层参观体验。这艘邮轮建造于 2007 年，2017 年进行了翻新。整个船长 103.5 米，宽 11.9 米，共有 4 层，99 间客舱，最多载客 197 人，属于小巧精致型邮轮。

一层是接待处所在的出发层（Embarkation Deck，也称 Reception Deck），这层的前部是酒廊（Lounge Bar），中央有一方舞池。吧台上已摆满鸡尾酒，等待宾客品尝。

上层甲板（Upper Deck）的后部是一个 Panorama Bar 和 Terrace 酒吧，可以轻松地坐在邮轮尾部的户外区，享受阳光与美酒。再往上是阳光甲板层（Sun Deck），这里配有按摩浴缸和健身器材，有一个户外酒吧区，也可以作为运动休闲区域。

晚上 7 点，宾客们再次聚在酒廊。在这里举行鸡尾酒欢迎仪式，船长和主要船

员与大家一一见面，相互寒暄，开始了在这艘邮轮上 8 天 7 夜的生活。

晚餐的头盘是松露意面，主菜是海鲈鱼配蒜泥蛋黄酱和布尔古小麦粉（Boulgour），蒜泥蛋黄酱是一种由大蒜和橄榄油制成的地中海酱料，有时也会加入鸡蛋。布尔古是一种全谷物，并不完全煮熟，是中东和地中海盆地的一些国家菜系中的一种常见成分。甜点是咸黄油焦糖蛋糕，入口留香。

晚上 11 点 30 分邮轮启动，向南驶向黑山共和国的科托尔（Kotor）。按照这艘邮轮的常规线路，启航后应先向北行驶，由于天气预报北方有大风浪，船长果断改变航向，将原来最后一站的科托尔作为首站，从而避开了恶劣的天气，一路上基本晴空朗照，这种灵活处理的航海智慧，以及与各个港口圆熟的沟通能力，令人叹服不已。

亚德里亚海（Adriatic Sea）是地中海的一个属海，位于意大利、斯洛文尼亚、克罗地亚、波斯尼亚和黑塞哥维那、黑山和阿尔巴尼亚之间，南部通过奥特朗托海峡与伊奥尼亚海相连，面积 13.8 万平方公里。它是以位于威尼斯西南的一个曾经繁荣的港口阿德里亚（Adria）来命名的。它自西北向东南延伸约 772 公里。

历史上，随着中世纪威尼斯共和国的崛起，亚得里亚海成为中欧与东方之间的主要贸易通道。随着 1453 年君士坦丁堡的衰败以及 1869 年苏伊士运河的开通，它的重要性逐渐下降。

整个亚德里亚海共有 1246 座岛屿，其中 69 座岛屿有人居住。这些岛屿大多位于克罗地亚海岸。我们这次的航行就停靠在其中颇有特色的 3 座岛屿上。

经过一夜的航行，第三天早晨 8 点 30 分，邮轮驶向黑山共和国（Montenegro），这是亚德里亚海东岸上的一个多山国家，面积 1.38 万平方公里，人口约 65 万。

驶入科托尔湾（The Bay of Kotor），海湾面积 87 平方公里，最宽处 7 公里，最窄处仅 300 米，是欧洲位置最靠南的峡湾。达尔马提亚（Dalmatia），这是亚得里亚海东岸的一个狭窄地带，由中部沿海地带和亚得里亚海沿岸岛屿边缘组成，从北部的克尔克岛（Krk）延伸到南部的科托尔湾，总长约为 375 公里。风景秀丽，盛产葡萄酒，历史上经历了大约 30 次统治权的转变。

上午 9 点 30 分抵达科托尔。导游鲁克（Ruk）已迎候在码头。他个子 1.95 米左右，戴着一顶棒球帽。他的英语语速极快，不时蹦出幽默的句子，如，说到黑山共和国，有一次他去西亚的一个国家，入境时边检官员说"不要说西班牙语"，令他哭笑不得。看来有不少人对黑山还缺乏基本了解的。

他带着我们穿过城门，进入这座海湾古城。他介绍说，科托尔最早由罗马人在黑山的亚得里亚海岸依山而建，12—14世纪发展成为重要的商业和艺术中心，4.5公里的城墙环绕着这座古城。由于被威尼斯人统治将近四个世纪，其建筑具有典型的威尼斯风格。科托尔拥有黑山70%的历史和文化古迹，这就是科托尔古城于1979年，作为"16至17世纪的威尼斯防御工程"的一部分被列入世界文化遗产的原因。

来到圣特里芬大教堂（Cathedral of Saint Tryphon）前。它始建于1166年，1667年地震后被严重破坏，遂开始重建，以至两座高塔彼此不同，各有其状，体现出不同年代的建筑痕迹。穿过小街，来到格里古里纳宫（Grgurina Palace）的海洋博物馆，里面的船舶模型、武器、瓷器和丝绸服装等藏品，展示着过去海洋活动的轨迹。

我沿着鹅卵石小巷，穿行在中世纪的建筑之间，有几只猫悠闲地守在各个街口，这源于17世纪发生地震后并暴发了鼠疫，当地居民从那时起开始养猫，以抵抗疾病的肆虐。现在街上商业气氛浓郁，有不少名品店，直觉是卖A货的，一问价格果不其然。这也给这座质朴的古城带来富有戏剧性的另一面。

下午2点30分邮轮启航，离开码头向北行驶。海面上不时有游艇驶过，回望小城后面险峻的山峦，顶峰上还有一些积雪。

下午近5时，邮轮驶出峡湾，进入开阔的海面，在舱房内不时地可以看到有海浪扑向船头，船体也开始左右轻度地摇摆起来。

第四天，上午9点邮轮抵达希贝尼克（Šibenik），码头很安静。这是克罗地亚的一座历史城市，位于达尔马提亚中部，也是该地区最古老的由克罗地亚当地居民建立的城镇。历史上，它曾先后被威尼斯、拜占庭和哈布斯堡控制。1872年，安特·苏普克（Ante Šupuk）成为该镇第一位由普选产生的克族市长，他加速了这座城市的现代化进程，1895年8月，希贝尼克成为世界上第一个使用交流电路灯的城市。

穿过一条窄巷，到了圣詹姆斯大教堂（Katedrala Sv. Jakova）前面的广场，教堂全部采用石材，建造于1431—1535年间，经过3代建筑师的努力才得以竣工。建筑风格融合了意大利北部哥特式与早期文艺复兴形式，见证了 15 和 16 世纪意大利北部、达尔马提亚和托斯卡纳之间的艺术交流。教堂有 3 个中殿，穹顶高 32 米，被认为是世界上最大的全石制教堂，也是整个克罗地亚文艺复兴时期最重要的建筑纪念碑。2000 年，这座教堂被列入《世界文化遗产名录》。

沿着教堂慢慢走了大半圈，教堂外墙上装饰着 71 个男人、女人和儿童的雕塑头像，这也是教堂的特色，体现了哥特式艺术和文艺复兴艺术的成功融合。每个头像的面容、发型都各自不同，表情各异，有的平静骄傲，有的恼怒滑稽，十分传神。据说，这些对当地一些市民的描绘，需要出资才有资格，而由于教堂的建造成本非常高，相传出钱少的人会被刻画得粗疵一些。

漫步在这座 16 世纪的古城，适逢整点，钟声激荡。

中午时分回到邮轮。今天的午餐设在阳光甲板上，厨师们精心准备了海鲜饭和各式烧烤美食，宾客们大快朵颐。

下午两点半，我们驱车 18 公里，抵达东北方向的克尔卡河国家公园（Nacionalni Park Krka），公园总面积 109 平方公里，克尔卡河延伸了 73 公里，不时地从喀斯特峡谷涌出，形成 7 座瀑布。尽管这里地处偏远，但从古代起就吸引了在此建造寺院的僧侣们。

晚上 6 点多回到邮轮。在 Terrace 酒吧，我点了一杯饮料和一碟小食，安享黄昏时光。晚上 7 点 30 分晚餐开始，今天的头盘是杜布罗夫尼克沙拉，头盘是牛排配奶汁烤菜，甜点是柠檬蛋糕。

第五天早上 8 点 30 分，邮轮抵达斯普利特（Split）码头，驱车向西行驶 27 公里，前往特罗吉尔（Trogir）。这是大陆与契奥弗岛（Čiovo）之间一个面积只有 0.064 平方公里的袖珍小岛。穿过一座石桥，就进入这座建于公元前 3 世纪希腊时期的古城，"Trogir" 这个名字来自希腊语的 "Tragos"（意为"公山羊"），最初，这里成为达尔马提亚海岸的城邦之一，罗马时期发展为一个主要港口。从 9 世纪开始，特罗吉尔先后被拜占庭帝国、威尼斯共和国和哈布斯堡帝国等占领，各个朝代都留下了丰富的遗产。

穿过古城的北门，我沿着石板小巷漫行，两旁露出隐蔽的餐厅和引人入胜的画廊。走到圣劳伦斯教堂（Katedrala Sv. Lovre）的西侧，它的主要西入口是一个巴洛克式的大门，这是建筑大师拉多万（Radovan）的杰作，精美的人物和雄狮雕塑栩栩如生，这座教堂也是克罗地亚最重要的罗马—哥特式风格的建筑。

穿过一个广场，来到特罗吉尔凉廊（Trogir Loggia）。长廊最早建于13世纪，是提供办公用具的公共集会场所，历史上也曾被作为社区法律服务处使用，人们在此签订合同和进行法律诉讼。在南面的墙上，一块骑手的浮雕描绘了克罗地亚总督佩塔尔·贝里斯拉维奇（Petar Berislavić）的形象。这座凉廊于1892年翻修。

凉廊的东侧，站着4位男子，他们唱起无伴奏合唱（Acapella），4个人4个声部，美妙地组合在一起，在凉廊轻轻回荡。这种克罗地亚的无伴奏合唱，是当地的一种特色艺术形式。无伴奏合唱作为一种唱腔的形式，可以追溯到几个世纪以前，但是我们今天所知道的风格起源于19世纪。这座古城也曾是电视剧的外景地，2010年英国电视剧《神秘博士》（Doctor Who）曾在此拍摄，由于特罗吉尔的威尼斯建

筑，它被充当了 16 世纪威尼斯的场景，其中还有威尼斯吸血鬼的剧情。

从古城的南门出来，走到一条宽阔的海滨步道，西侧尽头是一座城堡。每到夏季，这里的咖啡厅和酒吧坐满了人，游艇的泊位也爆满。漫步在古城，别有一种舒心之感。

回到圣劳伦斯教堂，我沿着台阶登上钟楼的最高处，眺望着"15 世纪城墙包围的一颗宝石"。1997 年，"历史名城特罗吉尔"被列入《世界文化遗产名录》，理由是："这个岛屿定居点的街道可以追溯到希腊时期，历代统治者都对它进行了装饰，包括许多精美的公共、住宅建筑以及防御工事。它的罗马式教堂融合了威尼斯时期文艺复兴和巴洛克建筑的风格。"

中午时分回到邮轮，享用午餐之后，稍事休息，于下午两点半参观斯普利特古城。导游首先带着我们来到一幅复原的戴克里先宫殿绘画前，介绍说，当初的城墙直抵海边，规模宏大，气势非凡。而现在海岸线已后退了几十米。整个斯普利特目前已扩展为克罗地亚第二大城市，市区人口约 20 万。

公元前 3 或 2 世纪，这座城镇作为希腊阿斯帕拉托斯（Aspálathos）殖民地建立起来。公元 293 年，罗马皇帝戴克里先（Diocletian，245—311，284—305 年在位）他选择了阿斯帕拉托斯遗址，开始建造富丽堂皇的海边宫殿，因为这里靠近他的家乡萨洛纳（Salona）。当时这座宫殿就像一个巨大的军事要塞，有时居住人口多达8000—10000 人。475—480 年间，这座宫殿接待了西罗马帝国最后一位皇帝弗拉维乌斯·朱利叶斯·内波斯（Flavius Julius Nepos）。

斯普利特在公元 650 年左右成为一个聚居地，聚集着不少罗马难民。此后，斯普利特成为拜占庭式的城市，后来在中世纪晚期，作为一个自由城市享有自治权，并陷入威尼斯和哈布斯堡帝国的争斗中。

导游带领我们从"铜门"（Mjedena Vrata）进入戴克里先宫殿。这是巨大的石拱结构空间，幽暗，走到尽头，拾级而上，走出拱门，一座高塔矗立在眼前，有种先声夺人的气势。这座宏大的宫殿里分布着朱庇特神庙、斯普利特大教堂、美术馆和画廊，广场上静卧着残存的黑色石狮，有几分异域动物之美。从铁门（Željezna Vrata）走出宫殿，外围是一片翠林，看见一座高 8.5 米的格古尔·宁斯基（Grgur Ninski）雕像，他左脚的大脚趾已被摸得锃亮。他是中世纪一位当地的主教，以反抗教皇而闻名。相传，用手触摸塑像的大脚趾会带来好运。

漫步在宫殿的区域，古雅的建筑群意趣盎然。1979 年，"斯普利特古建筑群和戴克里先宫殿"成为世界文化遗产，其入选理由是："在公元 3 世纪末至 4 世纪初之间建造的教区宫殿遗址遍布整个城市。这座大教堂建于中世纪，是对古代陵墓材料的再利用。12 世纪和 13 世纪罗马式教堂、中世纪防御工事、15 世纪哥特式宫殿，其他文艺复兴和巴洛克风格的宫殿构成了保护区的其余部分。"

傍晚时分回到邮轮。晚餐过后，在酒廊欣赏当地的"The Klappa Band"五人无伴奏合唱组的演出。

岛屿：从赫瓦尔岛到科尔丘拉岛

第六天早晨 8 点，邮轮抵达赫瓦尔岛（Hvar）。8 点 30 分，我们驱车沿着岛上的山间公路前行。这座岛屿地处亚德里亚海航线的中心，因而它具有重要的商贸地位。岛长约 68 公里，岛上有居民 11000 多人。半个多小时后，来到赫瓦尔岛南岸西端的一片小海湾，赫瓦尔镇坐落于此。

浓云密布，有些阴冷。我们参观圣斯提凡广场（Trg Svetog Stjepana，它是达尔马提亚最大的广场，面积 4500 平方米）和方济各修道院（Franjevački Samostan）。陪同我的导游介绍，13—18 世纪威尼斯人统治时期，这座小镇曾是一个重要的海军基地。文化生活随着经济的繁荣而蓬勃发展，当地许多贵族在此兴建住宅和公共建筑，其中包括于 1612 年开业的赫瓦尔剧院，这是欧洲现存古老的剧院之一。到了 19 世纪早期，该岛被哈布斯堡帝国统管，岛上的葡萄酒产量增加，盛产的薰衣草和迷迭香出口至法国的香水制造厂家，但好景不长，进入 20 世纪初，由于木质船被逐渐淘汰，加上葡萄根瘤蚜摧毁了葡萄种植业，这样，岛上的不少居民不得不外出谋生。

赫瓦尔岛上有制作蕾丝花边的传统，采用龙舌兰树（Agava）的树叶制成的丝线。本笃会修道院（Benediktinski Samostan）的修女们从 19 世纪起制作蕾丝花边，这一独特工艺已被列入联合国教科文组织的《人类非物质文化遗产名录》。

中午回到邮轮。下午 2 点乘坐穿梭巴士，前往斯塔里格勒（Stari Grad，意为"老城"）。从这个小镇，沿着一条海边的步道走了约 3 公里就回到了码头。一路上穿过斯塔里格勒平原（Stari Grad Plain），这片区域从公元前 4 世纪被希腊人殖民以来，使用土地分割体系，包括带有干燥石墙边界的地块分割和雨水回收系统，主要栽种葡萄和橄榄。这片肥沃平原的原始农业区经过了 2400 年后几乎完好无损，成为一个完整的文化景观。2008 年，斯塔里格勒平原成为世界文化遗产。在这条航线上的不少地方，都已被列入《世界文化遗产名录》。整个航程成为寻访地中海遗珍之旅。

晚上 7 点多，在船上的酒吧举行"餐前酒会"（Gala Apéritif），大家举着香槟相互庆贺旅程接近尾声，接着"庆贺晚宴"（Gala Dinner）开始。头盘是鸭肝、焦糖香料、布罗切面包，配上 Côtes du Rhône Villages Laudun 的 Vielles Vignes Domaine de Rabusas 红葡萄酒，口感醇厚，刚好与鸭肝清爽的鲜美相吻合。主菜是牛肉配松露酱，鲜美异常。

第七天早晨 8 点 30 分，我们从邮轮沿着悬梯登上了登陆艇。这艘邮轮自带两艘大型登陆艇，作为救生的必要设施，同时可以在码头水深不够停泊时的载客之用。登陆艇航行了 10 分钟后，靠近姆列特岛（Mljet）的波美纳（Pomena）码头。这座岛屿是亚得里亚群岛最南端和最东端的岛屿，面积 98 平方公里，岛的西北部在 1960 年变为国家公园，整个岛屿 84% 的面积被茂密的地中海森林所覆盖，被称为"克罗地亚最绿的岛屿"，这里出产葡萄酒、橄榄油和山羊奶酪。

上岸后，我们沿着一条林间小道行走了五六公里，导游介绍，该岛的地质结构由石灰石和白云石组成，一些凹陷地方位于海平面以下，形成了小杰泽罗（Malo Jezero）和大杰泽罗（Veliko Jezero）两个咸水湖。我们来到一处渡口，乘船前往湖对面的面积为 0.005 平方公里的圣玛丽岛（Otok Svete Marije）。这个童话般的小岛上，有一座古老的本笃会修道院。

1151 年，来自意大利阿普利亚的本笃会成为该岛的封建领主。接着，1177—1198 年建造了这座修道院。这是一座单中殿罗马式（Apulian）建筑，16 世纪进行了重建。今天存留的建筑是一座二层的文艺复兴风格建筑，有庭院和拱廊走廊，并在东南角建造了一座防御塔。

1345 年，本笃会放弃了对姆列特岛的统治，只保留了三分之一的土地。1410

年，该岛被拉古萨共和国吞并。此后，修道院继续运营，直到 1809 年在拿破仑的统治下关闭。

16 世纪，这里曾聚集着拉古萨共和国的所有本笃会修道院的僧侣，推举修道院的院长马夫罗·韦特拉诺维奇（Mavro Vetranović，1482—1576）为大会第一任主席，他是一位诗人。18 世纪的院长伊格贾特·久尔杰维奇（Ignjat Đurđević，1675—1737）

也是一位诗人和历史学家。随着时间的推移，这座修道院逐渐失去了它的重要性而荒落。400多年前的建筑，仿若一个时间的标本，任后人浮想。

中午时分，我们乘坐登陆艇离开这座尚未被破坏的岛屿。邮轮向北行进，抵达科尔丘拉岛（Korčula）。岛的面积279平方公里，是亚得里亚海的第六大岛屿，拥有15000多名居民，是人口最多的克罗地亚岛屿。该岛长度47公里，平均宽度8公里，

云上四季

向东西方向延伸。岛上最大的科尔丘拉镇位于岛的东北角。

根据传说，该岛是由特洛伊英雄安特诺尔（Antenor）于公元前 12 世纪时发现。大约在公元前 1000 年，伊利利亚人抵达巴尔干地区，这里是半游牧半农耕的部落，在此留下了古老的石头建筑。公元前 6 世纪，希腊科西拉（Corcyra，即今天的科孚岛）的开拓者在岛上建立了一个殖民地，结合科孚岛和本岛上茂密的松林的特点，将其命名为“黑科孚”（Korkyra Melaina）。此后，先后被罗马人、拜占庭人和威尼斯人等统治。

科尔丘拉岛有着古老的文学艺术传统。佩塔尔·卡纳维利奇（Petar Kanavelić，1637—1719）出生于岛上的一个贵族家庭，以创作情诗和戏剧而闻名，被认为是17—18 世纪最重要的克罗地亚作家之一。

下船后，我们走进小镇中的旧城。旧城建在一个海角上，四周被城壁包围，街道以人字形鱼骨形状排列，可以让空气自由流通，还能有效地抵御冬季的“波拉”强风。

我们依次进入哥特式的圣马克大教堂（Katedrala Sv. Marka）、方济各修道院、威尼斯总督的宫殿和一座当地贵族商人的宅院。旧城精美的气质被深深地感知，这是一座威尼斯风格的旧城。走出城墙，海边的林荫道上满是户外餐厅，人们在夕阳下尽享岛屿时光。

享用了克罗地亚式的晚餐之后，晚上 9 点我们步行七八分钟，来到镇上的剧院，欣赏克罗地亚传统的剑舞（Moreška）表演。这种剑舞大约 16 世纪时传到岛上，并被发扬光大。

台上是一支管弦乐队，首先序曲奏响，两队武士分别穿着红色和黑白色的战袍列队而出，一位美女分别被这两队的首领所追求，最后红方首领击毙黑白方的头目，抱得美人归。这种剑舞也是岛上居民引以为自豪的一种艺术形式。

观剧完毕，宾客返回邮轮，一些人聚集在酒廊，手持饮料相互道别。按邮轮的原计划，将于次日清晨 6 点回到杜布罗夫尼克，但当船方得知我需搭乘 6 时 15 分的早班机时，凌晨 4 点就将邮轮开回了杜布罗夫尼克码头，4 点 10 分，一辆出租车驶近邮轮。

夜风清凉。码头上方的夜空中，下弦月挂在高处，映照着这艘白色的“亚德里亚海的丽影"号航船，混合着岸边路灯的暖色调，那么美。

时光倒流数百年

下午 5 点 30 分，飞机抵达尼斯机场。司机已等在出口处，我们驾车沿着高速公路向埃兹（Èze）疾驰。

沿着盘山公路前行，很快就来到了一扇铁艺大门前，里面看上去像一座园林，我预订的 Château de la Chèvre d'Or 到了，该名称意为"金羊城堡"。门卫从车上卸下行李，让我沿着一条小径，前往这家城堡酒店的接待处。

我步入一方静美的园林，沿着悬崖放置着一些如大象、狮子和长颈鹿等大型雕塑，小径上喷泉流水叮咚……黄昏的雾气升起，远处的海岸线看上去并不那么通透，如此增添了一种朦胧之美。穿过一个石洞，我来到前台办理好入住手续，工作人员带我穿过悬崖边的一片户外酒吧区，沿着木质楼梯，走到酒店的最深处，到达我的 45 号套房。这个皇家套房（Royal Suite）是酒店最大的套房，足有 100 平方米。打开大门，首先进入大客厅兼餐厅，茶几上摆放着两个果盘和一瓶冰镇香槟酒，靠里面是一张大圆餐桌；往里走是一间娱乐室，里面有沙发和液晶电视；最里面是卧房。大浴室紧挨着卧房，配备着浴缸，淋浴间的龙头是双人的。

套房有两个宽大的阳台。站在阳台上，可以俯瞰蔚蓝海岸。近处华灯点亮，晚霞映照在天际线上。埃兹拥有地中海的胜景，是蔚蓝海岸最美的村落之一，它经常被称为"鹰巢村"，因为这里海拔 427 米，可以依稀看到远处的圣母院（Notre Dame de l'Assomption）。圣母院建于 1764 年，供奉着一个埃及十字架，表明这个村落的古老起源，历史上腓尼基人在这里建造了一座寺庙，以纪念伊西斯女神。

酒店共有 4 间餐厅。这晚我先到 Restaurant Les Remparts 用膳。开胃菜是酸橘汁腌鱼（Ceviche）配胡椒酱和鳄梨，主菜选的是香煎海鲂鱼，佐以藏红花焖米饭和当地产的西葫芦。

餐后，我沿着小径探索整个村落。很早我就阅读过这个古村落的历史。早在公元前 2000 年左右，就有原住民居住于此。19 世纪末在此挖掘出一批可追溯到公元前

3 世纪的古希腊银碟，现在被收藏在大英博物馆。后来这里先后被罗马人、摩尔人占领，直到 973 年被普罗旺斯人赶了出去。1388 年，萨瓦公国接管此地，将该村落建成一个防御据点。在接下来的几个世纪，法国和奥斯曼军队先后占领该村，路易十四在 1706 年西班牙战争中摧毁了埃兹周围的城墙，使得这个古村孤立起来，最终在 1860 年 4 月，埃兹重归于法国的版图。

我沿着中世纪村庄的鹅卵石径缓行，不时地穿过一座座拱门，灯影安详，夜越来越深了。路边的商店和画廊早已打烊。由于很少会有本地居民住在这里，使得埃兹看上去更像一座"博物馆村"，到了晚上像是一座"幻想之城"。如此古雅而精致的村落已不多见了。

回到酒店，沉沉入眠。翌日清晨，沐浴着朝阳，我沿着"尼采小径"（Nietzsche's Path）漫步。我站在悬崖边俯瞰着这条小径。埃兹的下方是蔚蓝海岸的圣·让·卡普费雷特（Saint Jean Cap Ferrat）半岛，拥有丰富的地中海植被，也使得从海岸到埃兹的悬崖间形成了小气候，气候温和，植被繁茂。

云上四季

相传在 1882 年前后，尼采在写作《查拉图斯特拉如是说》（*Also Sprach Zarathustra*）期间，曾小居埃兹，在散步中寻找灵感。这是一条充满文化记忆的寻香之路。

一座座别墅的粉红色或驼色的外墙上爬满紫藤，营造出一种超凡脱俗的生活气息。低矮的石墙和高耸的柏树之间，紫色的九重葛（Bougainvillea）盛开，柠檬树和柑橘树上不断传来阵阵香气。

早餐过后我在房间内阅读；中午在户外餐厅用膳。头盘是鹅肝酱、百香果制成的凝胶和泡菜，主菜是鳕鱼段搭配洋蓟百香果、焦糖红洋葱、洋蓟叶汁与橄榄油，甜点是无糖提拉米苏和埃塞俄比亚咖啡甜品。

下午两点，我前往距酒店不远处的花宫娜（Fragonard）香水博物馆参观。花宫娜这个品牌创立于格拉斯（Grasse），目前其在埃兹和格拉斯都建有博物馆。

迈入博物馆，先来到萃取车间。可以看到里面架设着一个黄铜蒸馏罐，用来提炼香精。然后，我被特许进入调香室，详细了解各种不同的香型配方，这里保存着大约 400 多个香型的样瓶。香精油提取后，需要香水师，也就是"鼻子先生"（Le Nez）进行细嗅和比对，反复测试，一般需要花上数月甚至更长的时间，才有可能勾兑出一款新的香水配方。"鼻子先生"一般都是在格拉斯接受训练，能够区分超过 2000 种的气味。所有这些细致的研究，都是为了让更多的人在颈项间和发梢上，留下几缕芳香的记忆。

晚上 7 点 30 分，回到酒店的 La Chèvre d'Or 餐厅，这是米其林二星级餐厅。我来品鉴名为 "From Rocks and Waves" 的晚餐。整个菜单由 7 道菜式构成。第一道是烤龙虾配牛膝草和哈密瓜；第二道是挪威海螯虾配上牛肝菌和肉汤苜蓿草；接着是慢炖海鲂鱼，配上胡萝卜和柠檬脯；第四道是香煎红鲻鱼，配上洋蓟和肝汁；第五道是烤乳鸽，佐以玉米、野生蘑菇和豆蔻干籽汁；第六道是甜点，来自法国索利（Solliès）小镇的无花果，烧烤后注入迷迭香，制成无花果冰糕。

休息片刻，侍者最后端上来一只木盒子，里面摆放着 4 枚柠檬，他让我选一款。我看着放在盘子中的柠檬，感觉它与真的柠檬之间有一丝区别。当我拿着餐刀切开时，才发现这其实是一枚仿制的柠檬，里面放着馅料，一尝酸甜可口。这款甜点配上马鞭草，名称是"里维埃拉柠檬的愿景"（Vision of a Riviera lemon, Flavored with verbena）。

如果以乐曲来做一个比喻的话，整个晚餐，可以说是各个声部均有上佳表现的美食协奏曲，而最后的柠檬甜品，更是给我的寻香之旅，带来了一个完美的华彩乐章。

格拉斯的芬芳

中午时分，一位绅士已驾车等待在酒店门口。我们要前往格拉斯，继续我的寻香之旅。

半个多小时之后，抵达 La Bastide Saint-Antoine 酒店。前台的一位帅哥将我带到餐厅，让我在阳光下先享用午餐。餐桌上摆放着一瓶橄榄油，有着美妙的青铜色调。整个酒店占地 0.1 平方公里，这里曾是一座古老的普罗旺斯农舍，生长着 1200 株橄榄树，这些橄榄林已有近 1000 年的历史，由附近的作坊制作出"卡莱特"（Caillette）橄榄油，用面包蘸着吃，有一种特别的口感和香气。

头盘我选的是西葫芦花，用盐鳕鱼的鱼汁和普罗旺斯鱼汤勾芡并慢炖，主菜是烤扇贝配红色酱汁、花椰菜、脆萝卜和棕色蘑菇，甜点是大列酒舒肤菁和香草冰淇淋。我发现这家米一星级餐厅的餐品除了美味之外，特别注重摆盘上的形式感，色彩艳丽。

餐毕，来到我的 18 L'esterel 房间，它位于餐厅对面的小楼二层，安静。这间豪华套房（Luxury Suite）面积约 80 平方米。最外面是一间起居室，有一张餐桌。往里面走，是一个长条形结构，靠外侧是客厅，靠里侧部分的地板垫高了一些。沿着几级台阶而上就是卧室，靠近右手边是两扇窗户，此时阳光正斜照进来。这座酒店的整个建筑属于旧式农庄，所以在客房的设计上保留着古朴的风格。

简单收拾后，我走出房间，在庄园参观。这里除了成排的橄榄林之外，还种植着柑橘和柠檬，此外还有柏树、玫瑰、九重葛和百子莲。一方泳池掩映在林中。沿着坡道下行，发现林间的草坪上有几张吊床，吊床四周垂挂着白色帷帘，我坐在上

面静修片刻，无人打扰。

酒店的主厨就是在这样的环境中不断创作着佳肴。有时会在这里开办香水作坊和烹饪学校，让学员们在花园中发现自然的灵感。因为在主厨看来，整个酒店就是为宾客提供了一场"美食的感官之旅"（A culinary voyage for the senses）。

晚上 7 点 30 分来到餐厅享用 6 道菜式的晚宴。第一道是清炖贝类和虾，配豆瓣菜、罗勒蒜泥酱和鹰嘴豆奶油；接着是牛肝菌和蘑菇配珍珠肉汤、木薯淀粉和豆瓣菜；第三道是自制的意大利面，佐以瑞士甜菜、帕尔玛干酪和秋季松露；然后，是主菜烤扇贝，配萨瓦涅（Savagnin）白葡萄和糖渍红葱；接着是酥脆鹅肝酱，配谷类面包、耶路撒冷甜洋蓟、榛果奶油和无花果；最后的甜品名为"柑橘交响乐"，由金巴利冻糕、柑橘奶油和鱼子酱组成。整个菜式细烤慢炖，采用大量的菇菌类植物，多汁多汤，口味独特，达到了相当高的水准。

席间，我在餐厅遇见了业主和主厨雅克·奇布瓦（Jacques Chibois）先生。他的美食秘诀就是关于味道、香气和精致摆盘，力求轻盈和创意，从而烹饪出令人难忘的佳肴。在谈及具体的操作方法时，他透露，柠檬的香气会赋予新鲜感和异国情调，柠檬是清淡美食的必备品，他在所有的果汁和酱汁中加入几滴柠檬作为调味剂，还可促进消化，他觉得最好的色拉调味汁也是由柠檬橄榄油制成的。

次日上午，我在房间里阅读。下午沿着公路走了大约 2 公里来到格拉斯古城。作为有名的"世界香水之都"，每年的 8 月初，这里都会举办"茉莉花节"（Fête du Jasmin 或 La Jasminade），这个节日首次举行是在 1946 年 8 月 3 日至 4 日。茉莉花环装饰着古城中心，花车驶过小城，女子在车上向人群献花，消防部门还会用注入茉莉花的水向人群洒水助兴。茉莉花是格拉斯香水行业的主要原料之一，这个节日也标志着法国南部茉莉花收割季节的开始。

茉莉花是制作香水的关键成分，16 世纪由摩尔人带到法国南部。自 18 世纪末以来，格拉斯的香水行业一直繁荣发展。这里生产的天然香精约占法国总量的三分之二，以用于香水和食品调味品的生产。这里之所以能形成香水之都，一个重要的原因是格拉斯特殊的温暖小气候，海拔 350 米，地处丘陵地带，离海岸有一定的距离，可以避开强烈的海风；加上 1860 年开凿的锡亚涅（Siagne）运河，水源充足，

云上四季

灌溉便利，这些因素都促进了花卉养殖业的繁荣。目前格拉斯每年收获约27吨茉莉花，此外，格拉斯还盛产稀有香味植物，如薰衣草、香桃木（Myrtle）和野生含羞草（Wild Mimosa），从而奠定了香水之都的地位。

香水业在格拉斯蓬勃兴起还有一个重要的历史诱因。早在12世纪，制革作坊沿着格拉斯的小运河发展起来，这些皮革以高品质著称。此后，出口到热那亚或比萨，被意大利商人制作成手套、皮带和手袋，以迎合当时的时尚尤其是美第奇家族的需求。

但是这种皮革味道很难闻，无法取悦当时的贵族。格拉斯的一位制革师想出了制作香味皮革手套的妙法，他向凯瑟琳·德·美第奇提供一副香味手套，轰动一时。于是，人们在城市外围的乡村开始种植花田，寻找新的香味。1614年，法国国王允诺"手套香水店"这种新行业的出现，尔后在17世纪成为"手套香水"的鼎盛时期。但此后，对皮革业征收高额税和来自尼斯的竞争，导致格拉斯皮革业的衰退，皮革香料的生产也随之停止了。18世纪中叶，新的生产方式引入，使得香水生产成为一个新兴行业，法国的香水业迅猛发展，以满足更大的市场需求。

"香水之都"格拉斯的故事，还曾在出现在帕特里克·苏斯金德（Patrick Süskind，1949—）的小说《香水》（*Das Perfum*，1985）中。它讲述了孤儿让·巴蒂斯特·格雷诺耶（Jean Baptiste Grenouille）的人生传奇。他1738年7月17日出生于巴黎。他的母亲在贫穷社区的鱼市工作，她在工作时产下他，这个已经遭受了4次死产的女人以为婴儿又死了，遂将他抛入塞纳河。最终，他母亲被捕并被判处死刑。

格雷诺耶被人收养，8岁时被卖给制革商。他在恶劣的工作条件下患上了炭疽病。离开制革工坊后，他在一个洞穴中孤独地度过了7年。此后，他前往格拉斯，在一间香水工作室谋生。他拥有一种超自然的嗅觉，一次他骑车时被一个女孩的气味所诱惑，但她的气味尚未成熟，他判断这个女孩要再过一两年才能达到气味峰值，他想等到那个时候。

于是，他决定制作一款包含年轻美女气味的香水，为此，他先后谋杀了24名女孩来浸泡香水。此时，格雷诺耶只缺少一个女孩来最终制成这款香水，即他在格拉斯闻到的第一个女孩劳尔（Laure）。当地民众对这一连串的连环谋杀案极为不安，主

云上四季

教对凶手发出诅咒。此后暂时没有发生更多的谋杀案，人们以为恐怖已经结束。只有女孩的父亲安东尼·里奇（Antoine Richie）是唯一一个直觉他的女儿会成为下一个受害者的人。

安东尼·里奇将他的女儿劳尔秘密地藏在一个岛上的修道院里，以便尽快安排她的婚事，但格雷诺耶的嗅觉是如此之敏锐，轻易就能找到了劳尔的下落。当里奇和劳尔在逃亡时的旅馆过夜时，格雷诺耶潜入她的房间谋杀了她。

最终他制作完成了他的梦之香水。警察逮捕了他，他承认了这些罪行。格雷诺耶被判处死刑，他将在断头台被处死。这是一种用斧头切断颈部的刑罚。临刑前，他喷上了一滴香水，那独特的芳香让围观的人群因为气味而陷入狂喜的状态，格雷诺耶也晕倒了。

醒来时他遇到了安东尼·里奇，里奇想收他为继子。格雷诺耶拒绝了，偷偷离

云上
四季

开了这座小镇。他到了他的出生地巴黎，晚间他遇见一群围坐在篝火旁烤火的流浪汉，他加入了他们，并倒出整瓶香水。这些穷人欣喜若狂，觉得他应是天使，所以做出剧烈的反应，将格雷诺耶撕碎并吃掉了。接着，那些已经撕碎了格雷诺耶的人开始互相撕裂，他们比格拉斯的居民更加癫狂，因为他们闻到了一整瓶香水的味道。

小说的最后一句话是："Sie hatten zum ersten Mal etwas aus Liebe getan."（他们第一次出于爱做了一些事情。）

这部小说像现实的传说，更似历史的隐喻。2006 年，该小说被改编成同名电影。从记忆中的香味，到现实中的香氛，都意味深长。

我漫步在格拉斯的小巷和广场，中世纪的建筑古雅迷人。街上没有太多的游人，一派安宁。

傍晚回到酒店，享用了丰盛的晚餐，之后安寝。

次日清晨，漫步在庄园的林地间，晨风中飘来一阵阵淡香，让我突然想起以前收获茉莉花的故事：采摘业在当时还属于密集型的手工行业。茉莉花必须在黎明时分手工采摘，因为这时花的气味最为丰富和浓郁，然后立即被冷藏起来。自 17 世纪以来，一些香水师们把这座格拉斯小城视为他们的家。从某种意义上来说，它是的。

季节不老，清香常在。我的寻香之旅也在此稍作停歇。

Appendix

Reading beyond the Clouds

附录

云上的阅读

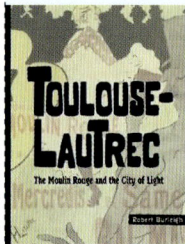

传记《图卢兹—劳特雷科：红磨坊和光之城》
（*Toulouse-Lautrec: The Moulin Rouge and the City of Light*）
2003年首版

这是一部配图传记。作者罗伯特·伯利（Robert Burleigh）讲述了法国画家亨利·德·图卢兹—劳特雷克（Henri de Toulouse-Lautrec）的故事，记述了他是如何克服病痛，成为一名艺术家的经历，其中包括他描绘红磨坊的作品，书中也披露了他的酗酒问题。网上可以买到原版书（2005 年 Harry N. Abrams 版）。

小说《看得见风景的房间》
（*A Room with a View*）
1908年首版

英国作家爱德华·摩根·福斯特（Edward Morgan Forster）的小说，讲述了在颇受约束的爱德华时代，一位出身书香门第的大家闺秀露西·霍尼彻奇（Lucy Honeychurch），在她的未婚表姐的陪伴下到意大利旅行，遇到英国青年乔治·艾默生（George Emerson）后发生的爱情故事。经过几番波折之后，最终他们俩来到佛罗伦萨。该书对当时的英国文化进行了些微的讽刺与批判。这也反映了在壮游后期，有越来越多的年轻女性参与进来，成为当时的一种时尚生活方式，并作为上层阶级妇女教育的一部分。

在本书中，风景不仅指房间外的景色，更指由爱、激情和自由构成的内心风景。乔治是打开心窗之人，露西终于冲破了爱的阴霾。

1985 年，根据小说改编的同名电影屡获殊荣，获得 3 项奥斯卡大奖。网上可以买到多种版本的英文原版书。

旅行读物《威尼斯与壮游》
（*Venice and the Grand Tour*）
1996年

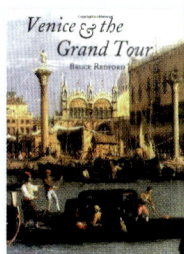

该书由布鲁斯·雷德福（Bruce Redford）著。在壮游盛行的年代，英国年轻的精英在威尼斯的逗留至关重要。威尼斯将旅游的意识与威尼斯的享乐文化结合起来，丰富了这些旅行者的审美、社会政治阅历甚至性经验，让这些旅行者终身受益。在网上可以买到 144 页的英文原版书（1996 年 Yale University Press 版）。

旅行文论《壮游的遗产：旅游、文学与文化的新论文》
（*The Legacy of the Grand Tour*: *New Essays on Travel, Literature, and Culture*）
2015年

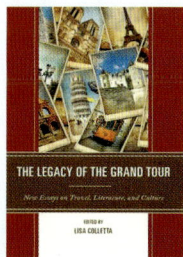

该书由丽莎·科莱塔（Lisa Colletta）编著，探讨了壮游的起源，表明这种浪漫旅行的方式，在全球化旅行的时代，仍然影响着旅游者在目的地方面的选择，并塑造着旅游文化的多元形态。费尔莱·狄金森大学出版社（Fairleigh Dickinson University Press）出版。在网上可以购买到原版书。

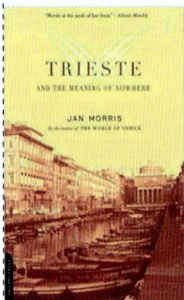

游记《的里雅斯特：无名之地的意义》
（*Trieste and the Meaning of Nowhere*）
2002年

　　这部游记是英国历史学家和旅游作家简·莫里斯（Jan Morris）的代表作之一，被誉为"优雅和苦乐参半的告别之作"。的里雅斯特这座湿润的历史城市，以它的喜怒无常和多变的情调吸引着简·莫里斯。在访问的里雅斯特半个多世纪后，她挖掘从詹姆斯·乔伊斯到西格蒙德·弗洛伊德等旅人的故事，把这座海洋城市视为奥匈帝国的一块试金石，表达出对的里雅斯特的沉思、爱恋与回忆。

　　作为跨性别写作者，他出生于1926年，早期以詹姆斯·莫里斯（James Morris）的名字出版，20世纪70年代，他通过变性手术成为一位女作家，改名为简·莫里斯，出版了一系列旅行散文、自传和小说。她的小说《哈夫最后的信》（*Last Letters from Hav*，1985）曾入围布克小说奖。网上可以找到2002年的Da Capo Press版的此书。此外也有中译本面世。

| 影片和音乐剧 |

《真爱无价》
（*Hors de Prix*）
2007年

　　该片由奥黛丽·塔图（Audrey Tautou）主演，故事的发生地和拍摄地在比亚里兹，奥黛丽在片中扮演了一个伪装身份以试图骗取阔佬钱财的女子，片子具有轻喜剧的效果。

《天使爱美丽》

（Amélie）

2001年

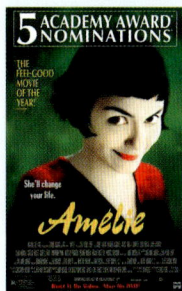

该片由让—皮埃尔·朱内特（Jean-Pierre Jeunet）执导。爱美丽是一个天真和富有正义感的巴黎女孩，她在蒙马特的一家咖啡馆当服务员。她以自己的方式帮助周围的人，一路走来不断发现爱。这部影片对当代的巴黎生活进行了异想天开的描述，获得欧洲电影奖的最佳影片奖和奥斯卡五项提名。

影片中爱美丽工作的 Café des 2 Moulins 咖啡馆，是现实中真实存在的，有着红色的雨棚，地址在莱皮克街 15 号（15 Rue Lepic）。

《红磨坊》

（Moulin Rouge）

2001年

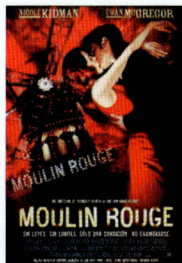

该部歌舞片由巴兹·鲁赫曼（Baz Luhrmann）执导，伊万·麦克格雷格（Ewan McGregor），妮可·基德曼（Nicole Kidman）和约翰·雷吉扎默（John Leguizamo）等主演。

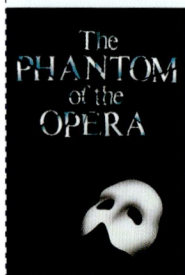

音乐剧《歌剧魅影》
(*The Phantom of the Opera*)
1986年

　　该剧由安德鲁·劳埃德·韦伯（Andrew Lloyd Webber）和查尔斯·哈特（Charles Hart）创作，改编自法国侦探小说作家加斯顿·勒鲁（Gaston Leroux）的同名小说。主要情节围绕一个艳丽的女高音演员克里斯汀·达埃（Christine Daaé）令一个神秘而遭毁容的音乐天才痴迷而展开。

　　该剧于1986年在伦敦西区首演。从1925年开始，约有20部改编自小说的音乐剧或影片，其中包括2004年乔·舒马赫（Joel Schumacher）的同名电影。

《托斯卡纳艳阳下》
(*Under the Tuscan Sun*)
2003年

　　该影片根据弗朗西斯·梅耶斯（Frances Mayes）1996年的同名回忆录改编，讲述的是旧金山一名女作家在离婚后，她以前看似完美的生活发生了突变，在朋友的建议下，前往托斯卡纳度假，并在那里购买了一所破旧的乡间别墅。她雇了一群波兰移民来整修房子，在此过程中，邻里间各种有趣的人帮助她重拾生活。她还与一位波兰人马塞洛发生了短暂的恋情，后因差异而分手。

　　影片的最后，她参加当地小镇的一次婚庆活动，遇到了一位正在此地旅行的美国帅哥作家，彼此开始吸引……主演黛安·莱恩（Diane Lane）凭借她的表演获得了金球奖提名。

《甜蜜的生活》
（*La Volce Vita*）
1960年

意大利电影大师费德里科·费里尼（Federico Fellini，1920—1993）的传世之作。通过一位记者马尔切洛［由马尔切洛·马斯特罗亚尼（Marcello Mastroianni）饰演］的角度，展现罗马的浮华生活。马尔切洛的女友艾玛（Emma）服用过量的药物，两人关系时好时坏，他持有享乐主义的态度，同时与女继承人马达莱娜（Maddalena）和电影明星西尔维亚（Sylvia）暧昧着。

该片在镜头的运用上已相当娴熟。精致而颓废的罗马，在影片完成63年后观看，依然像一个寓言——繁华的罗马多么荒凉。该片也呈现了娱乐摄影记者的工作方式，暗含对明星和社会颓废的洞察、讽刺与反思。

影片最后在海边，狂欢了一夜的人们遇见一群渔民，打捞上来一条巨大的爬满水母的死鱼，具有讽刺意义。而男主人公与一个小姑娘隔着海岸，相互听不到对方的声音，他也再一次与纯真的呼唤失之交臂。

《冬眠》
（*Kis Uykusu*）
2014年

由土耳其当代大师级导演努里·比格·锡兰（Nuri Bilge Ceylan）执导，这部196分钟的长片获得2014年第67届戛纳电影节最佳影片金棕榈奖。外景地选在伊斯坦布尔和安纳托利亚东南部。2014年适逢土耳其电影诞辰百年纪念。

艾丁（Aydin，这个单词在土耳其语中还有"知识分子"的含义）是一位退休演员，在安纳托利亚中部的一个村落里，经营着一家小旅馆，他与年轻貌美的妻子尼哈尔（Nihal）感情日渐疏远，而他的妹妹内克拉（Necla）正在遭受着离婚后的折磨。随着冬季的开始，漫天大雪使得旅馆变成一个避难所，也加剧了他们之间的冲突。该片以极为缓慢的长镜头，表达出苍凉和疏离的人生际遇。

Postscript
后记

Time and Waves：The Poetic Terminals

岁月和海浪：诗意的抵达

从哪里开始我的叙说？

在许多时候，时光的潮汐如海浪般汹涌和缠绵。那些记忆中的城堡和驿站，不仅仅是空间上的存在，更是时间上的标记。

还有我曾抵达的无数的航空港，是起点还是终点？那些远方的航空港，一次次地跃入我的梦境，渴望出发或抵达。

· A ·

　　我在法国格勒诺布尔（Grenoble）以南 20 公里处的维齐勒城堡（Château de Vizille），享用晚宴。窗外，一条碧净的运河像一弯蓝月亮。在微寒的风中，我聆听绿色的歌唱。

　　该座城堡建于 17 世纪初，由弗朗索瓦·德·博内（François de Bonne，1543—1626）建造，他是亨利四世和莱斯迪吉耶尔（Lesdiguières）地区的第一公爵的朋友。1593 年，他购买了土地，开始筹建。1600 年修建时，挖掘了一条 800 米长的运

临近深秋的傍晚，刚下过雨，从维齐勒城堡二楼的观景台望过去，绿茵如画。

河，面向城堡。城堡的前院装饰着 4 个花坛，这些花坛被交叉的运河分开。

经过 10 代人的传承之后，1780 年银行家和实业家克劳德·佩里尔（Claude Perier）买下了这座城堡，并在一座翼楼里建立了一家印刷厂。

1788 年，格勒诺布尔所在的多菲内省（Dauphiné）议员要求召开会议，以抗议政府应对经济和财政危机的不力，与国王路易十六发生了冲突，后来发展成公开的敌对，路易十六派来军队予以镇压。1788 年 6 月 7 日，愤怒的市民爬上屋顶，向驻军投掷瓦片，这一天被称为"瓦片日"（La Journée des Tuiles）。之后，格勒诺布尔当局在这座城堡里召开了紧急会议。此次事件被认为是 1789 年法国大革命的序幕。

经过多次的辗转，1924 年，该城堡被政府收购。从 1925 年到 1960 年，法国共有 5 位总统先后在此度假。1948 年，艺术家和电影制片人让·科克托（Jean Cocteau）拍摄影片《双头鹰》（L'Aigle à Deux Têtes）时曾在此取景。1983 年，为了庆祝法国大革命 200 周年，法国大革命博物馆的藏品被放置在城堡中。

高达 10 多米的四楼大厅，足以容纳几百人聚会。灯光沉郁，具有神秘的气氛，我与里昂地区的 10 位德高望重的艺术家和科学家在此共进晚餐。他们中最年轻的也有 60 岁，最年长的已有 90 多岁。

晚宴上只有一位老年侍者。他推开巨大的门，身板笔直地出现在我们面前。他嘴角微抿，气质里有着一种贵族的隐忍，他静静地走在光滑的地板上，为我们斟上饮料。

上菜的时候才发现这里与其他餐厅的程式不一样，侍者按照顺时针方向，每次只尽心地为一位客人服务，送上盘子，转身离去，开门关门，再次出现……他服务规范，每上一道菜都要往返一次，静静的大厅里除了每人轻声说出的"Merci!"（谢谢！）就只有他一个人沉稳的脚步声了，整个古堡里充满了期待的美学。

我开始品尝晚餐。说实话，主菜味道略有点咸。可能宫廷的配方就是这样的。

我轻声地与旁边的里昂交响乐团指挥闲聊。我对于浪漫派音乐一直很喜欢，话题自然停留在路易—赫克托·柏辽兹（Louis-Hector Berlioz，1803—1869）的身上。柏辽兹出生于拉科特—圣安德烈（La Côte-St-André）小镇，他创作了《幻想交响曲》（La Symphonie Fantastique，Op.14）、《哈罗尔德在意大利》（Harold en Italie，Op. 16）、

《罗密欧与朱丽叶》（*Roméo et Juliette*，Op.17）、《浮士德的天谴》（*La Damnation de Faust*，Op.24）和《纪念亡灵大弥撒曲》（*Grande Messe des Morts*，Op.5）等大量作品。他创作时力求创新，除采用"固定乐思"的手法外，还以新颖、明澈的配器效果和戏剧化的处理来丰富交响乐的表现力，他所著的《配器法与管弦乐队研究》一书已成为音乐技术理论的经典文献之一。

但是，作为一位具有法兰西人文精神和性格特征的浪漫音乐家，柏辽兹生前在自己的祖国不断受挫，长期不被一些同胞理解和认可，甚至被评论家贬为"乐盲"，因为他并不会弹钢琴，主要靠吉他等简单乐器来进行作曲。而今天，这种情况完全得到改观，柏辽兹和法国浪漫主义文学大师雨果、浪漫派画家德拉克洛瓦，被并称为"法国浪漫主义三杰"。

城堡里的晚宴持续了近 4 个小时。在这里更多的是体会一种早已不多见的贵族礼仪。在看似缄默的过程中，人们可以静静地回忆一些事情，也可以在智者彼此的交流中，体悟到更多的内涵。

喧闹已远，而真谛自会长存。

· B ·

当地朋友十分热情，特地邀请我乘老爷车逛老城。

这里的一群富翁成立了一个老爷车俱乐部，大约有 40 辆车，在一些重大场合向客人展示。车况和性能相当不错，其中一辆红色的 Amilcar 保养得很好，车徽和车灯锃亮，反射出灰白色的古雅城市景观。

我坐在一辆白色的敞篷老爷车上，发动机的声音低沉有力，在格勒诺布尔的小街里缓缓穿过，引得路人纷纷驻足观看。主人谦和地告诉我，他拥有 6 辆老爷车，一辆老爷车价值一般在 20 万—30 万欧元，具体根据汽车品牌和保养状况而定。

不一会儿就来到位于市立公园北侧的司汤达纪念馆（Musée Stendhal），该纪念馆由昔日的市政府改建而成，用来纪念《红与黑》（*Le Rouge et Le Noir*）的作者司汤达（原名 Marie-Henri Beyle，Stendhal 是其笔名，1783—1842）。馆内展示着他的肖像及

　　柏辽兹故居的琴房里摆放着一架钢琴，那张贝壳般绮丽的琴凳一下子吸引了我的注意，上面刻着流畅的线条，犹如海浪。

　　奖章。司汤达 1783 年 1 月 23 日出生于这座城市，在这里生活到 16 岁。后来，他前往巴黎，投效拿破仑的麾下。他的作品曾受到法国大文豪巴尔扎克的赞赏。

　　纪念馆里，阳光透过两扇窗户，投射在洁净光亮的地板上，像两面巨大的镜子。墙上一张斯汤达的黑白画像，在玻璃后迎接着我探询的目光。

　　步入后院，抬头望去，已是暮秋时分，花架上蔓延的虬枝和红叶仿佛融合在蓝天里，一个欧洲深处的城市在这一瞬间，变得亲切无比。

　　几天之后，一个晴好的午后，我们驱车前往柏辽兹故居。故居位于格勒诺布尔与里昂之间的拉科特—圣安德烈小镇。小镇距离格勒诺布尔 42 公里。

　　安静的街道上矗立着一排三层的房子，其中一面灰白色的墙上有着"Musee

Hector Berlioz"的字样，这就是柏辽兹故居。1803 年 12 月 11 日，柏辽兹出生于此。2023 年是他诞辰 220 周年。

故居里很安静，陈列的物品不算太多。踏着"吱吱"作响的楼梯，我走进柏辽兹的琴房。那张别致的琴凳在那一瞬间，让我的脑海里跳出了一行字："岁月与海浪"，此刻，从楼下的视听室里，正传来柏辽兹歌剧那婉转高亢的咏叹调，恰如海浪般律动若舞。

我们的车从故居出来，路旁是一片收割后的原野，在黄昏金黄色的光芒里，那些堆积起来的巨大草垛，像一个个巨大的棋子。远处依稀可见阿尔卑斯群峰，让人沉浸于柏辽兹在《回忆录》里所描述的"浪漫梦境"里。而那些散布在法兰西大地上的英魂，或许也像这些棋子一样，放射出质朴而温暖的光，让我的视线再也无法移开。

· C ·

其实，在岁月与海浪中，那些温情的暖流无处不在。在王子群岛（Princes Islands）上，我在药店里遇见一位叫布伦特·萨克鲁（Bülent Sokullu）的老妇人。

我从伊斯坦布尔埃米诺努（Eminönü）码头搭乘轮船，前往王子群岛。这是 4 座岛屿的总称，我要去的是其中最大的一座布尤卡达岛（Büyükada）。下了船，看到海边的一排餐厅已经坐满了人。伊斯坦布尔的海货出奇地新鲜，都是刚从渔产丰富的博斯普鲁斯海峡捕捞的，一上岸立即送到餐厅。我点了一条海鲈鱼，刚烤出来时还吱吱冒着热气，我挤上几滴柠檬汁，食之鲜美。

整个岛的面积为 5.4 平方公里，岛上没有汽车。经过几家院落时，里面的车夫正在用斧头劈小圆木头，旁边的马儿懒懒地打着鼻息。岛上的道路高低起伏，马车不紧不慢地走着，繁花和绿树后掩藏着一幢幢年代久远的别墅，以及数不尽的宫廷传说。

在路边我发现了一家药店，橱窗里摆放着古旧的药瓶和天平，棕红色的药架上，摆放着"土耳其现代民族之父"阿塔图尔克总统的黑白照片，这是一家很有格调的药店。我与店主聊的时候，对方不大会讲英语，我们的交流有些困难，这时身后的一位老太太问明了我的身份，当她知道我是一位旅行作家时，主动担当翻译。一看她就是一位有教养、有背景的老太太。后来知道她就是布伦特·萨克鲁。

她告诉我这家药店开业于 1890 年。"历史"是这位 36 岁的店老板喜欢谈论的话题。在看似平静的生活当中，人们对于可能改变自己生活的巨大力量从来没有忽视过，总以警惕的眼神审视着这一切。当不能改变生活的时候，观察并了解可能会产生的危机或希望，也是生存的必需。在这 100 多年的时间当中，曾有多少人来过，走了，永远地消失了……

离开药店，下午我在街上闲逛，从一家雅致的咖啡馆前走过时，一位店员走过来跟我说有人请我过去喝下午茶。我略有一点诧异，顺着店员所指的方向，当翻译的那位老妇人正坐在街边的椅子上向我微笑。

红茶、蛋糕、糕饼。我们一边品尝一边闲聊，她说早年她在巴黎住过，我说我也喜欢巴黎蒙马特，她跟我说法语。我们聊起王子岛。她说："当年这里住的是被剥夺了权力的王子。多位王子被挖去了眼睛。历史从来就是这样……残酷。"尽管我早就知道王子岛的来历，但经这么一位老人来给我讲述，我还是不由战栗起来。

我的视线从她的肩上越过，落在不远处的小广场上，这也是岛上最热闹的一个地方，不少人在这里流连。广场中央矗立着一个小钟塔，掩映在繁花之中的钟，直让人想追问时间会不会老去？而坐在旁边咖啡馆里休憩的人们，大多默默不语，静静地喝着下午茶。繁花在外，只想听秋天的一片喧响。时空仿佛在这一瞬间叠合起来。一个有着深厚历史与传奇的国度，文明忽远忽近。看着眼前的布伦特，我突然觉得她就像伊斯坦布尔——是高贵的和神秘的、又是古老的和沧桑的。

从咖啡馆出来，布伦特要送我一段。途中经过另一家咖啡馆，一群老妇人聚在那里，她们问我要不要再来一杯，我摇摇头，用相机拍摄下她们苍老而舒展的笑容。

黄昏时分。在夕阳的照射下，候船室被染得黄灿灿的，富有 20 世纪初的神韵。木椅上，一位老妇人穿着考究，眼镜上的镜片在暗处反射出一点奇异的光。码头上聚集了不少人。古旧的路灯像一个个纺锤悬挂在那里，一艘白色的渡轮已经靠岸。

我在候船室买到穆萨·埃罗格鲁（Musa Eroğlu）的一张唱片，他是土耳其知名的民歌手，那种深深隐藏在平静后的沧桑，是年龄给予的宝贵礼物，也是任何伪饰和夸张所不能假装的。途中，上来一群航海学院的小学员，年龄应该在十四五岁，全部穿着白色制服，每人拎着一只小箱子，在船舱中坐定，也不喧闹，各自看书或想心事，在夕阳中凝重如雕塑。是不是王子群岛，让这些孩子有了早熟的神韵？

王子群岛的黄昏。一艘渡轮即将启航。碧海、夕阳、等待着的人们……伊斯坦布尔的离岛契合了许多人的想象与梦想。

· D ·

红屋顶在波希米亚的阳光下跳舞。小河泛着不太强烈的光，远处是青葱山冈，空气仿佛不复存在，轻轻地托着波希米亚之梦。一条动感强烈的弧线，勾勒出舞蹈着的小镇。

热爱从来不需要理由，或者暗含极深刻的原因。澄澈的空气中，透亮的阳光平静抵达。无人说话，有风从照片上升起。

捷克克鲁姆洛夫（Český Krumlov）就是另一处感受岁月海浪的圣地。

与布拉格的宽阔与浩荡相比，流经这里的伏尔塔瓦河更像一条谷中小溪，是一脉清澈的激流。在克鲁姆洛夫高高矗立的城堡下，运动爱好者们在这里坐上皮划艇漂流。6 个人穿着救生衣，齐心协力划动船桨，将小艇划过一个狭窄的河口，水的巨大冲击力将皮划艇高高掀起，又重重地落下，水花飞溅，远远地可以听到漂流者的尖叫声在阳光下回荡着。

即使是如此诗意的宁静之水也蕴涵着巨大的力量。两个小伙子划着一艘双人艇冲过河滩时，由于没有掌握好平衡而瞬间被掀翻，两人全部落水，好在河水并不太深，最后他们费尽力气拖着皮艇游回岸边。

捷克克鲁姆洛夫位于波希米亚南部，靠近奥地利。小镇沿伏尔塔瓦河延展，布局紧凑。

克鲁姆洛夫的历史可以追溯到 13 世纪，当时它由维特科维奇（Vítkovci）家族创建。16 世纪以文艺复兴时期的风格重建，当时此地归罗森伯格（Rosenbergs）家族所有。这个家族的成员属于波希米亚贵族，热心于赞助艺术家。意大利文艺复兴时期的思潮，对城市与城堡建筑产生了巨大的影响。小城逐渐步入黄金时代，当地的法律促进了商业繁荣，居民住所也反映出城市的富足，城市一度繁荣至极。

哈布斯堡王朝的皇帝鲁道夫二世（Rudolf Ⅱ）在 17 世纪初买下了捷克克鲁姆洛夫领地。后来，哈布斯堡王朝将此领地捐赠给了埃根伯格（Eggenbergs）家族。

云上四季

1719年埃根伯格家族退场，该城镇成为施瓦岑贝格（Schwarzenbergs）家族的财产，小镇明显受到巴洛克艺术思潮的影响。第二次世界大战后，它收归捷克斯洛伐克国有。

1992年，面积为0.5191平方公里的"捷克克鲁姆洛夫历史中心"（Historic Centre of Český Krumlov）被列为世界文化遗产，对它有如此评价："该镇位于伏尔塔瓦河畔，围绕着一座13世纪的城堡而建，拥有哥特式、文艺复兴时期和巴洛克风格的元素。这是一个中欧中世纪小镇的杰出典范，由于五个多世纪以来的平安发展，其建筑遗产一直完好无损。"它也因此被捷克人誉为"捷克最秀丽的小镇"。

放眼望去，城堡下蜿蜒的河流和岩石斜坡构成了重要的视觉元素，不仅决定了该历史中心令人印象深刻的城市构成，还决定了城堡的主导地位。

该城堡是捷克第二大城堡建筑群（仅次于布拉格城堡），也是欧洲较大的城堡建筑群之一。城堡经过陆续扩建，各种建筑风格巧妙融汇。城堡最古老的部分即"赫拉德克"（Hrádek）彩绘塔屹立在城堡的边缘。这座塔刚开始时为哥特式风格，之后的改建又融合了文艺复兴风格，红绿相映，色彩夺目。在小镇的几乎任何一个地方都可以透过小巷瞥见这座高塔。它是捷克克鲁姆洛夫的象征和心脏。

顺着陡峭狭窄的楼梯，我攀上高塔的顶层，蜿蜒清碧的伏尔塔瓦河在阳光下熠熠生辉，河畔鳞次栉比的红屋顶连缀着远方的青山，童话般的风景，蓝绿与砖红之间的微妙光影，会让人屏息凝眸，长久地怀想。

走过一些欧洲的小镇之后，我发现所有的小镇都很宁静，这不仅是听觉上的感觉，更是心灵上的安宁之感。清风流水过滤着喧嚣，更留下细细点点的记忆，仿佛是伏尔塔瓦河上那并不刺眼的闪光。细碎而舒缓。

我聆听着小镇的呼吸，缓慢优美。原来，所有的喧嚣是敌不过宁静的。只有这6月静光下的安详，才是永久的。

当我进入城堡中的洞窟画廊时，这种寂静更是达到极点，现实世界被抛在了身后。画廊内部的装饰很有特色，充分利用灯光营造气氛。这里展出了世界各地艺术

云上四季

家的现代美术作品，也是东欧前卫艺术家的一个特别实验场地。这里曾是瓦茨拉夫酒窖（Václavské Sklepy），利用地下洞窟建于 14 世纪初。相传，捷克国王瓦茨拉夫四世曾于 1394 年被囚禁在此，这也是该酒窖名称的由来。

在我面前，一组组人兽合一的雕塑散布在洞中。这些雕塑人身兽面，姿态优雅，由于雕塑的大腿太完美了，以至于我把它们视为女人，而不是雌兽。

在她们的长腿中间，都立着一个旅行箱，仿佛她们是正在候机的都市女子。由于洞中光线幽暗，更增加了她们姿态的多样性，身体饱满而充满着欲望，并具有一种野心的暗示，而她们仿佛准备在这时空的隧道里恣意地穿行，然后小憩。

整个时代是不是都由这样的一些女子在掌控着，美丽而充满欲望，恣意而行？

尽管隔着万里之遥，我依然闻到波希米亚的盛夏气息，牵引着我的目光从这一扇窗户，移到那一个阳台；从这一个方向，转到另一个方向。

记得在布拉格纳普日科佩大街（Na Příkopě，意为"在护城河上"）的一家餐厅。从楼梯上去，迎面坐着两位女子，那位黑衣女子背对着我，正喝着饮料，她对面的白衣女人双手交叉，支撑在颌前，目光长久地注视着窗外，然后又闭目冥想。她身后是黑色的墙壁，使她的姿态更加生动地浮现，也给我眼中的布拉格丽人写下了最好的一个注解——幽思而神秘。

其实，在这种幽思而神秘的后面，是一种坚韧和勇敢。1968年8月，一群布拉格女人在一列入侵的坦克前不断跳舞和齐声歌唱，以示抗议，这已经成为"布拉格之春"（Prague Spring）中最经典的影像之一，也为布拉格女人的坚强填写了一个有力的注解——美貌背后的力量，有时比钢铁更为强大。

回到山坳中的小镇克鲁姆洛夫。这里以石桥流水、红色屋顶、悠扬钟声和巍峨城堡作为其表层，而这个洞窟就像其历史的深层和断层，在其间的就是中世纪的气息。600多年的时光淡定地走过，这座城堡和这里的一切生活方式还保存完好。中世纪不仅仅是一个时间上的距离，更是地理和空间上的距离，这样，欧洲中世纪小镇就成为波希米亚生活的完美典型。

漫步在克鲁姆洛夫的城堡、庭院和洞窟时，依然会感受到当年富甲一方的氛围。而现在，只有安静的自然与流水，像一个空寂的背景，干净，闲适，缓慢，美得有一种距离横亘在我与近山之间，有点令人窒息。一切繁华远去，是谁的手将这一切静寂的富足留住？

波希米亚之殇有两个最基本的含义，一是指在历史上这个地区饱受的苦难和伤痛；二是指带着波希米亚忧伤的情绪，不断行进在发现和自我发现的旅途中。旅行中的历史和文化每每让人感伤，而我总是怀着哀伤之情，去寻访那些可能被遗忘的往事。这是一种悲喜交加的双重体验。

而那些充满张力的影像，已经凝固了变革与激进中的某些历史。共同的苦难在前，往事涌来，无法一一回忆，那些无法忘却的过去，就成为一代和另一代的集体记忆。那是人们共同的心灵史。

历史有多凝重，影像就有多凝重。

黄昏时分。我从捷克克鲁姆洛夫搭乘长途汽车，返回布拉格。窗外是初夏的湖面，湖畔的树像水边的诗行，葱郁繁茂，更远处是一片金黄成熟的波希米亚田野。

一名男子的侧影投射在玻璃上，仿佛在静静回味着这纯净自然。绵延悠长。

而掀动自然这一幕的，不是我，是风。

· E ·

罗马机场的出发层，有一幅海报，上面一对相拥的恋人激情飞扬，画面下部印有一行意大利语——"数百万人通过这个机场，没有人会受到欢迎，因为……"我没有拍全这句话，也因此留下了一个谜团，一个关于旅行的谜团。或者每个人都有着自己的答案，但我想，有爱在，必有相迎。

Milioni di persone attrav... ...questo
nessuno sarà ...to co...

我在塞萨洛尼基飞往雅典的航机上俯瞰。爱琴海的碧涛中，一艘轮船拖出齐整的细浪，波光粼粼。暂时看不见白云，只在高空翱翔。

抵达远方，感受岁月与海浪，离不开航空港。一条条航线的尽头就是那些远方的航空港，世界因此变得辽阔起来。

宽敞明亮的航空港人头攒动。简洁的钢结构部件，像航空港宏大序曲的一个乐章。在候机大厅临窗而坐，窗外白色或红色涂装的飞机仿佛触手可及。一些越来越重视环保设计的机场，在大厅中栽植高耸的树木，给航空港的室内带来了春意。匆忙的人群从这里走向新的城市和新的生活。墙面上活力四射的招贴，则给忙乱的旅程带来一点缓冲。

各地的航空港皆有不同的场景，它们是这个世界滚滚向前的一个缩影：伦敦希斯罗机场是世界上较为繁忙的航空港之一，停机坪上泊满各大航空公司的班机；在巴黎戴高乐机场的公务舱候机厅里，一个女子吃着点心，望着窗外。窗外是午后3点钟的阳光；冰岛雷克雅未克机场的候机大厅设计得犹如一个机库，顶棚上悬挂着一架小型滑翔机。

航空港也是离愁别绪之地。咖啡厅里，一位男子专注地打量着他对面的女子，一段情缘或许就此开始。记得有一次，在苏黎世机场的中央，陈列着一辆作为奖品的宝蓝色 Mini Cooper 轿车，车旁的基座上，一对恋人相拥而坐，那女孩将头埋在男人的怀里，一边说着一边泪流不止，哀伤让人动容。

航空港更是跨越时空之地。我曾在维也纳机场乘坐老式螺旋桨客机，前往布拉格。现在乘坐这种飞机的机会已经很少了。舷窗下初秋的多瑙河蜿然流向远方，犹如一条岁月之河。

航空港有时也是进入艺术世界之门。那年 9 月，我在奥克兰机场转机，清晨，朝阳刚刚升起，照在停机坪的飞机上。抬眼望去，发现诸多各具特色的彩绘机身，最近的一架是《霍比特人》的龙身图案，一道金光照在舷窗之上，使得龙身愈发地有一种神奇之力。不远处的跑道上，一架全黑机身的涂有银蕨图案的飞机刚刚落地，滑行而过。我在候机厅的另一侧，看到一架机身上涂着《霍比特人》众多角色的图案。繁忙的空港之晨，让我有机会欣赏这些富有艺术感的机身涂绘，平日里匆忙地上下飞机，根本不会留意这些景象。

欧洲一些城市间的短途航线航班有时会停在外场，这恰好给旅客一个漫步机场的机会。甚至在行李提取处汇聚成"世界的焦点"。哪怕是欧洲的一个中型机场，当行李转盘开始转动时，看着显示屏上出现的来自波尔图、法兰克福或爱丁堡等的频密航班抵达这里，你会在瞬间感知世界的辽阔。

当飞机俯冲下去飞近航空港之际，展开的是漫长的海岸线，或者是蜿蜒的河流，然后整个大地旋转起来，这样柔美的转弯，像飞机抵达航空港之前优美的曲线，化作无形的乐章，在空中奏响，仅在视线和记忆中飞过。

每一座航空港，带来的是接触这个国家或城市最初的体验。那些建筑装饰的风格、机场引导标识的设计、机场商店的布局、公务舱贵宾休息室里的食物及舒适程度，都会被深深地印在脑海里。

这是旅行的起点或终点。尽管每年乃至此生会有无数次的旅行，但对我来说，每一次都是新鲜的，前方有着熟悉或不熟悉的航空港，在迎候着不羁的旅人。

在机场的候机大厅里，在写作的间隙，我喜欢注意观察旅客行李上的标签。因为根据国际航协（IATA）的规定，全球 100 多个国家和地区的 10000 多个机场，都有一个由3个大写的英文字母组成的代码，看着这些代码，我就可以知道他们从哪里飞来或者曾在哪里转机，想象着他们有着怎样的旅程。比如阿克雷里（Akureyri）机场的代码是AEY，安克雷奇（Anchorage）的代码是ANC，爱丽丝泉（Alice Springs）的代码是ASP。

我喜欢夜晚抵达机场，在飞机上看着延伸的跑道，夜色中灯光璀璨，极为壮观。2009年新年伊始，飞抵奥斯陆机场，我乘坐轻轨离开机场时，瞥见白色雪原上闪亮着两排橘色的地面引导灯，如诗般梦幻。

有时飞抵航空港可能会有波折。一次从巴黎前往维也纳，一路上遇到气流，一直有些颠簸，但当飞机在晚上8点多钟抵达维也纳机场时，飞机几乎没有什么震动就触到了地面，滑行距离也很短，此刻飞机的动力似乎刚好被全部释放。我记得整个飞机的乘客都在为飞行员的高超技术热烈鼓掌。

在允许记者进入飞行中的客机机舱的年代，我曾有幸多次进入机舱拍摄。多年之前，在国内飞往北方的航班中，我拍摄过波音777机组的乘务员。那是波音777在中国的首次商业飞行。

有一年的初夏，我在国航的航班上采访。飞机在飞临上海虹桥机场时，空姐让我再次回到驾驶舱里，我远远地看到跑道上由灯光所组成的一个"Ω"形状，当然，那直线的部分更长，有点像网球拍子的形状。飞机一点点靠近，似乎有一点飘摇，然后对准灯光闪亮的跑道滑落下去。在接近地面的刹那，飞行员将操纵杆放得柔和、顺滑，只有一点点震动，就在地面平稳地滑行了。巨大的波音747客机就像一片羽毛，轻盈而准确地降落在一片光的海洋之中。

满眼是温暖的灯光。

抵达航空港，那是旅人的回归。在千百次的出行之后，栖居之城依然等待着羁客归来。

· F ·

    刚刚拍摄完 Christain Dior 时装秀，我坐在塞纳河畔的夏洛特宫餐厅天台上小憩，看着对面的艾菲尔铁塔。在我对面桌子旁，一个女子手夹香烟，托腮遐想，在暮色中成为一帧剪影，只有她中指上硕大的银色戒指，还有手表、桌上的酒瓶和酒杯，保留着一条条白色的轮廓线。

    巴黎。圣尤斯塔什教堂（St. Eustache's Church）前的勒内·卡辛广场（Place René Cassin），放置着一座雕塑《聆听》（L'Écoute）。这座 70 吨重的砂岩雕塑，由亨利·德·米勒（Henri de Miller, 1953—1999）创作于 1986 年，让人禁不住想聆听巴黎的时尚清音。

在我拍下的这个画面里，散发着巴黎的优雅和随意，还有一些神秘，犹如梦境。

"莫伯桑曾经常在艾菲尔铁塔餐厅用午餐，然而他却不喜欢铁塔，他说：'这是巴黎唯一看不见铁塔的地方。'"罗兰·巴特在他的《艾菲尔铁塔》中，对巴黎的象征——艾菲尔铁塔进行了精彩的解读。这位运用符号学的法国艺术大师，认为艾菲尔铁塔是建立在过去"宽厚的时间"之上的象征，"因为它想述说一切"。

初春的夜晚，坐在铁塔的草坪上，我嗅到了淡淡的香味，我以为是从旁边的人群中散发而来，后来发现，香味是从青草中飘出来的。我时常会嗅到这种清淡的香味，像音乐一样回旋在夜空中，而不远处就是铁塔投在塞纳河中的倒影。

又一年的春季。中午时分，阳光透过戴高乐机场的玻璃登机桥，照在我身上。这是我又一次来到这里旅居。目光从里斯本的古旧，跳跃到巴黎典雅的市容，建筑不变，而那些穿插在窗与门之间的广告在静静地闪耀，告诉你这里每隔3个月的变化，像是巴黎女孩领口的丝巾，不言声色地告知她的随意与秀丽。

一家品牌的新广告，画面上有一位站在花丛中的女性，花如此盛开，甚至可以感到温润而有些潮湿的植物气息。花成为主体，而那些新季的包与鞋就成为陪衬。

布满街头的花店成为芬芳的亮点，无数这样的点连成城市的芳香地图，如同密布在巴黎的地铁和通向外省的 RER 一样，需要仔细辨认，而芳香的感受则完全要凭借内心的感觉来识别了。

苏菲·玛索（Sophie Marceau，1966—）也曾在这样的花店前迷失或者找寻到自我。在影片《忠贞》（La Fidélité，2000）中，她扮演一个从加拿大来巴黎的摄影师克莱丽（Clelia），她喜欢用一只傻瓜相机拍摄花卉。一天在一家花店门口，她要拍摄一束花时，被店员制止，说是已被客人订了，这时旁边一位中年男子笑着说，这是他订的花，觉得很荣幸被她拍摄到。

下面是戏剧性的场景。花被放在橱窗里，克莱丽站在花店外拍摄，大声地问站在店里的中年男子："花很漂亮，是葬礼用的吗？"街上摩托车声轰鸣，里面的男子听不清楚，两人说的和听的都很吃力。

最后，那位男子走出来说是为订婚准备的，但克莱丽分明从束那素洁的花中看出了某种忧伤。克莱丽和儿童文学出版商克里夫（Cleve）就这样相遇在巴黎的一家花店里。克里夫由于出版社经营不善，即将极不情愿地娶一个富家小姐为妻……钢琴声起，两个人在一刹那被对方的某种难以言表的渴求击中了，克莱丽便跟着克里夫到了他出版社的老房子，两人旋即坠入爱河。这是在几分钟内产生的激情，令人感动得想落泪……它与巴黎的花，与巴黎的花店有关。

钢琴声响起。传来这样的独白：

我千里而来只为证明。

没有痕迹、没有水、没有爱。

我在这儿，你在这儿，

但这意味着什么？

我们将怎么做？

然后是两人注视着玻璃上彼此的影子。

令人困惑的爱总在最不提防时，给人以惊喜。

这是在岁月和海浪里，我记忆中关于巴黎花店的生动插曲，但并不仅限于此，影片中，克莱丽先后失去了她的母亲和后来成为她丈夫的克里夫，并且目睹了巴黎隐秘黑暗的某些角落，这也是我看过的关于摄影师题材的较为深刻的一部影片。

那天，我从卢浮宫拍摄时装后出来，阳光特别浓烈，照在卢浮宫高高的外墙上，路上车流不断，但我没有听到巴黎的喧嚣，我还沉浸在向同伴讲述这个与花有关的故事之中。

我们就在对巴黎之花的双重述说中，展开想象。

· G ·

在岁月和海浪中，战争与和平一直是永恒的主题。我们驱车前往耶路撒冷老城。道路两旁是沙石地貌的景观。不久，靠近一道巨大的石墙，足有五六米高，上面画满狮子和老虎等涂鸦，入口处有"欢迎来到耶路撒冷"的阿拉伯文和英文牌子，两位荷枪实弹的士兵走上车子进行检查。圣城到了。这里似乎弥漫着一种特别的气息，因为这里仍然是巴以冲突的中心。

湛蓝的天空下，我沿着缓坡，慢慢走近耶路撒冷老城。

耶路撒冷（Jerusalem）这个词，是由"Jeru"（城市）和"Salem"（和平）两个词根组成，意为"和平之城"。作为一个传奇之城，一位当地朋友列举了一个数字："在耶路撒冷漫长的历史上，曾被毁坏过两次，被围困过23次，被袭击过52次，被占领了44次。城中最古老的部分，在公元前4000年就有人定居。"

缓步走向西墙（The Western Wall），也即"哭墙"（The Wailing Wall）。灿烂的日

导游手持一把小号轻轻吹响，召集人们集合。这是一幅隐喻的画面。在巴以冲突的前线，那些祈愿与祝福的力量仿佛连同那些遗迹，一直深埋在时光和历史的某处。

光把西墙照亮。一对恋人站在西墙的入口石墙处长久地拥抱。西墙分男左女右两个部分，分别祈祷。在入口处我戴上白帽子，默默地走近这面神圣之墙。我的面前有头戴黑帽的教士手持经卷，轻轻吟诵。几位男士则高抬双手，抚摸哭墙，将前额紧紧地贴在墙壁上轻诵。眼泪从紧闭的眼睛中，不停地喷涌而出。

而更多的人，则把写着心愿的纸条塞进石缝之中。放眼望去，所有的手够得着的石缝里都塞满祈愿之纸。几位年轻的士兵也在哭墙前祈祷，他们右肩挎着冲锋枪，但弹夹都是卸下的，挂在左侧的腰带上。

在耶路撒冷的蓝天下，回想那些令人荡气回肠的历史，神圣之感油然而生。那是一种痛泣着的喜悦。

次日早晨 7 点，驱车前往特拉维夫（Tel Aviv）。沿着海边公路一路驶去，不时可以看到滑翔伞从水面升起，悠闲生活即刻浮现。

车子穿过市中心，在一座办公楼前停下来。路旁有一块 6 米见方的黑色花岗岩墓地，墙上有一块指示牌，上面用英语写道：

"这里，在这个地点，

星期日，1995 年 11 月 4 日，

以色列总理和国防部部长伊扎克·拉宾被谋杀。"

这样的介绍让人心情沉重，而紧接着的一句话却让人感奋——

"Peace shall be his legacy"（和平将是他的遗产）。

当时，伊扎克·拉宾（Yitzhak Rabin）出席以色列工党举行的和平大会。这位 73 岁的总理在会议结束后离开会场，在走向他的汽车时，被 27 岁的犹太法律系学生伊加尔·阿米尔（Yigal Amir）开枪击中背部和胸部。拉宾旋即被送往特拉维夫的伊奇洛夫（Ichilov）医院，在手术中不幸去世。

后来，这个广场也由国王广场改名为拉宾广场。每年的 11 月 4 日都有无数以色列人来到这里，点燃蜡烛，献上鲜花，纪念这位"杰出的和平战士"。

记得英国作家吉尔伯特·基思·切斯特顿（Gilbert Keith Chesterton，1874—1936）曾说过："The true soldier fights not because he hates what is in front of him, but because he loves what is behind him."（真正的士兵去战斗不是因为他痛恨他面前的人，

云上四季

而是因为热爱着他身后的一切。）

前往雅法（Jaffa）。它是一座具有悠久历史的港口小城。相传，在毁灭万物的大洪水消退后，幸免于难的诺亚的儿子雅弗建立了这座小城，用他的名字命名为"雅弗"，后来读音慢慢演变成"雅法"。

沿着小道，走到一座幸运桥。人们扶着栏杆在默默祈愿。相传，在此停留的人都可以在桥栏杆上找到自己的星座符号，然后朝海边的方向眺望，就有望实现自己的心愿。

回想起来，我始于 1999 年夏季的环球旅行计划，从某种意义上来说，它是一种"抢救式旅行"，因为那些世界奇观一直处在变动或湮灭的危险之中，世界不会总是在等待着我。比如，蓝窗曾是马耳他戈佐岛上的一处胜景，它是《权力的游戏》的外景地，但在 2017 年 3 月，蓝窗因暴风雨导致坍塌，不复存在。尽管我并不过分焦灼，但这些年我一直都在快马加鞭地完成我的探访项目，因为时不我待。

每年的 3 月 3 日是"世界野生动植物日"（World Wildlife Day），2022 年的主题是"Recovering key species for ecosystem restoration"（恢复关键物种，修复生态系统）。根据世界自然保护联盟（IUCN）2021 年 12 月发布的受威胁物种红色名录数据，共计 40084 个物种被评估为易危（VU，Vulnerable）、濒危（EN，Endangered）或极危（CR，Critically Endangered），面临灭绝危险的物种数量首次超过 4 万种。我曾在肯尼亚拍下一头隐藏在树林中的黑犀牛，其在 IUCN 红色名录中的状态是"极危"，我不敢肯定，当我重返非洲时能否再觅到其踪影。

我们已步入 21 世纪 20 年代。这是一个世界动荡不安，令每个人都无法游离和躲避的年代。人类将如何迈进下一个十年？尘埃纷扰，唯有静默的写作令我心安，也因为写作与拍摄，使我得以保留下昨日世界的一些残片，让我悲欣交集。在清澈的时间与深邃的记忆之间，努力去点亮文学的微光，自有旅痕芳踪来临。正如丹麦哲学家索伦·阿比耶·克尔凯郭尔（Søren Aabye Kierkegaard，1813—1855）的一句名言："Faith Sees Best in the Dark."（信仰在黑暗中看得最清楚。）

在岁月和海浪中，一切真相终将浮出水面。正如英国哲学家弗朗西斯·培根（Francis Bacon，1561—1626）所言："Truth is the daughter of time, not of authority."（真

理是时间的女儿，而不是权威的女儿。）

1944 年，经济学家和政治哲学家弗里德里希·奥古斯特·冯·哈耶克（Friedrich August von Hayek，1899—1992）在他的《通向奴役之路》（*The Road to Serfdom*）一书中，写下了这样一句话："Is there a greater tragedy imaginable than that in our endeavour consciously to shape our future in accordance with high ideals we should in fact unwittingly produce the very opposite of what we have been striving for?"（还有什么比这更大的悲剧可以想象，当我们竭尽全力自觉地按照崇高理想缔造我们的未来时，我们实际上却在不知不觉地创造出，与我们一直为之奋斗的目标截然相反的结果？）

1946 年 3 月 5 日，英国前首相温斯顿·丘吉尔（Winston Churchill，1874—1965）在美国密苏里州富尔顿（Fulton）发表演讲，其中有这样一句话："From Stettin in the Baltic to Trieste in the Adriatic, an iron curtain has descended across the continent."（从波罗的海的什切青，到亚得里亚海的里雅斯特，一幅横贯欧洲大陆的铁幕已经落下。）这是"铁幕"这个词首次被使用，在此后的半个多世纪，它已成为常用词汇。

如今，人们所不确定的是，这道铁幕是否真的消失了？

在 2022 年如此漫长的春夏季节，我奋笔疾书《云上四季》。这是一部我必须在此时此刻完成的新著。在暂未命名的年代里，为自己锻造应对后疫时期的生存艺术和书写方式，依然对未来保持热忱。必有人重写往昔，还岁月以清朗。

《云上四季》作为《程萌·昨日三部曲》的延续，表现的依然是"记忆之水"的绵长、漫远和辽阔。正如阿根廷诗人和作家豪尔赫·路易斯·博尔赫斯（Jorge Luis Borges，1899—1986）的诗歌《亚当是你的灰烬》（*Adán es tu ceniza*）最后一段所表现的那样：

> Qué dicha ser el agua invulnerable
>
> que corre en la parábola de Heráclito
>
> o el intrincado fuego, pero ahora,
>
> en este largo día que no pasa,
>
> me siento duradero y desvalido.

多么幸福，成为不可战胜之水

奔流在赫拉克利特的寓言中

或是那忽闪不定的火焰，但此刻，

这样的冗日却不会消逝，

我忍耐而无助。

　　这些天，每天面对潮水般涌来的各种信息，我时常会想起2009年诺贝尔文学奖得主赫塔·穆勒（Herta Müller，1953—）的长篇小说 *Everything I Possess I Carry With Me*，这个书名是其德语书名 *Atemschaukel* 的英译名，意思是："我所拥有的我都带着"。这个英文书名让我联想许久。我将怎样度过我的余生？带着怎样的行李？或如一个布袋僧，一生远迈，安然归来，只带着信仰和勇气。

　　飞过万里晴空，护照上盖满不同领土的印记。回眸望去，这些年当我不断折返的时候，有一些人在不断地选择离去。

　　因为我知道，有许多人在谱写着他乡的故事。暂时生活在别处，又永远生活在心灵的本土，寻找自己的"永不"之地。我的"永不"就是与懦弱、虚妄和随时可能产生的幻灭感搏斗，永不与自己的心灵潜影说再见。

　　记得英国桂冠诗人卡罗尔·安·达菲（Carol Ann Duffy，1955—）曾写过一首《争吵》（*Row*），里面有这样的诗句——

But when we rowed,

our mouths knew no kiss, no kiss, no kiss,

our hearts were jagged stones in our fists,

…

而当我们争吵时，

我们的双唇不再知晓亲吻，不再，不再，

我们的心变成手中带锯齿的石头，

……

不仅仅是由于争吵，更多的可能是来自外部世界的变故，使得彼此的心不再敏感，不再柔软，不再跳动在爱的静默上空。

这将不再是仅仅属于个人的悲剧。

法国作家阿尔伯特·加缪（Albert Camus，1913—1960）于1957年获得诺贝尔文学奖，他在斯德哥尔摩市政厅诺贝尔宴会的演讲中，在谈及作家的职责时，留下了这样一句话："Par définition, il ne peut se mettre aujourd'hui au service de ceux qui font l'histoire: il est au service de ceux qui la subissent."（顾名思义，他今天不能为那些创造历史的人服务：他要为那些承受历史的人服务。）

"Au milieu de l'hiver, j'apprenais enfin qu'il y avait en moi un été invincible."（在隆冬时节，我终于知道，我内心有一个不可战胜的夏天。）加缪的这句格言同样耳熟能详。

而我作为一名时间旅行者，最终在回忆和重构之间，在缄默与言说之间，完成我的写作使命。

对于我而言，返回"云上四季"也意味着回到"云裳四季"。2000年秋季，我去拍摄伦敦时装周。在国家军队博物馆（The National Army Museum）举办的一场时装秀上，一位红衣模特在博物馆的走廊从容走过。

我记得我在凝固这个画面所经受的历险。当时我使用ISO100的胶片和300mm/f2.8长焦镜头，挤在一条狭小的甬道里。快门声的漫长和取景器里的短暂黑暗令人略感绝望，但我又确信，我已拥有了这一非凡瞬间。

无数镜头在幽暗之处，成为静静的欲望之眼。镜头的主人将他们看到的美艳，在最快的时间之内，传到地球的每个角落。直至时光幻化成流年。

23年之后，这幅图片最终被确定为本书的护封照片。图中人物衣着的色调恰好接近Pantone 2023年度流行色"非凡洋红"（Viva Magenta）。这种微妙的深红色调，具有一种兼顾冷暖的平衡感，象征着无畏和希望。经年之后，韶光以一抹相似的色彩，重释着天道轮回的真谛。

此时，我的目光回到第一章节中的一幅跨页图。回到从冰岛抵达巴黎戴高乐机场1号航站楼的那个时刻。临近中午时分，飞机即将落地。机翼下，休耕后的土地显露出浅淡的土黄色。这幅照片由于采用反转片拍摄，得以把早春大地上的那种古雅之色呈现出来。我当时还好奇地遐想，如果将它们微妙的颜色染成一块织物，一定会十分雅致。

那是 2003 年的初春。凌晨 4 点 45 分我起床赶往机场。我将多余的冰岛克朗（ISK）换回美元。手中只剩下一枚 1 冰岛克朗的硬币，营业员笑着对我说："You are lucky."

在雷克雅未克飞往巴黎的航班上，我买了一只雪鸟蛋（Egg Snjófuglsins）。那只长度 4 厘米的雪鸟蛋涂上了精细的彩绘，装在一只袖珍盒子里，盒上附着一个简短的说明——"The Snowbird inhabits our world of dreams where freedom reigns and the pristine beauty of nature is undefiled. The Egg of the snowbird is a symbol of the artist's wish that your dreams may come true."（雪鸟居住在我们梦中的世界，在那里充满自由，大自然的原始之美尚未被玷污。这枚雪鸟蛋是艺术家预祝你美梦成真的一种象征。）

在透过飞机舷窗的阳光下，那枚雪鸟蛋在我的手心里闪耀。舷窗之外，是白云之下的海。那是将冰岛、巴黎和无数梦想之地推向远方的云海，浩渺而深远。那只雪鸟蛋在 10058 米（33000 英尺）的高空，纹路清晰，保守着云上的全部秘密。

向时光摊开手掌，向天空投以飞翔。

程 萌

于比亚里兹——上海——苏州

By Cheng Meng,

From Biarritz to Shanghai & Suzhou

云上四季

图书在版编目（CIP）数据

云上四季 / 程萌著 . —沈阳：沈阳出版社，
2022.11

ISBN 978-7-5716-2737-9

Ⅰ . ①云… Ⅱ . ①程… Ⅲ . ①散文集 – 中国 – 当代
Ⅳ . ① I267

中国版本图书馆 CIP 数据核字（2022）第 180383 号

出版发行：沈阳出版发行集团 | 沈阳出版社
　　　　　　（地址：沈阳市沈河区南翰林路10号　邮编：110011）
网　　　址：http://www.sycbs.com
印　　　刷：辽宁泰阳广告彩色印刷有限公司
幅面尺寸：185mm×248mm
印　　　张：24
字　　　数：287千字
图　　　片：173幅
出版时间：2023年2月第1版
印刷时间：2023年2月第1次印刷
责任编辑：沈晓辉
装帧设计：杨　雪
责任校对：郑　丽
责任监印：杨　旭

书　　　号：ISBN 978-7-5716-2737-9
定　　　价：128.00元

联系电话：024-24112447　024-62564922
E－mail：sy24112447@163.com

本书若有印装质量问题，影响阅读，请与出版社联系调换。

雨中滑行，

天穹在上。

暗空中，了无痕迹。

而我曾飞过。